講談社文庫

警視の因縁

デボラ・クロンビー｜西田佳子 訳

講談社

目次

ジジへ

警視の因縁

●主な登場人物〈警視の因縁〉

ジェマ・ジェイムズ　ノティング・ヒル署の女性警部補。キンケイドと婚約中

ダンカン・キンケイド　スコットランドヤード（ロンドン警視庁）の警視。ジェマの元上司

トビー　ジェマの息子。5歳

キット　キンケイドの息子。14歳

ナジール（ナツ）・マリク　パキスタン人の弁護士。失踪した妻の行方を追う途中、自らも消息を絶ってしまう

サンドラ・ジル　ナツの妻。テキスタイル・アーティスト。幼い娘を置いたまま蒸発する

シャーロット　ナツとサンドラの一人娘

ヘイゼル　ジェマの友人。前職はセラピスト。夫のティムと別居中

ティム・キャヴェンディシュ　ヘイゼルの夫。セラピスト。娘のホリーと暮らす

ニール・ウェラー　ナツ夫妻に関わる事件を担当していた刑事

ラシード・カリーム　法医学者

ルーカス・リッチー　会員制高級クラブのオーナー。サンドラの友人

アフメド・アザード　バングラデシュからの移民。レストラン経営者

アリヤ・ハキーム　シャーロットのシッター

ルイーズ・フィリップス　女性弁護士。ナツの仕事仲間

ピッパ・ナイティンゲール　サンドラと所縁のある美術商

ケヴィンとテリー　サンドラの弟

プロローグ

Umbra Sumus――「われわれは影なり」

ロンドンのブリック・レーンにある旧ユグノー教会（現ジャメ・マスジド・モスク）の日時計に刻まれた文字。

いつもと変わらない、ごく当たり前の日曜日が来たと思っていた。なのに、夫のナッツが家にいない。ちょっと仕事があるといって、職場の法律事務所に行ってしまったのだ。日曜日は家族で過ごすのが決まりだ。夫がそれを破るなんて珍しい。

サンドラは腹立ちを抑えて、自分も仕事をすることにした。朝食のあと、家の雑用をすませると、娘のシャーロットといっしょに四階のアトリエに行った。

作業を二時間続けてから、一歩下がって、未完成の作品を眺めた。大きな枠に張ってある布は綿モスリン。そこにさまざまな布切れをピンでとめつけてある。丹念に切り抜いた布のパーツが何層にも重なって、まるで万華鏡をみているかのような印象を受ける。ぱっとみた感じは抽象画のようだが、よくみると、ものの形がみえてくる。道路、建物、人々、鳥やその他の動物、花——そのあちこちに、サンドラの慣れ親しんだ地域の歴史や文化が表現されている。そう、描かれているのはイーストエンド、ブリック・レーンの界隈だ。

布地が好きになったのは子どもの頃。ブリック・レーンの露店で、ぼろ布同然のキルトを一枚買ってもらったのがきっかけだった。祖母とふたりでそのキルトに惚れこんだ。複雑な模様が面白かった。この部分はメアリおばさんお気に入りのエプロンと同じ生地だねとか、この部分は小さな女の子のよそ行きの服だったんだろうねとか、この部分はジョージおじさんが着古して捨てたパジャマからとったのかもしれないねとか、いろんな想像をめぐらせたものだ。

あのときの情熱はその後も冷めることがなかった。美大に進み、時流に飲まれるようにして現代アートの分野に進んだ。まずは普通に絵を学んだが、そうして身につけた技能を、次第に布地に向けるようになった。これも絵画だと、サンドラは思っている。しかし、紙やキャンヴァスと違って、布にはさまざまな肌触りがあるし、二次元ではなく三次元だ。布と向かい合っていると夢中になってしまう。はじめての作品を試行錯誤の末に仕上げたときの情熱は、いまもまったく冷めていない。しかし、今日はなんだかうまくいかない。表現したい気持ちがなかなか形にならない。なにがいけないんだろう。色？　形？　布切れをあちらへこちらへと移動させては、一歩下がって観察する。焦げ茶色のレンガでできたジョージ王朝風のタウンハウスが並んでいる。それがこの作品の額縁代わり。その中にはさまざまな色がひしめいている。イメージしたのはフルニエ・ストリートやファッション・ストリート。着飾った女性たちが列をなして歩いている。どの女性も、手のこんだ細工をほどこした鉄の鳥かごを持っている。しかし、かごの中に鳥はいない。あるのは女や子どもの顔ばかりだ。肌の色はさまざまで、ヒジャブで顔を隠したイスラム教の女もいる。

　日が高くなってきた。屋根裏の大きな窓から日射しがさんさんと降りそそいでくる。真冬にはこのぬくもりが最高に気持ちいい。ただ、いまは五月半ば。サンドラがこの場所に引き寄せられるのは、ぬくもりのせいではなく、あらゆるものをくっきりとみせてくれる明るさのせいだった。今日みたいに作業が思うように進まないときでさえ、ここにいるとほかのことを忘れてしまう。

　ナツとふたりでフルニエ・ストリートに家を買ってから、もう十年以上になる。あの頃はまだ結婚したばかりだった。湿気があがってくることも、石膏がぼろぼろ崩れてくることも、最低限の配管しかないことも、まったく気にならなかった。このアトリエに惚れこんだからだ。経済的な事情もあった。ナツはすでに弁護士として働いていたが、サンドラはまだ美術学校の学生だったからだ。修繕費を浮かせるために、自分たちでせっせと家のあちこちを直しながら、理想の住まいをつくっていった。当時のふたりは夢にも思わないことだったが、それから二、三年後、その区画の地価がはねあがった。まさに、金鉱を掘りあてたようなものだった。

フルニエ・ストリートに建ちならぶタウンハウスは、どれもジョージ王朝風の造りになっている。フランスの新教徒《ユグノー》たちがカトリックによる迫害を恐れてロンドンのスピタルフィールズに逃げてきて、これらを建てたという。やってきたユグノーたちはみな絹織物の職人で、しばらくのあいだはここで満ち足りた暮らしを送ることができた。最上階の広々とした部屋からは、織機が立てるカタカタという音が鳴りひびいていたものだ。女たちはつややかなタフタのドレスを着て、家の前に集まっては、鳥かごに入れたカナリアを自慢しあっていた。カナリアは、彼らのステイタスシンボルだった。

ところが、安物の綿布がインドから入ってくるようになると、彼らの生活は安泰とはいえなくなった。さらに自動織機が発明されると、弔いの鐘が鳴らされたも同然だった。その後、ほかの国からも移民がやってきた——ユダヤ人、アイルランド人、バングラデシュ人、ソマリア人——が、どの移民も、ユグノーのようには豊かに暮らせなかった。建物は少しずつ傷んでいった。

その流れが、いま変わろうとしている。この不景気にもかかわらず、シティはその縄張りを東へ東へと広げていき、スピタルフィールズをのみこんで、また新たな住民を呼びこんだ。外国からの移民ではない。分厚い札入れを持ったエリートビジネスマンだ。イーストエンド界隈に古くからある住宅や倉庫を奪い合うようにして買い取っていく。それほど収入の多くないもともとの住民たちを追い出すようにして、彼らはここに住みついた。過去と現在が入り交じったような町はいつでもどこでもみられるものだが、イーストエンドは特にそんな感じのする町だと、サンドラは思っていた。長い年月が何層にも積みかさなっている。アトリエに積みかさねられた布地のようだ。

サンドラはため息をついて、手に持ったピーコックブルーのタフタを指先でなでた。この布地をどこに置いたら効果的だろう。作品全体の中で、これはいわば避けることのできない変化の象徴だ。この変化によって社会はふたつの経済的グループに分けられた。サンドラには、そのどちらのグループにも友だちがいる。サンドラがアーティストのはしくれとして生計を立てていられるのは、裕福な人たちが作品を買ってくれるからだ。

屋根裏の窓際に置かれた端切れの山に目をやった。シルクやボイルの端切れに埋もれるようにして、シャーロットが眠っている。まるで猫のように、日の当たる暖かい場所を選んで横になったらしい。さっきまでは、お気に入りの象のぬいぐるみに延々と話しかけていた。母親に似て、お人形にはまったく興味を示さない子だ。眠っている姿も、猫のように優雅だ。ただし、口に親指をくわえている。もうすぐ三歳になるというのに、指しゃぶりの癖が抜けないのは困ったものだ。でも、普段はおしゃまなシャーロットに、赤ん坊らしさが少しでも残っているのがうれしい。

思うように進まないコラージュの作業はちょっと忘れることにして、スケッチブックと鉛筆を手に取った。布地の山、小さなフランス窓、ダンガリーのズボンとTシャツを着たシャーロットの小さな体。顔だちはほっそりしているが、鼻は少々横に開き気味だ。髪は巻き毛で、バタースコッチキャンディみたいな色をしている。

鉛筆でスケッチをしたら、どうしても色をつけたくなった。鉛筆を置いて、色鉛筆の束を片手でつかむ。色鉛筆を入れているのは、エリザベス女王の在位二十五年記念のマグカップだ。縁が欠けているものをフリーマーケットで手に入れた。エディンバラ公の名前のスペルが間違っているというレアものだ。

ダンガリーは赤、Tシャツはピンク。まわりのシルクは明るい青と緑。磨きこんだフローリングは温かみのある茶色。

無意識のうちに、シルクの布地に模様を描きこみはじめていた。前にみたことのある、複雑な模様の布地を再現したくなったのだ。あれはサリーだった。いま、床に広がっている何枚もの布地もサリーだが、これらはどれも無地。あのときのサリーは、みたことのないような柄物だった。青リンゴのような緑色の生地に織りこまれた小鳥の模様。身につけていた女の子に、それをどこで手に入れたのときいてみた。すると女の子は、あまりうまくない英語で、そっとささやくように答えてくれた。これはお母さんにもらったものなの、と。ところが、それをきいたサンドラが、お母さんはそれをロンドンで買ったのかと尋ねると、女の子は黙りこんで、怯えたような顔をみせた。立ち入ってはいけないところに立ち入ってしまったのだ、とサンドラは思った。次にその場所を訪れたとき、女の子の姿は消えていた。

そのことを思い出すと、つい険しい顔になってしまう。そのとき、シャーロットが体を動かした。眠っているというのに、母親の気持ちに反応したかのようだ。いけない、とサンドラは思った。この光景を残しておかなければ。慌ててカメラを手に取って、撮影した。画像を確認する。シルクに包まれたシャーロットの寝顔が写っている。これでこの瞬間は永遠に消えることはない。

コラージュの鳥かごの中の顔も、同じようにしたらどうだろう。ふとそんなふうに思いついて、作品に目をやった。女や子どもの顔を布や絵の具で描くのではなく、写真を貼りつけるという手がある。知り合いの写真を使わせてもらえないか、きいてみよう。

シャーロットが伸びをして目を開いた。眠そうな顔でにっこり笑う。シャーロットは気立てのいい子だ。疲れたときやおなかのすいたとき以外、むやみにぐずったり怒ったりすることがない。しかしサンドラの母親は、孫がこんなにいい子だということを知らされずにいる。サンドラはカメラを置いて、床に膝をつき、シャーロットを抱きあげた。

「よく寝てたわね」

シャーロットが両手を伸ばして、サンドラの首に抱きついてくる。日当たりのいいところで眠っていたので、シャーロットの髪は汗で湿っている。薄いキャラメルのような色をした肌にはまだ、赤ん坊独特のむれたようなにおいが残っている。このにおいも、母にはかがせてやっていない。

身をよじるようにしてサンドラの腕から脱出すると、シャーロットは作業台に近づいた。ペン立て代わりのマグカップのほうをみる。

「ママ、えんぴつちょうだい。おえかきするの」

サンドラはちょっと考えて、時計をみた。窓から入る日射しも強くなってきている。それから、もう一度作業台をみた。経験上、わかっている。いまの段階でこれ以上作品を眺めていても、先には進まない。それに、どうせなら写真を使うアイディアを試してみたい。いまは作業を中断すべきだ。

昼までにはまだ少し時間がある。今朝はシャーロットが早起きしたので、いつもより早い時間に昼寝をさせたのだ。ナツとのランチの約束は午後二時。といっても、ナツがオフィスから出てこられなければ、約束なんてなかったことになる。いや、そんなふうに考えるのはやめよう。ナツもルイーズも、公判の近づいた事件を抱えて休む間もなく働いているのだ。ナツはいつになく疲れた顔をみせている。日曜日は仕事より家庭を優先しよう——結婚してからずっと、ふたりはそう決めて暮らしてきた。シャーロットが生まれてからは特にそうだった。わが子にだけは、自分たちが子ども時代に味わった寂しさや心細さを感じさせたくなかった。

ナツは孤児だった。キリスト教徒だった両親は、七〇年代のパキスタンで隆盛となったイスラム原理主義に殺された。ナツはロンドンに住むおば夫婦のもとに送られた。お荷物が来たとしか思っていないおば夫婦のもとで、家族と故郷を失った悲しみをこらえながら大人になったのだ。

そしてわたしは——ううん、家族のことなんか考えたくもない。

過去のことはともかく、バングラデシュ人のレストラン店主が違法行為をしているかどうかなんていう問題より、自分たちがいままで懸命に築きあげてきたもののほうを大切にするべきだ。ナツとちゃんと話し合ってみよう。

それに、今日は最高のお天気だ。まだ時間も早いから、コロンビア・ロードに寄ることもできるだろう。

「お絵描きより、もっといいことをしましょうか」サンドラはシャーロットにいって、色鉛筆をマグカップに戻した。「ロイおじさんに会いにいきましょう」

サンドラはシャーロットと手をつないで、ブリック・レーンを歩きはじめた。日曜日のマーケットにやってきた人々で通りはにぎわっている。日曜のマーケットのことを、ナツはいつも「どうせ盗品市だろ」といっている。たしかにそうだ。商品の半分は盗品だし、半分は密輸品。それでもサンドラはこのマーケットが好きだった。安っぽくて雑然とした雰囲気が面白いし、脚立に板をのせただけの陳列台にはありとあらゆるものが並んでいる。フランスのワインもあれば、箱単位のオレンジ（当然下のほうは腐っている）や、古い車のバッテリーまでみつかるのだ。

〈オールド・トルーマン・ブルワリー〉の前を通りかかったとき、シャーロットがサンドラの手を引いた。

「ママ、あそこがいい」

指をさしているのは、ブルワリーの奥の駐車場に駐められた二階建てのバスだった。古いバスが改装されて、菜食者向けのレストランになっている。シャーロットは二階の座席がお気に入りだった。風が吹いたり、ウェイトレスが階段を歩いたりするだけで、車体が揺れる。そのたびに、シャーロットはうれしそうに歓声をあげるのだった。

「あとでね」サンドラはシャーロットの手をそれまでよりも強く握った。「もうすぐパパと待ち合わせよ。コロンビア・ロードに行ったらカップケーキを買ってあげるわ」

友人の顔をみつけて手を振った。ヴィンテージものの衣類を売る店だ。コラージュ用の古布をみつけるにはもってこいなので、サンドラはひいきにしている。しかし、いまは立ち寄る時間がない。ウィンドウに目をやると、自分の姿が映っていた。金髪がくしゃくしゃに乱れている。シャーロットの髪はそれより少し暗い色をしているが、巻き毛の癖の強さはふたりとも同じくらいだ。

線路に近づくと、サンドラの歩みが遅くなり、やがて止まった。シャーロットに手を引っ張られたので、サンドラはシャーロットを抱きあげた。古い鉄橋を支えるレンガのアーチのひとつに、無名のアーティストの作品が貼ってある。若い女性を写したモノクロ写真の作品だ。女性はヌードで、写っているのは腰から上。ほっそりした上半身は、まるで少年の体のようだ。まわりをレンガのアーチで囲まれているせいで、この作品はどこか聖像をイメージさせる。落ち着きはらった視線でみつめかえされているうちに、サンドラは心の中でこの女性を「ブリック・レーンのマドンナ」と名付けていた。

しかし、このマドンナはいつまでここにいられるだろう。紙はしわしわになっているし、四隅が剥がれてくるくると丸まってきている。そのうち剥がされてしまうだろう。ストリートの芸術とはそういうものだ。別のアーティストの作品にとって代わられる。

サンドラはカメラを取り出して、シャッターを切った。これでマドンナが消えてしまうことはない。

アトリエで思いついたアイディアが、このとき突然はっきりした形になった。写真の模写をとりいれよう。ただし、退色した写真の雰囲気を出す。さまざまな形で長年束縛されていた女性や少女たちのように、いまにも消えてなくなりそうな顔を描くのだ。そう、あのサリーの女の子のように。

消えてなくなる……そんなこと、あってはならない。サンドラはシャーロットの手をぎゅっと握った。女の子が突然いなくなる話はいろいろ耳にしているが、そのことを自分のまわりの子どもたちと重ねて考えたことはなかった。まさかそんなこと、あってはならない。考えられない。でももしかしたら……。

こんなこと、考えちゃだめ。自分にいいきかせて、首を振った。それでも、その考えは頭から消えていこうとしない。それどころか、どんどん恐ろしい形にふくらんでいく。

シャーロットがむずかるような声をあげた。「ママ、いたい」

「ごめんなさい」サンドラは手の力を緩めて、巻き毛に覆われたシャーロットの頭のてっぺんにキスをした。

「もういこうよ。パパにあうんでしょ?」シャーロットはそういって、スニーカーの爪先でサンドラの脚を蹴りはじめた。

「パパに会いにいくわよ。でもその前に――」サンドラはもう一度マドンナの写真をみてから、体の向きを変えた。シャーロットを腰で支えるように抱いたまま、急ぎ足で歩きはじめる。こんな疑惑を持つなんて、どうかしている。でも、それが間違いなら間違いだと確かめたい。訪ねていく口実はある。コラージュのための写真を撮らせてほしいといえばいいのだ。嘘をつくわけではない。ただ、それには、シャーロットをロイに預けていかなければ。

ベスナルグリーン・ロードを渡って、静かな住宅街に入っていった。ベスナルグリーンの公営住宅の一画だ。シャーロットの重みで腰が痛くなってきた。

コロンビア・ロードに近づくと、向こうからやってくる人とすれ違うようになった。切り花の束を持っている人もいれば、鉢植えを抱えた人もいる。低木や小形のシュロの木をぎっしり並べたワゴンを引いている人もいる。

市場がみえるより先に、そのざわめきがきこえてきた。スタッカートをきかせたような歯切れのいい声がする。はじめはどこか外国の言葉かと思ったが、近づいてみると英語だとわかった。コックニー訛りでなにやらまくしたてているのだ。「このデイジーはいいよ。一束五ポンドだ。チューリップも持っていきな。三束十ポンドでどうだい」

角を曲がると、小さな公園の前を通って、もっとも混雑した一画にやってきた。コロンビア・ロードの花市場は、ここらへんで終わりになる。毎週日曜日の朝、市場の店主たちは夜明けと同時に露店を構え、花壇用の花の苗から小さめの木々にいたるまで、さまざまな植物を売りに出す。サンドラは大人になってはじめて、外部の人間の視線でこの市場をみるようになった。まだ高校や美大に通っていた頃は、ここで働いていたのだ。雇い主は、露店の店主のひとり、ロイ・ブレイクリー。

シャーロットをぎゅっと抱きかかえて、人ごみを縫うように進んでいく。気をつけないと、ツルバラの茎が髪に引っかかってしまう。ロイは緑と白のストライプの庇の下に立っていた。折りたたんだメモを財布につっこんで、その財布を腰のベルトにつけている。サンドラとシャーロットの姿に気づくと、ロイはウインクをした。「そろそろとっておきの花を出そうと思ってたところだよ」

ここの店主たちはみな、商品がしおれる前にすべて売りさばいてしまう。ロイもそんな商売をしていたが、サンドラには特に安く売ってくれるのが常だった。おかげで、サンドラの屋根裏部屋には鉢植えが所狭しと並び、ちょっとした庭のようになっていた。切り花も毎週のように買っていく。しかし今日のサンドラは花を買いにきたのではなかった。

「ママ、カップケーキ」シャーロットが真剣な顔でいった。ロイの露店のそばに出ているカップケーキの店をみつめている。「レモンがいい」

「あとでね」サンドラはそういって、シャーロットを地面におろした。「ロイ、お願いがあるの。わたし、ちょっと——用事があって。ちょっとのあいだ、シャーロットをみててくれない？　すぐに戻るわ。二時には主人と待ち合わせしてるし」腕時計をみる。時間はあまりない。

シャーロットがパンジーの苗を飛びこえて、ロイの膝に抱きついた。「ロイおじさん、わたしもおはなやさんする！」

「そいつはうれしいな」ロイはしゃがんでシャーロットを抱きしめた。サンドラに答える。「ああ、かまわないよ。なんとかなる。客足が途切れてきたところだ」

サンドラは一瞬ためらった。ここにとどまりたい。市場にいると心が安らぐ。エプロンをかけてロイの商売を手伝うことにしようか。いや、だめだ。心を決めてきたのだから。最後までやりとげよう。

腰をかがめてシャーロットにキスをした。「ありがとう、ロイ。恩に着るわ」

腕時計をみる。一時五分だ。ふたりに手を振ってから、背を向けた。角を曲がるとき、ふとした衝動にかられて振り返ったが、人ごみが邪魔だった。ファスナーが閉まっていくように、娘の姿はみえなくなってしまった。

悲しいことに、わたしは最近、ある事実を受け入れるようになった。長年、考えたくもないと思ってきたことなのに。そう、この家を永遠に残すなんて無理なのかもしれない。

――デニス・シヴァーズ"18 Folgate Street: The Tale of a House in Spitalfields"

1

外の空気は湿気でべたついていた。バスの中の空気も、気体とは思えないほど重くねっとりしている。蒸し暑い八月だというのに、シャワーもろくに浴びていない乗客が何人かいるらしい。

ジェマ・ジェイムズは中央のドア付近に立っていた。四十九番のバスは、ひどい騒音をまきちらしながら南に向かっている。ちょうどバターシー橋を渡るところだ。手すりを持ち、鼻で息をしないように気をつけた。すぐ横の座席にいる男が、とにかくひどいにおいなのだ。シャワーを浴びていないだけではない。アルコール臭が波のように押し寄せてくる。バスが揺れた瞬間、その男の体がジェマのほうに傾いた。

どうしてバスに乗ろうなんて思ってしまったんだろう。今日は土曜日だっていうのに。ケンジントンにいくつか用事があったので、車で出かけると駐車場を探すのが大変だと思ったからだ。少なくとも、表向きの理由はそういうこと。本当の理由は、バスならぼんやりしていても大丈夫だと思ったからだ。座席に座って、ロンドンの街を眺めていればいい。自分がなにもしなくても、街は活動を続けていく。自分のスペースを確保するためにこんなに苦労するなんて、思いもしなかった。

橋を渡ってすぐ、バスが音を立てて停まった。ここで降りて、あとは歩いていこうか――ふとそう思ったが、地図をみる限り、目的地まではまだだいぶ距離がある。それに、ぽつぽつと雨粒が落ちてきて、薄汚れた窓ガラスを叩いている。左をみると、小高くなったバターシー公園がみえた。汚れたガラスごしにみえる灰色がかった緑色の風景は、印象派の絵のようでもあった。ドアが開いて、しゅうっという空気音を立てて閉まる。酒臭い男は、まだ頑固に座っている。

ロンドンの中でも、このエリアのことはあまりよく知らない。バターシー・ロードはなかなかしゃれた感じの通りだが、バスが向きを変えてファルコン・ロードに入ったとたん、華やかさがどこかに消えてしまった。

ヘイゼルはどうしてイズリントンに戻らず、こんな町に住むことにしたんだろう。目に入るのは、質屋やレンタルビデオの店、イスラムの肉屋、みすぼらしいカフェ。前方には何本も並んだ線路がみえてきた。クラパムジャンクション駅だ。降りる停留所を過ぎてしまったのかもしれない。慌てて降車ボタンを押した。次の停留所でバスが停まると、ジェマは飛び下りるようにして外に出た。

ほっとしたのもつかのまだった。道路に立ってあたりをみまわす。地図をみて、まわりをみて、また地図をみた。この通りであることは間違いない。袋小路というほどの道でもない。ただの短い行き止まりだ。角のところに、四角いコンクリートの建物がある。看板には、英語とベンガル語の両方で「モスク」と書かれている。通りには少年たちの姿があった。ふちなしの帽子をかぶり、シャルワール・カミーズを着て、だらだらとサッカーボールを蹴って遊んでいる。

ジェマはゆっくり歩きながら、ヘイゼルに教えられた番地を探しはじめた。左の路肩にごみ置き場がある。容器からはごみがあふれて山積みになっている。すぐうしろに立っているヴィクトリア朝風の家の中身をそっくりここにぶちまけた、というくらいの量だ。これはこれでいいことだろう。大量のごみが出るくらい、豊かな町になりかけているということだ。しかし、その家のほかには、行き止まりのところに公営住宅が建っているだけで、右側には高い塀がそびえている。

少年たちはボールを蹴るのをやめて、ジェマに視線を向けた。ジェマは無表情なまま会釈をすると、背すじを伸ばして、目的の番地を探しつづけた。毅然とした姿勢を崩してはならない。警官として働きはじめてすぐ、迷える羊のようにうろうろ歩くのがいちばん危ないと学んだ。すぐに犯罪のターゲットにされてしまう。

今日は蒸し暑いので、柿色のサンドレスを着てきた。膝まであるおとなしいデザインではあるが、急に、肌を出しすぎているような不安な気持ちになってきた。

バンガローみたいな家よ、とヘイゼルはいっていた。可愛らしい庭とパティオがついている、とのこと。バンガローみたいな家なんて、ロンドンにあるのかしら――ジェマはそう思っていたが、実際ここに来てみると、やはりそんなものはまったくありそうにない。もしかしたら、全然違う場所に来てしまったのかもしれない。

少年たちにきいてみようか――向こうもこちらのことが気になってならないようだし。そう思ったとき、探していた番地が目に入った。高い壁一面に広がるツタの葉に、なかば隠れてしまっていた。その下に、アーチ形の木製のドアがある。ペンキが色あせて、青とも灰色ともつかない鈍い色になっている。

バッグの中のメモと数字を照らしあわせる。ここに間違いない。でも、これのどこがバンガローだというの？　そうはいっても、いつまでもぽかんと突っ立っているわけにはいかない。ドアに近づいて、その脇にある呼び鈴を押した。胃がきゅっと縮むような感じがした。

ヘイゼルと最後に会ってから、もう一年以上たつ。そのあいだに、お互いの生活はずいぶん変わってしまった。メールや電話で近況報告はしているが、ここ二、三ヵ月のヘイゼルは、話していてもどこか上の空という感じだったし、ほとんど予告もなしに、突然ロンドンに戻ってきた。ふたりの友情もいままでどおりではなくなってしまうのだろうかと、ジェマは不安になりかけていた。そんなとき、ヘイゼルから家に来てほしいとの連絡があったのだ。それも、子どもは連れてこないで、との条件つき。ヘイゼルらしくない。

トビーはホリーに会いたい、留守番はいやだといって、なかなか聞き分けてくれなかった。キットは黙りこくってしまった。なにか心配なことがあるときや、不機嫌なとき、キットはいつも黙ってしまう。

呼び鈴をもう一度押そうとしたとき、小さなドアが開いた。ヘイゼルが立っている。顔には明るい笑みが浮かんでいた。ジェマを強く抱きしめる。

「会いたかったわ。来てくれてありがとう」ヘイゼルは一歩下がって、ジェマの姿をみつめたあと、ジェマを中に入れてドアを閉めた。「ジェマ、きれいね。婚約おめでとう」

「ヘイゼル、あなたも素敵よ」ジェマはそう答えたが、内心の動揺を隠しきれていなかった。ヘイゼルの姿があまりにも痛々しかったからだ。もともとほっそりしたタイプだったが、それでもどこか女性らしい柔らかさがあって、とても魅力的だったのに、いまはすっかり頰がこけているし、コットンのノースリーブブラウスの襟ぐりからは、ごつごつした鎖骨がのぞいている。むき出しの足のせいで、カーキ色の短パンはぶかぶかで、だれかからの借り物みたいにみえる。

「わかってるわ。わたし、血色が悪いでしょ」ヘイゼルはジェマの反応に気づいたらしい。「スコットランド暮らしのせいよ。今年は夏らしい夏がなかったし。おかげで、洞窟で暮らしてる人みたいに真っ白になっちゃったわ。そんなことより、家の中を案内するわね」

ジェマはヘイゼルにいわれるまま、あたりをみてまわった。いま入ってきたドアは、実際は門と呼ぶべきものだった。門の中には、前にヘイゼルがいっていた、レンガのパティオがあった。木々のアーチをくぐるように歩いていくと、白い漆喰塗りのバンガローがあった。平屋造りで、屋根は赤いタイル張り。黄色いツルバラが壁面を覆い、ドアの両側には、樽に植えたレモンの木がある。

「バンガローだわ」ジェマは浮き立つような気分になっていた。「ロンドンにこんな家があるのね」

「〝秘密の花園〟って呼んでるの」ヘイゼルはジェマの腕をとった。「ネットで写真をみた瞬間、惚れこんだわ。イズリントンに住めないのは残念だけど、住めば都っていうし。家賃も、ここならなんとか払えるから」

「さっき、外に男の子たちが――」

「タリクとジャミルとアリね。わたしのこと、いつも気にかけてチェックしてるの。タリクがいうには、自分のお母さんには絶対に一人暮らしなんかしてほしくない、年寄りの一人暮らしなんか心配だから、ですって。まいっちゃうわ。お母さんはまだ三十代前半だっていうのにね」

ヘイゼルは明るくしゃべっているが、どこかぎこちない感じもする。ちょっと無理しているんじゃないだろうか、とジェマは思った。しかし、いまはそういうことを口にすべきときではなさそうだ。黙ってヘイゼルのあとについて、小さな家に入っていった。

ドアを入るとすぐ、リビングがあった。間口いっぱいの広さがある。壁は白、床はタイル張りなので、パティオがここまで続いているような印象を受ける。レンガの暖炉の両側の壁は少し奥まっていて、そこに本棚が置いてある。その反対側にはダイニングと小さなキッチンがあり、キッチンの奥にはアルコーブがある。

「まだちょっと殺風景だけど、これでもイケアでいろいろ買ってきたの。本棚には本もあるし、とりあえずはこんなものよね。お茶もいれられるし、冷蔵庫にはワインもある。それがなきゃ、人生の意味なんてなくなっちゃうわ」

ジェマはリビングの家具をみた。ピンクと赤の花柄のソファも、赤のチェックの肘かけ椅子も、最近のイケアのカタログに出ていたものだ。オットマンとサイドテーブルもある。サイドテーブルの上にはランプがひとつ。床にはラグマットが敷いてあり、バスケットがいくつか並んでいる。中身は雑誌や毛糸玉。このほっとする雰囲気だけは昔と変わらない。食卓は白木作りの、シンプルですっきりとしたデザインだ。これもイケアで買ったんだろうか。テーブルの花瓶には赤いチューリップ。これも昔と同じだ。ヘイゼルはいつでも家の中に花を飾っていた。

スコットランドのカーンモアやイズリントンからは、どうしてなにも持ってこなかったの——ジェマがそうきこうと思ったとき、ヘイゼルがいった。「おままごとの家みたいでしょ。ジェマ、あなたが住んでいた離れを思い出すわね。ガレージを改装した小さな家、おぼえてる？」

どこか寂しそうな口調だった。ジェマはヘイゼルの腕をぎゅっとつかんだ。「もちろん、おぼえてるわ。ついこのあいだまで——」いいかけて、はっとした。いつのまにか、長い月日がたっていた。

ジェマはかつて、イズリントンで、ガレージを改装した小さな家を借りて暮らしていた。隣の母屋には、ヘイゼルが、娘のホリーと、夫のティム・キャヴェンディシュといっしょに暮らしていた。あの住まいはジェマにとって安らぎの場であると同時に、新たな出発点でもあった。結婚と離婚によって受けた大きな傷から立ち直り、プライベートでも仕事でも大きく前進することができた。ヘイゼルはジェマの息子のトビーを預かって、同い年のホリーといっしょに遊ばせてくれた。おかげでジェマは安定した日々を過ごすことができたのだ。それまでは、自分の家にいても、いつも落ち着かない気分だった。

そうしているうちに、予定外の妊娠が発覚し、ジェマは恋人のダンカン・キンケイドと新しい生活を始めることになった。それから何ヵ月かたった頃、ヘイゼルの結婚生活が破綻した。ヘイゼルはスコットランドに引っ越して、実家のウィスキー蒸留所を引き継いだ。

「クリスマスで二年になるのね」ジェマは信じられない思いでいった。ノティング・ヒルの家でダンカンと暮らしはじめてから、もう二年になるなんて。息子のトビーと、ダンカンの息子のキットもいっしょだ。ということは――流産してから二年になるのだ。

「部屋はこのほかにひとつしかないの」ヘイゼルがいった。「ホリーが泊まりにきたときは、このソファに寝かせるの。じゅうぶんベッド代わりになるわ。まあ、結局わたしのベッドにもぐりこんでくるんだけど」

「ホリーが泊まりにくる？」ジェマははっと我に返った。「どういう意味？　ホリーといっしょに住んでるんじゃないの？」

ヘイゼルは顔をそらして、キッチンを指さした。「お湯をわかすわ。それからちゃんと話しましょう」

2

その夏、わたしたちはみなしごになった……

——エマニュエル・リトヴィノフ “Journey Through a Small Planet”

夢の世界から必死で抜け出そうとしていた。溺れかけた人が空気を求めるように、現実に向かって懸命に手を伸ばしつづける。一瞬、水面に手が届いたように思った。起きろ、起きろ、自分にそういいきかせると、ようやく口を水面に出すことができた。「サンドラ」自分のかすれた声がきこえる。そのとき、霧が少し薄くなって、自分はしゃべってなんかいないということに気がついた。さっきの声も、夢の世界できいたものなのだ。「なにが——」やっとのことでそういった。今度は本当に声を出すことができた。しかし唇はかさかさに乾いて、自分のもののように思えない。腹話術の人形になったような気分だ。

「どこだ――」細い糸のような声だったが、もう大丈夫だと思った。次はまばたきをしてみよう。まぶしい光が目に飛び込んできた。同時に鋭い痛みが襲ってくる。再び穏やかな霧の中に押しもどされていった。


ヘイゼルは肘かけ椅子に体をおさめると、そのままでは落ち着かないとでもいうように、膝を折って両足をシートにあげた。持ってきたトレイにはお茶の一式が並んでいる。赤いティーポット、マグカップ、ミルクの瓶、ビスケット。スーパーで売っているものだ。ジェマは、こんなことははじめてだと思った。いままで、ヘイゼルの家で手作り以外のお菓子を出されたことはなかった。それでもヘイゼルは、ジェマが好きなミルクの量はおぼえていてくれた。先にジェマのカップにお茶を注いでから、自分のカップにも注ぐと、カップを両手で包んだ。

パティオに面した窓からかすかな風が入ってくる。レモンの香りがする、とジェマは思った。少年たちの声が外の壁ごしに小さくきこえてくる。

ヘイゼルが黙っているので、ジェマがゆっくり口を開いた。「こっちに戻ってくるってきいたとき、ティムとよりを戻すのかと思ったのよ」

「まさか」ヘイゼルはちょっと口ごもりながら続けた。「そうしたほうがいいかって考えたこともあったけど……とにかく問題が複雑で。ティムがわたしを許してくれたとしても、わたしが自分を許せないし」すがるような目でジェマをみる。「わたしは恵まれていたわ、ジェマ。結婚、家族、家庭、仕事――全部手にしていたのに、それを全部手放してしまった」

「でも、ドナルド・ブローディのことを愛していたんでしょう？　あんなことにさえならなければ――」

「どうかしら」ヘイゼルが身をのりだしたはずみで、紅茶がこぼれそうになった。マグカップの縁を指でなでて、ヘイゼルはいった。「本当に愛していたのかしら。単に前の生活に飽きていただけかも。夫にかまってもらえないから、だれかにかまってほしかっただけかもしれないわ。夢をみていたようなものね。あんな関係、うまくいくはずがなかった。たとえドナルドがあんなことにならなくても」首を振って続ける。「でも、もうどうでもいいわ。ただはっきりいっておきたいのは、ホリーとティムを傷つけたくなかったということ。いまとなってはどうしようもないけど」

「ティムはどう思っているの？」

「わからない。できればやり直したいといってくれるけど、元の生活に戻ってしばらくしたら、あのことを思い出してわたしを許せなくなると思う。そうなるのが自然でしょう？　わたしを信じることなんて、もうできないわよ」

自分をそんなに責めちゃだめ――ジェマはそういいたかったが、ヘイゼルのかたくなな表情をみて、別の質問をした。「じゃあ、どうしてロンドンに戻ってきたの？　故郷のカーンモアが大切なんじゃなかったの？」蒸留所は、スコットランドのハイランドでも特に辺鄙なところにある。そんな寂しいところで暮らさなくても、とジェマは思ったものだが、ヘイゼルの決意は固く、説得することはできなかった。

「大切だったわ。いまも大切よ。あそこを放り出すわけにはいかない。でも、いまは経営が軌道に乗ってきたし、経営を任せられる優秀な人たちもいるの。わたしが経営するよりずっとうまくいくわ」ヘイゼルはカップを置いてさらに身をのりだした。パティオに面した窓から射してくる光のせいで、両目の下の陰りが際立ってみえた。「それに、わたしは自分で思っていたよりずっと弱い人間だった。ロンドンが恋しくなってしまったの。あそこでまた冬を越すなんて、とても考えられなかった。ホリーにも申し訳ないと思ったわ。いったんスコットランドに来れば、何週間も父親に会えなかったりするんだもの。あの子には父親が必要だし、生活環境を変えるのもかわいそうだし、いい学校にも行かせたい……」

ヘイゼルはちょっとためらってからいった。「ホリーはティムとイズリントンで暮らすことになったわ。よく話し合って、そう決めたの。あの家に住んでいれば、近所の学校に通えるし、ティムは家で仕事をしているから、放課後のホリーの面倒もみてやれる」

「でもヘイゼル、あなたは母親なのに――」ジェマはそこまでいって、口をつぐんだ。そう決めたことはヘイゼルにもつらかっただろう。いったんこうと決めたら譲らないヘイゼルの性分もよくわかっている。気を取り直して、明るい面に目を向けることにした。「週末くらいは、こっちに呼べるんでしょう?」

「ええ、それ以外にも、必要に応じていろいろ対応するわ。今日はわたしがティムにホリーの世話を頼んだの。あなたとゆっくり話したかったから」

「仕事はどうするつもりなの?」ジェマはきいた。ヘイゼルはティムと同じく家庭問題のセラピストをしていたが、自分の結婚生活が破綻してからは、他人にアドバイスする資格なんかないと、気が引けているようだった。「セラピストの仕事、また始めるの?」

「いいえ。カフェで働くつもりよ」再会してからはじめて、ヘイゼルは満面の笑みをみせた。「ケンジントンに新しい店ができたの。シェフとは知り合いで、なんでもやれる雑用係が必要だっていわれてる。わたしは料理も接客もできるし、レジ打ちだってできるわ。いまは朝食から午後のお茶の時間までしかやってないけど、夜も営業するようになったら、わたしはそれもできる。平日限定でね。そのうちランチでも食べにきてちょうだい。ケンジントン・ハイストリートのすぐそばにあるのよ」ヘイゼルはジェマと自分のカップに紅茶を注ぎたした。昔と変わらない手際のよさだった。「ジェマは最近どうなの？　お母さんの具合はいかが？」

ジェマはまばたきをして、思いがけずこみあげてきた涙を押しもどそうとした。見た目には元気そのものだった母は、五月に白血病の診断を受けていた。いまは薬物療法を継続中で、多少は調子がよくなったようだ。とはいえ、いまは綱渡りしているようなもので、油断は禁物だ。「いまは落ち着いてるわ。父はパン屋にアルバイトを雇わなきゃならなかったけど、父のいちばんだいじな仕事は、とにかく母を働かせないようにすることだから」

「そうでしょうね」ヘイゼルはにっこり笑った。「わたしもお見舞いに行こうかしら。来週にでも。それで、あなた自身はどうなの？　結婚のこと、あれからなにもきいてないわよ。もう夏が終わっちゃうじゃない」

「ああ、そのこと」ジェマは一瞬、なにも考えられなくなった。胸がぎゅっと締めつけられるように痛む。最近、そんな痛みをおぼえることが多くなった。詰まりそうな息を懸命に吐き出して、作り笑いをした。「あれから、なんだか気分が乗らなくなってきちゃって」

「ジェマ！　まさか、結婚が怖くなったなんていうんじゃないでしょうね」ヘイゼルがあまりにも驚いた顔をしているので、ジェマは息苦しさをおぼえながらも笑い声をあげた。

「そうじゃないの。ダンカンとの関係はうまくいってる」そもそもプロポーズをしたのはジェマのほうなのだ。ダンカンとはずっと前から仕事のパートナーであり、恋人であり、友だちであり、いっしょに暮らす家族でもある。正式に結婚しようと決めたことは、プロポーズ以来一瞬たりとも後悔したことがない。慌てて説明した。「結婚式のことを思うと、頭がおかしくなりそうなの。ただ結婚するだけと思ってたけど、そうはいかないわよね。わたしってばかだわ」ヘイゼルが眉をつり上げてなにかいおうとしたので、ジェマはそれを制して続けた。「たくさんの人を巻きこむことになるでしょ。まあ、ダンカンの家族はでしゃばってくるような人たちじゃないけど、うちはね……。父とシンシアは、母のためにああしろこうしろって注文をつけてくるし、子どもたちまで大騒ぎよ。自然史博物館で披露宴をやれっていうの。信じられる？」

「なるほどね」ヘイゼルは笑い声をあげた。「式はウィニーにお願いするつもりなんでしょ？」

ウィニー・モンフォールは国教会の司祭で、ダンカンのいとこのジャックと結婚している。ダンカンともジェマとも親しい付き合いをしているが、夫婦はいまグラストンベリに住んでいる。しかも、四十歳近いウィニーは、いま妊娠中だ。「旅行はだめだってお医者さんにいわれてるらしいの。もちろんジャックもすごく心配してるし」

ジャック・モンフォールの先妻と子どもは、どちらも出産のときに亡くなっている。

ウィニーが妊娠したと知ったときのジャックは複雑な気持ちだったようだ。

「仮にロンドンまで来られたとしても、よその教会でウィニーが結婚式を仕切るわけにはいかないらしいわ」

「セント・ジョンズの司祭に頼めばすむ話じゃないの？」ヘイゼルがいった。セント・ジョンズは、ノティング・ヒルの家の近くにある教会だ。

「あそこは、国教会の中でも高教会派なの。うちは両親がプロテスタントでしょ。そういう人たちの目には、セント・ジョンズ教会はカトリックの仲間にみえているらしいわ。あそこで式を挙げるなんて、父が許してくれないわ。『母さんがショックで死ぬぞ』なんていうの。そんなわけないのに。だけど母は母で、父を怒らせるなっていうし――」

「じゃあ、教会以外のところでやるとか」

「それも大変よ。子どもたちはそれがいいっていってるけど、ちゃんとしたパーティーをやろうと思ったら、招待客のリストを作るだけでどんなに苦労するか。結局、ダンカンもわたしも、小学校時代にさかのぼって、知り合いを全員呼ばなきゃならなくなるかも」

「じゃ、入籍するだけにする？」

「それだとみんながっかりするでしょ」ジェマは首を振って、窓の外に目をやった。

ヘイゼルと目を合わせたくなかった。「どうしたらいいのかわからないわ。前にも経験があることだけど、いま思うと、ロブとわたしの場合、結婚は離婚のはじまりだったような気もするの。あんなことはもういや。だから、すべてを放り出したい気分なのよ」

家から心臓がなくなってしまった。ホリーもそのことに気づいている。それがわかっていても、ティムにはどうすることもできなかった。

長くて暗い冬のあいだに、キッチンの壁を塗りなおした。ペンキ塗りや内装など得意ではないが、やることがあればそれでよかった。そうでないと、夜も、週末も、永遠に終わらないような気がした。作業を終えてみると、なかなかの出来ばえだった。

ヘイゼルを思い出させる淡いグリーンとピーチピンクが消えた。食器棚は真っ白に、壁はトウモロコシのような明るい黄色になった。新しい生活を始めよう。そう思っていたとき、ホリーがようやくやってきた。そしてキッチンをみるなり泣きだした。「ママのキッチンがなくなっちゃった」泣きじゃくる娘をどうやって慰めたらいいかわからなかった。

ホリーはそれでも、新しいキッチンに慣れてくれた。新しい生活にも慣れてくれた。しかしティムは、自分が無理をしすぎたのではないかという思いを頭から振りはらうことができなかった。ホリーはもうすぐ六歳になる。ここで自分と暮らして、ちゃんとした学校に通ったほうがいい——なんとしてもヘイゼルを説得するつもりで必死に訴えると、ヘイゼルは思いのほか素直に従ってくれた。そうなってみると、今度は不安になってきた。自分ひとりで娘の世話ができるんだろうか。

「ママは？」ホリーがいった。今日の午後だけでも、同じことを何回口にしたかわからない。キッチンのテーブルについて、椅子の脚の横木を蹴っている。ティムはヘイゼルが絶対飲ませなかった炭酸飲料を与えてみたが、かえってホリーの機嫌は悪くなってしまった。

「さっきもいっただろう。ジェマおばちゃんと会ってるんだよ。女同士でおしゃべりしたいんだって」

「あたしも行く。女の子だもん」ホリーのいうことはもっともだった。

「今日はだめなんだよ。大人だけの集まりだから」

「ずるい」

「そうだね」ティムはため息をついて、いった。「チーズトーストでも食べるか？」

「トーストなんかいらない。トビーとあそびたい」ホリーの可愛らしい唇は母親そっくりだった。その唇を固く引きむすんだ表情には、どんな怪物でも逃げていきそうな迫力があった。

「じゃあ、なにか遊びを考えよう」

ジェマとダンカンは、子どもたちを定期的に会わせる努力をしてくれている。ティムもいっしょに誘われることもある。親切心からそうしてくれているのはわかるが、どこかに哀れみの心があるのではないかと思って、なんだか居づらくなってしまう。もう関係のなくなった人たちなのだ。つながっているのは子どもたちだけ。それに、ヘイゼルの話題が出てもなんでもないような顔をしていることにも、ほとほと疲れてしまった。とはいえ、いまの自分にとって、彼らの存在は貴重な錨のようなものだ。手放すわけにはいかない。

「ホリー、椅子を蹴るのをやめようか」おかしないいかただな、とティムは思った。どうして大人は子どもに対して、なにかを「しよう」とか「やめよう」とかいうんだろう。これでは自分もいっしょになって椅子を蹴っているみたいじゃないか。子どもを納得させるにはそういういいかたのほうが効果があるのかもしれないが、少なくともホリーに対しては効果がなかったようだ。

ホリーは椅子の脚を蹴りつづけている。ティムは気にしないことにした。「シャーロットが来たあと、公園に行けるといいね」

「シャーロットとなんかあそびたくない」ホリーの言葉にはスコットランドのアクセントが混じっていた。ロンドンに戻ってからも抜けていないのだ。ティムはそれを可愛らしいと思うと同時に、腹立たしくも感じていた。前のようにしゃべってほしい。「シャーロットは赤ちゃんだもん」ホリーはばかにしたようにいった。

「ホリーは大きいお姉ちゃんだからな。パパがシャーロットのパパとお話ししているあいだ、ホリーはシャーロットの面倒をみてくれるね？」

大きいお姉ちゃんといわれたのがうれしかったのか、ホリーの表情がなごんだ。「公園、いける？」

ティムはキッチンの時計をみた。ナツとシャーロットが訪ねてくるはずの時間を、もう一時間近く過ぎている。ナツらしくない。「わからないな」ティムはホリーに答えてから、ナツの携帯に電話をかけてみた。呼び出し音は鳴らず、留守電のメッセージがきこえてきた。

基本的に、土曜日にクライアントに会うことはしない主義だ。ホリーがいるときはなおさらだが、ナツ・マリクは特別だった。大学時代の友だちだし、いまのナツの状況を考えれば、自分のスケジュールを多少動かしてでも時間をとってやりたかった。庭で話をするつもりだった。娘たちも庭で遊ばせていられる。

今朝電話をくれたときのナツは、なにやら必死な感じだった。取り乱していたといってもいい。時間を守ることについては異常なほどこだわりのある男が、自分から会いたいといっておいて、約束をすっぽかすということがあるだろうか。

「チーズトーストを作ろう。シャーロットも食べるかもしれないからな」いいながら、ティムは落ち着かない気分だった。「ホリー、いいか、ウェールズ流の本格的なやつを作るぞ。ママが作ってたやつだ」冷蔵庫をあけて、チェダーチーズとマスタードと牛乳を取り出した。ウスターソースは食器棚から探し出した。パンを分厚くスライスする。少し古くなったようなにおいがしていた。

「ママと同じのはできないわ」ホリーが決めつけた。

「そうだな」ティムはため息を押しころして、ソースパンに牛乳を注いだ。「だが、やるだけやってみるぞ」

作ったチーズソースをトーストに塗る。あとはグリルで焼くだけだ。しかしその頃には、ティムはナツのことが本気で心配になっていた。もう一度電話をかけたが、やはり応答はない。トーストをひと口かじってみると、思ったよりうまくできていた。ホリーもおいしそうに黙々と食べている。

どうしても時計をちらちらみてしまう。文字盤の大きな、ちょっと古くさい時計だった。秒針の動きがいつもより遅く感じられる。庭の日射しがかげってきた。

「ねえ、公園は?」ホリーがべたべたになった手をジーンズにこすりつけている。ティムは上の空で立ちあがり、ふきんを濡らしてきた。

「ちょっと待ってくれ」もう一度ナツに電話をかけた。自宅の電話番号も調べて、かけてみた。

一回目の呼び出し音で、応答があった。「もしもし、ナツさん？」若い女性の声がした。心配そうな口調だった。

「いや、アリヤかい？　キャヴェンディシュだが」

アリヤはナツが雇っているアルバイトだ。バングラデシュ出身の若い女性で、日中はシャーロットの面倒をみて、夜は大学に通っている。ナツの話によると、弁護士をめざしているらしい。

「マリクさんはそちらにいらっしゃるんですか？　お帰りの時間を二時間も過ぎてるのに、まだ帰らないし、電話にも出ないんです。わたしも早く帰らないと両親が心配するんですけど、シャーロットを置いていくわけにもいかなくて、困っているんです」

「行き先をいわなかったのか？」

「ええ。でも、帰りが遅くなったことはいままで一度もありませんでしたから。そういうかたですよね。わたしがシャーロットといっしょにアイスクリームかなにかを買いにいったりしても、帰りが五分遅くなっただけで、ものすごく怒られるんですよ」

それは怒ってもおかしくないだろう、とティムは思った。「ほかに連絡を取れそうな人はいないのか？」

「オフィスにも電話してみましたけど、だれも出ません。シャーロットのママの実家は、電話番号も知らないし。ナツさんが嫌ってて、いっさい関わりたくないっていうから」アリヤの言葉には独特のクセがあった。イーストエンドにやってきた移民の二世の若者たちに多いしゃべりかただ。「フィリップスさんは家にいるかもしれませんけど、連絡の取りようがなくて。ナツさんは、わたしからの電話だとわかると必ず出てくれるんです。法廷にいるときは別ですけど、そういうときはあちらから前もって電話をくれるし。わたしから電話をかけるときは重要な連絡だとわかってくれているんです」ルイーズ・フィリップスはナツの法律事務所の同僚だ。ティムも彼女の連絡先はきいていない。

「シャーロットは、わたしの家に連れて帰ってもいいんですけど、許可がないとだめなんですよね。ナツさん、遅くなるならどうして連絡をくれないのかしら」泣きそうな声になっている。

わけがわからないのはティムも同じだった。あのナツ・マリクが、なんの連絡もなしに約束をすっぽかしたり、娘のシッターからの電話に出ないなんて、なにがあったんだろう。心配が恐怖に変わりはじめていた。「わかった、アリヤ。ちょっと考えさせてくれ」

ホリーを近所に預ければ、フルニエ・ストリートへは三十分以内に行ける。「そこで待っていてくれ。これからすぐに行く」

しかし、電話を切って、ふと思った。ナツの家に行ったからといって、自分になにができるんだろう。アリヤを家に帰してやれるだけではないか。
ナツ・マリクの行方を探すことになる。それには助けが必要だ。

3

フルニエ・ストリートを進んでいった。ホークスムーアが建てた教会が堂々とそびえている。その手前に並ぶジョージ王朝風のタウンハウスは、ユグノーたちが建てたもの。スピタルフィールズが〝織物の町〟として知られた頃の建物だ。

――タークィン・ホール“Salaam Brick Lane”

ヘイゼルは中古のフォルクスワーゲン・ゴルフのハンドルを握っていた。スコットランドからわざわざ運んできた車だ。

「ヘイゼルったら、セレブの仲間入りね」ジェマがからかった。ゴルフは、チェルシーで人気の出てきた車種なのだ。ナビゲーターを買って出たジ・エマは、ポケットサイズの

『ロンドンAtoZ』をバッグから取り出した。

「セレブの車には条件があるわ。新車で、親に買ってもらったものじゃなきゃ。しかもそういう親は、子どもがエリートにみえない程度の車を選ぶのよね」ヘイゼルは車をいたわるように、ダッシュボードをぽんと叩いた。「この車にはずいぶんお世話になったわ。今回は実家に置いてこようかと思ったんだけど、ホリーを連れてバタ—シーとイズリントンを往復することを考えて、やっぱりこっちに持ってきたの。バタ—シーには地下鉄の駅がないんだもの」

車はバタ—シ—橋を渡り、エンバンクメントに沿って東へと進んでいた。ジェマはチエイニー・ウォークのほうをちらっとみて、目をそらした。近頃のジェマにとって、ロンドンはいろんな人の幽霊がひしめく町のように思えてならなかった。会いたい幽霊もいれば、会いたくない幽霊もいる。

「ティムのそのお友だち、どんな人なの？」ジェマはヘイゼルにきいた。ヘイゼルがそろそろワインをあけようといったとき、ティムが電話をかけてきた。ティムにとってみればぎりぎりセーフのタイミングだったというわけだ。

ティムの話をきいたヘイゼルは、ワインを冷蔵庫に戻して電話を切ると、眉間にしわを寄せてジェマにいった。「ティムが、ジェマといっしょに来てほしいっていうの。お願いしてもいいかしら。ティムの友だちが家に帰ってこないらしいの。シングルファザーなのに。ティムは、なにかあったんじゃないかって心配してる。子どものことも気になるみたい」

ジェマはもちろんといっていっしょに出てきたものの、いまになってヘイゼルにきいた。「ティムの心配しすぎってことはないの？　連絡の行き違いかなにかかもしれないじゃない？」

「ティムは大地震が来たって脈が上がらないような人よ。わたしに対してももっと感情を表に出してほしかった」自分の過ちは夫のせいだとでもいうような口ぶりだった。「だから、心配のしすぎってことはないわ。ティムがなにかを心配するときは、それなりの理由があるの」動きのにぶいギアレバーをなだめすかすようにして操作すると、ハンドルを指先で叩いて信号が変わるのを待った。「わたしが知ってるのは、大学時代の友だちだってことだけ。最近になって、また連絡を取りあってるとかなんとか。ナツ・マリクっていう名前の弁護士よ。パキスタンの人。わたしは会ったことがないの。奥さんのことでいろいろあって、大変だったみたい。それでティムが同情してたようよ」

苦々しい口ぶりが気になって、ジェマは横目でヘイゼルをみた。しかしヘイゼルは気にせず続ける。「でも、どうしてわたしに電話なんかかけてきたのかしら。考えられるとすればひとつだけ、ジェマがうちに来てることを知ってたからだわ。ジェマ、あなたに相談したいのかも」

へたに口を開くと地雷を踏んでしまいそうだったので、ジェマは地図に視線を落とした。「ホワイトチャペルまで行ったら、コマーシャル・ストリートに入ったほうがいいわ。フルニエ・ストリートは一方通行で、ブリックレーンからは入れないから」

土曜日なので道がすいていた。タワー・ヒルでテムズ川を離れてからまもなく、スピタルフィールルズ教会の厳めしい尖塔がふたりに迫ってきた。その向かいにあるのは、スピタルフィールルズ・マーケット。もともとあったえんじ色のレンガの建物に、ガラスのアーケードが作りつけられている。

ジェマは子どもの頃、両親に連れられてスピタルフィールルズやペティコートレーン・マーケットに来たことがある。ブリック・レーンにも、別れた夫のロブといっしょに、日曜日に遊びにきたことがある。当時、ジェマは新米の巡査だった。ロブが買ったのは安い煙草と酒。あれは密輸品か、そうでなければ盗品だったに違いない。ブリック・レーンは腐ったごみのにおいがしていたし、建物はどれも不潔で見苦しかった。レイトンで生まれ育ったジェマでさえ不愉快に思うほど、騒々しくて不親切な人々の町だった。あのとき、ロブとは喧嘩になった。杓子定規だの頭が固いだの、それまでにも何度もいわれていることを、またいわれた。ジェマもロブにいいかえしたが、それについては思い出したくもない。とにかく、ああいう経験はもう二度としたくない。

「教会の向こうで右に曲がって」ヘイゼルにいった。

「ホークスムーアの建てた教会ね?」ヘイゼルがフロントガラスごしに教会をみあげた。「立派な建物ね。でも、ジェマの家の近くの教会とは雰囲気が違うわ。温かみとか、優しい感じがしないもの」

ジェマもそのとおりだと思った。この教会はシルエットが角張っていて、どこかいかつい印象を受ける。建物としてのバランスも、なんとなく不自然な感じがする。尖塔が立派すぎるのだ。

右に曲がってフルニエ・ストリートに入る。長さはあまりない。質素で暗い感じの建物が、教会を起点として並んでいる。手前の端には、壁面が崩れかけたパブ。向こう側の端まで行くと、ブリック・レーンを渡ったところに〈バングラシティ〉というスーパーマーケットがある。

「ティムの車がある」ヘイゼルがこわばった声でいった。ティムだけでなく、ティムの乗っているぽんこつのボルボまでが気に入らないとでもいいたげだ。その近くに空きスペースをみつけると自分のゴルフをそこにとめた。ジェマが先におりて、走り書きしてきた番号と、家々の番地表示をみくらべていく。

「ここだわ」ジェマがみあげたのは、通りの北側のテラスハウスだった。このあたりの建物はどれも隣同士ぴったりくっついて並んでいるが、どれも細部が少しずつ違っている。修復の行き届き具合もさまざまだ。この家はよく手入れされている。茶色のレンガに縁取りのアクセントが効いているし、鋳鉄の手すりは優しい緑色に塗られている。

　玄関が建物正面の脇のほうにあり、一階のふたつの窓がその横に並んでいる。二階と三階には窓が三つずつ。四階は壁面がちょっと引っこんでいる。ロフトか作業所のような部屋があるのだろうか。ジェマのところからは、窓が夕陽を受けて光っているのがみえるだけだ。玄関のドアの上には庇がある。凝った彫刻をほどこした腕木も淡い緑色。庇のアーチ形に合わせるように、窓の上辺もゆるやかな弧を描いている。

　ジェマが呼び鈴を押すより早く、ドアが開いた。ティムが石段を駆けおりてきて、ジェマの手を取り、頰に軽くキスした。「来てくれてありがとう」

　ティムは長身だが、髪がいつも乱れているのと、あごひげを生やしているせいで、ジェマはよたよたした小犬のような印象を持っていた。もちろん真面目でいい人でもある。この見た目のおかげで、患者から信頼を得ているのかもしれない。

「ヘイゼル――」ティムは声をかけたが、そのときにはもうヘイゼルは階段をあがって玄関のところまで行っていた。「ありがとう。無理を――」

「お友だちから連絡は？」ヘイゼルがきいた。

「ない。アリヤにはまだ残ってもらっている。ジェマが事情をききたいと思うだろうから。ジェマ、アリヤはシャーロットのシッターなんだ」ティムは慌てて説明しながら、ふたりを促して玄関に入った。

玄関ホールには立派な階段があった。よく磨かれた樫材の階段は、直角に曲がりながら、ぐるぐると四階まで続いている。その重々しい雰囲気とは対照的なのが、ドアのそばにある鉄製のブーツラックだった。水玉模様の長靴がサイズ違いで何足も並び、帽子もごちゃごちゃとたくさんかかっている。その横には自転車が一台。ヘルメットがあごひもでハンドルに引っかけてある。

壁は、外壁の縁取りと同じ、優しい緑色。あけっぱなしのドアからリビングがみえる。とても居心地のよさそうな部屋だ。

「シャーロットというのは、お友だちの娘さん?」ジェマがきいた。

「ああ。まだ三つにもならない。今日はナツがシャーロットを連れてうちに遊びにくる予定だったんだ。ホリーとシャーロットをいっしょに遊ばせようと思っていた。だが約束の時間はとうに過ぎているのに、ちっともやってこない。家にも帰っていないというんだ。携帯もつながらない。とにかく、キッチンに行こう。アリヤから話をきいてくれないか」

階段の向こう側に行くと、もっと質素な下り階段があって、そこをおりていくとキッチンがあった。奥行きいっぱいのスペースを使った広い部屋だった。

手前の吹き抜けから広がる光が、陽気なダリア柄のカバーをかけたソファを浮きあがらせている。奥にはフランス窓があって、小さな裏庭に出られるようになっていた。壁際には食器棚と大きな戸棚。架台に板をのせるタイプのテーブルのそばに、とても大きな暖炉がある。

インドのスパイスの香りがする。アジア系の若い女性がテーブルについて、むずかる子どもになにかを食べさせようとしている。女性はちょっとぽっちゃりした体型で、ストレートの黒髪を無造作に結わえている。顔には黒縁の眼鏡。目が赤くなっている。

子どもは……と思ったとき、ジェマは目が釘付けになった。明るい褐色の髪は、黒人のドレッドヘアと同じくらいきつい巻き毛だ。肌はカフェオレを薄めたような色。子どもが顔を上げた。意外なことに、瞳はブルーグリーンだった。足にはマジックテープのスニーカーを履き、泥で汚れたオーバーオールとピンクのTシャツを着ている。ありふれた子ども服が、それを着ている本人の美しさを引き立てているかのようだ。

差し出されたフォークから、子どもが顔をそむけた。若い女性は困ったような顔でテイムをみた。「サモサを作ったんです。マリクさんもシャーロットも、これが好きだから。うちの母がいつもいうんです。料理ができなきゃ、いい男の人を射止められないよって。ばかみたい。ここはバングラデシュじゃないのに。でもわたし、マリクさんやシャーロットのためにお料理をするのは好きなんです」子どもを膝にのせて、優しい声でいった。「シャーロット、ひと口だけでも食べて」

子どもはいやいやをした。唇は固く閉じたまま、若い女性の胸にもたれかかる。

「パパはすぐに帰ってくるわ。なにも食べないでいると、パパに叱られるわよ」女性は厳しい口調でたしなめるつもりだったらしいが、最後は声が震えてしまっていた。そこへティムが声をかけた。

「アリヤ、わたしの妻——いや、キャヴェンディシュ先生だよ」ヘイゼルのほうをみてから、ジェマに視線を移した。「こちらはジェマ・ジェイムズさん。警察に勤めているんだ。相談に乗ってもらおうと——」

「警察？」アリヤは目をみひらいて、警戒心をあらわにした。「警察なんて——変に騒いでマリクさんに迷惑をかけたくありません」

「アリヤ、わたしは友だちとして来たのよ」ジェマがすかさず割りこんだ。アリヤの隣の椅子にさっと腰をおろす。「なにかお力になれることがあればと思って。今日一日のこと、話してくれない？」

「今日一日のこと？」アリヤはきょとんとしている。まるで「円周率の平方根を答えよ」とでもいわれたかのようだ。

「そうよ」ジェマはにっこり笑いかけた。相手の緊張をといてやりたかった。ヘイゼルとティムに目配せすると、ふたりはジェマの意図に気づいて、ソファに腰をおろした。ジェマはアリヤに視線を戻した。「土曜日はいつも、シャーロットのお世話をしているの？」

「いいえ。マリクさんは、週末はできるだけシャーロットといっしょにいるようにしています。けど今日は、朝電話があって、お昼に少しだけ、シャーロットをみていてほしいと。オフィスにでも行くのかと思ったんですけど、マリクさんは書類もなにも持たずに出かけていきました。マリクさんは弁護士なんです。あ、そのことはキャヴェンディシュ先生からきいてらっしゃるんでしょうね」アリヤの口調はいかにも心細そうだった。

「行き先はきいていないの？」

「ええ。すぐに帰ってくる、そのあとはシャーロットを連れてキャヴェンディシュ先生のところに行く予定だから、としか」アリヤはティムとヘイゼルに目をやった。キャヴェンディシュ先生と呼ばれる人がふたりいるので、とまどっているようだ。しかし、いまはそんな説明をしているときではないと、ジェマは判断した。

「ほかに、いつもと変わったところはなかった？　言葉とか、見た目とか」

アリヤは離れた眉を中心に寄せて考えこんだ。「シャーロットにキスしかしませんでした。いつもなら抱きあげてぐるぐる回るのに」自分の名前が出てきたのに反応して、シャーロットが親指をくわえた。

なにか動揺するようなことがあったのかもしれない、とジェマは思った。しかし淡々と質問を続ける。「そのあと、あなたとシャーロットはどうしたの？　どこかにお出かけした？」子どもに微笑みかけたが、反応はなかった。

「庭に出ていただけです」アリヤはフランス窓のほうに目をやった。「シャーロットのお砂場があるし、外に出ているほうが気持ちいいから。そのあと、マリクさんが買ってきてくれたマンゴーがあったから、ミキサーでラッシーを作りました。マリクさんは三時までには帰るとのことでしたから、わたしはそれまでに帰る支度をしていました。けど、ナツさんは帰ってこなかったんです」

ジェマはよく片付いたキッチンをみまわした。調理台のひとつにはオーブンの天パンが置いてある。サモサを焼くのに使ったんだろう。それと、タッパーウエアがひとつ。冷蔵庫はスメグ社のレトロなデザインのもので、マグネットや、元気のいいクレヨン画が貼りつけてある。子どものいる家庭の、ごく普通の光景だ。しかしひとつだけ、普通とは思えないことがある。もうすぐ六歳になるトビーは、言葉をおぼえはじめてからというもの、いつでもなにかしゃべっているというのに……。ジェマはもう一度シャーロットに笑いかけた。「こんにちは、シャーロット。わたしはジェマよ。お絵描きがとてもじょうずなのね」

シャーロットはジェマをみつめかえしたが、無表情なままだった。

発達に遅れでもあるんだろうか。ジェマは不思議に思ってアリヤに尋ねた。「恥ずかしがり屋さんなの？」

「え？」アリヤはびっくりしたようだった。「いえ、そんなことはありません。ただ……この子のお母さんのことがあってから……あまりしゃべらなくなってしまって。特に知らない人のいるところでは」

「お母さんになにかあったの？」

アリヤはジェマをみつめた。シャーロットの髪をからませていた指の動きがぴたりと止まる。「ご存じないんですね」

ジェマは、困るじゃないのといわんばかりにティムを振り返った。ティムは、しかたないだろうというように肩をすくめた。

「ええ、知らないわ」

ティムが身をのりだして、自分を押さえつけるかのように、両膝に手を置いた。「五月だった。ナツが、行方不明の妻をさがす広告を新聞に載せたんだ。わたしはそれをみてナツに連絡をとった」シャーロットに目をやった。慎重に言葉を選びながら、話を続ける。「奥さんのサンドラが、コロンビア・ロードの友だちに子どもを預けた。日曜日の、マーケットの客足が引きはじめた時間帯だったそうだ。用事があるからちょっとのあいだだけ子どもをみていてほしい——そういってどこかに行き、戻ってこなかったというんだ」

4

とても家庭的な光景だった。低い天井、食器がぎっしり詰まった大きな戸棚、磨きこまれたマツ材のテーブルには木製の深皿やバスケットが置かれ、それらに入りきらないほどの野菜が並んでいる。緑の葉野菜や白いカブ、褐色のタマネギ、鮮やかなオレンジ色のニンジン。まさに絵に描いたような、普通の家庭のキッチンだった……

——デニス・シヴァーズ"18 Folgate Street: The Tale of a House in Spitalfields"

ジェマとヘイゼルは言葉を失って、ティムをみつめていた。先に口を開いたのはヘイゼルだった。「失踪したということ？　そんなこと、どうしていままで教えてくれなかったの?」

「さっきそこで会ったばかりで、いつ話せというんだ」

ヘイゼルは立ちあがり、両手をぎゅっと握った。「何年も会ってなかった友だちの奥さんが行方不明だとわかったから、あなたから電話をかけて、カウンセリングを受けないかっていったの? それは職業倫理的に問題があるわ。おかしいわよ」

ティムは顔を上げた。「そうじゃない。だれかに話をきいてほしいんじゃないかと思っただけだよ。カウンセリングをしても、料金を請求したことはない。だいたい、きみは倫理がどうとかいえた立場なのか?」気まずい雰囲気どころではなくなっていた。どちらも敵意をむき出しにしている。とげとげしい雰囲気を感じたのか、シャーロットが泣きだした。

「どういうことなんですか」アリヤがティムとヘイゼルの顔を交互にみた。シャーロットを強く抱きしめて「大丈夫よ、怖くないからね」とささやきかける。

「ふたりとも、いいたいことはあるでしょうけど、いまは控えていて」ジェマが鋭い口調でいった。ひとりの男が約束をすっぽかして、子どものシッターにも連絡をよこさない——ただそれだけのことだと思っていたのに、急に話が複雑になってきた。そんなときにヘイゼルとティムが喧嘩を始めたら、話が面倒になるばかりだ。ジェマは急いで頭の中を整理した。

「ティム、シャーロットを連れて家に帰っていてちょうだい。ほかに頼れる親戚がいれば別だけど。アリヤに任せるのは荷が重いでしょうし――」

「わたしが預かるわ」ヘイゼルがいった。「ホリーといっしょに」

ジェマはかぶりを振った。「シャーロットはティムと初対面じゃないし、お父さんといっしょにティムの家に行ったこともあるんでしょう？　だったらそっちに行ったほうが、なじみがあるから安心できるんじゃないかしら。ティムはナツとも直接関係のある人だし。友だちとしても、仕事の上でもね。ヘイゼルはそうじゃないわ」

ジェマはアリヤのほうをみた。アリヤはシャーロットを優しくあやしてやっている。

「アリヤ、シャーロットを連れて二階にいって、お泊まりの用意をしてやってくれる？」

「わかりました」アリヤは不安そうな顔をティムに向けた。「でも――マリクさんが帰ってきたとき、わたしたちがここにいなかったら――」

「あなたもティムも、書き置きをするといいわ。ティム、留守番電話にもメッセージを入れておいて。携帯電話とオフィス、番号は両方知ってる？」ティムがうなずくのをみて、ジェマはアリヤに向きなおった。「あなたの電話番号を教えてちょうだい。なにかわかったらすぐ連絡するわ。今日はシャーロットをいままでみていてくれてありがとう。助かったわ。お疲れさま」にっこり笑ってアリヤを安心させようとしたものの、ジェマの警官としての本能が、赤く燃えるような危険信号を発していた。

「お泊まりの用意って、なにを——」

「着替え、パジャマ、歯ブラシ、ヘアブラシね」ジェマはちょっと考えてからつけたした。「大切にしてる毛布とかぬいぐるみとか、あるかしら」

「緑の象さん。ボブっていうんです」アリヤの表情がちょっと和らいだ。「由来は知りませんけど」

「じゃ、ボブも忘れずに。旅行ごっこみたいにしてあげて。難しいでしょうけど」ジェマが控えめな声でいうと、アリヤは立ちあがって、シャーロットを片腕で抱きあげた。

アリヤがいなくなると、ヘイゼルがテーブルの皿を片付けはじめた。必要以上にてきぱきしているのは、子どもを預かる役目からはずされたせいだろう。

機嫌をとるのはあとでいい、とジェマは判断した。ティムのほうをみると、ティムの言葉が返ってきた。「ジェマ、まさか——ナツになにかあったと本気で思っているのかい？」

「わからないわ。でも、奥さんがいなくなった経緯がちゃんとわかると、事情が整理しやすくなると思うんだけど」

「それが、だれにもわからないんだよ。さっきから、それをいおうと思っていた。サンドラは、突然ふっと消えてしまったんだ。テレビや新聞の人探し広告もやったし、警察も調べてくれた。ナツが容疑者になったこともあるくらいだ」ティムの声は、深くきかないでくれとでもいいたそうだった。あごひげの下にのぞく首の皮膚が真っ赤になっている。なにかやましいことでもあるかのようだ。ふたりに背中を向けてオーブンの天パンを洗って拭いていたヘイゼルは、いつのまにか手を止めていた。

不用意に踏みこんではいけない領域だ、とジェマは思った。ここをうまく切り抜けないと、ティムとヘイゼルが完全に決裂してしまう。そうなったらふたりの協力を得られなくなる。ジェマは、ソファに座っているティムの隣に腰をおろした。触れ合いそうなほど、体が近づいた。「ちょっと話を戻してもいい？　ナツの奥さんの名前はサンドラだといったわね？　パキスタンの人じゃないのね？」名前だけでなく、娘の褐色の巻き毛や瞳の色から考えても、答えはわかっていたが、確かめないわけにはいかなかった。

「ああ。名前はサンドラ・ジル。ベスナルグリーンの公営住宅で育ったときいている。家族はいまもそこに住んでいるそうだ。母親と、父親の違うきょうだいが何人かいる。家族がサンドラの結婚に反対していたし、ナツとサンドラもサンドラの家族に反感を持っていた。ふたりとも、サンドラの家族のことを〝怠け者〟と呼んでいたようだ。もっとひどい言葉を使うこともあった。サンドラはシャーロットを家族に会わせようとしなかった。ナツのことを悪くいわれるのが許せなかったらしい。ナツは働きながら学校に行き、法律を勉強したやつだ。サンドラの家族はだれひとりとして、まともな職についていなかったというのにな。彼らはサンドラがアーティストとして成功したことも、よく思っていなかったらしい。〝いい気になって〟なんていわれていたようだ」

「アーティスト？」ヘイゼルは片付けを途中でやめて、椅子のひとつに腰をおろした。思わず話に引きこまれてしまったらしい。

「テキスタイルコラージュ。ナツの援助でゴールドスミスという美術の学校を卒業したそうだ。そしてアーティストとして大成功した。個展を開いたり、大きな注文がいくつも入ったりした。仕事が大好きだったと、ナツはいっていた」

「結婚生活になにか問題でも？」ジェマがきいた。

「いや、恵まれた結婚生活だった。結婚して十年ほどたって、シャーロットが生まれた。子どもはあきらめかけていたときだったそうだ。ふたりは心から愛し合っていたし、サンドラはとてもいい母親だった」ティムは語気を荒らげて説明した。いったんゆるんだ空気がまた張りつめてきたのがわかる。自分たちと似た夫婦の話をしているからだろう。ティムとヘイゼルも、子どもは長いことできなかった。やっとのことで娘を授かると、ヘイゼルは模範的な母親になった。

「ずいぶん知ってるのね」ヘイゼルの言葉には棘があった。

ティムはむっとして答えた。「なにがいけない？　ナツはわたしのほかに話す相手がいなかったんだ」

「でも、あなたがききたいと思うような話だけをしたのかもしれないわよ」

「ふたりとも、やめて」ジェマがうんざりして口を挟んだ。ただし、ヘイゼルのいうことはもっともだと思っていた。ナツ・マリクがティムにきかせたのは、事実無根の作り話かもしれないのだ。悲しんでいるにせよ、なにかをうしろめたく感じているにせよ、自分に同情してくれる聞き手さえいれば、人は自分の人生を好きなように脚色して話すことができる。それはその人にとって必要なことかもしれないが、いつまでもそんなことばかりしていてはいけない。「ティム、警察がナツを調べたといってたけど、なにもみつからなかったのね？」

「ああ、なにひとつ」ティムはヘイゼルとジェマをにらみつけた。話に矛盾があれば指摘してくれ、とでもいいたそうだ。

「わかったわ」ジェマはティムの膝に触れた。あなたの話は疑っていないわ、という気持ちを伝えたかった。「サンドラがいなくなった日のことを教えて。五月、コロンビア・ロードだといってたわね？」

「サンドラとシャーロットは、ブリック・レーンでナツといっしょに遅めのランチをとる約束をしていた。それまで、ナツはオフィスにいて――」

「日曜日なのに？」

「だいじな仕事を抱えていたそうだ。しかし、日曜日のランチは必ず家族いっしょにとることに決めていたんだ。ナツはレストランで一時間待った。サンドラの携帯に電話したが、応答はない。そのうち、サンドラの友だちのロイから電話がかかってきた。サンドラが、マーケットに店を出しているロイにシャーロットを預けて、どこかに行ったというんだ。すぐ戻ってくるといっていたのに、戻ってこないという。ロイは店をたたんだあと、どうしていいかわからなくて電話をかけてきた」

「店をたたむ？　お花の露店かなにか？」

ティムはうなずいた。「ロイ・ブレイクリーという男だ。高校の頃から美大を卒業するまで、サンドラは毎週日曜日にロイの店を手伝っていた。小さい頃からロイを知っていて、父親みたいなものだったんだ」

「なのに、どこに行くかいわなかったの？」

「ああ。マーケットの人たちが何人か、サンドラがコロンビア・ロードを歩いていくのをみたらしいんだが、そのあとの足取りがつかめない。なにひとつわからないんだ。ナツは半狂乱だったが、はじめのうち、警察はまともに取り合ってくれなかったそうだ。やっと動いてくれたと思ったら、自宅を調べはじめた。自宅でなにか……凶悪な事件があったんじゃないかと考えたわけだ」ティムは唾をのんで、落ち着かない表情で部屋をみまわした。ジェマは鑑識の仕事風景を頭に描いていた。ルミノール反応、指紋、暴行の痕跡、外部の人間のDNA、残留繊維などを調べたのだろう。その日、出かけているはずのサンドラが予定外の帰宅をしてみたら、夫が愛人といっしょにいて……という状況だって考えられる。

「ナツの知り合い全員が事情聴取を受けた」ティムが続ける。「法律事務所の同僚、クライアント、近所の人たち。そのあと、みんなのナツをみる目が変わったそうだ」

「警察はやるべきことをやっただけだわ」ジェマがいった。

「ああ、わかっている。だが、結局は無駄だった。サンドラはみつからなかったんだ。そしていま、ナツもいなくなった」

ジェマは黙って耳をそばだてた。上の階から物音がきこえる。小さな話し声もする。アリヤの声だけでない。子どもがそれに答えている。シャーロットがしゃべっているのだ。声を低くして、ティムにきいた。「ティム、ナツの精神状態については、あなたがほかのだれよりもよく知っているわね。今日あなたに電話がかかってきたとき、彼は混乱しているようだった？　それとも不安そうだった？　自殺を考えているような口調ではなかった？」

ティムの顔から血の気が引いた。「まさか。いや、彼は奥さんのことで悲しんでいたし、腹を立ててもいたが、シャーロットのことを考えたら、それだけはしないはずだ。それに、電話のナツは……」とまどったような顔で、言葉を探している。「興奮しているようだった」

「だからって自殺は否定できないわ」ヘイゼルはあくまでも現実的だったが、そのせいでティムはまた腰が引けたようになってしまった。

「いや、ナツは自殺なんかしない。なにか事情があるに違いない」ジェマをみた。「捜索願を出すことはできるだろうか」

「正式な捜索願は、明日にならないと出せないわ。でも、状況から考えて、管轄の警察署に話をしておくといいわね。なにか関わりのありそうな事件の報告がないか、調べてみるわ。病院関係も。近所の人たちにも話をきいてみましょう。ナツの同僚の名前がわかれば、自宅の電話番号や住所がわかるかも」そのとき、階段をおりてくる足音と、子どもがむずかる声がした。

「ティム」ジェマは急いでいった。「家の中を調べてもいいかしら。置き手紙とか、電話番号のメモとか、なにか手がかりがみつかるかもしれないわ。もちろん、正式な家宅捜索ということではなく」

「わたしにきかれても――」

「許可を取るとしたら、あなたしかいないもの」

「わかった。いいだろう」ティムは背すじを伸ばした。自分が負った責任の重さを感じているようだった。

「ティム、もうひとつお願い。ナツの身体の特徴を教えて」

5

人気のない夜のスピタルフィールズ。不気味な暗がりの中で仕事をしていると、この部屋も自分も、同じゴールに向かって進んでいるように感じられる。そんなとき、いままでにないほど、過去が身近に感じられるのだ。

——デニス・シヴァーズ"18 Folgate Street: The Tale of a House in Spitalfields"

アリヤがシャーロットのピンク色のバッグを床に置いて玄関まで行くと、シャーロットは自分が置いていかれると気づいたらしい。「リヤ!」大きく叫んで、アリヤの脚にしがみつく。

アリヤはその腕をほどくと、その場に膝をついて、シャーロットを抱きしめた。「今夜はティム先生のところにお泊まりよ。またすぐに会いましょうね」困ったような顔でジェマをみあげる。その目には涙があふれていた。

ジェマは手を伸ばしてシャーロットを抱きあげ、腰にのせるようにして、ドアを開いた。もう夕方から夜になろうとしている。教会の大きな尖塔から落ちる影が、狭い通りを覆ってしまいそうだ。さっきより車が増えている。人々の声やテレビの音声が、いくつかの家の窓から漏れてくる。窓を開けっぱなしにしているのが八月らしい光景だ。

子どもは体をこわばらせて、ジェマにもたれてこようとはしない。髪の毛がジェマの鼻をくすぐる。子ども用のシャンプーの香りと、かすかにカレーのにおいがした。

「リヤ」シャーロットが弱々しい声でいった。「いっしょにいく」じたばたともがいて、アリヤのほうに手を伸ばす。ジェマがバランスを崩してしまいそうなほどの力だった。ジェマはシャーロットをしっかり抱きしめた。小さいけれどしっかりした体から、薄いTシャツを通して体温が伝わってくる。

「行って」ジェマは口の形だけでアリヤにいった。

アリヤは中途半端な笑みを浮かべると、背を向けて、ブリック・レーンのほうに歩きだした。うつむき加減で、重い革のバッグを肩にかけている。

「ティム、あなたももう帰ったほうがいいわ」ジェマがいったときには、シャーロットは泣いていた。声こそあげないが、大粒の涙が頬を伝っている。そのうち、アリヤが角を曲がってみえなくなった。「シャーロット、ティムおじちゃんの家でホリーと遊びましょうね」ジェマが声をかけても、シャーロットは涙を流しつづけるばかりだった。しかたなく、ジェマはシャーロットをティムに抱かせて、荷物を取ってきた。

ティムに抱かれたシャーロットは、とても小さくみえた。しかし、なじみのある人間に抱かれたことで、少しはほっとしたらしい。ジェマが緑色の象のぬいぐるみを渡すと、シャーロットはそれを受け取って胸に押しあてた。「ホリーとボブと、みんないっしょに仲良く遊べるかしら?」ジェマがきくと、シャーロットは真面目な顔をしてこくりとうなずいた。「そう、いい子ね」

「じゃあ、またあとで」ティムが不安そうにいった。

「なにかわかったら、そっちに行く前に連絡するわ」ジェマはナツの家の合い鍵をアリヤから預かったので、家の中を調べたらすぐイズリントンに行って、合い鍵をティムに渡すということで話がついていた。

ティムはうなずいて、シャーロットを抱いたままボルボのほうに歩いていった。後部座席にホリーのチャイルドシートがある。サイズはかなり大きいが、シャーロットをそこに座らせて、ベルトをしっかり締めた。ティム自身も運転席に乗りこむと、うしろを一度もみないで車を走らせていった。

「よかったら、わたしも残るわ」ヘイゼルがいった。「力になりたいの。そうすれば、ジェマが合い鍵を渡しにいくときも、車で送ってあげられるし」

ヘイゼルは本気でそういっているようだ。ジェマは一瞬心が揺れたが、ヘイゼルとティムの一触即発の間柄を考えると、やめたほうがいいと判断した。それに、ひとりになって気持ちを集中させたいという思いが急に強くなってきた。この家の住人がどういう人たちだったのか、なにが起こったのか、ひとりでじっくり考えたい。

「わたし、何本か電話をかけなきゃならないの。いつ終わるかわからない」腕時計に目をやった。まずは、個人的な連絡をしなければならない。急いだほうがいいだろう。自分がどこにいてなにをやっているか、ダンカンに知らせるのだ。「だから、ヘイゼルは帰っていてちょうだい。イズリントンまでの足は大丈夫。地下鉄に乗るわ。考えてみて、いまこの家にはティムもアリヤもいないのよ。わたしはここに不法侵入していることになる。そのことにヘイゼルを巻きこみたくないの」それだけではない。言葉にするのは控えたが、ここは犯罪現場かもしれないのだ。だとしたら、外部の人間に荒らされないほうがいい。

「でも――」ヘイゼルはいいかけてやめた。その沈黙に、ヘイゼルの本音があらわれていた。ひとりで家に帰りたくないのだろう。

ジェマはヘイゼルを抱きしめて、頰にキスした。「あとで電話するわ。必ず」

ヘイゼルは車に乗る直前に振り返った。「わたし、ひどい態度だったわね。つい

――」肩をすくめる。「まあいいわ。ティムの友だちが無事だといいわね」

「ええ、本当にね」


ダンカン・キンケイドはリビングのソファに横になっていた。土曜日の新聞が、コーヒーテーブルと、床にも広がっている。胸には犬が一匹、足の上には猫がくつろいでいた。庭に通じるドアをあけっぱなしにしてあるので、かすかな風が入ってくる。もう夕方を過ぎて、そろそろ夜といってもいい時刻なのに、やけに蒸し暑い。コッカースパニエルのジョーディのせいもあって、ダンカンは汗ばんでいた。

「おまえ、もう少し小さくなったらどうだ」そう声をかけたものの、起きあがって犬をどかすのも面倒だった。かわりに濃い灰色の耳をなでてやる。ジョーディは気持ちよさそうな息をつくと、ここから離れまいというように、ダンカンの胸板に体を落ち着けた。


昼間、ダンカンはカーリンフォド・ロードを訪ねていた。前に住んでいたマンションを人に貸していて、その人に会う用事があった。せっかくそこまで行くのならと、息子たちと二匹の犬を連れてハムステッドヒースにも遊びにいった。

思い切りはめをはずしてきた。フリスビー、ボール投げ、宝探しごっこ――全力で二時間も遊んでくれれば、犬も人間もへとへとになる。おかげで、土曜の夕方のひとときをゆったり過ごすことができた。子どもたちはそれぞれ自分の部屋で休んでいる。キットはiPod《アイポッド》用のスピーカーで音楽をきいているらしい。低く響いてくるベース音が犬のいびきとマッチして、妙に心をなごませてくれる。

携帯が鳴った。ダンカンはコーヒーテーブルに手を伸ばして携帯を探したが、その動きのせいでジョーディが胸からおりてしまった。「ごめんな」黒猫のシドも顔を上げて、安眠を妨害しないでくれとばかりに甲高い鳴き声を漏らした。

ジェマに違いないと思っていたダンカンは、携帯電話に表示された発信者の名前をみて驚いた。どうしてジェマからじゃないんだろう。なんとなくいやな感じがして、体をきちんと起こして電話に出た。

相手の話をきき、しかるべき返事をする。電話を切ったときには、不安がはっきり形をなして、胸に居すわっていた。

また電話が鳴ったとき、ダンカンは携帯を手に持ったまま、暖炉の上の絵をぼんやり眺めていた。いとこのジャックがジェマに贈ってくれた、コッカースパニエルの油絵だった。

今度はジェマからだった。気持ちを鎮めてから通話ボタンを押し、明るい声で応じた。「もしもし、ジェマ」

あとは話をきくだけだった。ジェマの長い説明が始まった。ティム・キャヴェンディシュの友だちが行方不明になり、それについてはこみいった事情があるのだという。ようやく口を挟めるようになると、きいた。「ジェマ、いまどこにいるといった？」

「スピタルフィールズよ。時間がかかりそう。所轄の話もきいてみたいわ。こっちに知り合いはいない？」

「いないことはないが、管理職ばかりだな。ベスナルグリーン署の刑事課に問い合わせてみるよ。ジェマ――」これはきみが首をつっこむような問題なのか、とききたかった。しかし、それが頭に浮かんだ時点で、愚問だと思った。ジェマにはジェマの考えがあって、それに従って行動するだけだろう。あれこれ指図する権利は自分にはない。

「ごめんなさい、夕食には間に合わないわ」ジェマが謝った。ダンカンが黙っている理由を誤解したらしい。

「ピザをとれば子どもたちは喜ぶだろう。きみのぶんを残しておいてあげるよ」

「全部終わったら連絡するわ。ダンカン――」ジェマはちょっとためらってからいった。「――笑い話で終わるかもしれないけど、もしかしたら……」

「事件かもしれないと思ってるんだね」

「ええ。一時的な記憶喪失かなにかでそこらを徘徊しているだけだとしても、奥さんもいなくなっているのよ。もう三ヵ月になるわ」

ジェマが刑事の口調になっている。事件になる前に解決してくれればいいが、とダンカンは思った。事件になったとしても、ベスナルグリーン署の刑事課とのあいだに縄張り争いが起こらないといいのだが……。そのことばかり考えているより、さっきの電話のことをジェマに話したほうがいいのだろうか。そう思っていたところへ、トビーがやってきた。玄関ホールにあった傘を水平に動かしている。ハムステッドヒースで金属探知機を使っている男がいたので、それを真似しているのだ。ブーブーとかカチカチとかいう音まで出している。

話はとりあえず終わりにしたほうがいい。「わかった。もう切るよ。でないときみまで宝探しごっこに付き合わされる。キャプテン・ジャックだのおしゃべりオウムだの、大変だぞ」

「そうなの」ジェマは笑った。「わかったわ。じゃ、あとで電話するわね」電話が切れた。

トビーが機械の音を出すのをやめた。「電話、ママからだったの?」

「ああ、そうだよ」

「なんでぼくに代わってくれないの?」

「ママは忙しいんだ。そのうち帰ってくるよ」

「どうして忙しいの?」

ダンカンは息をひとつついてから答えた。「今日はヘイゼルおばちゃんといっしょだからさ」

「ヘイゼルおばちゃんとなにしてるの？」トビーの振りまわした傘が、コーヒーテーブルに置かれたユリの花瓶をかすめた。シドがソファの下に隠れる。

「女同士、いろいろあるんじゃないか？」

「いろいろって？」

「さあな。この顔が女にみえるかい？」ダンカンは怖い顔をしてみせた。トビーがくすくす笑う。

「〝なんで〟と〝どうして〟は、しばらく禁止だぞ」

「なんで？」トビーが笑いながらいう。

「それは――」ダンカンはすばやく動いてトビーをつかまえた。傘を手から放させる。

「この胃袋にピザが入るかどうか知りたいからだ」トビーのおなかのあたりをぎゅっと抱きしめてから、脇腹をくすぐった。甲高い悲鳴があがる。

「ピザ、食べたい！」トビーは体をくねらせながらいった。

「パイレーツのピザか？」

「ううん、ビートルの店がいい」

「ペンブリッジ・ロードの店だよ」キットの声がした。ちょうどリビングに入ってきたところだった。上で鳴っていた音楽が消えている。「ウィンドウに車が飾ってある店だよ。あれのこと、トビーはフォルクスワーゲンのビートルだっていいはるんだ。違うっていってるのにさ」なにも知らない五歳児のくせに、といわんばかりの十四歳の科白だった。

顔を上げて息子の姿をみたダンカンは、ひと晩でまた背が伸びたんじゃないか、と思った。すらっと細くなったようにもみえる。ジーンズのポケットからはｉＰｏｄのイヤフォンが垂れさがっている。ブロンドだった髪は、この頃褐色に近くなってきたようだ。そろそろ髪を切ったほうがいい。肌にはにきびひとつないのがありがたい。十代の子どもにありがちな悩みのひとつを、キットは抱えずにすみそうだ。

「じゃ、ビートルの店にするか」ダンカンは立ちあがった。「ジェマはまだ帰れないそうだ」

「さっきの電話、だれから？」キットがきいた。

「ジェマだよ。ヘイゼルといっしょにいて、まだ帰れないそうだ」

「そうじゃなくて、その前の電話だよ」

ダンカンは片方の眉を上げて、息子の顔をみた。「ん？　なにか探ってるのか？」

「違うよ」キットは色白で、なにかあるとすぐ赤くなるのは相変わらずだ。「さっき――階段に座ってたんだ。あそこにいるのが好きなんだよ」

そうやって、世界が平和かどうか見守っているんだな――ダンカンはそう思って、内心でため息をついた。この夏は比較的平和な日々が続いたからよかったが、キットは妙な責任感にとらわれがちだ。まわりのみんながしあわせに暮らしていないと、それが自分のせいだと思ってしまう。「シンシアおばさんからだよ」ダンカンは真面目な顔で答えた。

キットは眉をひそめた。「どうしてジェマにかけてこないの？」

ちらりとようすをみると、トビーはまた傘を手にして遊びはじめていた。ダンカンは首を横に振った。電話はいい知らせではなかった。それはジェマにとってもキットにとっても同じことだが、ダンカンとしては、先にジェマに知らせたかった。

シンシアは、ジェマに直接話したくないから、ダンカンに伝言を頼んできたのだ。話したくないというより、つらくて話せないからだろう。

骨髄の検査結果が出たという。ジェマもトビーも、シンシアもシンシアの子どもたちも、白血球の型が合致しなかった。しかも、母親のヴァイの体調は悪化しているという。

ジェマは玄関ホールに立っていた。家全体がしんと静まりかえっている。息苦しさをおぼえるほどだ。自分はここにいてはいけない人間だ、と感じた。他人の生活に土足でずかずか踏みこんできた侵入者なのだ。

しかし、ダンカンと子どもたちの心配をしなくてもよくなったからには、ティムやアリヤと約束したとおり、やるべきことを最後までやるつもりだった。まずは家の中をひととおり調べてみよう。あちこちに電話をかけるのはそれからだ。

　ドアと階段のあいだにきちんと置かれた自転車のハンドルに触れてみた。男性のレース用自転車だ。といっても、その方面にあまり詳しくないジェマの目にも、新品ではないことはわかったし、そう高いものでもなさそうだった。この家と同じように、よく使いこまれて、よく手入れされている。シンプルなヘルメットの脇のところに、花の転写シールがついている。シャーロットがつけたのだろう。ナツ・マリクがこれを置いていったことには、なにか意味があるのだろうか。ナツが日常的に自転車に乗っていたのなら、今日はどうして乗っていかなかったんだろう。

　階段の手すりに指を走らせながら、まずはどの部屋から調べようかと考えた。リビングにしよう。ドアをあけて中に入り、部屋全体を眺めた。幅広の板を使ったフローリングは、玄関ホールからひと続きになっている。家が建てられた当時のままなのかもしれない。窓の下半分を覆っている木製の鎧戸からも、同じ印象を受ける。

　壁板も、鎧戸も、暖炉のまわりも、すべて同じ淡い緑色一色で塗られている。ソファと、柔らかそうな肘かけ椅子は、それよりさらに薄い緑色のカバーがかけられている。床にはウールのラグマット。すっかり色が褪せているので、よくみないと、花柄だということがわからなかった。しかし、これといった特徴のないシンプルなインテリアは、そこまでだった。

花の絵がたくさんある。ほとんどは額にも入れないまま、壁の中くらいの高さにずらりと並べられている。珍しいが、とても目を引く飾りかただ。ジョージ王朝風の家は天井が高すぎて落ち着かない感じがするものだが、絵のおかげでその印象が和らいでみえる。

大きなバスケットが部屋のあちこちに置かれている。子どものおもちゃが入っているが、バスケットのひとつからは、ぼろぼろになったサルのぬいぐるみが落ちかけている。逃げようとして失敗したかのような格好だ。片足がバスケットの縁に引っかかり、宙づりになっている。刺繍でつけられた目鼻が、びっくりしたような表情のまま固まっている。

ランプもテーブルもシンプルなデザインだが、真鍮のシャンデリアにはキャンドルがたくさん並んでいるし、壁の燭台にもキャンドルが立てられている。

ソファの端にもバスケットがひとつ置いてあり、黄ばみかけた新聞の山が入っている。ジェマはいちばん上の新聞に触れてみた。埃が積もっている。〈ガーディアン〉だ。日付は五月半ば。

暖炉の向こう側には、長椅子とフロアランプがある。読書のためのスペースだろう。どちらも、花柄のパッチワークのカバーがかけてある。ここにパッチワークを持ってくるのが意外だが、明るい雰囲気がとてもいい。ジェマは思わず笑顔になった。長椅子の横には本がいくつもの山を作っている。そばに膝をついて、タイトルに目を走らせた。コーヒーテーブルほどの大型本も何冊かある。ジョージ王朝風の建築様式やインテリアやテキスタイルデザイン、あるいは絵画や家具の歴史についての本だった。ほかにもいろいろある。イーストエンドについての本や、角の折れたペーパーバックの小説、子どもの絵本。トビーの好きなシャーリー・ヒューズの作品もたくさんある。

いちばん大きな山はサイドテーブル代わりに使われていたらしく、青い陶器のマグカップが置いてある。まるで、だれかがさっきまでここでお茶を飲んでいたかのようだ。しかしよくみると、カップは空で、使った形跡もなかった。

立ちあがると、自分の姿が目に入った。暖炉の上に、金の縁取りのある大きな鏡があった。また伸びてきた髪が少し乱れている。ほつれた毛束を耳にかけてから、気がついた。新聞に積もっていた埃を鼻につけてしまった。ティッシュがないので、手の甲で鼻をこすりながら、暖炉のまわりを観察した。ひびの入ったクリーム色の水差し。子どもの描いた絵。赤い棒のような形をした人間たちが黄色い雲の下に立っている絵で、これは額に入れてある。磁器のボーダーコリー。あまりにもいきいきした表情をしているので、思わず手を伸ばして頭をなでた。

写真が一枚もない。

ダイニングルームもリビングと同じように、シンプルな基調に奇抜なアクセントをつけたようなインテリアだった。どっしりした丸テーブルのまわりに置かれた椅子はデザインがばらばらだし、座面の生地もひとつひとつ違っている。壁には黄ばみかけた油絵が並んでいた。どれも、かつらをかぶった男とリボンをつけた女の肖像画だ。中性的でかよわい感じの顔ばかり。十八世紀の肖像画をイメージしたものかもしれない。シャンデリアはやはりキャンドルがたくさん並んだものだし、壁の燭台にもキャンドルが立ててある。しかし、この部屋にはあまり使用感がない。下のキッチンからここまで料理を運んでくるのが大変なのだろう。

ひとつ息をついて、二階へ向かった。階段の踊り場から外をみると、もうだいぶ暗くなっていた。ブリック・レーンにあるカレーのレストランのネオンサインが、教会の黒い影の中に光の矢を放っている。二階に着くと、手探りで電気のスイッチを入れた。

メインの寝室は通りに面していた。修道院を思わせる部屋だった。窓にはシンプルな白のローラーシェード。黒っぽい木材に彫刻をほどこしたベッドには白いベッドカバー。しかし、この部屋にもやはり、壁の腰くらいの高さに、目を引く仕掛けがあった。リビングやダイニングと違って絵ではなく、フックが並んでいる。かけられているのはネックレスやビーズ細工。その上に、宝石のような色をした小さな一輪挿しが取りつけてある。女性用のドレッサーがあるが、年代物の鏡は埃をかぶって曇ってしまってい鏡の下にはこまごまとしたものが散らかっている。アンティークの香水の瓶、ぶらさがるタイプのイヤリング、凝ったデザインだが光沢のなくなった銀の手鏡、口紅。ドレッサーの椅子には、サリーのようなシルクでできたナイトガウンが無造作に引っかけてある。

部屋の奥にはクローゼットがある。現代的なデザインのものだ。片側には紳士物の服。ほとんどはスーツだが、カジュアルなシャツやズボンも何着かあるようだ。

反対側の扉を開けると、ふんわりとした香りが流れ出してきた。なにかのスパイスが混じったような、フローラルの香り。なんという香水か、ジェマにはわからなかった。

ビジネススーツは一着もない。ワンピース、ブラウス、スカート――ほとんどがヴィンテージもののようだ。フリルのたくさんついた、カナリアみたいな黄色のペティコート。きちんとたたんだセーター、Tシャツ。ジーンズもある。靴はブーツやサンダルもあれば、とてもヒールの高いパンプスもある。

存在を主張するものばかりだった。ジェマは耐えきれず、扉を閉めた。いつのまにか息を止めていたことに気がついた。

次はシャーロットの部屋だ。白い子ども用ベッドとポニーの形のランプがある。チェストはピンク色。さっき、アリヤが大慌てでここに来て、チェストの中身をバッグに詰めたのだろう。あけっぱなしの引き出しから子ども服がこぼれ出て、まるで段々の噴水のようになっている。ベッドサイドのテーブルには写真が一枚。サンドラ――シャーロットの母親だ。シャーロットと同じ強い巻き毛だが、シャーロットとは違ってブロンドだ。用心深そうな、知性的な顔だち。美人だが、近寄りがたいほどではない。カメラをまっすぐにみて、口角をあげてかすかに笑っている。地に足のついた女性の顔であって、現実から逃げ出すような女の顔ではない。

ジェマは子どもの部屋から出て、さらに階段を上がった。手すりは彫刻のないシンプルなものに変わり、階段の幅も狭くなった。この上にあるのは使用人の部屋だ。まずは奥の部屋に入ってみた。シンプルなダブルベッドを置いた予備の寝室だとわかった。

手前の部屋は仕事部屋だった。やけに男っぽい、いかにも法律家のオフィスという感じがする。重厚な机と、ガラスの扉のついた本棚があって、革表紙の本がずらりと並んでいる。机の電気スタンドには緑色がかったシェードがついている。机の上には書類が散らかっているが、ざっとみたところ、どれも法律に関する書類ばかりだった。担当している裁判関係のことが、黄色いリーガルパッドに書かれている。ローロデックスや日記帳はみあたらない。ラップトップのパソコンが一台あるが、閉じた状態だ。いまの自分にはそれを開く権限はない、とジェマは判断した。

階段に戻り、さらに上をめざした。漏れてくる光で、なんとかまわりがみえる。玄関ホールよりも広いスペースに入ったのがわかった。電気のスイッチを手で探る。スイッチを入れて、あたりがぱっと明るくなった瞬間、ジェマは思わず「わあ」と声を漏らした。

ロフトだった。どの窓にもカーテンがかかっていないので、色とりどりの室内のようすがガラスに反射している。そんな部屋を照らしているのは、天井からいくつも吊りさげられた、シンプルな円錐形の照明だった。

一瞬おいてからようやく、自分がなにをみているのかがわかってきた。大きな作業台が、部屋の真ん中にある。その半分のスペースには、布の端切れがたくさん積みあげられている。散らばっている紙は鉛筆のスケッチ画だ。残り半分のスペースに、木綿の布地をセットした木のフレームがある。一辺が一メートル以上ある、大きなフレームだ。布地の一部にはさまざまな端切れが重ねられているが、まだなにも載せられていないところもあるし、鉛筆の下書きもみえる。

テキスタイルコラージュだ。未完成で、なんの絵なのかわからないが、濃い色のレンガと、その手前を、ドレスを着た女たちが歩いているのはわかる。金糸の飾りひもで描いているのは鳥かごだろう。しかし、中にみえるのは鳥ではなく、女の顔だ。ぼやけていて、顔だちははっきりわからない。

ジェマはなんだか落ち着かない気分になって、顔をそらした。ほかの部分を観察する。端切れの入ったバスケットがそこらじゅうにある。色も素材もさまざまな端切れの一部は、バスケットからあふれて床に落ちている。

　壁際には整理棚があって、小さく折りたたんだ端切れがたくさん入っている。反対側の壁には白い机。赤い馬の絵が目を引いた。そのほか、スケッチブックやノートがたくさんある。ポストイット、どの机にもよくあるようなペンや鉛筆の束、輪ゴムなどが、ごちゃごちゃと机を埋めていた。ジェマは手を伸ばしてから引っこめた。不用意にものに触ってはいけない。電気のスイッチは別として、むやみに指紋を残さないようにしなければ。それに、ここを荒らす権限は、いまの自分にはないのだ。

　今度は手前の壁をみた。コルクボードにたくさんの絵が貼ってある。サンドラが描いたものもあるし、シャーロットが描いたものもある。そして、写真がある！　すました家族写真がこの家のどこにもなかった理由がやっとわかった。写真はすべてここに集めてあるのだ。写真同士が重なっていてもおかまいなしに、画鋲で無造作に留められている。家族の日々の生活風景が、手にとるようにわかる写真ばかりだった。

　サンドラの写真より、ナツとシャーロットの写真が多い。サンドラが撮ることが多かったのだろう。ジェマは、シャーロットを膝にのせたナツの写真をじっとみた。キッチンのソファが写っている。

　身体的特徴はティムからきいていた。ナジール・マリク、四十歳（確信はないが、ティムとは大学時代の友だちだったので、それくらいだろうとのこと）、中肉中背（サンドラがいなくなってからは少し痩せたらしい）、髪と瞳は黒、肌は浅黒く、眼鏡をかけている。

ティムからの情報に含まれていなかったのは、いかにも弁護士らしい雰囲気だ。銀ぶちの眼鏡の奥からこちらをみつめる目は真剣そのもので、笑顔には思いがけないほどの魅力があるし、温かみが伝わってくる。

ジェマは思わず両腕をこすった。鳥肌が立っている。この家で凶行があったとは考えられない。自殺もありえない。

はっきりわかった。ナツ・マリクは希望を捨てていない。妻がきっと帰ってくると信じている。

6

マーケットに行ったあとの朝食は、ライ麦パンのコンビーフサンドと決まっている。マスタードをきかせた、通りのいちばん端の〈ベーグル・ベイク〉のやつだ。

——レイチェル・リヒテンシュタイン“On Brick Lane”

上の階にいるあいだに、キッチンはすっかり暗くなっていた。ジェマは明かりをつけたが、外から丸見えのような気がして、窓の内側の鎧戸を閉めた。奥のフランス窓はまだ開いたままで、じっとりした空気がときどきふっと流れてくる。ニンニクとスパイスの香りがした。揚げ物の油のにおいが混じっている。

胃が低い音を立てた。そういえば、ヘイゼルとゆっくりお茶を飲むからと、ランチは軽くすませたのだった。あれからもう何時間もたっている。アリヤの作ったサモサが調理台に残っていた。上からアルミホイルをかぶせたのはヘイゼルだろう。ジェマはホイルをめくって、サモサをひとつとった。悪いことをしているような気分になったが、冷蔵庫の中を探るわけにはいかないのだから、しかたない。

なかなかいける。マッシュしたポテトにいい味がついている。が、温めたらもっとおいしいだろう。電子レンジがないかと思ってキッチンをみまわしたが、みあたらなかった。コンロと冷蔵庫のほかに、現代的な道具はひとつもない。さらによくみると、天井の低いこの部屋にぴったりおさまるサイズの食器棚があることに気がついた。アンティークの、とても立派なものだ。この家が建てられたときから、このキッチンにあったものなのかもしれない。暖炉もとても大きい。昔は、暗いキッチンの暖炉に火を入れて、家族が集まっていたのかもしれない。地下のキッチンが、この家の中心だったのだ。

いまでもそうなのだろう。シャーロットの描いた絵が、冷蔵庫のドアに無造作に貼りつけられている。さっきみたときと違って、描かれている人物の顔もよくわかる。ナッとサンドラだ。ここは家族三人が集まる部屋だったということだ。

サモサを食べおえると、刺繡のついたふきんで指先を拭いた。これだけ食べれば、空腹で気が散ることもない。やるべきことを片付けていかなければ。テーブルに向かって座り、ハンドバッグからペンと手帳と携帯電話を取り出した。

まずはマイルエンド病院、それからロイヤルロンドン病院に電話をかける。自分の名前と職業を告げて問い合わせたが、ナツ・マリクの特徴と合致する急患は運ばれてきていないとのこと。ほっとしたような、がっかりしたような、複雑な気分だった。

次はベスナルグリーン署。自動音声に従って数字を入力していき、最後にようやく生きた人間の声をきくことができた。当直の警官は、シン巡査部長と名乗った。声質からして、若くてほっそりした可愛らしい女性だろう。それでいて、有能そうなてきぱきしたしゃべりかただ。

「サンドラ・ジルという女性が失踪した件を調べた刑事さんに話をうかがいたいんです」ジェマは自分の名前と肩書を明らかにしてから、いった。「五月の事件です」

「ああ、あれですか。奇妙な事件でしたね」巡査部長は気さくな口調で応じてくれた。「担当したのはウェラー警部補ですが、今週末はお休みをいただいていて」

土曜の夜の食事どきだというのに、ざわざわした騒音はきこえてこない。

「携帯電話の番号を教えていただけないかしら。携帯じゃなくても、連絡さえ取れればなんでもかまわないわ」

「それが、だめなんです。警部補は息子さんの結婚式でシュロプシャーに行っていて、だれかが電話をかけてきたら携帯をトイレに捨ててやる、なんていってたので」冗談めかした口調だったが、そのあとは真剣な声でいった。「何カ月も前の事件なのに、どうしてそんなに急いでらっしゃるんですか？」

「今日の午後、サンドラ・ジルの夫が行方不明になったようなの」ジェマは詳しい説明をした。「捜索願を出すにはまだ早いってことはわかってるけど、事情が事情だから、例外として受け入れてもらえないかしら」

「わかりました」さっきまでの軽い調子がすっかり消えていた。「あの女の子はどうしてるんですか？　福祉課に連絡したほうがいいでしょうか」

「今夜は父親の友人が預かっているわ」ジェマはティムの住所と電話番号を伝え、自分の連絡先も教えると、あらためて頼んだ。「というわけで、ウェラー警部補に伝言をお願いできないかしら。もしかしたらきいてくれるかもしれないでしょう？　できるだけ早く、わたしに連絡をと伝えてほしいの」

電話を切った。きちんと順序を踏んで、できるだけのことをした。それはわかっていても、どうにも落ち着かない気分だった。なにかやり残したことがあるような気がする。ティムと話していたときにとったメモをみて、番号案内に電話をかけてみた。ナツ・マリクの同僚のルイーズ・フィリップスの連絡先が知りたい。しかし、ありふれた名前だというのに、一件もヒットしなかったらしい。番号を登録していないか、携帯電話しか持っていないということだ。最近はそういう人が多い。

インターネットで調べれば、もっといろいろわかるかもしれない。いまそれを頼めるのは、ノティング・ヒル署のメロディ・タルボット巡査しかいない。

ところが、電話をかけてもメロディは出なかった。ジェマは留守電に短いメッセージを残した。土曜日の夜にこんな電話をしてごめんなさい、とひとこと付け加える。電話を切ってから反省した。メロディがつかまるだろうと考えるほうがおかしい。メロディは若くて魅力的な女性だ。上司の自分が知らないだけで、彼女は彼女なりにプライベートな時間を過ごしているのだ。

それにしても、とジェマは思った。同僚の多くは、休みの日にあんなことがあったことがあったと話したがる。うっとうしくなるほどだ。なのにメロディはどうしてそういう話をまったくしないんだろう？


「娘にはフォアグラのソテーを」

「やめて、わたしはフォアグラなんて食べたくない」メロディ・タルボットは作り笑いをして父親にいった。

「フォアグラはこの店の名物料理なんだぞ」アイヴァン・タルボットがいった。だれに向かっていっているのかしら、とメロディは思った。腰の低いウェイターに教えてやっているつもりなら、大きなお世話だ。ウェイターはそんなことはよくわかっている。あるいは、今日の主賓に教えてやっているのかもしれない。「いいから、フォアグラを四つだ」父親はメロディの言葉に耳を貸さずに注文した。いつものことだ。「クウェンティンはなんでも食べられる男だろう？」

クウェンティンというのは、今日の主賓——最新の生贄だ。メロディの花婿候補として、ここに座っている。クウェンティン・フロビシャー。父親の会社の社員で、背が高く、髪は薄茶色、顔にはそばかすが目立つ。いかにもイギリス人という感じの、なかなかの美男子だ。しかし、メロディの好きなタイプではなかった。我慢して付き合ってみようかなという気さえわいてこない。

メロディは、〈アイヴィー〉という店の外で、両親とクウェンティンに会ったばかりだった。そこから店に入ってテーブルにつくまでのあいだに、小声で父親に毒づいた。

「お父さん、今度は普通の男だっていってなかった？　クウェンティンなんて名前の男が普通なわけないじゃない」

壁際の席に座ったメロディは、この状況にうんざりしていた。なんでこんなところにいなきゃいけないんだろう。もううんざり。職場の人たちにみられたらどうしよう。

しかし、普通の警官が土曜の夜にこんなところにいるとは思えない。ここはロンドンでも指折りの高級レストランなのだ。とはいえ、この店は、テーブルの三分の二を〝お得意様〟用と決めているものの、値段がものすごく高いというわけではない。時間と勇気さえあれば、だれでも来られる店だといえる。

メロディ自身、今夜はこの店だといわれたから来てしまったのだ。十代の頃から、特別な日には両親が連れてきてくれた店で、とても気に入っていた。ドアの上には色彩豊かなステンドグラスがはめられていて、まるでダイヤモンドみたいにきらきらしている。店の外の街灯は青い三日月みたいに光っているし、店内に飾られた絵画や壁画もすばらしい。テーブルクロスにはぱりっと糊がきいている。なにより、なめらかに動く精密機械を思わせる店の雰囲気が好きだった。地下の厨房では料理人たちが忙しく働いているだろうに、そのあわただしさを客にはまったく感じさせない。警官として働く日常生活には縁のない落ち着いた時間を、ここでは味わうことができるのだ。

そこまで考えたとき、メロディの心は現実に返った。大きくあいた襟元をちょっと直してから、不安な気持ちで店内をまたみまわした。仕事をしている女が――特に警官なんていう仕事についている女が――こんな店でお見合いなんてするべきじゃない。たとえばトイレに行ったとき、ガリガリにやつれたセレブがコカインを吸っていたら、どうしたらいい？　警官としての職務を遂行すれば、自分の正体が同僚たちにばれてしまう。思わず身震いがした。まさか、〈アイヴィー〉のトイレに隠しカメラを仕込む勇気のある人間はいないと思いたい。普段から、父親といっしょの写真を撮られないように、細心の注意を払っているのだから。

父は今夜、比較的客の少ない時間帯を選んでくれた。芝居の前や後はレストランが混む時間帯だが、その間はすいている。社交的で人前に出たがる父にしては珍しいことだ。たぶん、そうしないと娘が来てくれないと思ったのだろう。今日の父はやけに機嫌がいい。〈アイヴィー〉は、上客だからといって特別なテーブルを用意するようなことはしないのだが、今夜はなぜか、店の奥のいちばんいいテーブルに案内してくれた。ここからなら、ほかの客のようすが一望できる。

「メロディ、そんなに服ばかりいじってないで、じっとしていなさい」母親が小声でいった。このワンピースを買ってきたのは母親だ。このところひいきにしているナイツブリッジの新人デザイナーの作品だった。見立てはいつものとおり完璧で、メロディが着てみるとぴったりだった。色は黒。手袋みたいに体にフィットしている上に、オフショルダーで胸元が大きくあいている。メロディはそれが気になってしかたがなかった。そうでなくても、肩幅が広いことや胸が大きいことは悩みの種なのだ。

「そんなの気にすることないわよ」午後、メロディの部屋で、母親はそういった。ワンピースはいい香りのする薄紙に包まれていた。紙袋にはリボンもかけられていた。「そこがあなたの魅力のひとつなのよ。むしろ強調しなくちゃ」メロディがワンピースを試着すると、母親は一歩下がってその姿を満足げに鑑賞した。「とても素敵よ。脚もきれいね。あなたがいつも着ている安物のパンツスーツじゃ、その魅力が台無しよ」

メロディはふくらはぎの筋肉がくっきり盛りあがっている。学生時代に陸上をやっていた名残だ。いまも時間が許せばハイドパークでジョギングをするようにしている。そのふくらはぎのせいで、体全体ががよりがっしりしているようにみえる気がして、なるべく脚を隠す服装を心がけているのだった。

「それと、髪をなんとかしなさい」母親はそういって、メロディの頬にキスした。「ボビーに頼めばやってくれるわ」

そんなわけで、ケンジントンでも最先端といわれる美容室に、土曜の午後だというのに急な予約をねじこむことになった。一時間後、すっきりしたヘアスタイルで美容室を出てきたときには、ささやかな勝利の喜びを味わっていた。ハイライトを入れようという美容師に、染めるのは絶対にいやだといって逃げきったからだ。メロディは、黒くて艶のある豊かな髪を、いつもあごの長さのボブにしている。長所なんてろくにないけれど、この髪とヘアスタイルだけは自慢できる、密かにそう思っていた。

メロディはもう一度襟元を強く引っ張って、母親に向かって顔をしかめてみせた。しかし母親はうれしそうににこにこしている。それをみていると、メロディも肩の力が抜けて、口元がゆるんできた。アシーナ・タルボット、旧姓ホッブズを相手にしていると、どんなに不機嫌なときでも、機嫌を直さずにいられなくなる。子どもの頃からアティと呼ばれてきた母は、男であろうと女であろうと、出会う人すべてを虜にしてきたのではないか――メロディはそんなふうに思っていた。

ほっそりとした体と、少女のように可愛らしいしぐさのせいもあって、いまでもじゅうぶんに魅力的だ。年が半分くらいの男性でも、振り返ってみとれるほど。気の毒なクウェンティンも、うっとりしてメロディの母親をみている。テーブルの下でクウェンティンの脚を蹴ってやろうか。

しかし、父親はメロディ同様、そういう視線に敏感だった。テーブルの上で妻の手をそっと握って、クウェンティンに微笑みかける。優しそうな笑顔の下に隠れたサメのような冷たい視線がクウェンティンを刺す。

クウェンティンは顔を赤らめて、視線をそらした。さすがは年の功ね、とメロディは思った。縄張りを侵す者は許さない、分をわきまえろ、というメッセージを確実に相手に伝えたのだ。それも、とても巧妙なやりかたで。

メロディは十代の頃、父親が母親と結婚したのは、母親の実家の財産目当てだろうと思っていた。いや、違う。自分がそう思おうとしていただけだし、自分でもそのことに気づいていた。嫉妬の気持ちをごまかしたかっただけだ。ふたりがみつめあうときの目をみればわかる。みていると胃がきゅっと痛くなるほどだった。母の実家の家柄や財産は、父にとっておまけみたいなものだった。父はニューカッスルの中流階級の息子だった。学校も普通の公立学校。しかし頭がよくて、向上心があった。なにより、自力で大物になろうという野心があった。

その野心が実って、父は大物になった。唯一思いどおりにならなかったのは、はねっかえりのひとり娘。

「メロディは警察で働いているんだ」父の声がきこえてはっとした。父はワインを選んだところだった。

「書類整理係よ」メロディは慌てていうと、自分でも気持ち悪くなるような作り笑いを浮かべた。「ずうっと地下室にこもりっきり」

「ノティング・ヒル署なのよ」母親がいった。助け舟を出したつもりだろう。「それに、メロディったら、地下室にこもりっきりなんてことはないじゃない。クウェンティン、メロディはノティング・ヒルのとっても素敵なマンションで暮らしているのよ」

「そうですか」クウェンティンはまたもやメロディの母親に熱い視線を向けた。「あのへんにはいいクラブがあるんですよ。ぼくもよく――」そういってから、はっとしたようだ。クラブ遊びをしているなんて自分からいうと、上司の心証が悪くなってしまう。「クラブじゃなくてパブです。このあいだも、ヘンリー王子といっしょに飲んだんですよ。まあ、ほかにも仲間がたくさんいましたけど」

メロディは自分の住まいの話をする気はまったくなかったが、このまま黙っているわけにはいかなかった。母親がまた余計なことをいいだすと困る。「ヘンリー王子って、いかにもエリートって感じで気に喰わないわ」

「あ、ああ、そうだね。けど、まあ、誘われたら断れなくてさ」クウェンティンはしどろもどろになって答えた。そんな口調になればなるほど、なんだかユーモア小説の主人公みたいに間が抜けてみえる。顔の表情も、まるでヘッドライトに突然照らされてびっくりしているシカみたいだ。

なんだか気の毒になってきた。そんなに悪い人ではないのかもしれない。しかし、同情すれば父親の思うつぼだ。余計な考えは脇に置いて、ちょっと探ってみた。「フロビシャーって、ダービーシャーによくある名前だったかしら？」そんな話はきいたこともない。適当にいってみただけだった。

「いや、ハンプシャーだよ」クウェンティンがいった。

「クウェンティンのお父さんは、地方誌をいくつも発行しているんだ」父親がいった。「クウェンティンはその後を継ぐために、ロンドンで仕事の経験を積んでいるというわけだよ」

なるほどね、とメロディは思った。父親は一石二鳥を狙っているのだ。この縁談がまとまれば、はねっかえりの娘が片付くだけではなく、将来は自分の会社を大きくすることもできる。クウェンティンが見た目より頭の切れる男だということもありうる。できるだけ慎重にふるまわなければ。

そのとき携帯電話が鳴って、メロディはぎくりとした。どうして電源を切っておかなかったんだろう。慌ててバッグに手を入れる。みんなの視線を感じながら、ようやくバッグのいちばん奥から携帯を取り出すと、発信者の名前をみた。どうしよう、ジェマからだ。慌てる必要はないのに、なぜかパニックを起こしていた。電話には出られない。いま、この場所では無理だ。自分がいまどこにいてなにをしているか、うまく説明することなんかできないし、みんなの前で嘘をついてごまかすわけにもいかない。

ごくりと唾をのんで、「切」のボタンを押してから、電源を落とした。「お父さん、わたしはまずシャンパンをいただきたいわ」そういってにっこり笑った。

ジェマは家の中をもう一度ひととおり歩いて、明かりを消したことを確認してはドアを閉めていった。玄関ホールに戻ると、家の静けさがうしろから迫ってくるように思えた。急いで外に出て鍵をかける。自分の家が恋しい。暖かくて明るくて、子どもたちが遊んで散らかした、いかにも土曜の夜という風情の我が家を頭に思いうかべると、一刻も早く帰りたくなる。しかしその前に、ナツ・マリクの合い鍵をティムに渡しにいかなければならない。

歩道に立つと、じっとりとした夜風がバターのように手足にまとわりついてきた。オールド・ストリート駅から地下鉄のノーザン線に乗れば、次の駅がイズリントンのエンジェル駅だ。そこから十分歩けばティムの家に着く。

左に曲がって、また左に行く。コマーシャル・ストリートではなくブリック・レーンを歩くことにした。角まで行くと、カレー屋からいいにおいがしてきた。空腹を刺激する強烈なにおいだ。しかし、仮に時間があったとしても、ブリック・レーンのカレー屋はどれも、女がひとりで入って落ち着いて食事ができるような店ではなさそうだ。

しばらく北に向かって歩いていくと、カレー屋がまばらになって、小さな商店が増えてきた。布地の店、床屋、美容院、旅行代理店、金貸し——すべて、バングラデシュ系の住民たちが相手の商売だろう。いまはほとんど閉まっていて、新聞屋と食料品店だけが開いていた。新聞屋のあけっぱなしのドアからは、アジア系の音楽が流れてくる。単調なリズムで泣き叫ぶような音楽だが、どういうわけか、はじめてきくジェマの耳にも心地よかった。通りの標識は英語とベンガル語で書かれている。街灯は、赤と緑の金属を使った繊細な網目模様になっている。インド風のデザインだ。狭い通りに華やかな彩りを添えている。

ジェマははっとして足を止めた。一瞬考えて、わかった。あれは、サンドラ・ジルの作品にあったのと同じデザインだ。

ハンベリー・ストリートまで来た。このへんでよく知られているのはホワイトチャペル。切り裂きジャックの二番目の犠牲者になったアニー・チャプマンが無残な死を遂げた場所として有名だ。このへんになると、さっきと同じブリック・レーンでも、バングラデシュの色合いが薄くなってくる。〈オールド・トルーマン・ブルワリー〉の壁が近づいてきた。狭い通りが、峡谷かなにかのようにみえてくる。夜の空に煙突のシルエットが突き出している。地上に目を戻すと、〈ヴァイブ〉というバーがあった。大音量の音楽が響いてくる。ジェマを押しのけるようにして歩いていく人々はみな若者で、たいていは白人だ。精一杯めかしこんでいる。土曜の夜をクラブで楽しむために、この町にやってきたのだろう。イーストエンドの中でもかつては評判の悪かったこの界隈は、いまでは若者に大人気だ。流行に敏感でお金のある若者たちの聖地といっていい。ただし、いまでも安全な町とはいえないだろう。ＤＪらしき若者が歩道に機材をセットしているのをみながら、ジェマはそう思った。ウェストエンドを好む人々にとって、ここはがらの悪い町だというイメージがある。

ほかにもさまざまな店がある。古着屋というよりヴィンテージのブティック、レコード屋、書店、Ｗｉ《ワイ》－Ｆｉ《ファイ》サービスのあるカフェ。古い線路に近づいた。高架の落書きがはっきりみえる。

そのとき、焼きたてのパンの香りがした。足取りが速くなる。道路の左側に、ベーグルの店が二軒あるのがみえた。どちらも明かりがついているし、ドアも開いている。さらに近づくと、口の中に唾がたまって、頭がくらくらしてきた。家に帰って温めなおしたピザを食べるべきだろうか。いや、そんなのは何光年も先のことのように思える。いまなにか食べないと、どうにかなってしまいそうだ。

二軒目の店〈ベーグル・ベイク〉を選んだ。並んでいる人の列が長かったからだ。たいていの場合、それが目安になる。長い列に並ぶ価値のある店なのだ。店員が笑顔でてきぱき働いているおかげで、列はどんどん動いていった。短い待ち時間のうちに、ジェマは店内をみまわした。余計な飾りのないシンプルなインテリア。奥には巨大な鉄のオーブンがある。ジェマの前には、王室近衛兵がふたり、完璧なユニフォーム姿で並んでいる。ふたりともすごく大柄で体格がいい。ナイトクラブの入り口に立っているステロイド漬けの用心棒みたいだ。そこへ、ピアスやタトゥーで体を飾ったクラブの常連や、みるからにホームレスという男が近づいてきた。近衛兵に気づいたら大回りして歩いていくんじゃないか――ジェマはそう思ったが、だれひとりとしてそんなことはしない。この店の明るい雰囲気が、みんなを鷹揚な気持ちにさせてくれるのだろう。

濃く煮出したような紅茶を片手に、コンビーフとマスタードのベーグルサンドをもう片方の手に持って、ジェマは店から出てきた。歩きながら食べはじめる。いままでにこんなにおいしいものを食べたことがあっただろうか。

サンドイッチを食べ終わる頃には、オールド・ストリート駅の近くまで来ていた。地下鉄の階段の手前で、空になった発泡スチロールのカップをごみ箱に捨てた。一瞬足を止めて、オールド・ストリートの環状交差点《ラウンドバウト》の反対側にある商業ビルに目をやった。壁面にバンクシーの絵が書かれている。いわゆるストリートアートだ。この作品は「オゾン・エンジェル」と呼ばれている。匿名のアーティストが、列車の事故で亡くなった友人に捧げるために描いたといわれている。それにしても、こうしてあらためてみると、なんとも不気味な絵だ。男の子にも女の子にもみえる子どもが、背中に天使の翼をつけ、防弾チョッキを身につけて、手にはどくろを持っている。「死を想え」というメッセージだ。

シャーロット・マリクの顔が思い出される。母親だけでなく、父親も行方不明になってしまうなんて。身震いがした。

ヘイゼルはバラの模様のソファの端に座って背中を丸め、両手で自分の体を抱きかかえていた。寒いわけではない。あけっぱなしの窓から、生ぬるい夜風が入ってくる。明かりをつける気がしなかった。食欲もない。それではいけないとわかっているのに。ナツ・マリクの家から早々に追い出されたも同然だった。帰り道の前半は、ジェマに対する苛立ちで頭がいっぱいだった。そのあとは、ティムへの怒りがわいてきた。古い友だちにわざわざ連絡を取って再び会うようになったのは、その友だちのことを、奥さんに裏切られた仲間だと思ったからではないか。そう思えてならなかった。

そうしてようやく家に着いたが、家といっても、まだ〝我が家〟とは思えない。この家がどんなに気に入っているかをジェマに力説はしたものの、実際は、まだよその家のような気がしているのだ。ともあれ、帰ってきた頃には、怒りはおさまっていた。自己分析の訓練は積んでいるし、もともと冷静に物事を考えるのは得意なほうだ。だから、この怒りは自分のうしろめたさが形を変えたものだと気づいてしまった。ティムを責めることなどできない。悲しみに共感できる相手をみつけて連絡を取ることの、どこが悪いというんだろう。

午後の自分の言動を思い出すと、自己嫌悪で気分が悪くなってくる。不幸にみまわれた家庭があり、傷ついた子どもが目の前にいた。ジェマとティムは少しでも力になろうとしていたのに、自分はそんなふたりを責めるばかりだったのだ。

どうしてこんな人間になってしまったんだろう。進むべき道がわからなくなったせいだろうか。だから、自分の判断にも自信が持てなくなってしまった。ロンドンに戻ってくるのがいちばんいいと自分にいいきかせたはずなのに。ティムと協力して、ホリーにとってどうするのがいちばんいいかを考えていくはずだったのに。いままでは、その決断さえ正しかったのかどうかわからなくなっている。

イズリントンの家のようすが目に浮かぶ。ティムはいま頃、ホリーとシャーロットを寝かしつけているんだろうか。かつて自分が、ホリーとトビーを寝かしつけたのと同じように。それを思うと、せつなくて体が震えるほどだ。自分の場所なのに、自分から手放してしまった。もうあそこには戻れない。真っ暗な絶望が胸を支配していった。

そのとき、女の声がした。もう暗くなった通りのほうから、はっきりきこえた。言葉はまったくききとれないが、なにをいっているのかは、声の調子でわかる。それに気づいたとき、ヘイゼルは全身を強く打たれたような衝撃を受けた。あれは、子どもに「もう帰ってきなさい」と呼びかける声だ。


水の流れる音がする。リズミカルにさらさらと流れていく。田んぼに雨が降っているときの音に似ている——子どもの頃、そんな風景をよくみていたものだ。いろんな思い出があらわれたり消えたりする。料理のにおいと、熟した作物のむっとするようなにおいが混じりあったものが、記憶の中に漂っている。記憶の中の風景は、全体が緑色がかっている。空気はじっとりと重い。そんな記憶のせいだろうか、胸が苦しい……口をあけてあえいだ。肺に思い切り空気を吸いこもうとしたとき、再び意識を取り戻しかけた。

痛みがぼんやりと蘇ってきた。目を固く閉じていると、また意識が遠のいていく。

体が動いた。だれかに引っ張られている。苦しそうな息づかいがきこえる。体がぐるりと回転した——と思ったら、だれかの腕にかかえられて、立たされた。目をあけようとがんばっても、急に立ちあがったせいで頭がくらくらする。なんとか目を凝らしても、黒っぽい影がまわりで動いているのがみえるだけだ。そういえば、眼鏡がない。どこへいったんだろう。

顔のまわりを探ってみた。そのとき、どこかできいたことのある声がした。前に進めといっている。歩きだそうとしたが、足がふらついた。脳の指令が足まで届かない、そんな感じがする。それでも、だれかの手に引っ張られ、声に命じられ、なんとか前に進んでいった。

かちりという音がした。空気が変わったと感じた。新鮮だが、それまでより湿気が高くなった。外に出たのがわかった。ということは、いままでは屋内にいたわけか。

排気ガスのつんとするにおいが鼻を刺す。車の音が遠くからきこえる。明るい光が動いていくのがみえる。そのとき、だれかの手に強く押されて、倒れた。固いものに額をぶつけて、また目の前が暗くなった。

次に気がついたときには、自分が動かされているのがわかった。肩に手を回されて、引っ張られている。両足がもつれあうようにして地面をこすっていた。暗い。真っ暗だ。ざらざらしたものが顔にこすれる。手で顔に触れてみると、濡れていた。次の瞬間、体が宙に浮いた。落ちていく。ひたすら落ちていく。暖かい地面のにおいが近づいてきた。

7

町がとても静かなときは、イーストエンドのホワイトチャペル・ロードにあるモスクの祈りの声や、ショアディッチ駅から出る地下鉄の電車の音がきこえてくることもある。日曜日の朝は、遠くで鳴っている教会の鐘の音もよくきこえる。移動アイスクリーム屋のバンが鳴らすオルゴールの音も。カレー屋が立ち並ぶ界隈からは、インド料理のにおいが流れてくる。風向きによっては、ベーカリーで焼きあがったベーグルの甘い香りが漂ってくることもある。

——タークィン・ホール "Salaam Brick Lane"

ジェマは日曜の朝をぐったりした気分で迎えた。頭が痛い。眠れなくて、寝返りばかりうっていたせいだ。理由は、ダンカンに腹を立てていたからだ。喧嘩をしたまま寝るのはよくない。喧嘩の理由が家庭内の些細なことだったとしても、気分が悪いものだ。しかし今回は、家事や仕事についての口論なんかよりずっといやな喧嘩だった。シンシアから電話があったことをダンカンが教えてくれたとき、どうしてすぐに知らせてくれなかったのと、激しい怒りをぶつけてしまった。

ダンカンの言い分には筋が通っていて、それがまた腹立たしかった。もっと早く知らせたとしても、きみにはなにもできなかっただろう、というのだ。車もなしにスピタルフィールズにいたんだし、地下鉄でレイトンまで行ったとしても、実家に着く頃にはお母さんはもう寝ているだろうし、お父さんだって疲れていて、きみが訪ねてきたことを喜んでくれないだろう、と。

たしかにそのとおりだ。だからこそ腹が立った。ブリック・レーンでなにがあったのかとダンカンにきかれても、ジェマは「話せば長くなるから」とだけ答えて、子どもたちのようすをみにいった。トビーはもう寝ていて、キットは携帯でメールを打っていた。携帯は誕生日プレゼントに買ってやったものだが、いまではもうキットの親指と一体化してしまっている。

ひとりで寝室に入ると、怒りがすっと引いていくのがわかった。全身が汗と埃まみれになっているような気がして、服を手早く脱ぎすてると、熱いお湯の入った浴槽に体を沈めた。バスルームの窓があいていて、庭のほうから気まぐれに吹いてくる風といっしょに、夜のざわめきが流れこんでくる。ロンドンも、広い通りからちょっと脇に入れば、こんなに静かなものなのだ。それでもよく耳をすますと、街が低くうなっているのがきこえてくる。ときおり、遠くのほうで車がブレーキをかける音や、車のドアをばたんと閉める音もきこえる。

お湯がぬるくなった頃には、自分が間違っていたとはっきりわかった。自分自身と妹への苛立ちを持てあまして、いちばん近くにいたダンカンにぶつけただけではないか。タオルで体を拭いてパジャマを着たときには、謝ろうと決意していた。ところが寝室に行くと、ダンカンはもう眠っていた。黙ってベッドにもぐりこむしかなかった。ダンカンの背中に自分の背中をくっつけるようにして体を丸め、ダンカンのかすかな寝息に耳をすました。

早く起きて、服を着た。ダンカンと子どもたちはまだ眠っていた。早朝ではあるが、まあ常識的といえる時間になるのを待って、静かなキッチンから妹に電話をかけた。

「シン、昨夜はどうしてわたしに電話をくれなかったの？」妹が電話に出るとすぐにそういったが、声は荒らげまいと気をつけた。

「ジェマ！」シンシアの、やけに明るい声がきこえた。そのわざとらしさのせいで、ジェマの心は一気に沈んだ。「これから電話しようと思ってたの」背後で人の声がしている。しかしシンシアの夫のゲリーでもないし、子どものティファニーやブレンダンでもなさそうだ。

「いまどこにいるの？」

「病院よ。ロイヤルロンドン病院」きいた瞬間、ジェマの心臓がどきどきと音を立てはじめた。さっきまできこえていた雑音が、すうっと消えていく。シンシアが小声で続ける。「すぐに切らなきゃ。ほら、病室で携帯はダメだから」

「病室？　どういうこと？　なにがあったの？」

「お母さん、具合が悪いのよ。白血球の値が下がってる。これから輸血をするって」

「輸血？　そんな――」

「そういうわけだから、早くこっちに来て」電話が切れた。


ダンカンに置き手紙をして、家を出た。いろんな思いが頭の中でごちゃごちゃになっている。ロイヤルロンドン病院はホワイトチャペルにある。ジェマが昨夜いた場所の近くだ。どうして病院を変わったんだろう。前はセントバーツ病院だったのに。同じ系列の病院だから、空きベッドなどの都合でこっちになったんだろうか。より高度な治療が必要になったからではないと思いたい。

メリルボン、ユーストン、セント・パンクラス、キングズ・クロスを通り、シティロードからコマーシャル・ストリートに入った。朝の強い日射しを浴びているせいか、ホークスムーアの教会がきのう以上に厳めしい空気を放っている。みていてもなんの慰めも得られない。

フルニエ・ストリートにちらりと目をやった。こちらはなんだかほっとする眺めだ。日曜の朝はどの通りも同じようなものだが、ここはとりわけ落ち着いているようにみえる。ティムに電話をかけてみようか。いや、まだ時間が早い。それに、いまはだれともしゃべる気になれない。まずは母親の容体を確かめなければ。

ホワイトチャペル・ロードを東へ向かううちに、道がだんだん混んできた。日曜のマーケットが立つせいだ。こんな用事で来たのでなければ、アジアの食べ物やスパイスの香りに誘惑されていただろう。しかし、いくつもの建物がごちゃごちゃと並ぶロイヤルロンドン病院に着いたときには、いてもたってもいられない気分だった。今日ばかりは駐車場の神が味方してくれたらしい。脇道のパーキングメーターがひとつ空いていた。

中央の受付で案内を乞うと、別棟のひとつを教えられた。これだから病院は嫌いだ。だれかの助けがないとなにもできないような気がしてくる。母親を助けてあげたいのに、自分にはなにもできない——そう思い知らされるのがたまらなくつらい。

看護師が病棟のドアを開けて、ジェマを案内してくれた。カーテンのかけられた母親のベッドまで行くと、目覚めたときからずっと張りつめていたものがぷつりと切れてしまった。震える手でカーテンを引く。

「あらまあ、ジェマ、目が真っ赤よ」ヴァイ・ウォルターズはベッドに体を起こしていた。点滴の管が腕についている。顔色は悪いが、意識はしっかりしているようだ。見舞いはほかにだれもいない。

内心ほっとため息をつくと、ジェマは母親の頬にキスした。肌のぬくもりを感じる。

「具合はどうなの？」ジェマはきいて、椅子をひとつ引いてきた。「どうしてこの病院なの？　お父さんとシンシアは？」

「ジェマったら、それじゃあトビーと同じよ」母親は人さし指を振った。

「それもそうね」ジェマは思わず微笑んだ。「質問はひとつずつ」母娘の言葉が重なる。ジェマは笑い声をあげてから、真面目な顔できいた。「お母さん、真面目に答えてね。具合はどうなの？」点滴の管が気になってならない。「シンシアがいってたわ。輸血を……」

「ちょっと疲れてるだけよ。化学療法をやってるから、そのせいだっていわれたわ。だからちょっと輸血して元気を取り戻しましょうって。それと、血管に負担がかかってるから、CVポートっていうのを埋めこむそうよ。そうすると、化学療法がいまより楽になるんですって」

母親の頬が赤い斑模様になっている。そういえば、さっきもやけに肌が温かかった。

「お母さん、熱があるんじゃない？」

「ちょっとね」母親はジェマの視線を避けるようにしていった。「よくあることらしいわよ。白血球が減ってるときはね」

「それで、お父さんとシンシアはどこに行ったの？」ジェマは話題を変えた。いい加減な気休めをいいたくなかった。

「シンはお父さんを家に送っていってくれたの。ほっとしたわ。お父さんが休んでくれれば、わたしもほっとしていられるのよ。お父さんって心配性でしょ。こっちはそれがいちばんつらいのよ。そんなふうに思っちゃいけないってわかってるけど……きのうはとても耐えられなくて……」

「お母さん」ジェマは母親の手を取った。たしかに、父と母の力関係はちょっと複雑だ。ジェマ自身、母が白血病との診断を受けるまで、それをよくわかっていなかった。父親が絶対的な権力を持っていて、母親は自分を犠牲にしてまで父親のいうことをきいている——そんなふうに思っていた。

しかし、それは表面的なことに過ぎなかった。どうしてもっと早く気づかなかったんだろう。家族の中での自分の立場が微妙なので、客観的にみることができなかったのだろうか。

実際は、強いのは母のほうだった。だから、母が父の不安をなだめるのは並大抵のことではない。そのために母が疲れてしまうというわけだ。

「お母さん、ねえ……お父さんに任せてみたらどう？　お母さんはいつも、お父さんの心配ばっかりしてる。ううん、家族みんなの心配ばっかりして、みんなを支えてきてくれた。でも、そのままだと、お父さんはつらいだけよ。お父さんにすべてを任せてみたらどう？　お母さんの世話も、お父さんにしてもらうの。そうしたら、お父さんはいまよりしっかりしてくれる。いまのお父さんは、きっと……心細いのよ」

「あらまあ、偉い心理学者さんになったものね」母親は、いつもの毒舌を思わせる口調でいったが、ジェマの手を握って微笑んだ。

「ヘイゼルに叱られちゃうわね」ジェマはしゅんとして答えた。「お母さん、えらそうなことをいってごめんなさ――」

「いいのいいの、あなたのいうとおりよ。お父さんは不安でたまらないんでしょうね。わたしも不安だわ。もしわたしが――」母親は声を低くした。触れてはいけない秘密を打ち明けるときのような声だった。「――死んだらお父さんがどうなるのかって思うとね。たしかに、まずはわたしの世話から任せてみようかしら。ところで、シンからきいた？　白血球の型、ふたりともあわなかったようね」

「きいたわ」ジェマはいわなかったが、実際は妹からではなくてダンカンからきいたことだ。「でも、ドナーの国際的なデータベースがあるんでしょ？」

「ええ、わたしも希望者として登録してもらったけど、型が合うのは一万人にひとりで……」

一万人にひとり？　ジェマはショックが顔に出ないようにしながら、できるだけ力強くいった。「骨髄移植なんかしなくても治るわよ。よく休んで、お医者さんのいうことをよくきいていれば」

「そうね」母親の背すじが少しだけしゃんとした。ジェマの気持ちが伝わったのかもしれない。「あなたの結婚式までには元気にならないと。そろそろ式場や日取りを決めたら？　今週中に決めるかもっていってたじゃない」

「それがね――」ジェマの顔が赤くなった。うしろめたいことがあると、必ず顔に出てしまう。子どもの頃からそうだった。

「まだなのね？」母親はからかうような口調でいったが、内心がっかりしているのがジエマにもわかった。

ジェマは苦しまぎれに、あからさまな嘘をついた。「調べてはいるのよ。候補は絞ったの」

「候補ってどこ？」母親がゆったりした姿勢をとった。表情もくつろいでいる。きかせてちょうだい、というときの顔だ。

「えっと――」ジェマは必死に記憶をたどった。ボツにした選択肢ならいくつもある。規模が大きすぎる、費用が高すぎる、ばかみたいに気取っている、理屈抜きでくだらない、などの理由で候補からはずしたのだ。「たとえば、ロンドン・アイ。でもわたし、高いところが苦手なのよね。巡洋艦ベルファストやロンドン水族館、フラム宮殿ってのもあるわ」

母親が目を丸くした。「ロンドン・アイ？　観覧車で結婚式なんかできるの？　あまり現実的じゃないわね」

「あら、その気になれば、ウェストミンスター寺院でだってできるのよ。それも、宗教抜きのスタイルでね。結婚式なんてどこでもできるわ。サッカーチームの更衣室でも、ロンドンダンジョンでも」

「あんなお化け屋敷で結婚式なんて、信じられないわね」

「スリルがあっていいっていうカップルもいるんじゃない？」ジェマは思わずにやりと笑った。「子どもたちは喜びそう」

「あなたは違うわよね？　ダンカンも」

「ええ」ジェマは目をそらした。ほかに考えられるのは、つまらないホテルの宴会場やレストランくらいしかない。考えるだけでげんなりする。ダンカンにとっても自分にとっても特別な意味なんてまったくないような場所で結婚式を挙げるなんて。立会人だって、どちらとも関係のない赤の他人にやってもらうことになるだろう。

「教会で式を挙げるつもりはないの？」母親が穏やかな口調できいた。「国教会だっていいじゃない。ダンカンの家族は喜ぶでしょうし」

「そうね。もしそうするなら、セント・ジョンズ教会になるわ。うちはあそこの教区なのよ。ただ、司祭がどんな人だか知らないの。ああ、ウィニーに頼めたらいいのに——。それに、近所に住んでるからってだけで、セント・ジョンズ教会で結婚式やらなにやらをするのは、なんだか違う気がするのよね。形式的すぎるっていうか」

「やけに腰が引けてるのね」母親がちょっと厳しい口調になった。「ジェマ、もしかして——結婚するのが怖くなったんじゃないの？」

「そんなことはないわ」実はきのうも同じことをきかれたのよ——ジェマはそう思ったが、口には出さなかった。「ただ、いろいろ妥協したくないだけ。やるならちゃんとやりたいの」

母親の姿が少し小さくなったようにみえた。疲れが出たんだろうか。「まあ、あまりぐずぐずしないで決めることね。ダンカンと結婚するのを決めるだけでも、ずいぶん長くかかったんだから」ジェマの手をもう一度握る。「あなたはいままでよくやってきた。お母さんに晴れ姿をみせてちょうだいね」

「お母さん、そんないいかたしちゃだめよ——」そのとき電話が鳴って、ジェマははっとした。そういえば、電源を切るのを忘れていた。急いでバッグから携帯電話を取り出すと、発信者番号をみてから「切」ボタンを押した。ロンドンの番号だが、みおぼえのない数字だった。「ごめんなさい」

「お邪魔していいかな」

ジェマはまたびっくりした。背後で男性の声がした。カーテンが動く音はしなかったのに、いつのまに入ってきたんだろう。決まりの悪い思いで携帯をバッグにしまいながら、振り返った。男性は白衣を着てネクタイを締めている。医局長だろうか。肌の色つやがよくて、若干太り気味だ。

男はジェマをみて、上辺だけの笑みを浮かべた。さっきの言葉も形式的なものだったんだろう。それからジェマの母親に話しかけた。「ウォルターズさんですね。わたしは麻酔医のアレグザンダーと申します。処置の前に説明をしておこうと思いまして」

「麻酔医？」ジェマは思わず問いかけた。そんなことはきいていない。「そんな、いったいなにを――」

「特別なことじゃないわ。ほら、CVポートを入れるっていったでしょ」母親はジェマにそういったが、母親自身も少し不安そうな目で麻酔医をみている。

「おっしゃるとおりですよ、ウォルターズさん。麻酔をかければ痛みもなく処置がすみます。なにもわからないうちに終わってしまいますし。では、おききします――」医師の口調が変わった。そろそろ真面目に話しましょう、とでもいうようだ。「アレルギーはありますか？」

母親はジェマの顔をみてうなずいた。「もう行きなさい。さっきの電話も、かけ直さなきゃだめでしょ。お母さんは大丈夫だから」ジェマがバッグを持って身をのりだし、頬にキスしようとしたとき、母親は小声でいった。「でも、さっきいったことを忘れないでね」

ジェマは病棟から出てはじめて、留守電をチェックした。メッセージは男性の声だった。なにやら機嫌が悪そうだし、コックニーの訛りがきつい。「ウェラー警部補だ。できるだけ早く連絡してほしい」そして電話番号を告げた。発信者番号と同じだった。ああ、この人、とジェマは思った。シュロプシャーの結婚式に行っているという警官だ。邪魔をするなと部下に釘を刺していったという。にもかかわらず、シン巡査部長が連絡をしてくれたというわけだ。ウェラー警部補が電話をかけてきてくれたのはいいが、ちゃんと話をきいてくれるだろうか。邪魔をするなと怒鳴られて終わりでは意味がない。建物のあいだの静かな場所を選んで、発信のボタンを押した。

一回目の呼び出し音で応答があった。「ウェラーだ」

「ジェイムズ警部補と申します。お電話をいただきまして」

背後からきこえていたざわめきが、急にきこえなくなった。ウェラーが場所を変えたのかもしれない。「いいか」ウェラーは前置きもなしにいった。「あんたがこの件にどう関わってるのかは知らないが、一度話をしたほうがよさそうだ。わたしはハガーストン公園にいる。知ってるか？」

ジェマは記憶をたどった。ハガーストン公園――農園があるところだ。トビーの保育園の行事で行ったことがある。それほど遠くない。ベスナルグリーンをちょっと北に行ったところだ。「ええ、でも――」

「公園の北側、オードリー・ストリートに来てくれ」

「その前に、どういうことか説明していただけませんか？　あの事件は――」そのとき、すごい轟音が響いてきた。救急ヘリだ。ジェマは頭上をみあげ、ヘリコプターがどこから飛びたとうとしているのか確かめようとした。「すみません」と電話に向かって大声で叫んだものの、轟音はどんどん大きくなるばかりだった。やがて、濃いオレンジ色のヘリコプターがみえた。近くの建物の上からふわりと舞いあがったところだ。機体をみた瞬間、なぜか胸がわくわくした。高いところは苦手なはずなのに、どうしてあんなものをみてわくわくするんだろう。

ヘリコプターはようやくいなくなったが、そのときには電話が切れていた。ウェラーがさっさと切ってしまったのだろう。

つまり、ウェラー警部補は、シュロプシャーではなくロンドンにいたわけだ。ジェマは腕時計をみた。まだ十一時前。シュロプシャーから猛スピードでロンドンに戻ってきたというわけか。どんな理由でそうしたのかは知らないが、いい理由ではなさそうだ。

携帯をバッグにしまって、急いで車に戻った。もう一度ウェラーに電話をかけても意味がない。指定された公園まで何分もかからないのだ。それに、悪いニュースなら、会って直接きいたほうがいい。

車に乗って地図に目をやると、思っていた以上に公園が近いことがわかった。運転しながら自分にいいきかせた。なにも考えてはいけない。あれこれ想像したり予測したりするのはやめよう。しかし、公園の東側を通って、袋小路になっているオードリー・ストリートまでやってきたとき、警察車両がずらりと並んでいるのをみて、ああやっぱり、と思わずにはいられなかった。事件があったのだ。おそらく殺人事件だろう。ゴールドスミス・ロウをそのまま進み、Uターンをしてから、車を駐めるスペースをみつけた。オードリー・ストリートまで徒歩で戻ってくると、身分証を手にした。とりあえず設置したばかりと思われる立ち入り禁止の柵のところに制服の巡査が立っていたので、身分証をみせてから、「ウェラー警部補はどちらに」ときいた。

巡査は鉄のゲートのほうに顔を向けた。ゲートの向こうは遊歩道になっている。あの道を歩いていくと公園に入れるのだろうか。事件現場であることを示す青と白のテープが張ってある。テープの向こう側に立っている人物がウェラー警部補だろう。巡査にきかなくてもわかったかもしれない。がっしりした体格、しわのよった灰色のスーツ、短く刈りこんだ白髪まじりの髪。昨夜〈ベーグル・ベイク〉でみかけた近衛兵を思わせる風貌だ。というより、瓜二つといっていい。身分証を持ったまま近づいていき、青と白のテープをくぐったとき、ウェラーの目も灰色だとわかった。火打ち石のような、いかにも冷酷そうな目をしている。

「みかけない顔だな。ジェイムズさんか」

ジェマはうなずいた。「ウェラー警部補ですね。ここでなにが？」

ウェラーは一歩脇に避けて、白いつなぎ姿の鑑識係を通してやった。ジェマはそのとき気がついた。警察車両が並んでいる中に、鑑識のバンがある。ウェラーに値踏みするような視線を向けられて、ジェマはこの日の服装を後悔した。ジーンズにタンクトップ、足元はサンダル――これではちっとも警官らしくない。「先に、ナツ・マリクについて調べているわけを話してもらえないか。知り合いだったのか？」

〝知り合いだった〟――過去形だ。ナツ・マリクは亡くなったのか。ジェマの心が沈んだ。それでも平静を装って答えた。「お願いした伝言のとおりです。共通の友人から連絡があって、約束の時間になってもマリクさんが来ないから心配だといわれました。みつかったんですか？」

「ナツ・マリクに会ったことは？」

「ありません」ジェマはそっけなく答えた。まるで尋問されているかのようで、気分が悪かった。「名前も、きのうはじめてきいたんです。どうしてそんな――」

「写真をみたことは？」

ジェマはフルニエ・ストリートの無人の家の中を思い出した。サンドラ・ジルの部屋のコルクボードに、家族の写真が貼ってあった。「あります。きのう、彼の家を訪ねたときに」

ウェラーは顔をしかめて車のほうをみていた。ジェマの話をきいていたのかどうかもわからない。ウェラーのあごには白い無精ひげが伸びはじめている。目の下は少したるんで、そこにしわが寄っている。「法医学者がまだ来ない」そうつぶやいてからジェマに視線を戻した。相変わらず顔をしかめている。「じゃあ、あんたにも遺体をみてもらおうか。念のため確認してもらいたい」

ウェラーは遊歩道を歩きはじめた。ゆるやかな上り坂になっている。道の左側には花の咲いた低い植え込みが、右側にはレンガの壁がある。何メートルか進んだところで、道はふたつに分かれていた。ウェラーは左に進んだ。

舗装された遊歩道の幅が少し狭くなった。周囲には草が茂り、木々は頭上にまで枝を広げている。左側には木の板を並べた簡単なフェンス。前をみてもうしろをみても、目に入るのは緑ばかりだ。まわりの世界から隔絶したような景色だ。ロンドンの都会から、どこかの田舎にやってきたみたいだ。カーブした道を進んでいくと、鑑識が何人も集まっているのがみえた。宇宙からの侵略者たちが、なにかいいものをみつけて群がっているようにもみえる。

彼らがみているのは、フェンスだった。壊れたところがあるようだ。ジェマも近づいてみた。フェンスの外側では、カメラを持った鑑識がしゃがんで妙な格好をしている。ますますシュールな光景に思えてくる。

そのとき、彼らの行動の中心にあるものが、ジェマの視界に入った。壊れたフェンスの外側にある茂みの中に、男が倒れている。うつぶせで、全身がジグソーパズルのピースのような形になっている。

ウェラーの姿に気づいて、鑑識の人々は一歩下がった。ウェラーは鋭い視線をジェマに送ると、上着のポケットに入っていた紙製の靴カバーと手袋を取り出した。ジェマがそれをつけているあいだに、ウェラーがいった。さっきよりくだけた口調になっていた。「早朝のジョガーがみつけた。フェンスが壊れているのに気づき、それから靴が目に入ったそうだ。人間の足が履いた靴だとわかったとき、近づいて確認したらしい。その勇気には感心するが、だいじな現場が荒らされた」

現場はあなたの所有物じゃないでしょ。ジェマはそう思ったが、考えてみれば、自分もよくそんないいかたをする。手袋をはめながら、ウェラーに視線を送った。「念のためといってましたよね。ウェラーさんもマリクさんと面識があったんですか」

ウェラーはうなずいた。「妻の失踪の件で、何回も事情聴取した」

「いったいなにが――」

「こっちがききたい」

いまのは皮肉だろうか。それとも、純粋に意見を求められているのだろうか。ジェマは振り返って遺体をもう一度みた。気が進まない。知人の遺体をみているような気分がするからだ。しかし、やるべきことは早くすませてしまったほうがよさそうだ。気温が上がってきているし、ハエもたくさんいる。夜明けからたかりはじめていたのだろう。においもすぐにきつくなる。手袋の中はもうじっとり汗ばんできている。

フェンスの切れ目を通って遺体に近づき、しゃがんだ。ハエを追いはらいたいのをこらえて、細かく観察する。「清潔で、身なりの整った男性ですね。どちらかというと痩せ型ですが、不健康な感じはしません。服装は、ナツ・マリクの娘のシッターが話していたものと合致します。黄土色のズボンとカジュアルなポロシャツ」右手と右腕はみえるが、左はみえない。体の下に隠れている。「手の甲に小さな引っかき傷がありますが、この茂みと接触したときのものかもしれません」深くかがんで、さらに観察した。さすがにハエを追いはらわずにはいられなかった。黒髪や、体にかかった木の葉の状態に注意する。「外傷はなさそうですね。みえないところからの出血も確認できません。

アルコールのにおいもしません」顔を上げてウェラーをみる。「身元の確認は？」

「財布が尻のポケットに入っていた」

ジェマは注意深く移動して、遺体の反対側にまわった。そこからみえる範囲でいえば、遺体の顔は、きのうみたナッツ・マリクの写真と同一人物だ。しかし、なにかが足りない。鑑識に尋ねた。「だれか、この人の眼鏡をみてませんか？」

「いえ、どこにもありませんでしたよ」ぽっちゃりした女性がいった。やけに大きな眼鏡をかけている。

「遺体はこのとおりの格好だったんですね？　地面に顔をうずめるような」

「さっきもいったが、法医学者がまだ来てないんだ」ウェラーがうんざりした口調でいった。だいぶ苛立っているようだ。「動かすはずがないだろう。発見者のジョガーが常識のある人間で助かった」

「ここに倒れた時点で、もう死んでいたのかしら」ジェマはウェラーにきいたというより、自分自身に問いかけた。

「死んでいたか、あるいは動けない状態で連れてこられたかのどちらかだろう。ドラッグをやっていたのかもしれんな」

「ドラッグをやるような人じゃないわ」ジェマは思わず反論した。「少なくとも、友だちにきいた限りでは、そういう人じゃありません。体の具合が悪かったのかも――」

「心臓発作かなんかを起こしてるときに、このフェンスを壊す余裕があったってのか？」ウェラーは言葉を選ぼうともせず、皮肉たっぷりにいった。

「状況によっては――」

「ふたりとも、なにもわかっていないうちから推理を始めても無駄ですよ」何者かの声がジェマの言葉をさえぎった。早口で、はっきりしたしゃべりかただ。ウェラーは飛びあがるほど驚いたようだ。

ジェマが顔を上げると、ウェラーの背後から男が近づいてくるのがみえた。西アジア系、年齢は三十前後だろうか。ナッ・マリクの肌の色をもう少し濃くしたような肌。真っ黒の短い髪をジェルでつんつんと立てている。服装はすり切れたジーンズと黒のTシャツ。胸のところに〈THE ROTTEN HILLGANG〉と書いてある。ロックバンドの名前だろうか。手には法医学者の七つ道具が入ったかばんを持っている。

「驚かせるなよ、こっちが心臓発作を起こしちまう」ウェラーがいった。

「警部補、補聴器をメンテナンスに出したほうがいいんじゃないですか？」男はかばんを開けて手袋をはめた。

「ラシード、いってくれるじゃないか。今朝は寝坊したのか？　連絡してから一時間も待ってたんだぞ」

「別の事件で呼ばれてたんですよ。ポプラからここまで瞬間移動する技は、いまのところ会得していないものでね」ラシードと呼ばれた男はジェマに目を向けて、この人はだれだろうという顔をした。その目は、ジェマの予想した褐色ではなく、緑色がかった濃い灰色だった。「警部補、新しいお仲間ですか？」

ジェマは立ちあがった。地面がでこぼこしているので、一瞬体がふらつく。それでも、ウェラーが口を開く前に答えた。「ジェマ・ジェイムズ警部補、ノティング・ヒル署の刑事です」

「へえ、管轄外の刑事さんか」男は興味を持ったようだった。

ウェラーは事情を説明しようとはしなかった。「ジェイムズ警部補、こちらはラシード・カリーム先生だ。立派な法医学者さんだが、生意気なことでも有名だ」

内務省の認可を受けてロンドンとその近郊で仕事をしている法医学者は十人余り。スコットランドヤードとノティング・ヒル署で働いてきたジェマは、その多くと知り合いになっていた。カリームはこの職業についたばかりなのだろうか。それにしては、ウェラーとやけに仲がいい。お互いにひどいことをいっているのも、親しいからこそだろう。

ジェマはカリームに場所を譲った。カリームの足跡をたどるようにしてうしろに下がる。

カリームの仕事ぶりには無駄がなかった。私物らしいデジカメで写真を撮り、遺体の外観をみながら、所見を小型のICレコーダーに録音していく。それから、ナツ・マリクのポロシャツの裾をめくりあげて、直腸温を調べにかかった。ジェマは目をそらした。遺体の尻があらわになったからだ。なめらかな肌がむき出しにされた姿は、血や傷口以上に生々しく感じられる。

木々のあいだから強い日が射して、ジェマのむき出しの肩を焼きはじめた。そういえば、今日は日焼け止めを塗ってこなかった。ジェマはわずかに体をずらして、カリームがマリクの頭を調べるのを見守った。そのあと、カリームはだれの力も借りず、遺体をそっとあおむけにした。

「死斑がはっきり出てる。ここで亡くなり、そのまま動かされていないんだろう。きのう、最後に目撃された時刻は？」

ウェラーがジェマをみる。ジェマが答えた。「自宅を出たのは午後二時頃。はっきりしているのはそれが最後です」

カリームは首を横に振った。「死後硬直がまったく解けていない。ほかのいろんな条件にも左右されるが、これだけ気温が高いときだと、死後二十四時間近くたてば解硬が始まっていてもおかしくないはずですが」

「それに、きのうの明るいうちに死んだとすると、昨夜のうちにだれかに発見されていてもおかしくないな」ウェラーが眉をひそめた。「この公園は、いまの季節は夜九時半まで開いてるそうだ。閉園時刻にはすっかり暗くなっていただろう」

「入園してすぐ死んだとは限りませんからね。閉園時刻から今日の早朝までのどこかってことになる」カリームは道具をすべて片付けて、立ちあがった。「解剖すればもっといろいろわかるでしょう」

ウェラーはまだ話したりないという顔をしていた。「どこかでドラッグをやってからここに来たか、あるいはここでドラッグをやったってことも——」

「警部補、自殺だと思ってるんですか？」カリームは鋭くいった。

「この男、奥さんが三ヵ月前に失踪してるんだ。自殺の動機としてはじゅうぶんだろう。特に、奥さんの失踪に関与しているとしたら——」

「個人的な事情は別として」カリームが話に割りこんだ。「これが自殺だとすると、だれかが妙な手助けをしたことになりそうですね」

ウェラーはカリームをみつめた。「どういうことだ？」

「ぼくはこの仕事を十年やってるけど、顔を真下に向けて倒れていた遺体はみたことがない。すでに死んでから倒れたんだとしても、地面にぶつかった衝撃で顔は横を向くはずです。ぼくのみたところ、これは窒息死です。自由を奪うためにどんな手段を使ったかはわかりませんが」

ウェラーは、わけがわからないという顔をした。「窒息死？」

「さっきの体勢では、呼吸がかなり難しかったと思う」カリームはジェマの顔をみた。賛同者を求めるかのようだった。「賭けてもいい。だれかに頭を押さえつけられたんです」

8

当時のブリック・レーンでは、アーティストたちが強い一体感を持って暮らしていた。金持ちや有名人が移り住む前のこの界隈は、未開の領域のような雰囲気があったし、わずかな生活費で暮らしていくこともできた。

――レイチェル・リヒテンシュタイン "On Brick Lane"

ラシード・カリームは遺体から手を離し、ロイヤルロンドン病院の遺体安置室に運ぶようにと指示を出した。「解剖の日時を決めて連絡しますよ」ウェラーにそういうと、通りのほうに歩きだした。

「猫に食われた年寄りなんかは後回しにしてくれよ」ウェラーはカリームの肩をぽんと叩いた。

「あいにく、ぼくなりの優先順位があるんでね。予備検分が終わったらすぐ連絡しますよ」カリームはそういうと、ジェマににっこり笑いかけてから、小走りでオードリー・ストリートを渡っていった。警官が立っている立ち入り禁止ラインの外に出ると、かばんを大きく揺らしながら、姿を消してしまった。

「親しい間柄なんですね」ジェマはウェラーにきいた。よほど気の許せる仲でないと、あんな会話はできないものだ。

「バングラデシュから来た、生意気な小僧だった。公営住宅に住んでてな」ウェラーは、みえなくなった背中をみつめるような目をしていった。「あのへんをパトロールしてた頃、おれはいつも、あいつをいじめてた悪ガキどもをこらしめてやっていた。偉くなってあいつらを見返してやれといっていた」うれしそうな口調だった。笑顔といってもいいような、柔らかい表情になっている。ウェラーのこんな顔をみるのははじめてだ、とジェマは思った。「まさか、あのラシードが法医学者になるとはな。本を読んでると、父親に殴られたそうだ。母親はいつまでたっても英語を覚えようとしなかった。あいつはホワイトチャペルの図書館に住んでたようなもんだ。いまは〝アイディアアスト ア〟なんて呼ぶそうだけどな」ふんと鼻を鳴らす。「そして小型タクシーの運転手をやりながら、医大に行った。父親が墓の中で暴れてるだろうよ」

「お父さんはどうして息子が勉強するのをいやがったんですか？」

「厳格なイスラム教徒だったんだ。コーラン以外のことを学んだら息子がだめになると思ったんだな。とんでもない父親だよ。あの男が死んだとき、奥さんはアッラーに感謝したに違いない。心臓発作だった。夕食の最中に突然ひっくり返ったそうだ」ウェラーはそういうと、すでになにかが入ってふくらんでいるポケットに手をつっこみ、肩をすくめた。「ラシードはたいしたやつさ」

父親が死んだことをラシード・カリームに伝えたのは、ウェラーだったのかもしれない。そう思ったとき、ジェマは自分がこれからやらなければならないことに気がついた。「そうだ、ティムに電話しなきゃ。福祉課にも連絡しておかないと。ナツ・マリクの娘が家に帰っても、もうお父さんもお母さんもいないんだわ」

ウェラーは、自分の車でジェマの車についていくといってくれた。ジェマにとってはありがたい申し出だった。これでしばらくひとりになれる。愛車エスコートを日なたに駐めていたせいで、運転席のシートが焼けついていた。ジーンズをはいている脚まで火傷しそうなくらいだ。窓を開けて、車を出した。日焼けしてほてっている顔めがけて、送風口から熱い空気が噴きだしてくる。ジェマは慎重に車をバックさせて、ハンドルを切りかえした。

ダンカンに連絡したほうがいいだろうか。いや、そのためにはいったん車を路肩に停めなければならない。すぐうしろに、乗っているウェラー警部補と同じくらいくたびれた感じのBMWがついているというのに。

イズリントンまではあっというまだった。まだ心の準備もできていない。どんな言葉でティムに知らせたらいいんだろう。だれかが死んだことを家族や友人に知らせるのはどんなときでもつらいものだが、今回それを知らせる相手は自分の友人でもある。最悪のケースだ。しかし、前にもそういうことがあった。あのとき、悪いニュースを知らせた相手はヘイゼルだった。

妙なめぐりあわせだ。ジェマはそう思いながら、緑の多い一画にある家の前に車を駐めた。脇道に入って、以前自分が住んでいたガレージの前に駐めようかとも思ったが、やめておいた。昨夜は早く家に帰りたい一心で、合い鍵を玄関でティムに渡すだけですませてしまった。考えてみれば、ヘイゼルがこの家を出てからというもの、家の中に入ったことは一度もないのだ。ティムとは友だち付き合いを続けているが、会うときはいつもティムをノティング・ヒルに招くか、そうでなければどこかの店で軽く飲んだり食べたりしている。

そのとき、意外なものが目に入った。ヘイゼルの車が家の前に駐まっている。きのうのようすを思い出すと、いまここにヘイゼルがいてくれても、助けになるかどうかわからない。もしかしたら、かえって厄介なことになるおそれもある。

ウェラーも近くに車を駐めた。ＢＭＷから降りて、ドアをそっと閉める。まるでぴかぴかの新車みたいな扱いだ。ウェラーはやけに疲れた顔をしている。やはり、今朝シュロプシャーからロンドンに戻ってきたんだろう。もしかしたら身なりがくたびれているのはそのせいで、いつもはこんなふうではないのかもしれない。

ウェラーはジェマのところまでやってくると、振り返って自分の車に目をやった。しまった、とジェマは思った。じっとみていたことに気づかれていたらしい。

「ふたりの子どもを大学まで行かせたら、車を新しくする余裕がなくてな」申し訳なさそうにいう。「それに、最近のＢＭＷはずいぶん変わっちまった。おれは昔のかわいこちゃんが好きなんだ」家をみあげた。「ここなのか？　なかなかいい家だな」

「ナツ・マリクの友人はセラピストなんです。ティムだけじゃなく、奥さんのヘイゼルも。ただ、いまは夫婦は別居していて、ティムがこの家に住んでいます。娘の養育については、ふたりで協力してやっているようです。で、そのヘイゼルが、いまここに来ているみたいです」こんなところでこんな説明をするなんてと思わないでもなかったが、ヘイゼルとティムの前で話すことになるよりはいい。

「ほう、夫のほうが家に残ったわけか」ウェラーは事情を知りたそうな表情をジェマに向けたが、それ以上はなにもいわずにジェマのあとを歩きはじめた。

ジェマが呼び鈴を鳴らした。背後にウェラーの存在を感じて、背すじに汗が伝うのがわかるほど緊張していた。自分の呼吸の音まで気になるくらいだった。

応答がない。それに、家の中から物音ひとつきこえてこない。もう一度呼び鈴を押して、応答を待った。しばらくしてからウェラーにいった。「庭に行ってみましょう。庭にいなければ、近所の公園だと思います」

ウェラーを従えて通りに戻ると、古い型のフォードがやってきて、路肩に停まった。ドライバーは家の番地と自分のメモをみくらべているようだ。そしてジェマとウェラーの姿に気がついた。「刑事さんですか?」はっきりした声でそういうと、ドアを開けて降りてきた。

まずウェラーが、次にジェマが自己紹介をした。

「ジャニス・シルヴァーマンと申します」女性はふたりと握手をした。元気いっぱいなのが伝わってくる、力強い握手だった。「福祉課の者です」年は四十代だろう。ウェーブのかかったショートヘアには白髪が混じっている。八月の昼間だというのに、毛玉のできた黒くて分厚いセーターにスカートという格好をしている。

「連絡したばかりなのに、もう来てくれたのか」ウェラーがいった。本気で感心しているようだ。

「スーパーウーマンと呼んでください。着替えは電話ボックス!」思いがけず、いたずらっ子のような笑顔が返ってきた。「実は、この近所に住んでるんです。ホロウェイの団地です。それでも少しお待たせしちゃったようですね。で、どういう状況なんです？」

「今朝、父親が死体でみつかった。他殺と思われる。母親は数ヵ月前に失踪した」ウェラーは襟を立てた。強くなった日射しのせいで、あごの無精ひげが光ってみえる。ウェラーは家のほうに顔を向けた。「ここは、その父親の友だちの家なんだ。昨夜から子どもを預かってる。父親が帰ってこないので、子どもの行き場がなかったんだ」

「子どもというのは――」シルヴァーマンは手帳に目をやった。「――まだ小さな……二歳ですって？　お父さんが亡くなったことは、もう知らせたんですか？」

「二歳といっても、もうすぐ三歳です」ジェマがいった。「父親のことは、まだ知らせてません」

「では、それはわたしに任せてください」シルヴァーマンはため息をついた。さっきまでの元気が少ししぼんでしまったようにみえる。「お母さんは行方不明なんですね？　こういうとき、お母さんがいないなんてね。でも――」声に元気が戻ってきた。「――なんとかしないと」

「玄関、だれも出てこないんです」ジェマはそういって、家の横をまわって裏に出た。子どもたちの声が裏庭からきこえてきた。

ジェマが以前住んでいた小さな建物は、あの頃のまま変わっていなかった。ドアだけが黒くつやつや光っている。ペンキを塗りなおしたのだろう。ティムは日曜大工に励んでいたということか。庭に入る門の近くにある窓に目をやると、なつかしいインテリアがみえた。黒い半月形のテーブル、小さなキッチン、ステンレスと革でできたモダンなデザインのソファ。ダンカンと、あのソファのことを冗談で〝拷問椅子〟と呼んでいたものだ。きちんと整えられたベッドのヘッドボードには本を並べられる棚がついている。あの頃と違うところがあるとしたら、いつもヘイゼルが持ってきてくれた花がないことと、トビーの絵本やおもちゃが散らかっていないことだけだ。なんだか妙な感じがする。時間が巻きもどされて、ここに帰ってきてしまったみたいだ。

庭で遊んでいるのは、トビーとホリーではない。ホリーと、まだ小さなシャーロット・マリクだ。ティムはパティオに座っている。椅子のそばの敷石にはビールの瓶。ヘイゼルは、きのうと同じコットンの短パンと袖なしのブラウスを着て、子どもたちの乗ったブランコを押してやっている。

ジェマが鋳鉄の門を開けると、ホリーがブランコから飛びおりて、甲高い声で叫びながら駆けよってきた。「ジェマおばちゃん！　ジェマおばちゃん！　ブランコ押して！」

ジェマはホリーを抱きあげて、ぎゅっと抱きしめた。「ホリー、会いたかったわ。でもいまは遊べないの。パパにお話があるのよ」ホリーを地面におろし、ぽんと背中を押してやった。

ティムがゆっくり立ちあがった。ジェマの表情をみてから、いっしょにいる男女に目をやった。ヘイゼルはシャーロットのブランコを止めると、ホリーを呼んだ。「ホリー、シャーロットのブランコを押してあげて。順番よ」

「えー、いやだよ——」

「ホリー」ヘイゼルが有無をいわさぬ口調でいうと、ホリーはすねた顔をしてブランコのところに戻っていった。途中で母親を振り返ったのは、なにかようすがおかしいと感づいたからだろう。ヘイゼルはパティオにやってきた。ティムとは一メートルほど距離をあけて立つ。

ジェマは夫婦と客を引き合わせた。「ティム、ヘイゼル。こちらはベスナルグリーン署のウェラー警部補と、福祉課のジャニス・シルヴァーマンさんよ」

「悪い知らせなんだな」ティムが一歩前に出た。

「ティム、お気の毒だけど」ジェマはティムの腕に触れた。「ナツ・マリクの遺体が、今朝、ハガーストン公園で発見されたわ」

「そんな——どうして——」覚悟を決めていたらしいティムの体が、一瞬ふらついた。

「座って話しませんか」ウェラーは、ティムがさっきまで座っていた椅子を指さした。

ティムはへなへなと座りこみ、これが頼りだというように、肘かけをぎゅっと握った。ウェラーも別の椅子を引いてきた。「お友だちになにがあったのか、詳しいことはまだわかっていません。ジェイムズ警部補に話したことを、もう一度わたしにも話してくれませんか」

「いや、それより――」ティムは庭のほうをみて、声を低くした。「シャーロットは……あの子はどうなるんですか」

「里親がみつかれば、里子に出されることになるでしょう」ジャニス・シルヴァーマンがいった。「その前に、親戚がいれば連絡することになりますが」

「いや、親戚はいない。ナツには両親がいなかった。育ててくれたおじとおばも何年か前に亡くなった」

「奥さんのご家族は？」

ティムはかぶりを振った。「夫婦は、サンドラの実家とは付き合いを絶っていた。シャーロットも会わせようとしなかった。シャーロットをここで暮らさせるわけにはいかないんですか？」

「キャヴェンディシュさんの、あるいは奥様の法的な立場によります。シャーロットを養育する立場にあるかどうか」

「いえ、そういう立場にはありません。しかし、シャーロットはここでなら安心して暮らせます。わたしにはなじんでいるし、ホリーも――」

「わたしたち、別居しているんです」ヘイゼルが話に割りこんだ。「娘はふたりで育てていて、娘が夫のところで暮らしているのは平日だけです」

「となると、シャーロットを育てるのに適した環境とはいえませんね、キャヴェンディシュさん。あとでシャーロット本人と話をして、それから、しかるべき手続きをとります」シルヴァーマンは子どもたちのほうをみた。表情が和らぐ。いつのまにか、子どもたちはブランコ遊びをやめて、大人たちをみていた。「小さいほうがシャーロットね？」

「ええ」ティムが答えた。

「キャヴェンディシュさん、あなたがたのお子さんをお願いできますか」

ヘイゼルが先に反応した。ホリーを呼んで、手をつなぐ。「キッチンでママのお手伝いをしてくれる？　暑いから、冷たい飲み物を作りましょうね」

ホリーは喜んで歩きだしたが、それでも一度だけシャーロットを振り返り、それから家に入っていった。

「シャーロットに話すんですか？　お父さんのこと」ジェマは小声でシルヴァーマンにきいた。

「ええ、しかたありません」シルヴァーマンはシャーロットに近づいていき、ブランコにじっと座っているシャーロットの前にしゃがんだ。ジェマもついていった。「シャーロット、こんにちは。わたしはミス・ジャニス。これからしばらくのあいだ、あなたのお世話をすることになるわ。よろしくね」

シャーロットはブランコからおりて、親指を口に入れた。シルヴァーマンとジェマを交互にみている。目がまん丸になっていた。

「シャーロット、お父さんが事故にあったの」シルヴァーマンは優しく語りかけた。「そして、亡くなってしまったの。だから、だれかほかの人がシャーロットのお世話をすることになったのよ。まずはわたしのお友だちのところに行きましょう。安心して暮らせるところよ」

シャーロットは親指をゆっくり口から出した。「いや」小さな声でいって、首を横に振る。「パパといっしょがいい」

「パパはもう帰ってこないのよ、シャーロット」

「ママがかえってくるもん」シャーロットはそれを確信しているかのようだった。

シルヴァーマンはジェマをみてからいった。「そうかもしれないわね。でも、いまはおうちにいないでしょ？　だから、よそに行かないと――」

「パパといるの！」シャーロットはそう叫んで、泣きじゃくった。シルヴァーマンが抱きしめようとして手を伸ばしたが、シャーロットはジェマに抱きついてきた。

ジェマはシャーロットの体を包むように抱きしめた。肩が涙で濡れるのがわかる。刈ったばかりの芝生のようなにおいがした。チョコレートのにおいがうっすらと混じっている。手に力をこめて、ささやいた。「いい子ね、シャーロット」その瞬間、現実が受け入れられなくなった。この可愛らしい子どもが見ず知らずの人間に預けられるなんて、考えただけで耐えられない。

「ねえ、シルヴァーマンさん。わたしが預かるというわけにはいかないかしら。わたしは警官だし、二人の子どもがいるわ。それと——パートナーもいるし」もう少しで〝夫〟というところだったが、そうではないということに気がついた。少なくとも、いまはまだ夫婦ではないのだから。「状況が落ち着くまで、パートナーといっしょに面倒をみるわ」

「たしかに、この子はあなたになついているわね。里親の経験は？」

「ありません。でも——」

シルヴァーマンは首を横に振った。「だとすると、残念ながらだめです。でも、検討の対象には加えられるかもしれません。ともかく、いますぐ預けられる人を探さなくちゃ。これから急いで——」

「ちょっと待って」ジェマはふと、あることを思いついた。「心当たりがあるの。一本電話をかけさせてください」

「わたしの友だちなんです」ジェマはいいながら、まだ涙を流しつづけているシャーロットを、ティムの腕に預けた。「里親の経験もあります。彼女が引き受けるといったら、認められますか？」

「生活環境にもよるわね」シルヴァーマンは慎重な姿勢を崩さなかった。「わたしもその人と話してみて、ひととおり状況をチェックしないと」

「大丈夫、ちゃんとした人です。うちの子たちのシッターのお母さんで、子どもの扱いもうまいんですよ」ちょっとおおげさかな、という気もした。それに、シルヴァーマンを説得するためというより、自分自身を納得させるための言葉だということも、自覚していた。ちょっと失礼といってその場を離れると、庭の奥まで行って、かつての住まいだったガレージをみながら電話をかけた。うまくいきますように、と神に祈る気分だった。

ベティ・ハワードの快活な声がきこえた。ノティング・ヒルに住んで四十年以上になるのに、カリブ諸島の訛りが抜けていない。その声をきいた瞬間、ジェマは詰めていた息をほっと漏らした。「ベティ、ジェマです。ひとつお願いしたいことがあって」できるだけ簡潔に状況を説明した。

「まあ、かわいそうに。ええ、ええ、あたしでよかったら喜んでお世話しますとも。ただねえ、いまはカーニバルのコスチュームを作っているところで――」

「わたしもお手伝いするわ、なにかできることがあれば」ジェマはいった。ベティは七〇年代からずっと、ノティング・ヒル・カーニバルのコスチュームを作っている。手の込んだものばかりだ。

「ウェズリーがいるから子どもの面倒はみられるだろうけど」ベティは即答しかねるという口調だった。「そうなると、キットやトビーをみている時間が減ることになるだろうね。けど、ジェマのところでその女の子を夜に一時間か二時間預かってくれたら、なんとかなると思うわよ」

「ありがとう、ベティ。じゃあ、シルヴァーマンさんに電話を代わるから、直接話してくれる？」

ベティが自宅の育児環境について説明し、シルヴァーマンがオフィスに電話をかけて承認をとっているあいだに、ジェマは家に入ってシャーロットの荷物を取ってきた。ヘイゼルはキッチンにいて、オレンジジの炭酸飲料をグラスに注いでいるところだった。グラスには小さな氷がわずかに入っているだけだ。

「飲み物がこれしかないの。ティムったら、ちゃんとした飲み物くらい買っておけばいいのに。氷だってなくなったまんま。それに――」ヘイゼルが声を荒らげた。「――なんなのよ、これ」冷蔵庫のドアをあけて、すぐに閉めた。

ジェマは驚いてヘイゼルをみたが、ヘイゼルは目を合わせようとしない。「お水でじゅうぶんよ」少し間をおいて、ジェマはそういった。慎重に言葉を選ぶ。ヘイゼルはどうしてこんなにぷりぷりしているんだろう。「本当に、おかまいなく。シャーロットのものを取りにきただけなの。できれば――」

「そんなこといわれてもね。ティムがなにをどこに置いてたかなんて、わたしはなにも知らないんだもの。いまいったばかりでしょ、飲み物のある場所もわからないって」ヘイゼルは炭酸飲料を注いだばかりのグラスを乱暴に前に押しやった。それが別のグラスにぶつかって、中身が派手にこぼれる。それからヘイゼルはふきんで手を拭きながら、リビングに行った。さっきよりも落ち着いた口調で話すのがきこえる。「ホリー、シャーロットのお着替えやおもちゃをバッグにしまってくれる？　お部屋にあるの？　そう、いい子ね。じゃあ、持ってきてちょうだい。忘れ物がないように気をつけてね」

ホリーがばたばたと階段を昇っていくと、ヘイゼルはキッチンに戻ってきた。「象の行進みたいね」独り言をつぶやくヘイゼルの目が赤くなっている。「ジェマ、ごめんなさい。きついいいかたをして。よりによってあなたに当たるなんて、最低だわ。ただ、ゆうべは――ティムがありもしない話をおおげさにしてるだけなんじゃないかって思ってたの。あのシャーロットって子のお父さん、本当に亡くなったの？」

「ええ、この目で遺体をみたわ」

「そんな」ヘイゼルは持っていたふきんで、さっき飲み物をこぼした調理台を拭きはじめた。「わたし、やっぱり最低ね。その人――自殺なの？」

「わからないわ。これから調べるところよ。といっても、調べるのはわたしじゃないけど」ジェマはつけたした。キッチンの窓からウェラーの姿がみえたせいだ。そういえば、この件の担当は自分ではなかった。「みたところ、暴行などの形跡はなかったわ。解剖の結果を待たなきゃなんともいえないけど」

「あんな可愛い子をひとりぼっちにするなんて、ありえないわよね」ヘイゼルは庭のほうを指さした。「あの子、大丈夫かしら」

「とりあえずはね。ベティ・ハワードに預かってもらえるように話をつけたわ」ジェマはヘイゼルのそばに行き、声を低くして続けた。「お父さんが亡くなったこと、シルヴァーマンさんが子どもに話したの。そういうことを遺族に伝えるときは、できるだけシンプルに、短い言葉ですませるものよ。でも、あんなに小さな子どもがどんなふうにそれを受け取ったかと思うと……」

「話したのは正解だと思うわ」ヘイゼルはうなずいた。セラピストという仕事では、子どもを相手にすることもよくある。「お父さんがいつか帰ってくるかもしれないなんて希望を持たせるほうが、結局は残酷だもの。いずれは知ることになるんだし、騙されていたってわかったら、他人を信じられなくなってしまう。もっとも、わたしには詳しいことはなにもわからないけど」持っていたふきんをたたんで、また勢いよく広げると、じっとみつめた。ベージュの生地に、小さな赤い雄鳥がいくつもプリントされている。

「ひどいセンスね。どこで買ってきたのかしら」ジェマの顔をみて、目をそらした。「キッチンの壁、塗りなおしたのね」

「わたしも気づいたわ」ジェマは懸命に言葉を選んで答えた。「とても素敵だけど……わたしの知ってるキッチンとは別の場所になっちゃったみたい」

「キッチンだけじゃないわ。すべてが変わってしまった。けど、こんなのたいしたことじゃないわよね、ティムの友だちに起こったことと比べれば。なのにわたしは、なにをおおげさに騒ぎたててるの、と思っていたんだわ」

「キャヴェンディシュ先生、ジェイムズ警部補のお話からすると、お友だちが亡くなった件について、まずはあなたに事情をおききするのがよさそうだね」ちょうどウェラーがティムに話しかけているとき、ジェマはパティオに戻ってきた。

シャーロットを最後にもう一度抱きしめ、午後に会いにいくわね、と約束してきたところだった。幼いシャーロットはどこまで理解してくれただろう。ジェマにしがみついてひとしきりすすり泣いたあと、ジャニス・シルヴァーマンの腕の中で再び黙りこんでしまった。

「知ってることは全部ジェマに話しましたよ」ティムはそういってグラスを空にした。蛍光塗料みたいなオレンジ色の液体を、なんの抵抗もなく飲みほせるようだ。溶けかけた氷を口に含み、手の甲で口元を拭った。「ナツはサンドラとシャーロットを愛していた。ふたりに危害を加えるなんてありえない。非の打ちどころのない、しあわせな家族だったんだ」

ヘイゼルは庭の奥にある砂場にホリーを連れていき、自分だけ戻ってきてパティオの端に立ったところだった。ティムの言葉をきいた瞬間、体がぴくりとした。

「非の打ちどころのない家族ねえ。なのにサンドラ・ジルは蒸発した」ウェラーがいった。

ティムがウェラーをにらみつけた。なにかに気づいたようだ。「そうか、あの事件の担当者だったのか。ナツがよくあなたの話をしていた。自分がなにか悪いことでもしたかのように扱われると」

「で、実際どうだったんでしょうね、キャヴェンディシュ先生。あなたになら彼も真実を打ち明けたのでは？」

「ナツはなにもしていませんよ」ティムは頭を前に突き出すようにしていった。「ナツはあなたに不満を感じていた。サンドラがいなくなったことをうったえても真剣に取り合ってくれない、だからいろんなことをみのがしているんじゃないかと。サンドラの実家の家族を徹底的に調べるべきなのに、それもやろうとしない、ともいっていた」

「きょうだいはみんな、サンドラが失踪した日のアリバイがあったんだ」

「アリバイ？　飲み仲間の証言なんか——」

「ナツ・マリクにはアリバイがなかった」ウェラーはティムの言葉を無視して続けた。「日曜日だというのにオフィスで仕事をしていたという。裏付けは取れなかった」

「ナツがサンドラの失踪に関係してるっていうのか？」ティムは椅子から腰を浮かせて、固い拳を作っていた。

ウェラーは片手をあげた。「いや、そうじゃない。だれのどんな言葉でも鵜呑みにはできないってことをいってるんですよ。もちろん友だちの言葉もね。それより、あなたにおききしたい。ナツ・マリクは、奥さんが帰ってくると本当に信じていたんですかね」

ティムは椅子の背に体を戻した。怒りを通りこして、どうでもよくなってしまったようだ。「どちらともいえませんね。ナツの立場に立って考えてみてくださいよ。考えられる可能性はふたつです。自分の妻であり娘の母親である女性の身になにか大変なことが起こったというのがひとつ。もうひとつは、いままで信じてきたものがすべて嘘だった、愛する妻は自分の意思で家を出ていった、ということだ。どちらかに決めろといわれて、決められると思いますか？ ナツは、あるときは前者だと思っていても、翌日になると後者だと思う、そんなことの繰り返しでしたよ。ただ、心の中では、なにか恐ろしいことがあったのではないかと思っていたでしょう。あのことさえなければ……」

「あのこととは？」遠慮がちだったウェラーの態度が変わった。ジェマはティムにあま

りしゃべるなといってやりたかったが、黙っているしかなかった。自分はこの事件の担
当者ではないのだ。それに、ティムの言葉が気になるのはジェマも同じだった。
「いや——なんでもない。ただの噂話ですよ。ナツがここにいたら絶対口にできないよ
うな話なんだ」

「いいから、話してくれませんかね。どういうたぐいの噂話です？」

促されても、ティムはしゃべりたくなさそうだった。落ち着きのないようすでヘイゼ
ルに目をやり、またウェラーをみる。「本当に、ただの噂話なんだ——」首を振って、
続けた。「サンドラが最後に引き受けた仕事は、スピタルフィールズのクラブからの依
頼だった。金持ちだけが入れる会員制クラブみたいなやつだ。オーナーの名前はルーカ
ス・リッチー。ナツがきいた噂によると、その男が——」

「その男がどうしたと？」ウェラーが話をせかす。

「サンドラと……特別な関係にあったというんですよ」

9

というわけで、わたしはこう思う。世界にもさまざまな国があるが、中でもイギリスの人間こそ、外国人をそのように見下すべきではない。当然のことだ。なぜなら、今日の外国人は、すなわちきのうのイギリス人なのであり、明日にはどちらも同じイギリス人になるのだから。

――ダニエル・デフォー『生粋の英国人』

「どうしていままで黙っていたんです」ウェラーが詰問した。

「いま思い出したんですよ。ナツからきいたのも、最後に会ったときの一度きりだったし」

「つまりマリク氏は、そのことが奥さんの失踪に無関係だと考えていたというわけだ」

ウェラーは吐きすてるようにいった。大きな手がわなわなと震えている。本気で怒っているんだ、とジェマは思った。

「いや、それがナッツの耳に入ったのも、ほんの二週間ほど前なんだ」ティムが説明する。「本気で取り合ってはいなかった。実際、サンドラがルーカス・リッチーと駆け落ちしたなんて、ありえない。リッチーはずっとロンドンにいる。ナッツが会いにいって確かめたんですよ」

「なるほど。だから、そのリッチーとやらは奥さんの失踪とは無関係だと判断したというわけですか。キャヴェンディシュ先生、あなたのお友だちはずいぶんなお人好しですな。駆け落ち以外にもいろいろ考えられるでしょうに。サンドラ・ジルがその男と特別な関係にあったとしよう。現状に我慢できなくなったサンドラは、ふたりの関係を公にするといいだした。そして男がサンドラの口をふさごうと——」

「違う！　そんなんじゃない。少なくとも、ナッツからきいた話によると、それは考えられませんよ。ルーカス・リッチーは独身で金持ちで、女に不自由したことがないらしい。サンドラが関係をばらすといっても、その相手がいない。失うものがあったのはサンドラのほうだけだ」

「なら、リッチーがサンドラに、夫と別れろと迫ったのかもしれない。サンドラがそれを拒み、ふたりは喧嘩をして——」

「それも違う。ナツは、サンドラが浮気しているなんて、これっぽっちも疑っていなかった。それはわたしも同じですよ。彼女は――浮気をするような女性じゃないでしょうから」

「浮気をするのがどんな女性か、よくわかってるってわけ?」ヘイゼルが甲高い声をあげた。さっきからパティオの端に立っていたのに、ティムもジェマもその存在をほとんど忘れてしまっていた。「浮気をしない保証みたいなものが、彼女にはあったっていうの? それほど完璧な妻だったの?」

ティムははっとしたようだった。まずい表現をしてしまったと思ったのだろう。しかし開き直って反論した。「ヘイゼル、なにからなにまで自分の問題と重ねて考えるのはやめてくれないか。いいたかったのは、サンドラ・ジルとルーカス・リッチーは住む世界が違いすぎるってことだよ。サンドラはナツにも話していた。ルーカスの住んでいるのは見栄と虚飾の世界だ、自分は地に足をつけて生きていくために家族と仕事を大切にしたいんだ、と」ヘイゼルの顔をまっすぐにみて、きっぱりといった。「きみも昔はそういう女性だったね」

ジェマはやっとのことでイズリントンをあとにしたものの、そこから病院に向かう気にはなれなかった。電話をかけてみると、母親は落ち着いて眠っているとのことだった。ロンドン市内を東から西へと走っているうちに、なんだか息苦しくなってきた。午後の日射しのせいで車内に熱がこもっている。ティムとヘイゼルのやりとりをはらはらしながらみていたせいで、気持ちもまだ高ぶっている。

ウェラーはティムに、また話をきかせてもらうよといったあと、帰っていった。「外国に逃げたりしないのでご心配なく」とつぶやいたティムを、ヘイゼルがまたにらみつけた。

ヘイゼルはティムともジェマとも口をきこうとせず、ウェラーのすぐあとに続いて帰っていった。「なんなんだ、あれは」ティムはジェマとふたりでヘイゼルの車を見送りながら、そういった。「なにもかも、自分で決めてやったことだというのに。どうしてわたしに当たってくるんだ？」

「大変ね、ティム」ジェマはティムを軽く抱きしめた。ヘイゼルの態度に驚いたのはティムだけではない。しかしそのことを口にしたくはなかった。ティムは友人を失った。ただでさえつらいときだというのに、ナッツ・マリクが雇っていたベビーシッターのアリヤに、ナッツは死んだと知らせなければならないのだ。こんなとき、昔のヘイゼルなら必ず慰めの言葉をかけていただろう。自分の悩みや不安はとりあえず脇に置いてふるまうことができたはずだ。

ノティング・ヒルに着いた。角張った茶色いレンガ作りの家。サクランボのような色のドア。それが目に入るだけで、我が家に帰ってきたという安心感がある。家の中では、子どもたちがリビングでビデオをみていた。二匹の犬は、庭に通じるドアのそばでゆったり寝そべっている。

まずはトビーを抱きしめた。トビーはそのうち悲鳴をあげてじたばたともがきはじめた。キットはにやりと笑って遠くに逃げてしまった。「ぼくは遠慮しとくから」

「ふたりとも、どうして外で遊ばないの？」

「暑いからさ。トビーの好きなビデオでもみてろってお父さんにいわれたから、また『パイレーツ・オブ・カリビアン』をみてたんだ」ジョニー・デップが肩で風を切るように歩いている。金色の歯がきらりと光った。トビーは床の上にあぐらをかき、身をのりだして画面にみいっている。

「なるほどね」二匹の犬がうれしそうに息を弾ませはじめた。「お父さんはどこ？」

「ダグから電話があったんだ。月曜の朝までに書かなきゃいけない報告書がどうのこうのって。ジェマが帰ってきたら、連絡するように伝えてくれってさ」

よかった、とジェマは思った。ゆうべの喧嘩は水に流してくれたということだ。考えてみれば、心の中でヘイゼルを批判する資格なんかないのかもしれない。思いやりがないのは自分も同じだ。

「ねえ、エリカに会いにいかない？」ふと思いついて、子どもたちに声をかけた。「散歩がてら、どう？」

「歩くの？　暑いよ」キットがいう。

「あとでアイスクリームを買ってあげるわ」

トビーが画面から目を離した。「やった！　なんのアイスにしようかな」

「わかったよ、その手には弱いんだ」キットも折れた。

「まずはエリカに電話をして、ちょっと身支度してからね」

ジェマはさっとシャワーを浴びて服を着替えた。三人で歩きはじめてから、なんのために出てきたのかを話した。

「じつはほかにも用事があるの。エリカの家に行ったら、わたしだけ抜けて、ベティ・ハワードの家に行ってくるわ」

「ウェズリーのお母さんのところに、ジェマひとりで行くの？」キットが不審そうな顔をした。「三人で行っちゃだめなの？　ベティはいつも歓迎してくれるのに」

「それはそうなんだけど、今日はちょっと事情があるの」ジェマは説明した。シャーロットという女の子をベティに預かってもらっていること。シャーロットにとって初対面の人間を連れていくのは避けたいこと。

シャーロットの両親のことも話さなければならないだろう。しかしキットには話しにくい内容だ。ジェマがそう思っていると、キットはあっさりこう答えた。「長くならないようにしてね」

ジェマがエリカ・ローゼンタールと友だちになったのは、ノティング・ヒル署に配属になってはじめての事件を捜査しているときだった。そして、ここ何ヵ月かのあいだに、さらに親しくなった。エリカが昔なくしたアンティークのブローチがオークションにかけられていることがわかり、そのことを調べているうちに、エリカの悲しい過去の扉が開いてしまったせいだ。

いまは引退しているが、エリカは学者だった。子どもはいない。トビーとキットをいつも可愛がってくれるし、子どもたちのほうも、エリカのことを家族のように思っている。おばあちゃんみたいなものだ。ジェマやダンカンの両親に会うよりもずっと頻繁にエリカに会っているということもある。トビーの父親であるロブは、トビーがまだ物心つかないうちに家を出ていったし、それ以来ロブの両親もいっさいの連絡をよこさなくなった。連絡を取れば、トビーの養育費を請求されるとわかっているからだ。かえってせいせいしたわ、とジェマは思っていた。

それに比べると、キットの母方の祖父母は厄介な存在だった。キットの親権を裁判で争ったというのに、それに負けて、ダンカンの立ち会いのもとでしかキットに面会できなくなると、もう面会さえ申し込んでこない。特に問題があるのは祖母のほうだった。祖父についロうるさいなどというものではなく、底意地悪くキットをいじめてばかり。祖父についてキットがどう思っているのかはわからない。キットはダンカンの両親にはすぐになついたし、ジェマの両親とも仲がいい。しかし彼らと比べても、エリカは特別だった。いろんな面で気が合うらしい。年齢や境遇がこんなに違うというのに。

アルンデル・ガーデンズにあるエリカの家までやってきた。ジェマが呼び鈴を押すと、エリカがすぐに出てきた。うれしそうに笑って、真っ白な髪のほつれを直す。髪はいつものようにねじってうしろでまとめていた。花模様のエプロンをかけて、頬にはなにかの粉がついている。「ちょうどいいところに来てくれたわ。お手伝いしてちょうだいね」

「なにかつくってくれてるの？　おやつ？」キッチンのほうに歩きながら、トビーがいった。

「そうじゃないの。今夜はお客さんがいらっしゃるから、お料理をしているのよ。メインディッシュを正統派のフランス料理にするつもりなんだけど、暑いから火はあまり使いたくないの。それで、シーフードサラダを作ることにしたわ。キット、カラマリの下ごしらえを手伝ってくれる？」

「カラマリってなあに？」トビーがきく。

キットは両手の指をひらひら動かしてみせた。「イカだよ」

「げえー」トビーはそういったが、キッチンにはいい香りが充満していた。ガーリック、レモン、摘みたてのハーブ。ジェマの口の中が唾でいっぱいになった。

「イカの下ごしらえ？　オーケー」キットはうれしそうにいった。「でも、内臓を抜くのは無理だな」

エリカが笑いながらいった。「その前に、ふたりにプレゼントがあるわ。きのうマーケットでみつけたものなんだけど」棚から取ってきたのは、アンティークの二階建てバスだった。トビーのぶんだ。キットには本。カバーの汚れた、かび臭い古本だった。ジェマはキットの背後から本をのぞきこんだ。カラフルで美しい動物のイラストでいっぱいだった。キットは歓声をあげて身をのりだし、エリカの頰にキスした。

「すごいよ、これ。どこでみつけたの？」

「ポートベロ・ロードに出店してた古本屋よ。加工業者の手に渡らなくてラッキーだったわ」エリカはそういって本に軽く触れた。植物や動物のイラストの載った古い本は、希少本も含めて、ひと山いくらで加工業者に買い取られてしまうことが多い。業者はイラストを切り抜いて額装し、商品として販売する。

「エリカ、素敵な本ね」ジェマはいった。「でも、いつも申し訳ないわ」今日はこのままここにいようか——一瞬そんな思いが頭をよぎった。シャーロットを預かってくれているベティ・ハワードの家を訪ねる、そのわずかな時間が惜しくてたまらない。ただでさえ、子どもたちと過ごせる時間は限られているのだ。しかし、幼いシャーロットの顔を頭から追いやることができない。それに、シャーロットに会いに行くと約束したのだ。破るわけにはいかない。

「子どもを甘やかすな、なんていわないでね」エリカはそういって目を輝かせた。「代わりにイカの内臓をとってもらうんだから」

「今日はご機嫌ね」ジェマは愛情をこめた眼差しでエリカをみた。「フランス料理ってことは、お客様はフランスのかたなの？」

「そうよ、アンリが来てくれるの」エリカは微笑んだ。「さあ、用事をすませていらっしゃいな。帰ってくる頃には、庭にお茶の用意をしておくから。それと、帰りにアイスクリームを買ってあげる約束でもしてるんじゃない？　出かけるついでに買ってくるといいわ」

子どもたちをキッチンに残して、エリカはジェマを玄関に送り出した。「悲しい話ね。その女の子がかわいそうだわ」小声でいう。シャーロットのことは電話で話してあった。「でも、子どもって立ち直りの早いものよ。優しい人に預かってもらっているのもよかったわ」

「エリカ……」ジェマは戸口で立ち止まった。「あんなに小さな子でも、人の死の意味がわかるものかしら。なにかきかれても、わたしちゃんと答えられるかどうか……」

「そうね、難しい問題だわ。どんな反応をされるかわからないわね。ご両親は信心深い人たちだったの？」

「さあ、きいてないわ」ジェマはナツやサンドラについてきいた話や、家の中のようすを思い出して答えた。「たぶん、そうでもなかったんじゃないかと」

「それなら、しばらく待つしかないわね。そのうち理解できるようになるでしょう。意外なほどあっさり受け止めるかもしれないわよ」

エルギン・クレセントから、ポートベロ・ロードに入る。一瞬足を止めて、上り坂をみあげた。午後の強い日射しを浴びて、路面がじりじり焼けている。日曜の午後は人通りがないので、なんだか別の町を眺めているかのようだ。商店にはシャッターがおろされ、出店も閉じて、パブだけがちらほらと店を開けている。エルギン・クレセントには友人のオットーがやっているカフェがあるが、準備中だった。オットーは、日曜の午後は娘たちと過ごすことに決めているのだ。

がらんとした通りの風景に、なぜかジェマは心を惹かれた。まるでこの町が自分のものになったような気がしてくる。どこか地中海沿岸の古びた町並みを思わせる陽気な雰囲気も魅力的だ。

そちらに背を向けて、坂を下りはじめた。ウェストボーン・パークロードに入る。ベティ・ハワードと息子のウェズリーが暮らすアパートは、ベティの両親が一九五九年にトリニダードからやってきたときにみつけた住まいだ。ベティと夫のコリンは、もともとの大家だった地主からそこを買い取り、六人の子どもたちを育てあげた。残念ながらコリンは何年か前に心臓発作で亡くなり、ウェズリーの五人の姉はみな家を出てしまっている。

一人暮らしをしたくてもお金がないから無理なんだ、とウェズリーはよく冗談まじりにいっている。ロンドンの若者がみな同じ事情を抱えているのは事実だが、本心はそれだけではないということに、ジェマは気づいていた。自分が家を出れば母親がひとりになってしまう、それが気がかりだから家に残っているのだろう。

ベティの住むアパートに着いた。ずらりと並んだ呼び鈴のうち、最上階のボタンを押す。エントランスのドアが開くと、中に入って階段を上った。ベティがドアを開けるのと、ジェマがそこに着くのが同時だった。ベティは口元に指を押しあてていた。

「寝てるの」ベティは小声でいって、ジェマを軽く抱きしめた。いつものように、明るい色のスカーフを頭に巻いている。今日はターコイズブルーだ。褐色の肌とスカーフとの境目に、白髪の混じった髪がほんの少しのぞいている。「子どもって謎だわ」ジェマを連れてリビングに入ると、ベティはいった。「シルヴァーマンさんが帰っていったら、急にわんわん泣きだしたの。ウェズリーがあやしてもだめ。もしかしたら、黒い肌の人間をみなれていないのかもね。

そのうち、あの隅にある布地の山に気がつくと、モグラみたいにもぐりこんで、そのままこてんと眠ってしまったわ。スニーカーを脱がせてやったけど、全然起きないの。ちょっとみてやって」

ベティのリビングの第一印象は、さまざまな色と素材がごちゃまぜになっているという感じだ。しかしよくみると、そうではないことがわかる。この部屋は、さまざまなもので作られたひとつの作品なのだ。ずらりと並ぶ透明なプラスチックのケースには、大量のボタンや羽、組ひも、スパンコール、縫い糸などが入っている。ミシンは最新式の高価なもので、窓際のテーブルの上に鎮座している。ベティはいつも、そこに座って作業をしながら、外の通りをみおろしているのだろう。作っているのはカーニバルの衣装だけではない。ソファのカバー、カーテン、シェードタイプのブラインドなど、「布を縫って作れるものならなんでも」作っているとのことだ。父親が椅子張り職人だったので、まだよちよち歩きの頃から縫い物を教わった。十六歳のときに学校をやめて帽子屋で働きはじめ、それ以来ずっと、誇り高き家業を引き継いできたという。

ベティが指さす方向には、布の山がいくつもできていた。ソファと窓のあいだのスペースだ。色とりどりのシルクやタフタは、まるで虹のようだ。分厚い錦織やサテンの生地もあるし、ガーゼの網のような繊細な生地もある。金ラメの生地が輝いている。シャーロットは文字どおり、布の山にもぐりこんでいた。金色の布を毛布みたいに体にかけている。みえるのは巻き毛と爪先だけ。布の山の両側からちょこんとのぞいている。

「なかなか高貴なお姫様なのよ。金色の布めがけていったわ」

「ああ、やっとわかったわ」ジェマは小声でいった。胸がぎゅっと締めつけられるような思いがした。「家と同じだと思ったのね。母親がテキスタイル・アートをやっているの。自宅にアトリエがあったわ」

「アーティストなの？　シルヴァーマンさんがいってたけど、行方がわからないそうね」

「ええ。いなくなったのは五月。そして今度はお父さんが……」ジェマは今朝みた光景を頭から追いやろうとした。ナツ・マリクの遺体は暑い屋外に横たわり、周囲にはハエが飛んでいた。いまは涼しいところにいるはずだ。遺体安置室の移動ベッドに乗せられているだろう。

「それにしても、この子は変わってるわね」ベティがいった。「お母さんが白人で、お父さんはパキスタンの人だったんでしょ？　シルヴァーマンさんが教えてくれたわ。だけど、この髪の毛！　カリブ諸島の人の血が少なからず混じってると思うわ。ウェズリーが帰ってきたら、きっとカメラを取り出すでしょうよ。さっきはこの子が泣いてたから撮れなかったけど」

「ウェズリーは出かけてるの？」

「ええ、生活のためにね。今日はカメラマンよ。魚屋の娘のモリー・ジェインズが誕生日パーティーをやるんですって。いま頃、お菓子まみれでハイテンションになった子どもたちの相手をしてるわ。この暑いのに、よくがんばるわよねえ」

ウェズリーは経営学の学位をとるために大学の夜間コースに通い、昼間はオットーのカフェで働いたり、トビーやキットのシッターをしたりしている。しかし本当に好きなのは写真を撮ることだ。ウェズリーはそれを「生活のための仕事」と呼び、近頃ではそのために出かけることがどんどん増えてきている。結婚式、誕生日、家族の記念写真などを撮ってほしいと、近所の口コミで仕事が入ってくるからだ。中でも子どもの写真を撮るのが天才的にうまい。ジェマの誕生日には、トビーの写真をプレゼントしてくれた。本人の気づかないうちにこっそり撮ったスナップだ。

シャーロットが体を動かした。ふたりの話し声で目が覚めてしまったらしい。ひそひそ声でもだめだったようだ。顔にかかっていた布を払って、両目をこする。なにやらもごもごとつぶやいた。それからようやくジェマに気づいて、両手を差し出した。

ジェマは床に膝をついて、シャーロットの温かい小さな体を抱き寄せた。昔からずっとこの子を抱いていたみたい、そんな錯覚をおぼえる。「こんにちは、シャーロット。よく眠れた？」

シャーロットはジェマの肩に鼻をこすりつけて、なにかいった。なにをいったのかはききとれなかったが、反応があっただけでもよかった。ジェマはかがめていた体を起こしてソファに寄りかかり、シャーロットを膝にのせた。「おなかがすいてるんじゃない？」ティムの話では、昨夜も今朝もほとんど食べていないとのことだ。ジェマはベティをみあげていった。「いいにおいがするわ。なにを作ってるの？」

「メキシコ風のローストポーク。黒豆とライスを添えて食べるの。ありふれた家庭料理よ」

「うちだって凝った料理なんて作らないわ」ジェマは笑いながらシャーロットの巻き毛をそっとなでた。「シャーロット、お豆とライスは好き？」シャーロットがまた鼻をこすりつけてくる。さっきより動きが大きい。うなずいているつもりなのだ。「そう、好きなのね。ベティは世界でいちばんお料理がじょうずなのよ」ジェマはシャーロットの耳元でささやいた。「でも、ジェマおばちゃんがそういってたっていうのは内緒よ」

シャーロットは頭をそらして、おそるおそるベティの顔をみた。

「もうすぐ食べられるわよ。マンゴーのライスプディングも出してあげようかしらね。どれ、鍋のようすをみてくるわ」

ジェマがうなずくと、ベティはリビングを出ていった。しばらくすると、ベティがキッチンで立てる物音がきこえてきた。あの音をきくと、なんだかほっとする。鼻歌も混じりだした。ジェマは体の向きをちょっと変えて、シャーロットにリビング全体がみえるようにしてやった。「ベティのおうちにはきれいなものがたくさんあるでしょ?」あいたほうの手で、ミシン糸がぎっしり入った箱を取る。

蓋を開けて、中を探る。糸を何巻か取り出して、シャーロットにみせた。「これは青、こっちは赤、ライムグリーンと、とってもきれいな黄色もあるわね。これはどうかしら」濃いピンクの糸を手にした。「シャーロット、これは何色?」

「マゼンタ」シャーロットは小さな声でいって、糸をつかもうと手を伸ばした。まだ赤ちゃんのようなぽちゃぽちゃの手をしている。

「マゼンタ? よく知ってるのね、すごいわ」

シャーロットはジェマの膝からおりて、箱のそばにしゃがみこんだ。「ママもたくさんもってるよ」糸を出して色別に積みかさねはじめた。「あかのなかま、あおのなかま、みどりのなかま」

「マゼンタはどの仲間に入るの?」

「あかとあおのあいだだよ」シャーロットはジェマをみあげて不思議そうな顔をした。そんなの決まってるじゃない、とでもいいたそうだ。「いろのかぞくなの。あかはママ、あおはパパ。そのあいだに、こどもがたくさんいるの」少し舌足らずなしゃべりかただが、まだ三歳にもならない子どもにしては発音がしっかりしている。いつも大人のそばで過ごしていたからだろうか。

「そう、わかりやすいわね」色相環を思い出しながら、ジェマはいった。「ママは糸で遊ばせてくれるの？」シャーロットが母親のことを現在形で話すので、ジェマもそれに倣った。

「おてつだいだよ。あそぶんじゃなくて、おてつだいしてるの」赤の糸の山が崩れて散らばった。シャーロットはそれをまた集めて、根気よく積みかさねる。「にげていっちゃだめよ、わるいこね。パパがいつもいってるでしょ、かぞくはいつもいっしょだって」

父親のことも現在形で話している。ジェマは慎重に言葉を選びながら、シャーロットがどこまで理解しているかを探ってみることにした。「でも、パパはいまここにいないわよね」

シャーロットは糸の山をぎゅっとつかんでひとつにすると、うなずいた。「うん」天気のことでもきかれたかのように、平然と答える。「パパはママをさがしにいったの」

病院は、いつもどこからか物音がきこえる。静まりかえることがない。ウェラーはそんなふうに思っていた。地下のがらんとしたところにいても、だれかが働く気配や物音がどこからか伝わってくる。巨大な蜂の巣にいるみたいだ。

いや、ラシード・カリームを働き蜂にたとえるのは失礼だろう。ここでおこなわれているのは、働き蜂がやるような単純労働ではない。周囲はタイルとステンレス、精密な測定装置もある。蜜のにおいはどこからも漂ってこない。

「警部補、具合でも悪いんですか？」ラシードが作業台から視線をあげた。「顔色が悪いですよ」ナッツ・マリクの解剖はもう終わっていたが、アシスタントを先に帰して、遺体の後始末をしているところだった。ウェラーにもしょっちゅう話しているとおり、自分でそれをやることで、仕事にけじめがつくような気がするのだ。にやりと意地悪そうな笑みを浮かべる。法医学者はブラックジョークを飛ばしたあと、よくこんな笑みをみせる。

「結婚式でシャンパンを飲みすぎたんだ。まだ残ってる」ウェラーはこめかみをさすった。「安物のシャンパンはこれだからだめなんだ。まあ、花嫁の親を責めるのも気の毒だな。なにかと物入りだっただろうから」

「ぼくも行きたかったな。当番はリン先生だったんだけど、家族のことで急用ができたとかで、ぼくが待機することになったんだ。ショーンによろしく伝えてください」

ウェラーの息子とラシードは同年代で、何年か前から友だち付き合いをしている。

「いや、結婚式なんて面倒なだけだ。笑いのネタなら転がってるけどな」ウェラーはいった。酒を飲まないラシードが出席しても、ホテルの宴会場が酔客だらけになる頃には、その場から逃げ出したくなるだろう。

部屋は肌寒いくらいだというのに、襟元がやけに窮屈に感じられて、ウェラーはネクタイを緩めた。タイルの壁にもたれかかる角度を少しずらして、ラシードの体の向こうに作業台が隠れるようにした。「ラシード、ありがとう。助かったよ」ラシードにはこの解剖を優先してやってもらった。その手のことを頼むのは、昔助けてやったからといって恩返しを求めるようなものだ。そんなことは本当はやりたくなかったが、この事件のことが気になってしかたがなかったのだ。ベスナルグリーン署に一度戻って、サンドラ・ジルのファイルに目を通してきた。なにかみのがしていることがあるかもしれない。リッチーという男のことも気になる。リッチーについても、例の会員制クラブについても、ティム・キャヴェンディシュは詳しいことはなにも知らないようだった。そこで、シン巡査部長に調査を命じてきた。

ナツ・マリクについては、まだなにもわかっていない。分析結果が出るまでにはしばらく時間がかかる。いまのところ、きのうの午後か夜に公園でナツ・マリクをみかけたという善意の市民からの報告もない。フルニエ・ストリートの自宅を出てから、公園で命を落としたと推定される時刻まで、マリクはどこにいたんだろう。

「あれ、なんなんでしょうね。ノティング・ヒル署の刑事が首をつっこんでくるなんて」ラシードがいった。ウェラーの心の中を読んだかのような言葉だった。

「気になるのか？　美人だったもんな」

「いや、彼女には相手がいますよ。そういうのは直感でわかるんだ。ごまかそうとしてもぼくの目はごまかせない」

「ほう、近頃の医大ではそんなことまで教えてるのか」ウェラーは茶化したが、ラシードのいうとおりだと思っていた。「で、やっぱりこの男は自殺じゃないと思うのか？」

ラシードはウェラーにまっすぐな視線を返した。「毒物検査の結果が出ないとなんともいえない。けどぼくは、鎮静剤を大量に投与されていたと思ってますよ。ただ、薬で酩酊状態だったとしたら、どうやって公園まで来たのか、どうやってあの場所にたどりついたのか、そのへんが謎だな。あの場所で薬をのんだとは思えない。ポケットに裸の錠剤をじゃらじゃら入れてきて、水なしでそれをのんだというなら別ですがね。服を調べたところ、薬の瓶も注射器もなかった。飲み物の空き瓶も近くにはなかったそうだし」

「公園の入り口にあるごみ箱の中身は保管させてある。この男の指紋がついているものを探すつもりだ」

「まあ、公園の入り口からあそこまで行くことはできたかもしれませんが」ラシードは遺体を縫いながらいった。「ちょっと無理があるんじゃないかな。もし自殺だったら、どうして証拠をそんなところに捨てなきゃならないんです？」

「自分が自殺したってことを、娘に知られたくなかったからじゃないか？」

「死体を調べれば毒物が検出されることくらい、わかっていたでしょう。証拠を捨てても意味がない」

「心臓発作かなにかだと思ってほしかったのかもしれないぞ」

「この人は弁護士さんでしょう？　もう少し頭はよかったはずです」

ウェラーはまだあきらめなかった。「自然死じゃないことは確実なのか？」

「ええ。倒れたとき、まだ息はあったんですよ。鼻腔に土と落ち葉の破片が入ってた。動脈瘤が破裂した形跡もない。瘦せてはいるが、健康を害するほどでもない。その点以外は健康そのものだったんだ。残念ながら、死んでしまいましたけどね」ラシードはY字切開の縫合を終えた。丁寧な作業だった。遺体に布をかけてから、はめていた手袋をはずした。「口述の内容を書き起こしたら、コピーを送りますよ。身につけていたものを回収するように、手配してください。遺体についていた髪の毛と繊維は検査に回しました」

ラシードはドアのそばに置かれたカートのほうに目をやった。遺留品袋をみて眉をひそめる。「おかしいな、携帯を最初に入れたはずなんだが」細身の携帯電話は、袋の上のほうにあった。ラシードは肩をすくめた。「夜勤からぶっ通しで働いてるからかな。コーヒーの飲みすぎと睡眠不足のせいか」ウェラーの顔をじっとみる。刺すような視線だった。生きた人間をみるときにこんな目をすることはめったにない。「なにか事情でもあるんですか？　シャンパンの飲みすぎだけじゃなくて、この件が自殺でありますようにと祈ってるみたいにみえますよ」

ウェラーは背中を壁から離し、ため息をついた。「ナツ・マリクが殺されたんだとしたら、おれはでかいヘマをやったことになる。この事件もおれの手を離れるだろうな」

10

……現在のバングラデシュは、かつてはインドの一部だった。一九四七年の分離独立によって東パキスタンとなり、一九七一年の独立戦争によってバングラデシュという独立国家となったのである。

――ジェフ・デンチ、ケイト・ギャヴロン、マイケル・ヤング
"The New East End: Kinship, Race and Conflict"

ダグ・カリンはこの週末も、口実をみつけてオフィスにやってきた。しかも今週は、日曜の午後にボスを呼び出すことにも成功してしまった。ボスからの評価は確実に下がっただろう。キンケイド警視はオフィスの机について、プリントアウトを脇に押しやり、両手の指先を合わせて三角形を作ると、いかにも上司然とした視線をカリンに向け

た。「ダグ、そんなに暇を持てあましてるのか」

「どういうことですか？」カリンはそう答えたが、顔は真っ赤になった。キンケイドがなにをいいたいのか、よくわかっていた。

「この報告書なら、月曜の朝でもよかったじゃないか」

「月曜の朝にボスがお忙しいといけないと思って……」自分でも苦しい言い訳だと思った。

「ダグ、趣味をみつけろ。フェイスブックかなにかやったらどうだ？」キンケイドは立ちあがって伸びをした。Tシャツにジーンズという服装で髪はくしゃくしゃだ。「帰るぞ。今度日曜日に呼び出すときは、もっと重要な用事であってほしいな」

カリンはしばらく無人のオフィスに座っていた。スコットランドヤードのエアコンも、この暑さには勝てないようだ。空気がじっとりしているし、まるで部屋自体が一週間の疲れをためこんでいるような、重苦しさまで感じられる。清掃員がやってきたので、カリンはパソコンのスイッチを消して部屋を出た。

ボスのいうとおりだ。ユーストン・ロードの自宅に帰るために暑苦しい地下鉄に乗ったカリンは、自分の生活を振り返っていた。前に付き合っていたステラ・フェアチャイルド・プリーストリィと別れてからというもの、モグラみたいに日々を暮らしている。もともと仕事には熱心だった。それがステラとの仲がうまくいかなくなった理由のひとつてもあるのだが、最近は異常なほどの仕事人間になってしまった。流行の心理学の本を読みあさったので、こんなふうにひとつのことに没頭するのは健康的なことではないということはわかっている。それに、いちばんの望みは出世だというのに、上司を怒らせてはそれも望めない。

だが、仕事以外にやりたいことなんかみつからない。SNSは性に合わない。こっそりやってみたことはあるし、他人の秘密を探るのが仕事の一部なのだから、毎日やろうと思えばできないことはない。しかし、だからこそ自分の情報を人に提供するのに抵抗を感じてしまうのだ。

地下鉄がユーストン・スクエア駅に入っていく。カリンは汗をかきながら車両が止まるのを待った。甲高い金属音や低い轟音が響いてくる。地下鉄は嫌いだ。暑い季節だからというわけではない。車を買ったらどうだろう。そうすれば、地下鉄だけでなく、ほかの電車やバスにも乗らなくてすむ。買ってからしばらくは退屈もしないだろう。しかし、住んでいるマンションのそばの駐車料金の高いことといったら！　ときどき捜査のために署の車を使うことがあるが、あまりの高さにばからしくなってくる。

階段をのぼって地上に出ると、東へ向かった。マンションが近づくにつれて、足取りが重くなる。自分の住まいが嫌いだった。灰色の建物の中にある、灰色の四角い部屋。ユーストン駅には近い。ステラはよく、わたしの彼氏はブルームズベリ地区のはずれに住んでいるの、といって自慢していたが、とんでもない。地理的にもイメージ的にも、ブルームズベリとは程遠い。ステラはいつもそうだった。カリンはおしゃれでもなんでもないのに、わたしの彼氏は都会的でセンスのいい男なのよ、とまわりに触れまわる。というより、カリンをそういう男に改造したがっているようだった。

〝ダグ・カリン改造プロジェクト〟のひとつが、マンションのリフォームだった。流行りの極端にシンプルなスタイルにするという。その計画をきいたときからいやな予感がしていたが、ステラの気持ちを傷つけたくなくて、いやとはいえなかった。別れてから、部屋を元に戻そうにも、その気力もわいてこなかったし、どうやって戻したらいいかもわからなかった。高級なオーディオセットをもっていたが、音楽の趣味が悪いとステラにからかわれたせいで、客が来ているときに音楽をかけることもなくなってしまった。いまも、音楽をきくときは主にｉＰｏｄを使っている。

ステラと別れたあと、モーラ・ベルがあらわれた。サザーク署に勤めるやたら怒りっぽい女刑事だ。仲良くしたのはほんのわずかな期間だったが、そのあいだに、残っていたわずかな自尊心も粉々になった。いや、あの頃のことは思い出したくもない。

マンションのエレベーターで自分のフロアまでのぼり、玄関の鍵を開けた。中は一応片付いてはいる。しかし蒸し風呂のようだ。リビングの窓を全開にすると、申し訳程度の風が入ってきた。ただし、排気ガスのにおいつきだ。室内をみまわす。気分がますます沈んできた。

　どうしていつまでもこんなところに住んでいるんだろう。そういえば、賃貸借契約は来月で切れるが、更新の書類にまだサインをしていない。このマンションは、巡査部長に昇進する前に、精一杯背伸びをして借りたものだ。それから給料は上がったし、銀行には預金もある。たまに電子機器や仕事用の服を買う必要があるくらいで、ほかにはあまり無駄遣いをしないほうだし、大学の奨学金も払い終えている。

　気持ちがぱっと明るくなってきた。なにかの枷がはずれたような気分だ。その気になれば、どこにだって引っ越せる。職場の近くでもいいし、テムズ川のそばでもいい。ボスのいうとおり、趣味はあったほうがいい。学生時代はボート部だった。これまで運動らしい運動といえば、それくらいしか経験がない。フラムやパトニーあたりのマンションに引っ越して、近所のボートクラブに入ってみたらどうだろう。

　パソコンのスイッチを入れてから、冷蔵庫の中身をチェックした。ビールが一本。とりあえずはそれでいい。腰をおろして、パソコンに「賃貸物件」と打ち込んだ。

　翌朝、カリンは早めに出勤した。いつも以上に張り切っていると思われないように、ランチタイムを長くとりたいから、という言い訳をした。ゆうべはよく眠れなかった。横になっても目が冴えて、頭の中ではあちこちの物件の写真がぐるぐるしていた。どれも実物は写真や宣伝文句ほどよくないということはわかっている。それでも、システムキッチンや新しいシャワーや高級感のあるフローリングの床というだけで魅力的だ。テムズ川を一望できるという物件もある。猫の額ほどの部屋の中で踏み台に乗ればやっと川がみえる、その程度のことだとしても、第一候補として検討するにふさわしい好条件だ。

しかし、署にやってきたら、まずは仕事だ。不動産屋に電話するのはあとにしよう。カリンはそう心に決めて、キンケイドのオフィスに入り、ドアを閉めた。夜のうちに、殺人事件の捜査への協力を願う書類が届いていた。なにをすべきか整理しておいて、ボスが出勤してきたときにチェックしてもらうつもりだった。

ＡＢ《ア》ＢＡ《バ》の曲を口ずさみながら、上機嫌で仕事にとりかかる。そのとき、カリンの動きが止まった。視線はパソコンのモニターに釘付けだった。

「新しい事件ファイルにジェマの名前があるって？」キンケイドは眉をひそめた。ネクタイを緩める。自分のオフィスにいるときまで、ネクタイなんかきちんと締めていられない。ダグ・カリンからファイルのプリントアウトを受け取って、ざっと目を通した。

亡くなった人の名前はナジール・マリク。ハガーストン公園で遺体が発見されたという。そういえば、きのうジェマが話していたのはこの事件のことなんだろうか。きのうは、キンケイドが日曜出勤から家に帰ったあと、ジェマと子どもたちも帰ってきた。そのあとはあっというまに時間が過ぎた。日曜日の夜はいつもそうだ。夕食のあと、子どもたちの一週間の予定をきいて、洗濯や、その他の雑用をすませる。

食事の後片付けをしているときは子どもたちがそばにいなかったので、ふたりでジェマの母親の話をした。そのあと、ジェマが昼間の出来事について話してくれた。ティム・キャヴェンディシュの友だちの死体がみつかったという。ジェマは捜査担当の刑事から連絡を受けて、現場に向かった。それから、故人の幼い娘をベティ・ハワードに預けてきたという。ジェマはその女の子のことが心配でたまらないようすだった。自分の母親への気持ちと女の子への気持ちが重なってしまっているのかもしれない。

事件のことをもう少し詳しくきかせてもらおうと思ったが、そのときトビーがやってきて、お話をしてとせがみはじめた。子どもたちをそれぞれの寝室に連れていくと、ふたりとも自分からベッドに倒れこむようにして、あっというまに寝てしまった。疲れていたのだろう。そのときには事件のことをすっかり忘れていた。

携帯電話をとりだして、ジェマにかけた。「解剖をした法医学者は、ティムの友だちは他殺の可能性があると話していた、そうだったね？」

「ええ、わたしはそういう印象を受けたわ。でも外傷はなかったし、毒物検査はまだ結果が出てこないの。どうして？」

「毒物が出るかどうかは関係ないようだ。担当の刑事から――」プリントアウトに目をやった。そろそろ意地を張らずに老眼鏡を使うべきだろうか。「――ニール・ウェラーか。彼からスコットランドヤードに捜査への協力依頼が来た。きみはその法医学者に会ったといっていたね。信頼できそうだったか？」

「カリームさんね。きっちり仕事をする人だったわ。ウェラー警部補は態度が大きくて苦手だったけど。でも意外ね。あの人がそうそう簡単に主導権を手放すなんて。カリームさんにもいろいろ反論していたのよ」

「いまになって腰が引けてきたってことか。どういうことだと思う？　きみの直感をきかせてくれ」

すぐには答えが返ってこなかった。ざわざわした物音だけがきこえる。

「いま、刑事課のオフィスにいるの。ちょっと待ってて」ドアが閉まる音がして、背後の雑音が消えた。なにかのスイッチを切り換えたかのようだ。「わたしはカリームさんの考えが正しいと思う」自分のオフィスでひとりきりになって、ようやく本心を口にできたというふうだった。「自殺にしては、なんだかおかしいのよ」

「だが土曜日の時点では、ティムがその男のことを心配していたんだよな。自殺でもするんじゃないかと思ったんじゃないのか？」

「ティムはたしかに心配してたわ。でも、ナツが自殺なんかするわけないって断言してた」ジェマはいったん言葉を切った。キンケイドの耳に、鉛筆で机を叩く音がきこえる。ジェマが考えごとをするときの癖だ。しばらくして、ジェマはいった。「どこからどうみても、なんだか厄介そうな事件だわ。ウェラーは、ナツの奥さんが失踪した事件の担当者だったの」

キンケイドは自分も鉛筆を手にとり、特に意味もなくぐるぐると円を描きはじめた。「ということは、ウェラーはいま、相当焦ってるわけだな。奥さんの件で、自分がなにかみのがしたんじゃないかと。いまのうちにさっさとこの事件から手を引いてしまいたいってことか」

「たぶんそろそろ定年なんじゃないかしら。だとしたら、最後にそんな後味の悪い思いをするのはいやでしょうね。ねえ……」ジェマはいいよどんだ。キンケイドはジェマの意図に気づいてにやりとした。「協力依頼を受けるとしたら、ダンカン、あなたが担当してくれない？」

「断ったらきみに殺されそうだな」

「あら、そんなのいいほうよ。もっとひどい目にあうから覚悟して」ジェマが笑顔になっているのがキンケイドにもわかった。

「きみならどこから調べる？　きみが担当するとしたら」

「そうね、ウェラーに会う必要があるわ。それからティムにも。あの法医学者にもね。

でもわたしだったら、まずはナッツ・マリクの法律事務所の共同経営者に会ってみるわね。ナッツや奥さんのこと、ほかのだれよりもよく知っているんじゃないかしら」

キンケイドはプリントアウトをめくって、ナッツ・マリクの事務所の名前と住所を確かめた。

「わたしも首をつっこんでていいの？」

「わかってるだろう。ぼくは貴重な人材は手放さない」キンケイドはにやりと笑って電話を切った。ダグ・カリンがじっとこちらをみている。レモンを食べたときのように、口を小さくすぼめている。

「引き受けるんですか」カリンはいった。ジェマと違って、それをあまり望んでいないようだった。

カリンは縄張り意識が強い。ジェマが捜査に割りこんでくることを快く思っていなかった。それがわかっているので、キンケイドはカリンをからかってやりたくなった。

「まずいことでもあるか？」

「あの――いえ、昼休みに不動産屋に行きたいんですが」本当はなにかいいたいことがあるんだろうな、とキンケイドは思った。

「引っ越しか、そいつはいいな」キンケイドは明るい口調でいった。「そろそろ生活を変えてもいい頃だろう。だが、不動産屋に行くのは別の日にしてくれないか」

ファイルの中身をじっくり読みなおしてから、キンケイドはニール・ウェラー警部補に電話をかけた。ぶっきらぼうな留守電メッセージが流れた。いまは法廷にいるので電話に出られない、できるだけ早く折り返す、というものだ。

「法廷か」キンケイドがカリンにいうと、カリンは顔をしかめた。

「丸一日かかるかもしれませんね。いや、一日じゃすまないかも」

「まあ、それならそれでいいだろう」キンケイドはいった。自分なりに事件についての考えをまとめてからウェラーに会うのも悪くない。まずは遺体発見現場をみてみよう。鑑識がみのがしたものがみつかるかもしれない、などとは思っていない。しかし、現場をみるのは好きだった。とっくに片付いてしまった場所であっても、頭の中を整理するにはじゅうぶん役立つ。

「まずはハガーストン公園だ」カリンにいった。「車を一台手配しておいてくれ。警視正に話を通しておく」

「関係者の中に個人的な知り合いがいるようだが、捜査に手心が加わることはないのか？」デニス・チャイルズ警視正は、オフィスに入ってきたキンケイドにきいた。

「ありません。ティム・キャヴェンディシュが容疑者になれば別ですが」キンケイドは答えた。むしろ、関係者に知人がいるおかげで捜査を有利に進めることもできるのだ。

「問題が出てきたら報告します」

警視正のオフィスを出ると、車の用意ができていた。キンケイドの指示でカリンが車を東に走らせる。シティの外周をなぞるようにして走っていった。ショアディッチを通ってベスナルグリーンに近づく。

ハガーストン公園は落ち着いた感じの公園だった。八月の暑さのせいか、緑が瑞々しさをいくらか失っている。若いアジア系の夫婦が赤ん坊をふたり、バギーに乗せて散歩している。ジョガーが水を飲みながら近くを走りぬけていった。壮年の白人夫婦が腕を組み、日射しを楽しむように歩いている。

ハックニー・シティ・ファームの前を通りすぎたとき、馬糞のにおいをかすかに感じた。間違いない、とキンケイドは思った。子どもの頃、嗅覚にしみついたあの独特なにおい。故郷チェシャーの牧場が恋しくなってきた。そのとき、ふと思った。今度母親に会ったら、結婚式の予定をどんなふうに話したらいいだろう……。

ジェマはこのところ、結婚式の話を避けるようになった。もともと気難しいところがあるのに、それに加えて、いまはお母さんの問題がある。もちろんキンケイドもジェマの母親のことが心配だが、それ以上に心配なことがある。実家の家族同士のごたごたのせいでジェマの心が自分から離れていってしまうのではないか、ということだ。ただ、少なくともこの事件に関しては、ジェマは熱心に話をしてくれた。いっしょに捜査をしているうちに、結婚をためらっている理由を話してくれるかもしれない。正式に夫婦になることでふたりの生活がいまとは違うものになってしまうなら、いまのままの生活を続けたほうがいい。

地図と報告書をみくらべて、オードリー・ストリートに入れとカリンに指示した。そこで車からおりる。現場はすっかり片付いていた。犯罪現場を囲っていたテープが一本、鉄の門扉から垂れさがっている。道の片側には立て看板があり、きのうの日付とともに、この場でなにか不審な出来事を目撃した方は警察にお知らせください、と書いてある。

小道を歩きはじめた。細部までじっくり観察しながらゆっくり進んでいくと、フェンスが壊れたところがみえてきた。「立ち入り禁止」のテープがまだ残っている。とはいえ、テープ一本で囲ったところで、子どもや野次馬は平気で中に入るだろう。

「暗くなったらレイプでもひったくりでもやりたい放題ですね」カリンがいった。「ギャングの麻薬取引がこじれて刃傷沙汰、なんてのも似合いそうな場所だなあ。けど、自殺するような場所じゃないですよね」

「人を殺すような場所でもないと思うがな」キンケイドはさらに奥まで進んでみた。木々がまばらになってきた。小道は湾曲しながらハックニー・シティ・ファームのほうに伸びている。現場に戻って、テープで囲われたところをよく観察した。ファイルに添付されていたのはこのあたりの写真だ。「被害者はここでなにをやっていたんだろう。だれかと会っていたのかな」

「そして、その場で倒れて死んだってことですか?」カリンはテープに囲われていない部分のフェンスをつかんでみた。「人が倒れこんだくらいで壊れるようなものじゃないですよ」

「もともと壊れていたのかもしれないな。公園の管理者に確かめてみよう。法医学者にも会ってみたい。だがその前に、マリク氏の同僚に話をききにいこう」

「すぐ近くですよ」今度はカリンがナビになった。キンケイドがハンドルを握る。「ベスナルグリーン・ロードのそばです」

「ナツ・マリクの死体がこの公園でみつかったのも、理由がまったくないわけじゃないんだな」カリンの指示に従って、キンケイドはどこにでもありそうな建物の前にやってきた。ウォーナー・プレイスからちょっと脇道に入ったところにある薄汚れたテラスハウス。端から二番目が目的の住戸だ。灰色がかった茶色のレンガに、青いドアと青い縁取りがついている。一階の窓に〈マリク&フィリップス法律事務所〉との表示があり、その横に電話番号が書いてある。

路肩に車をとめておりる。カリンがおりてくるのを待っているあいだに、外から事務所のようすを観察した。ブラインドの隙間に目を凝らしたが、黒っぽい影がみえるだけだ。ブザーを押してしばらくすると、ドアの鍵がはずれた。ドアを開けて中に入る。カリンがぴったり付いてきた。左側には開けっぱなしのドアがあり、受付になっているのがわかった。さっきブラインドを通してみたのはこの部屋だ。

人の姿はない。しかし、外からみるよりも、こうして中からみたほうが感じのいい部屋だった。使いこまれた茶色の革の椅子やソファ、飾り気のない机、安っぽいベルベル絨毯。インテリアはそんなものだが、掃除が行き届いているし、塗りたてらしいクリーム色の壁には、まるでキャンヴァスを掛けてあるかのようなイラストがほどこしてある。バンクシーのストリートアートを真似たものだろう。ゲリラ的なアーティストの作品を真似るなんて、法律事務所にしては珍しい。

上の階から女性の声がした。「ナツ、また鍵を忘れたの？　電話をかけても全然出ないし――」踊り場までおりてきた女性がかがんで一階をのぞきこむ。「失礼。マリクだと思ったもので。あいにくマリクはまだ来ていないんですよ。受付も今日は休みをとっていて。わたくしでよろしければお話をうかがいます。ただ、うちは基本的に予約制になっておりまして」ちょっと迷惑そうな口調だった。踊り場から階段をおりてくる。明かり取りの窓から入る日射しにその姿が照らされた。褐色の肌をしている。アジア系ではなく、カリブ系の出身だろう。痩せすぎな体に、白のプレーンなブラウスと紺色のビジネススーツを着ている。髪は不自然なストレートで、無造作にうしろで結わえてある。一階までおりてきた。つんとする煙草のにおいがキンケイドの鼻をついた。「ルイーズ・フィリップスさんですね」キンケイドは身分証をみせた。「キンケイド警視です。こちらはカリン巡査部長。スコットランドヤードの者です」

「スコットランドヤード？」女性はまじまじとキンケイドの顔をみた。「アザードのことですか？　いまはなにもお話しできませんよ。あ、もしかして――」はっと息を吸って、目をみひらいた。「――サンドラのこと？　サンドラがみつかったんですか？」

まだ知らないということか。ナツ・マリクの訃報は、タブロイドの一紙に短く掲載されただけだ。ルイーズ・フィリップスがああいうタブロイド紙を読むとは思えない。それに、ナツの遺体の状況はむごいものではなかったから、それ以外にはまったく報道されていなかった。「ミセス・フィリップス、少しお話ができる場所はありませんか」

「ミセスじゃないわ。わたし、独身です。まあ、そんなのどうでもいいと思われるでしょうけど」やけにいいなれた科白のようだった。そのあいだに考えをまとめているようにもみえた。受付のエリアのほうに目をやって首を振る。なぜかその場所は気に入らないらしい。「上にいらしてください。わたしのオフィスで話しましょう」

フィリップスはふたりに背を向けて、階段をのぼりはじめた。キンケイドとカリンも続く。のぼるほどに、煙草のにおいが強くなっていく。二階に着いたとき、その理由がわかった。プラスチックの灰皿が、散らかった机の上にでんと置いてある。吸い殻でいっぱいだ。口紅のついた吸いかけのが縁のくぼみにのせてあるが、いまにも燃えつきてしまいそうだ。部屋自体も、とても魅力的とは思えないものだった。窮屈で散らかっていて、一階のセンスのいい部屋とは似ても似つかない。しかも、この暑さにもかかわらず窓を閉めきっている。

ルイーズ・フィリップスは、室内にこもった煙草のにおいをかき消そうとでもいうように両手を振った。「いつもナツに叱られてるわ。でもここはわたしのオフィスだし、やりたいようにやったってかまわないでしょ」

キンケイドはしかたなく笑みを返した。こんなところに長居したら、間接喫煙で肺ガンにかかってしまう――そんなことを考えながら、金属と合皮の椅子に腰をおろした。両側には書類の入った段ボールの山。カリンも、埋もれかけていた別の椅子を引っ張りだしてきて、腰をおろした。フィリップスは机の奥の椅子に座った。自分の縄張りに戻ってきてほっとした、という顔をしている。というより、禁煙エリアから喫煙エリアに戻ってこられたのを喜んでいるのかもしれない。

「お話なら、ナツが来るのを待ってからにしたほうがいいんじゃありませんか？」フィリップスがいう。「なんの話か知りませんけど。それにしても、ナツはどうしてこんなに遅いのかしら。いつもは遅れて来ることなんて――」

「フィリップスさん」キンケイドが切りだした。こういう話はさっさとすませてしまったほうがいい。「待っても無駄です。お気の毒ですが、ナツ・マリクさんは亡くなりました」

「え？」フィリップスはキンケイドの顔をまっすぐ見返した。褐色の肌が少し灰色がかってみえる。「まさか、冗談でしょ」ごくりと唾をのみ、両手で口元を押さえて頭を横に振った。「本当なのね。警察の人がそんな冗談をいうわけないわ。でも、どういうこと？　いつ？　なにがあったの？　事故？」

「事故ではなさそうです」

「そんな――」フィリップスは机の上の煙草に手を伸ばした。震える指で一本取り出すと、いかにも安物という感じのプラスチックのライターで火をつけた。吐き出した煙ごしに、細めた目でキンケイドをみる。「そうですよね。スコットランドヤードの人が来るってことは事故なんかじゃない。しかも警視さんとおっしゃいましたよね。つまり、これは凶悪犯罪だってことだわ」

煙が流れてくる。キンケイドは咳き込みたいのを我慢した。横目でみると、カリンは手帳を取り出して、窓のほうに目をやっている。そのカリンに向かってかすかにうなずいてみせてから、キンケイドはいった。「フィリップスさん、ナツ・マリクさんと最後に話をしたのはいつですか」

「金曜日。金曜の午後です。来週公判の始まる事件のことで、法廷弁護士と打ち合わせをしたんです。ナツのオフィスで。ナツは――」声が震える。「信じられない」ほとんど吸っていない煙草を消して、次の煙草に火をつけた。「きのうから何度も電話をかけていたのにつながらなくて、どうしてだろうって思ってました。つながるとすぐ留守電のメッセージが流れるんです。今朝はメッセージを残してみました。早く出てきてちょうだいって」すがるような目でキンケイドたちをみる。「なにがあったんですか？」

「フィリップスさん、わたしたちにもまだわかりません。マリクさんがハガーストン公園に行った理由に心当たりはありませんか？」

「ハガーストン公園？　いえ、わからない。ただ、ナツとサンドラはよくシャーロットを連れてあそこに行っていたみたい。農園をみにいったり、散歩をしたり……」

「あの夫婦にとって特別な意味のある公園だったんですか？」

「いいえ、それは知らないわ。ただ、よくあのあたりに家族で遊びにいってたってことだけ。ナツは緑や自然を愛するタイプじゃなかったけど……」ルイーズ・フィリップスは立ちあがり、机の奥の狭いスペースを行ったり来たり歩きはじめた。「でも、それ、本当にナツなんですか？　なにかの間違いじゃ――」

「ウェラー警部補をご存じですね。サンドラ・ジルの失踪事件を捜査した刑事です。彼が遺体をみて確認しました」

「あの刑事さん」フィリップスは顔をしかめた。「たしかに、あの人ならナツの顔を知ってるわよね。でも、ハガーストン公園がどうかしたんですか。もしかして、そこで……みつかったんですか？　なにがあったんです？　さっきもきいたけど、答えてくれてませんよね」

キンケイドは辛抱強く応じた。「マリク氏は土曜日の午後、娘さんをシッターに任せて外出しました。すぐ戻る、といったそうです。しばらくして、マリク氏の友人のティム・キャヴェンディシュが通報しました。ティムもシッターも、マリク氏が帰ってこないのはおかしいと考えたんです。そしてきのうの朝、マリク氏はハガーストン公園で通行人によって発見されました。法医学者の話では、死因はまだ特定できていないと」

「きのう？」ルイーズ・フィリップスはつぶやくようにいった。「どうしていままでだれも知らせてくれなかったの」

「おそらく、電話帳に名前が載っていないからでしょう。ウェラー警部補がご自宅の電話番号を知っていれば、話は別ですが」キンケイドはジェマの話を思い出しながら答えた。フィリップスの自宅の電話番号を調べたがわからなかった、とのことだった。

「そんな。だって、きかれたこともないもの。連絡先が必要になることがあるなんて、思いもしなかったし。それに——まさかこんなことになるなんて……ナツの身になにか起こるなんて……」

「最後に話をしたとき、マリクさんが動揺しているようにはみえませんでしたか？」

フィリップスはためらってから答えた。「動揺していたという感じじゃないわ。ちょっと、事件のことで……」また腰をおろし、次の煙草に火をつけた。カリンがちょっと申し訳なさそうな視線をキンケイドに送り、手帳をファイルの上に置いて窓に近づいた。

「開けていいですか？」カリンはフィリップスにきいた。

「それ、開かないんです。ナツに早く直せといわれてたけど——わたしはそのままでいいといいはって……。もっと素直にナツの言葉をきいておけばよかった」フィリップスは煙草をもみ消した。カリンは椅子に戻ってきた。一矢むくいた気分だった。

「事件のこととは？」キンケイドがきいた。

「クライアントはアフメド・アザードという名前のバングラデシュ人です。ブリック・レーンのそばでカレーのレストランをやっているんですが、バングラデシュから若者たちを連れてきて自宅やレストランで無給で働かせている、と訴えられました」

「自宅でも？　奴隷ってことですか」カリンが驚いた顔でいった。

「ただ、検察側がそれを立証するのは難しいと思います。アザードは若者たちの身元保証人ですから、彼らは証言をしたがらないでしょう。無給で働かされていることも、ほかに働き口を探させてくれないことも」

「そうでしょうね」

フィリップスはあきれたような顔をした。「訴えによると、アザードは身元保証人をやめるぞといって若者たちを脅したというんです。そうなれば、彼らは母国に帰らなければなりません。さらに、ほかの働き口を探そうとしたら、バングラデシュのシレットにいる彼らの親類に危害を加える――そう脅したとの疑いもあると。もちろん、若者たちはなにもいいませんけど」

「しかし、だれかが訴えたわけでしょう」

「ええ、かつて店で働いていた人たちです。後払いの約束だった給料を払ってもらっていないとかで、アザードを恨んでいるようです。それと、アザードの甥だとかいう男性も、店で皿洗いをやっていたんですが、これに加わっています。アザードが給料を払わなかったことや、自分たちを脅したことを、法廷で証言するといっています。ところが、彼はその後、姿を消してしまいました。だから検察側は少し腰が引けている状況です」

「汚い男ですね」カリンがいった。

「それでもクライアントですから」フィリップスは無難に答えた。「聖人君子の弁護しか引き受けないなんていってたら、あっというまに干上がってしまいます」

「フィリップスさん」キンケイドが鋭い口調で問いかけた。「証人がいなくなったというのはいつのことですか」

「二週間前です。出入国管理局からアザードに問い合わせがあって、そのときはじめてわかりました。いとこだか甥だかなんだか知りませんけど、入管にとって、その証人は隠し球のような存在だったんです」

「よくあるやりかただ」

フィリップスは肩をすくめた。「たぶんその人、アザードを有罪に追いこんだところで、自分がバングラデシュに送還されることになったら意味がないと思ったんじゃないかしら」

「いや、入管だって司法取引のようなことはするんじゃないかな」キンケイドはいった。

「わたしたちにはそういうことはなにも知らされてないんです」フィリップスはちょっとむっとしたようだった。「でも、ナツはそのことをすごく気にかけていました。目と鼻の先にいた人が急にいなくなるなんて――。このところ、この事務所の空気もぴりぴりしていて、金曜日には……」

キンケイドは身をのりだしたが、あくまでも相手に同情するような表情を心がけた。興味津々という顔をしていてはいけない。「喧嘩でも？」

「喧嘩というほどじゃありません」フィリップスは煙草に手を伸ばして、やめた。本当は吸いたくてたまらないのに、我慢したのだろう。彼女がこんなに煙草を吸うのは、ニコチン中毒のせいではないかもしれない、とキンケイドは思った。精神的に依存しているのだろう。両手でなにかしていないと気が休まらないのかもしれない。爪は短くて、縁がぎざぎざになっている。爪を噛む癖があるのだろうか。「意見が食い違っただけです。ナツが、アザードの弁護をこれ以上続けたくないといいだして。なにばかなことっってるのよ、とわたしはいいました。だって、いったん引き受けた仕事ですよ。お金だって必要だし。ナツみたいな潔癖な考えでやってたら、この事務所がつぶれてしまいます。ナツは――」フィリップスはそこまでいって口を閉じた。両手の動きもぴたりと止まった。

「ナツがどうしたんです?」キンケイドはここぞというように問いかけた。

「いえ、なんていうか……サンドラがいなくなってから人が変わってしまったようで。まあ、そうなるのも無理はないと思うかもしれませんけど、わたしたち、ロースクール時代からの友だちなんですよ。いっしょに仕事をするようになって、もう十年になります。ずっとうまくやっていました。なのに最近は……。前はとても責任感が強い人だったのに、近頃は集中力がなくなって。なにかというとすぐに話題を変えて、サンドラが帰ってくるんじゃないか、なんて話を始めるんです。突拍子もないことをいいだすこともあります。今回みたいに、弁護をやめるとかなんとか。そのうち落ち着くと思っていたんですけど……」

「奥さんがいなくなったんですよ。落ち着くもなにもないでしょう。それと、奥さんがふらっと帰ってくるとは思わなかったんですか？」

「ええ」フィリップスは淡々と答えた。「サンドラ・ジルは、なにもかも投げ出してどこかへ行ってしまうような人じゃありません。サンドラとわたしはそういう点では同類だったんです」

「不倫をしていても？」キンケイドがきいた。

「不倫？　まさか」フィリップスはかぶりを振った。「そういう噂が立ったことはありましたよ。彼女がいなくなったとき。だれかと駆け落ちしたんじゃないかってね。でもわたしは信じませんでした。サンドラだって聖人君子じゃないし、ナツとの結婚生活のあいだに夫婦のすれ違いはあったでしょうけど、だからって家庭を捨ててどこかに行ってしまうなんて、考えられません。あっ、そういえば——」目を丸くしてキンケイドをみつめる。「シャーロットは？　あの子はどうしてるんですか？」

ジェマはオフィスに置いてある小型のＣＤプレイヤーにヘンデルの賛美歌集を入れた。月曜の朝は音楽の力でも借りないと、パソコンの画面にあらわれる報告書の山を片付ける気力がわいてこない。歌声が響きはじめると、マウスを手に持ったまま目を閉じた。一瞬我を忘れて、美しい音楽にききいった。

そういえば、ウィニーはどうしているだろう。ウィニーの立ち会いでささやかな結婚式が挙げられたらいいのに……。ジェマはふと、そんな光景を想像してみた。しかしすぐに目を開けて音楽のボリュームを絞り、心の中で自分を叱りつけた。自分のことばかり考えていないで、いまはウィニーの体調を心配してあげるべきだ。今夜グラストンベリに電話をかけて、ようすをきいてみよう。でもそのときには、ウィニーとジャックに母親の病状について説明しなければならないだろう。

昨夜と今朝いちばんに、病院に電話をかけた。二回とも、母は「元気よ、心配しないで」と元気な声で答えてくれた。できるだけ早く時間をみつけてオフィスを抜け出し、病院に行かなければ。そんなことを考えていたとき、ノックの音がしてメロディ・タルボットが入ってきた。今朝は刑事課のミーティングで短い言葉を交わしただけだった。仕事に追われて落ち着かないのはいつものことだが、いまはカーニバルが近づいているせいで署内の空気がざわついている感じもする。

「ボス」メロディがドアを閉めた。「ちょっといいですか?」

ジェマはさっきまで読んでいた報告書にさっと視線を落とした。ラドブルック・グローヴの地下鉄駅で、男の子がナイフで刺されたという。土曜日の夜の事件だ。被害者は命に別状はなかったが、だれにやられたかを話そうとしない。思わずため息が出る。取り調べをした刑事たちはさぞかし苛立ったことだろう。同様の事件をふたつ扱っているほかのチームに対応を任せることにしたのも理解できる。三つともつながりのある事件なのかもしれない。

それからメロディをみて微笑んだ。パソコンの画面に表示されていたファイルを閉じて、CDのスイッチを切る。「なあに？　困ったことでもあるの？」

「ええ、まあ」メロディは口ごもった。いつもはだれよりもてきぱきしているのに、今日は珍しい。どうしたんだろう――ジェマは気になって、メロディに椅子を勧めた。メロディは腰をおろした。やけにおとなしい印象を受けるのは、紺色のスカートと白いブラウスのせいもあるだろう。ジャケットは脱いできたようだ。さすがのメロディも、この暑さの中でもしゃきっとしているのは難しいらしい。「土曜の夜のことなんですが」口を開いたが、ジェマとは目を合わせようとしない。

「メロディ、なんのこと？」

「お電話をいただいたのに出られなくて、しかもあとでかけ直すこともしなくて、申し訳ありませんでした。家族で食事をしていたんです。おまけにあれから電源を切ってしまって。メッセージの確認くらいすればよかった」

「ああ、そんなこと？　すっかり忘れてたわ」ジェマは自分の汗が気になって、薄手のコットンのカーディガンを脱いだ。「勤務時間中じゃなかったんだもの、謝る必要はないわ。プライベートの時間にはなにをやっていてもいいんだし」

「でも、用事があったんじゃ……」

「あのときはわからなかったんだけど、あなたの手を借りてもどうにもならないことだったわ」ジェマはティムから電話を受けたことと、その後の出来事についてメロディに話した。話しているうちに、ひとつの考えが頭をよぎった。メロディに電話をかけた時点でナッ・マリクがまだ生きていたとしたら……もしかしたらマリクを助ける手だてがあったのではないか。しかしジェマはかぶりを振った。いまさらそんなことを考えてもしかたがない。事件のことを最後までメロディに話してきかせた。

「その女の子、ウェズリーのお母さんに預かってもらってるんですか？」メロディが身をのりだした。好奇心がわいてきたらしい。さっきまでのしゅんとした態度が嘘のようだ。「ボス、さすがですね。それで、ようすはどうなんです？」

「まあまあね。いえ、それじゃあわからないでしょうけど」きのうの午後、ジェマはシャーロットに会いにいった。シャーロットはベティに抱かれてぐすぐす泣いていた。やはりあの子を放ってはおけない。「心配いらないわ」とベティはいっていた。「今日一日でいろいろあったから、まだ落ち着かないのよ。ジェマ、あなたがそばにいると安心するみたいね」

「明日も来るわね」とジェマはシャーロットに約束し、涙でべとべとになった頰にキスをした。

「今日もまた会いにいくことになってるの」メロディにいった。「母のようすもみにいかなくちゃ。きのうからまた入院してて」

「大変ですね。なにかお手伝いできることはありませんか?」

メロディの心配そうな顔をみたせいで、不安の波が押し寄せてきた。「いえ、大丈夫、たいしたことじゃないの。軽い感染症でね。化学療法をやってるから、免疫力が落ちてるみたい。それと、輸液用のポートを埋めこむらしいわ」いったん言葉を切った。自分を落ち着かせるためにしゃべっているだけね、と思った。メロディに説明するためなんかじゃない。「だから心配しなくても――」

そのとき、電話が鳴った。救われた気分だった。しかし、携帯電話の画面にベティ・ハワードの名前があることがわかったときは、心配で胸が締めつけられるような思いがした。子どもたちの学校から電話がかかってきたときと同じ気分だった。「もしもし、ベティね」慌てて答える。「なにかあったの?」

しばらく黙って話をききつづけた。眉をひそめ、ペンで机をとんとん叩く。それから答えた。「調べて、こちらから電話するわ」

「どうかしたんですか」メロディがきいた。

「よくわからないのよ」ジェマは眉を寄せた。「ベティのところに、例の福祉課のジャニス・シルヴァーマンって人から電話があったそうなの。彼女がいうには、シャーロットの祖母に連絡をしたところ、シャーロットとは関わりたくないといわれたそうなの。ところがそのあと、サンドラの妹のダナ・ウッズという人から電話がかかってきたんですって。シャーロットを引き取りたいって」

「いいことなんじゃありませんか？　家族に引き取られるのがいちばんですから」

「そうよね。ただ——家族といってもいろいろあるから」トビーやキットを自分の妹に任せられるだろうか。いや、考えただけで恐ろしくなる。虐待はしないだろうけれど、自分がやっているように大切に育ててはくれないだろう。それに、血がつながっているからといって、愛情があるとは限らない。キットと祖母の関係をみればわかることだ。

「ティムによると、ナツとサンドラは、シャーロットをサンドラの家族に会わせたがらなかったそうなの。そのダナ・ウッズっていうのがどういう人間なのか、わたしたちはなにも知らないのよね」

「わたしたち？」

「警察も、福祉課もってことよ。わかるでしょ」ジェマは少し苛立っていた。

メロディはしばらくジェマの表情を観察してからいった。「なんだか、ボスはシャーロット・マリクを手の届かないところにやるのがいやだといっているみたいですね」

11

そんなわけで、イギリス国内のバングラデシュ人は、この六十年のあいだ、さまざまな言葉で自分たちを言い表してきた。インド人、パキスタン人、ベンガル人、バングラデシュ人という具合だ。現在は、ベンガル人とバングラデシュ人という言葉は同じ意味で使われる。また、自分たちのことを「シレティ」と呼ぶ人も多い。イギリスに住むバングラデシュ人たちの多くは、そうしたシレティたちである。

――ジェフ・デンチ、ケイト・ギャヴロン、マイケル・ヤング
"The New East End"

キンケイドは不満だった。どうせなら、この事件を最初から自分たちのチームで捜査

したかった。とはいえ、ベスナルグリーン署が調べはじめた事件なのだから、臨時捜査本部がベスナルグリーン署内に作られたのは当然だろう。それに、ウェラーの協力も必要だ。ただ、ウェラー自身はどう思っているだろう。彼が捜査からおりてしまえば、別の担当者と組まなければならなくなる。

会議室にパソコンを一台とホワイトボードを置き、警官たちに仕事を割り当てた。ひとりは外部からの電話の対応。ひとりは公園で集めた目撃証言の整理。それから、美人のシン巡査部長にはナツ・マリクとサンドラ・ジルの情報を過去のファイルからすべて抽出させた。

マリクのファイルをカリンに渡して、キンケイドはサンドラ・ジルの失踪事件のファイルを最初から読みはじめた。この件はとても気になる。失踪事件はしょっちゅう起こっているし、多くの場合、ファイルを読んでちょっと調べるだけで、だいたいの事情は想像できるものだ。だれかと喧嘩をしたとか、鬱状態だったとか、経済的に困っていたとか。目撃者の証言によって、だれかから暴力を受けていたことがわかるケースもある。しかしサンドラ・ジルの場合は違う。人気のあるアーティストであり、夫を愛する妻であり、子どもを可愛がる母親であったサンドラ。そんな彼女が、五月の日曜の午後、ふっと地面に吸いこまれたかのように、姿を消してしまったのだ。なにか理由があるはずだ。それを突き止めなければ。

ジェマから送られてきたメールを読んだ。この週末の出来事が詳しく書いてある。それを、ウェラー警部補が書いた簡潔な報告書と読みくらべてみた。報告書には、サンドラ・ジルがルーカス・リッチーという男と男女関係にあったという噂は書かれていない。どうしてだろう。

ティムの話では、リッチーはクラブのオーナーだったそうだ。クラブの名前をティムは知っているのだろうか。ジェマはきいた記憶がないという。キンケイドはティム・キャヴェンディシュの携帯に電話をかけてみた。ティムはキンケイドからの電話に驚いたようすだった。「そうなんだ、ぼくが事件を担当することになってね」キンケイドは詳しい経緯までは話さなかった。「ティム、ルーカス・リッチーという男のことなんだが、ナツはほかになにか話していなかったか？　クラブの名前とか」

「いや、知らない。あんなことといわなければ――」

「ティム、そんなことといわないでくれよ。土曜日の時点でジェマに話しておいてほしかったくらいだ。また電話するよ」

シン巡査部長を呼んだ。「ルーカス・リッチーという名前に心当たりはないかな？　このあたりで、会員制のクラブを経営しているらしいんだが」

シンはかぶりを振ったが、褐色の目がきらりと光っていた。興味を持ったらしい。

「いえ、きいたことがありません。地元の法人データを調べてみます」

キンケイドはにっこり笑った。「ああ、頼むよ。なにかわかったらすぐに知らせてくれ。ぼくに直接報告してくれるとありがたい」慎重に言葉を選ぶ。ウェラーの部下たちの前でウェラーの能力をどうこういうのはやめたほうがいいが、連絡の不備は絶対に許されない。

「わかりました」シンは答えて、つるりとした額にかすかなしわを寄せた。こちらの意図を察してくれたのだろう、とキンケイドは思った。頭のいい女性だ。「あの、警視、ちょうどお伝えしようと思っていたんです。法医学者のカリーム先生から連絡があって、ウェラー警部補に電話をかわってくれといわれたんですが、警部補はまだ——」

「巡査部長」キンケイドはきっぱりとした口調で相手の話をさえぎった。「やりにくいだろうとは思うが、いまはぼくがこの件の指揮官だ。すべての情報はぼくに直接入るようにしてほしい。きっとウェラー警部補もそのように指示するだろう。で、カリーム医師はいまどこに？」

「ロイヤルロンドン病院です」

「ダグ、マリクの家を調べてくれ。おまえが指揮官としてチームを組むんだ」キンケイドは、ロイヤルロンドン病院に向かう車の中でダグ・カリンにいった。「ベスナルグリーン署の人間には任せられない。家じゅうくまなく調べさせろ。サンドラ・ジルの売り上げの記録もみつけてきてほしい。リッチーとかいう男についてわかってるのは、サンドラ・ジルに仕事を依頼したことがあるってことだけなんだ」

腕時計をちらりとみる。巨大な病院の建物がみえてきた。「先にぼくだけ入り口でおろしてくれないか。十分後に遺体安置室で落ち合おう」

カリンはキンケイドの顔をみてから、また道路に視線を戻した。「はい」

「これだけ混んでると、車をとめるのにそれくらいかかるだろう」キンケイドはそれだけしか理由をいわなかった。ジェマの個人的な事情をカリンに話す気にはなれない。ただでさえ、ジェマが捜査に加わることになったのを、カリンは快く思っていないのだから。

カリンが建物の前で車をとめると、キンケイドは飛びおりるように外に出た。この病院の主棟はとても古くて、見た目にも美しいとはいえない状態だ。そこに、あとから次々と翼棟が建て増しされている。てんでばらばらの建築様式をつなぎ合わせたような病院なのだが、かえってそれがいい雰囲気を作りだしている。全部同じようなデザインだったら、きっとつまらない建物になっていただろう。

中央インフォメーションデスクで問い合わせたあと、また外に出た。早足で歩いて、ヴァイ・ウォルターズが入院している病棟に向かう。ヴァイはひとりだった。うとうとしていたようだが、キンケイドが入っていくと、ぱっと目をあけて、うれしそうに微笑んだ。「ダンカン！　どうしてこんなところに？　わざわざお見舞いに来てくれたの？」

キンケイドはヴァイの頰にキスした。「ちょっと近くまで来たもので。新しい事件ですよ。せっかくだからちょっと顔を出して、お利口さんにしているかどうか確かめていこうかなと。長くはいられなくてすみません」思わず無駄口を叩いて、動揺をごまかしていた。ヴァイは、前に会ったときより体がひと回り小さくなったようにみえた。肌も真っ白で、中が透けてみえるかのようだ。左手には包帯が巻かれている。

「座ってちょうだい。なんだか元気がないわよ。しおれたレタスみたい。外が暑かったの？」

キンケイドはベッドから離れず、ベッド脇の手すりに手をかけて立ったまま答えた。「蒸し焼きになりそうですよ」ありがたいことに、病棟内は冷房が効いている。

「こんなところにいると、外のことはなにもわからないのよ」ヴァイはそういって体を震わせた。毛布を何枚も重ねていることに、キンケイドは気がついた。「わたしは昔からお日様が大好きなのに」

「きっとすぐに退院できますよ。そうしたら体の芯までこんがり日焼けするといい」

ヴァイは包帯を巻いた腕を動かそうとしてやめ、指先だけを動かした。「ええ、たぶん明日。今朝ＣＶポートを設置したの。注射針を何度も刺してると、皮膚が青あざだらけになってしまうから」

ポートのことはジェマからきいていたが、喜ぶべきことなのかどうかさっぱりわからなかった。「元気そうでよかった。あとでジェマが来ると思いますよ」

「そんな、わざわざ来なくてもいいのに」ヴァイは困ったような声でいった。「何度もそういっているのよ」

「じゃあ、ジェマはお母さんのいうことを素直にきいているわけですね」キンケイドはにやりと笑った。

「ダンカンったら」ヴァイの顔に笑みが戻った。「もう一度キスしてちょうだい。そろそろ仕事に行かなきゃならないでしょ」

キンケイドは身をかがめてヴァイの頰に自分の頰をつけた。ひんやり冷たい。熱は下がったということか。「また来ますよ」

「ダンカン」ヴァイはキンケイドの手に触れた。「ジェマのことだけど。あの子ったら、筋金入りの頑固者でしょ。こうと決めたら譲らない。あなたのいうことなら素直にきくのかしら？」

キンケイドはヴァイの手を握りかえした。「そんなわけないでしょう。ぼくだって手も足も出ませんよ」

ヴァイのいる病棟はひんやりしていたが、遺体安置室に通じる廊下はひんやりどころではなかった。北極並みに温度が低い。キンケイドはネクタイを締めなおして、ジャケットの襟をかきあわせた。ここで働いている人たちは、よほど温かい肌着を愛用しているに違いない。そこへ、白衣姿の医師が早足で歩いてきた。かなり薄着なわりに平然としている。医師はキンケイドに会釈をした。肩と肩が触れ合いそうになったとき、キンケイドは足を止めて「カリーム先生ですか」ときいた。

「え？」医師は驚いたような声を出した。

「カリーム先生に会いたいのですが」

「ああ、この奥です。行けばわかりますから」ばかなことをきいてくるな、といわんばかりの口調だった。

「どうも」キンケイドは答え、肩をすくめて歩きつづけた。不意に、独特のにおいが鼻をついた。温度が低いせいか強くはないが、薬品臭と混じった腐臭が漂ってくる。カリンの声もする。そのとき、さっきの医師が「行けばわかる」といった意味がわかった。道順のことをいっているのではなく、オフィスそのものをみればわかるといっていたのだ。

本棚にはぎっしりと本が並び、床にも積みあげられている。机も本の山に埋もれていて、パソコンのモニターが必死に存在を主張している。本に埋もれるようにしてファイルボックスが点在している。壁のわずかに空いたスペースには、手の込んだグラフィテイアート。椅子は机の奥にひとつあるだけだ。ルイーズ・フィリップスのオフィスが思い出される。ただ、フィリップスのオフィスが散らかっていたのは、彼女がだらしないからだ。この部屋は違う。一種の情熱を感じさせる部屋だ。いろんなことを知りたくてたまらなくて、物理的な空間なんかどうでもよくなってしまった——そんなふうにみえる。

カリンと会話する声がきこえる。男の声だ。中流階級を思わせるアクセント。それも、机の下から聞こえてくる。「またプリンターの紙詰まりだ」どんという音に続いて、ぶーんという機械音が響く。さらに、うれしそうな人の声がした。「蹴ると動くことがたまにあるんですよ。テクノロジー万歳だ」

男性が姿をあらわした。勝ち誇ったように、紙を一枚手に持っている。キンケイドは思わず笑みを浮かべた。なるほど、だからさっきの医師の対応が微妙だったわけだ。法医学者のカリーム医師は、あまりにも医師らしくない服装をしていた。色の褪せたロックバンドのTシャツに、破れかけたジーンズ。青みがかった黒髪はジェルでつんつん立ててある。そして——ジェマはどうしてそのことをいわなかったんだろう——驚くほどの美男子だ。

「ラシード・カリームです」法医学者はそういって、書類を左手に持ちかえると、右手をキンケイドに差し出した。「キンケイド警視ですね。カリン巡査部長から話をきいたところです。ウェラー警部補に代わって捜査の指揮をとられるとか」部屋をみまわす。ふたりに椅子を勧めようとでも思ったのだろうか。それから机の上の本の山をずらしてそこに軽く尻を引っかけた。

「カリン巡査部長にお話ししていたところですが」カリームがいう。「急いで毒物検査を行いました。この件はぼくもちょっと気になったもので」紙を指先で叩く。「ジアゼパムが大量に検出されました。まあ、ある意味予想どおりですよね」

「つまり、自殺ってことですか」カリンがきいた。なんだかがっかりしているみたいだ。

「いや、待ってください」カリームは書類をひらひら振ってみせた。「早合点しないでくださいよ。ケタミンも検出されました。これらふたつを大量に、しかも同時に摂取すれば、たしかに命に関わるでしょう。しかしそれでも、自殺とは考えにくいのです」

キンケイドはカリームをまっすぐみた。「ナツ・マリクがケタミンを？」ケタミンは動物の麻酔薬としてよく使われる薬だが、安価なので、麻薬として濫用する人間も多い。それが狙いで動物病院が空き巣に入られることもよくあるほどだ。

「ジアゼパムは処方薬ですから、持っていても不思議ではない。それを服用していたところへ、ちょっとハイになろうと思って、裏通りにいるドラッグの売人からケタミンを買い、のんだとすると――過剰摂取で命を落としても不思議ではありません」カリームがいう。

「しかし、そうは思えないと？」

「ええ。それは無理だと思います。おやじさんに――ウェラー警部補にも話しましたが、そんな酩酊状態であの公園に入っていったとは思えないんですよ。また、現地で薬をのんだり、注射を打ったりした形跡もない。体にも、注射痕はなかった。だれかが被害者に肩を貸してあの場所まで歩かせた、あるいは抱きかかえてあそこまで運んだんじゃないかと思いますね。それに、頭の状態も気になります」

キンケイドは眉をひそめた。「頭？　外傷はなかったのでは？」

「ノティング・ヒルの刑事さんには話しましたが――」そういったカリームは口元にかすかな笑みが浮かんだ。楽しい思い出が蘇ってきた、とでもいうような表情だった。「――人間がうつぶせに倒れるとき、顔は横を向くものです」笑みが消え、整った顔が険しい表情になっていた。「なにかやむを得ない状況だったのでしょう。だれかに頭を押さえつけられていたのかもしれません。鼻が地面に埋もれて息ができなくなり、窒息して死に至るまで。苦しかったでしょうね。気の毒に」

「それにしても、カリーム先生にいままで会ったことがなかったのはどういうわけなんだろう」報告の残りをきいたあと、キンケイドはいった。

「八年間、中部イングランドで働いていたんです。ロンドンに来てからまだ十ヵ月しかたっていません。もともとはここ、ベスナルグリーンの出身ですけどね。不良少年が地元に帰ってきたというわけですよ」

ということは、見た目ほど若くないのかもしれない。そしてかなり有能だ。キンケイドは、ジェマと同じことを感じていた。壁のグラフィティをみて尋ねた。「あれは？」

「ぼくの作品ですよ。腕はいつも磨いておかないと」カリームはにやりと笑った。

「あんなことをして、だれにも文句をいわれないんですか」

「だれもこのオフィスには来たがりませんからね。ああ、そうだ」帰ろうとするキンケイドたちを呼び止めるように、カリームはつけたした。「ウェラー警部補のことですが。この件をスコットランドヤードに任せたのは正解でしたよ。さすがのおやじさんでも、この件は手に余るでしょうからね。なんだかいやな予感がします」

ジェマは、延々と続く課内ミーティングで、昼下がりの眠気をこらえていた。タリー巡査部長が、各人の担当する事件について細かな文句をつけつづけている。ジェマにとって、このベテラン巡査部長との関係は頭痛の種だった。そろそろもう一度話し合いをしたほうがいいのかもしれない。しかしやるなら自分のオフィスでふたりきりのときにしたほうがいい。

それにしても、メロディ・タルボットはどうしていつまでも巡査の地位に甘んじているんだろう。そのへんの巡査部長よりずっと有能だというのに。メロディには何度かその話をしたことがあるが、メロディはにっこり笑って「考えておきます」というばかりだった。不思議でならない。普段の態度や生活からすると、上昇志向のある女性にみえるのに。

そろそろタリー巡査部長の長話をやめさせなければ。そう思っていたとき、テーブルに置いていた携帯がガタガタと音を立てて、テーブルの上をカニのように横歩きしはじめた。ひと呼吸遅れて、甲高い着信音が鳴りひびく。バイブレーション機能なんて、かえって目立つだけだ。全員の視線を感じながら、ジェマは携帯をつかみ、キンケイドからのメールを開いた。簡潔この上ない文面だった。「電話を」

「失礼。緊急の連絡です」ジェマは救われた気分で廊下に出た。

「助かったわ。会議が延々と続いてて」キンケイドが電話に出ると、ジェマはそういった。「なにかあったの？」

「ハンサムくんに会ってきたよ」

「ハンサムくん？」ジェマはキンケイドの軽口を無視することにした。「カリーム先生ね。なにかわかったの？」

「ナツ・マリクはジアゼパムとケタミンをたっぷり服用してた」

「ケタミン？　じゃあ自殺ってこと？　あるいは過剰摂取かしら」いやな気分だった。もちろん、殺されていてほしかったというわけではない。しかし、ナツ・マリクが自分の意志で死んだとは考えたくなかった。娘の人生がどうなってもいいと思ったのだろうか。ジェマがそんなことを考えているあいだに、キンケイドがしゃべりだした。「そうじゃない。カリームは、自分で薬をのんだわけではないだろうというんだ」その理由を詳しく話す。「確信を持ってそういっていたよ。彼のいうとおりだとしたら、これは計画的な殺人事件だ。しかも犯人は、ナツ・マリクが死ぬのを自分の目でみとどけている」なんて残酷な犯行だろう。冷たいものが背すじを走る。「犯人は男かしら。カリームのいうように、ナツに肩を貸して歩かせたり、ナツを抱えて運んだりしたとすれば」「マリクはそれほど大柄な男じゃなかった。女性でも力が強ければなんとかなるだろう。あるいはふたりがかりでやるとか」

「でも、薬を無理やりのませることなんて、そうそうできないわよね」

「ジアゼパムなら、食べ物や飲み物に混ぜることができる。のまされた人間が抵抗力を失う程度にはなるだろう。ケタミンはどうかな。あらためてカリームにきいてみよう」

「わたしも行っていいの？」ジェマの声に力がこもった。

「今日の午後、おかあさんのお見舞いに行くんだろう？　だったらちょうどいいじゃないか。それと、例のベビーシッターにも――」紙をめくる音がする。手帳を調べているらしい。「――アリヤ・ハキームか。彼女にも話をきいてみたい。きみが来てくれると助かるな」

ジェマは、キンケイドに教えてもらったベスナルグリーンの公営住宅にやってきた。アリヤが両親といっしょに住んでいるアパートだ。高層マンションじゃなくてよかった、とジェマは思った。茶色のレンガ造りだが、ところどころにターコイズの漆喰パネルが使われている。明るい雰囲気を出すのが狙いだろうか。少なくとも住人たちはその狙いにしっかり応えている。共有の芝生は手入れが行き届いているし、バルコニーで日射しを浴びる洗濯物は万国旗のようだ。一階のパティオには鉢植えがずらりと並んでいる。自転車がチェーンで固定されているのはやむを得ないことだろう。

ハキーム一家の住まいは一階のいちばん端にあった。門扉つきのパティオは、高さ二メートル半ほどありそうな金網で囲われている。フェンスの外には低木が茂り、門扉の横にはウィスキーの樽を使ったプランター。植えてあるのは大きなヤシの木だ。庭には木材の柱。いまはたたんである帆布を広げれば、大きな日除けになるのだろう。庭のほうにも鉢植えがたくさんある。洗濯物を干すためのロープが張ってあり、地面には子どものおもちゃが散らばっている。リビングを家の外にまで広げてゆったり住んでいるという風情だ。ジェマはそんな光景をみながら、キンケイドの到着を待った。

キンケイドが芝生を歩いてきた。ネクタイはつけること自体あきらめたようだ。薄いピンクのワイシャツの袖を巻きあげている。顔にはサングラス。栗色の髪が日射しを受けて輝いている。

「すごい日射しだな」キンケイドはそういって、サングラスをシャツのポケットに入れた。

「マイアミにでもいるみたいな格好ね」ジェマはいった。頬に触れたいという衝動を押しころす。「そのサングラス、似合ってる」

「ここがマイアミだったら海水浴を楽しめるんだけどな。こんな仕事よりずっといい。アリヤ・ハキームの母親と電話で話したよ。アリヤはショックを受けているそうだ。父親は仕事を休んでる」

ジェマは眉をひそめた。そういえば、アリヤは両親が心配性だといっていた。「気の毒にね。でも話はきかないと。ダグはどうしたの？」

「ヤードに帰った。ナツ・マリクの抱えていた事件について調べてもらっている。結果はあとで知らせるよ」

門扉も、玄関のドアも開いていて、戸口にはビーズのカーテンだけがかかっていた。ジェマとキンケイドが庭に入り、呼び鈴を押そうとしたとき、ビーズのカーテンが開いてアリヤが出てきた。服装はジーンズと黄色い長袖のブラウスだが、頭にはヒジャブを巻いている。顔色が悪いし、ずっと泣いていたかのような腫れぼったいまぶたをしている。眼鏡の奥をみると、目が真っ赤だった。

「アリヤ」ジェマが声をかけた。「こちらはキンケイド警視よ。少しお話をききたくてうかがったの」

アリヤはキンケイドをちらりとみて軽く頭を下げ、ジェマにいった。「シャーロットはどうしてますか？　わたし、心配で心配で」

「大丈夫よ。わたしの友だちのところにいるわ」サンドラの妹が引き取りたいと申し出てきたことは、いまは触れずにおいた。「あなたはどう？　元気がないわね」

アリヤはジェマの袖にそっと手をかけ、さっきよりも力のない声でいった。「わたし、土曜日にシャーロットの面倒をみていたこと、両親に話してないんです。うちの父が――」

「アリヤ」男の声がした。「お客さんに中に入っていただきなさい」

「はい、お父さん」アリヤは答えてから、ジェマに小声できいた。「いわなきゃならないんでしょうか――」

「そうね、申し訳ないけど」

あきらめたようにこくりとうなずくと、アリヤはカーテンをあけて中に入った。ジェマとキンケイドもあとに続く。

おもちゃの箱がひとつあるだけで、リビングはきれいに片付いていた。庭の状態とは大違いだ。花模様の応接セットと、真鍮のトレイに脚をつけたようなコーヒーテーブルがある。奥の壁には、大型の薄型テレビ。映っているのはインド映画だが、音は消してある。今日だけ特別に部屋を片付けたのだろうか。

棚には色とりどりのアジア風置物が並んでいるが、本や雑誌のたぐいは一冊もみえない。サイドテーブルには扇風機が置いてあり、生ぬるくて重い空気を部屋じゅうに行き渡らせている。アリヤの上唇の上には汗の粒が浮いていた。彼女が元気をなくしているのは精神的なショックのせいだろうか。もしかしたら暑さのせいかもしれない。

ソファに座っているのは、アリヤに年をとらせてさらに丸くした感じの女性だった。娘と同じように髪をヒジャブで隠している。しかし娘と違って、着ているのはヒジャブと同じオレンジ色のシャルワール・カミーズ。西洋の服は好まないのだろう。彼女が恥ずかしそうに小さく微笑んだとき、アリヤの父親と思われる人物がキッチンからリビングに入ってきた。両手をふきんで拭いている。

「ハキームさんですか」キンケイドが右手を差し出した。「キンケイド警視です。こちらはジェイムズ警部補。お時間をいただけて感謝しています」

「市民の義務だからな」使っていたふきんを、小さなダイニングエリアにある椅子のひとつにかけてくると、ハキームはキンケイドの手を握った。しかしジェマの手には視線をくれようともしない。妻や娘と同じく、背が低くてずんぐりした体型をしている。瞳は黒、髪も黒いが白髪が混じっている。立派な口ひげをたくわえていた。白いシャツの裾は黒いズボンにしっかりしまっている。「どうぞ座ってください。妻がお茶をお持ちします」アリヤと同じく、分厚い眼鏡をかけている。

　アリヤの母親はうなずいて、音もなくリビングから出ていった。ジェマとキンケイドはソファに並んで座ったが、ハキームは立ったままだ。両手をうしろで組んでいる。「非常に不名誉なことだ。娘がこのような事件と関わりあいになるとは。質問があるなら手早くすませてほしい」

　アリヤは詰め物でぱんぱんになった肘かけ椅子に浅く座り、サンダルを履いた足の爪先で落ち着きなくカーペットを叩いていた。ペディキュアをしている。鮮やかな朱色にピンクの水玉模様。化粧もしていない地味な顔の印象とは対照的だ。「お父さん――」

「マリク氏は人格者だったようだな。しかし、奥さんの留守中にうちの娘がその家に出入りするというのは問題だと、わたしは前から思っていた。いったいどうしてこんなことになったんだか」ジェマはそれをきいてびっくりした。〝奥さんの留守中に〟とはどういうことだろう。単なる言葉のあやなのか、それとも彼はサンドラ・ジルが何ヵ月も前から失踪していることを知らないのだろうか。

「お父さん」アリヤがさっきよりも強い口調で声をかけた。父親も振り返った。「前から話そうと思ってたんだけど……。土曜日、わたしはあの家にいたの。シャーロットの面倒をみてた。週末には行くなってお父さんにはいわれてたけど、ナツさんに――マリクさんに頼まれたの。ちょっと出かけるあいだだけ、シャーロットをみていてほしいって」父親の英語は一本調子で独特の訛りがあるが、娘の英語は現代的なイギリス英語で、コックニーのような特徴がある。前に話したときよりも、それが強く感じられた。「わたし――生きているマリクさんを最後にみたのは、わたしかもしれないの」

ハキームの口ひげが下を向いた。唇をきつく引きむすんだせいだろう。「アリヤ、本当か。親の言いつけを破ったんだな。シレットのおばさんのところに行ってもらうぞ。法律学校だのなんだの、いい加減うんざりだ。あれもこれも、非常識なことばかりじゃないか。おまえの姉さんたちは――」

「ええ、お姉さんたちはちゃんと結婚したわ。でも、つまらない相手と結婚してつまらない生活を送ることに、なんの意味があるのよ」アリヤが声を荒らげたところに、母親がお茶のトレイを持って戻ってきた。「考えることといえば、赤ん坊のことやお菓子のことやインドで流行ってる歌のことばかり。そんなの――」

「アリヤ」キンケイドが鋭い口調でさえぎった。「生きているマリクさんをみたのは、きみが最後じゃないかもしれないよ。マリクさんはだれかに殺害された可能性があるんだ。だから、あの日のことをすべて思い出して話してくれないか」

アリヤだけでなく両親も、キンケイドの言葉に驚いたようだった。アリヤが口を開いた。「殺された？　マリクさんが？　でも、そんな――どうして――」

「法医学者の見解では、だれかがマリクさんに薬を飲ませたようだ。そして――」キンケイドはいいよどんだ。より婉曲な表現を探しているのが、横にいるジェマにもわかった。「――呼吸を止めさせた」

「薬？　麻薬か」ハキームがいった。「アリヤ、まさかおまえも――」

「まさか、そんなはずないでしょ」アリヤはいいかえした。「マリクさんだってそうよ。麻薬なんかやるはずないわ」キンケイドとジェマのほうをみる。「いったいだれなの？　マリクさんにそんなことをしたのは」

ジェマは失礼にならないようにハキーム夫人からカップを受け取り、おそるおそる口をつけた。生ぬるい、カルダモンの香りのお茶だった。歯が痛くなるくらい砂糖が入っている。「土曜日、マリクさんは、いつもと違うことをしていたり、話していたりしなかった？」ジェマはきいた。それをきっかけに、テーブルにカップを置く。

「いいえ」アリヤはゆっくりかぶりを振った。「でも、なんだか……ぼんやりしてるみたいでした。サモサを作りましたといっても、お礼もいってくれなくて」両親と視線を合わせないようにしている。「いつもはとても礼儀正しい人なのに」

そのとき、ジェマははっとした。ハキームが娘のアルバイトをいやがるのは、単なる過保護のせいではないのかもしれない。ナッ・マリクに理由があるのではなく、娘のほうが、彼に恋愛感情を持っているのではないか。サンドラが失踪したことで、ナッに同情し、思いがふくらんでしまったとも考えられる。

「いまはどんな仕事をやっているか、話していなかったかな」キンケイドがきいた。「アザードという男の弁護をやっていたそうなんだ。レストランのオーナーだそうだ」

「いいえ、ナッさんは――マリクさんは――仕事の話はまったくしませんでした。まあ、わたしが法律の授業のことで質問すると、ちょっと話してくれることはありましたけど。でもそういうときだって、具体的な話はまったく。クライアントの秘密を漏らすのは倫理的に問題があるからだと思います」

少しとりすました回答の中に、マリクをヒーローとして崇める気持ちがこめられている。「アリヤ、マリクさんから、リッチーという男の名前をきいたことはない？　ルーカス・リッチーという名前」

「いいえ」アリヤは眉をひそめた。「だれですか？」

「サンドラの知り合いだったかもしれない人よ。サンドラの失踪についてどう思っているか、マリクさんがあなたに話したことはない？」

「ええ――最初の頃だけです。いま刑事さんがわたしにきいたのと同じようなこと。『サンドラからなにかきいてないか』とか『なにか変わったようすはなかったか』とか」

「マリクさんとサンドラは、サンドラの家族とうまくいっていなかったようなんだけど、その理由は知ってる？」

「いえ——あの、知りません」アリヤは答えたが、一瞬両親のほうに目をやったことを、ジェマはみのがさなかった。「だって、わたしが口を出すようなことじゃないし」ジェマはこれをきいて確信を深めた。アリヤはナツとサンドラの事情をいろいろ知っている。

「アリヤは、人の家の事情に首をつっこむような娘ではない」ハキームが割りこんできた。「娘が話せることはもうない。わたしもそろそろ仕事に行く」

「ハキームさん、わたしたちはここでお嬢さんに話をきくこともできますが、警察に来てもらうこともできるんですよ。これは殺人事件の捜査です。あなたの都合や感情でどうこうできるものではありません。アリヤの年齢からしても、事情聴取に親の許可は必要ありません」

「でも、これ以上お話しできることなんて」アリヤはもう一度、心配そうに父親の顔を盗みみた。この状況ではこれ以上なにもきき出せないだろう、とジェマは思った。

「アリヤ、ご協力ありがとう」キンケイドも同じ結論に達したらしい。立ちあがって、ポケットから名刺を取り出す。「なにか思い出したり、連絡が取りたくなったりしたら——」

アリヤがさっと手を出して名刺を受け取った。もう少しで父親の手に渡るところだった。「外までお見送りします。お父さん、すぐに戻るわね」アリヤは明らかに父親の機先を制して動いている。ジェマが慌ててハキーム夫人に挨拶をすると、さっきと同じ恥ずかしそうな笑みが返ってきた。キンケイドとアリヤのあとについて外へと歩きながら、ジェマは思った。あの母親は、みんなの会話をどこまで理解していたのだろう。

パティオから芝生に出て、会話が親にきこえないところまで来ると、アリヤは建物を振り返った。「父のこと、ごめんなさい」静かに、しかし熱意をこめていう。「悪く思わないでください。父は教育もちゃんと受けた人なんです。バングラデシュで大学も出ました。優秀なビジネスマンでもあります。ホワイトチャペル・ロードでコールセンターをやっていて。ただ、相手にするのは移民ばかり。自分の仲間だと思ってるんでしょうね。いずれは引退してバングラデシュに戻りたいと思っているようです。だから……」眉間にしわを寄せて、言葉を絞りだすようにいった。「イギリスにいても、バングラデシュ人らしく暮らしていたいんです」ひとつ息を吸って、少し慌てたようにつけたした。「でも、わたしは違います。わたしはバングラデシュ人である前にイギリス人なんです。だからって両親やバングラデシュの文化を軽視するつもりはないけど、とにかく、父とは違うってことです」

ハキーム夫人が家から出てきた。パティオで洗濯物を干しながらこちらをちらちらみている。洗濯かごからシーツを取り出した。

「アリヤ」ジェマが声をかけた。急いできかないと、親にさえぎられてしまうかもしれない。アリヤが真実を話す勇気をなくしてしまうおそれもある。「お父さんに隠しているることがあるのね。そのこと、話してくれない？」

「父は――マリクさんとサンドラが結婚したことをよく思っていませんでした。マリクさんはムスリムじゃないのに。父にとっては、アジア人と白人が結婚するのは間違ったこととしか思えないようなんです。それと、サンドラの家族のことですけど……父が知っていたら、わたしがサンドラと関わっていたことを家族の不名誉だといって怒ると思います」アリヤは母親のほうをちらりとみて、口元に手をやった。「なんていうんでしたっけ――共謀罪？　そんなふうにいわれるかもしれません」

「待って。どういうこと？　サンドラの家族がなにか罪を犯しているとでもいうの？」

「麻薬です」アリヤは小声でいった。「サンドラの弟たちは麻薬をやってるんです」

キンケイドは片方の眉をつり上げた。「アリヤ、そんなのはよくある話だ。麻薬なんてそこらじゅうにある」

「違うんです」アリヤは首を横に振った。「全然違う。パーティーで大麻を吸うとかエクスタシーをのむとか、そんな程度のことじゃありません。わたし、マリクさんとサンドラが口論してるのをきいてしまったんです。あれはサンドラがいなくなる直前でした。サンドラの弟たちは、ヘロインのディーラーなんです」

12

もっとも流行っていた頃のパブ〈ベスナルグリーン・アームズ〉は、クレイ兄弟をはじめとするイーストエンドのギャングたちや盗賊団のたまり場だった。その後、店の人気が衰えていったのは、インテリアや雰囲気が当時のままで古くさいと思われたからだろう。

――タークィン・ホール "Salaam Brick Lane"

「例の福祉課の人に電話をかけてみるわ」キンケイドといっしょに道路まで戻ると、ジエマはいった。それぞれの車が目の前に並んでいる。バッグから携帯を取り出した。
「勇み足じゃないか？　さっきの話が本当かどうか、まだわからないんだ。単なる噂かもしれないし、あの子のきき間違いや誤解ってこともありえる。妄想で物語を作りあげてしまうことだってある。ナツ・マリクがいなかったら、あの子はかなり退屈な毎日を送っていたはずだ」

「ええ、そうかもしれないわね。でも、あれが作り話だとは思えないの。ティムがいうには、サンドラは弟たちとまったく交流を持たなかったって話だし」

「それも伝聞だろう。それに、サンドラの弟たちが本当に麻薬のディーラーだとしても、妹も関係しているとは限らない。その女の子は心配いらないよ」

「その女の子？　ちゃんと名前で呼んで。シャーロットよ」ジェマはそういってから、自分の口調の強さに驚いた。「心配いらないなんて、どうしていえるの。両親をなくしてるのよ。それだけでも大変なことじゃない」

キンケイドはため息をついた。「ああ、きみのいうとおりだ。電話をするといい。だが、どうするか決めるのはあちらだぞ。きみじゃない。それと――」キンケイドは交通整理の警官のように片手をあげて、ジェマが口を開くのを制した。「サンドラ・ジルの弟たちのことは、ぼくが調べてみる。報告書によると、サンドラ・ジルがいなくなった時間帯のアリバイはあるようだ。だが、ナツが殺された時間のアリバイがあるかどうかはまだわからない。じゃあ――」腕時計をみる。ジェマはキンケイドのそんなしぐさにも腹が立ってしかたがなかった。「――ベスナルグリーン署に戻るよ。なにかわかったらすぐ連絡する」キンケイドはジェマの頬にキスした。「お母さんのお見舞いに行きなさい」

ジェマはキンケイドが手を振って車を出すのを見送った。急に、自分がばかみたいに思えてきた。名前も知らない道路の真ん中に突っ立って、わけもなくキンケイドに腹を立てているなんて。男性にちょっと偉そうな態度を取られたからっていちいち怒っていたら、警官の仕事なんてやっていられない。結局、母のことが心配だから気が立っているだけなのだ。

もちろんお見舞いには行く。でもその前に、ジャニス・シルヴァーマンに電話をかけよう。そのあと病院に行ってから、ティム・キャヴェンディシュをもう一度訪ねてみよう。ティムはサンドラがクラブのオーナーと浮気をしていたという噂を隠そうとしていた。話せばナツが疑われるからだ。隠していたことがひとつあるなら、ほかにもないとは限らない。サンドラの弟たちのことをナツからきいていた可能性もある。

「なにかわかったか?」キンケイドはベスナルグリーン署の臨時捜査本部に戻り、そこで働いている警官たちに声をかけた。建物同様、全員がくたびれた顔をしている。発泡スチロールのコーヒーカップや、サンドイッチが入っていたプラスチックのケースが、机の上に散らばっている。ファイルから抜け落ちた書類が床に落ち、椅子の背にはジャケットやネクタイがかかっている。みんなが熱心に仕事をしている印であってほしい。

キンケイドが出かけているあいだに、だれかがホワイトボードに現場の写真を並べて貼ってくれていた。

テーブルのひとつを選んで、散らかっていたものを片付けて自分の場所にした。そこへ女性の巡査がやってきた。外部からの通報の処理を任せた巡査だ。「ボス、収穫なしです。妙な電話は何件かありましたが、おそらくいたずら電話です。念のためあとで確認しますが、それ以外は、公園でなにかをみたという情報はありませんでした。サンドラ・ジルのファイルにあったナツ・マリクの写真をコピーしておきましたから、公園のあちこちに貼ってみます。近所の住宅にも聞きこみを行います」

「いい仕事ぶりだ」キンケイドは巡査を褒めた。巡査が上着を脱いで露出度の高いタンクトップ姿になっていることには気がつかないふりをした。どうやらノーブラだ。「きみは――」

「アシュリーです」湿った褐色の後れ毛をポニーテールに押し込みながら、巡査は答えた。「アシュリー・キナストン巡査です」

「刑事課に配属されたばかりなんです」シン巡査部長が話に割りこみ、新入りだというのを強調した。美人の警官が自分以外にもあらわれて上司に気に入られているのが面白くないらしい。

「ヤードにいるよりこっちのほうが楽しいな」キンケイドは小声でカリンにいった。しかしカリンは意味がわからなかったのか、きょとんとしている。キンケイドはため息をついた。これじゃあ恋人もできないわけだ。

キンケイドは全体にきこえるように声をあげた。「わかった、外部からの情報はなし。鑑識はどうだ？」

「はっきりしたものはなにも」シンが間髪入れず答える。「いくつか採取したものはあるので、あとで必要になれば照合をかけることになります。出所不明の繊維と、現場の土と枯れ葉です。地面がからからに乾いていて、足跡は採れませんでした。ナツ・マリクの携帯品にもおかしなところはありません。携帯電話が鑑識から戻ってきたので、通話履歴を調べさせました。最近いちばん多かったのはキャヴェンディシュ氏、子どものベビーシッター、それとビジネスのパートナーでした」メモもみないで一気に説明する。ホワイトボードと写真が役に立っているのだろう。

「自宅は？」

「まだ捜索中です。照合用の指紋を採りたいのですが、はっきりしたものがなかなかみつからなくて。コンピュータを二台使って分析を行っています」

「わかった。作業を続けさせてくれ。ただし、これというものがあったら必ずぼくにみせてほしい。書類、日記、写真のたぐいだ」キンケイドはいつも、こういったものを自分の目でみることにこだわっていた。捜査でみのがされることが多いのに、実は重要な情報が隠れていることが多いアイテムなのだ。今回は特に、ふたつの犯罪がからんでいる可能性がある。このふたりがどんな夫婦だったか、どんな家庭を築いていたのか、少しでも多く知っておきたかった。

ジェマはナツとサンドラ夫妻に親近感をおぼえているようだ。シャーロットに対しては、親近感以上の感情を持っている。さっき別れる前に交わした会話に、それがよくあらわれていた。「シン巡査部長、サンドラ・ジルが失踪したときの捜査で、サンドラの弟たちについて調べたと思うが、ふたりが麻薬に手を出しているという印象はあったかい？　客というより売人として」

「ありました」

そのときキンケイドがさっと顔をあげると、戸口に男が立っているのがみえた。ズボンのポケットに両手をつっこんでいる。灰色のスーツの上着がはちきれそうなほど広い肩幅をしている。まだ上着を着ているのに、ネクタイは胸ポケットから垂れさがっている。白髪まじりの髪は短く刈りこまれ、目の下のたるみを際立たせている。

「ウェラー警部補」

「そのことは調べがついてますよ」ウェラーは部屋に入ってきて、シン巡査部長のついているテーブルの隅に腰を引っかけた。部屋全体の空気が変わったのを、キンケイドは感じ取った。みんなの腰が引けた感じだ。本来のボスをさしおいてスコットランドヤードの警視のもとで働いているのを、当のボスにみられるのは決まりが悪いのだろう。

「ケヴィンとテリーはふたりとも、相当のワルでしてね。小学生や中学生からランチ代をゆすりとるくらいのことは平気でやるし、ケヴィンのほうは迷惑行為でしょっぴかれてるし、運転免許も停止になったことがある。酒癖も悪いな。そこらへんからどんどん悪の道を進みつづけて、いまや麻薬のディーラーってわけだ」

「警部補、はじめまして。スコットランドヤードのダンカン・キンケイド警視です」キンケイドはウェラーの人を見下したような口ぶりには取り合わず、挨拶した。自分の縄張りでは好き放題いばり散らすタイプの警官という印象を受ける。それでも、捜査を進めるためにはうまく折り合っていかなければならない。「こちらはカリン巡査部長」紹介すると、カリンは形ばかりの会釈をした。キンケイドは腕時計に目をやり、笑顔で部屋全体をみまわした。「みんな、お疲れさま。よくがんばってくれた。また明日の朝からがんばろう」ウェラーに向きなおる。「ウェラー警部補、一杯どうですか。おごりますよ」

コマーシャル・ストリートのパブの外に並べられたテーブルのひとつを選んだ。この店ならナッツ・マリクの住んでいたフルニエ・ストリートから目と鼻の先だ。あとで鑑識の仕事ぶりをチェックしに行きたい。外のテーブルがいいといったのはウェラーだ。店の中では煙草が吸えない。

「半年前からやめてたんだ」カリンがビールを買いにいくと、ウェラーはいった。「息子が先週末結婚して、おまけにこんな事件が起きたもんだから……」肩をすくめて、ベンソン＆ヘッジズに火をつける。目を細め、吐き出した煙が流れていくのを待ってから、キンケイドに向かって右手を差し出した。「ニール・ウェラーです。さっきは挨拶もせずに、失礼。今日は虫の居所が悪くてね」

カリンが一パイントのジョッキを三つ、両手で抱えるようにして戻ってきた。テーブルに置いたときも、中身がほんの少しこぼれただけですんだ。ウェラーはお礼がわりにうなずいて、右手を出した。「ニールだ。よろしく」

「ダグです」

自己紹介がすむと、ウェラーはビールをあおった。唇についた泡を拭う。「いま愚痴ってたところなんだ。今日、連続レイプ事件の裁判で無罪判決が出た。あいつが犯人に違いないのに。状況証拠だけじゃだめだと陪審が考え、判事が再考を促してもだめだった。被告人は十八歳の少年なんだが、まるで少年聖歌隊の一員みたいな見た目をしてやがる。そいつを送検したのはこのおれだ。そりゃあ、だれだって聖歌隊のほうを信じるよな」

「それはきついな」キンケイドは同情した。

「こうしてまたひとり、罪もない女性が裏通りに誘いこまれるわけだ」ウェラーは必要以上に強い力で煙草をもみ消し、ため息をついた。「だが、それは今回の事件とは関係ない。ナツ・マリクの話に戻しましょうか」

「その前に、サンドラ・ジルのことを教えてください」キンケイドがいった。「彼女になにがあったんだろう」

ウェラーは肩をすくめた。「考えられることがそういくつもありますかね。いちばん可能性が高いのは、夫婦喧嘩が嵩じて暴力沙汰になり、夫がその証拠を消したという線だな。だが、サンドラがコロンビア・ロードで子どもを知り合いに預けた一時間後には、ナツ・マリクはブリック・レーンのバスを改装したレストランで妻と子どもを待っていた。その姿はたくさんの人に目撃されている。たった一時間でなにができると思います？　オフィスはわりと近くにあるが、隅々まで調べても、なにも出てこなかった。それに、サンドラが夫と会うつもりだったのなら、これから夫に会うと話したはずだ。コロンビア・ロードの友人にも、子どもを人に預ける必要はなかったはずでしょう」ウェラーはさらにビールを飲んだ。カリンが背中を起こした。すぐにでもビールのお代わりを頼まれそうだったからだ。

「なにか用事があって家にかえってみたら、夫がだれかほかの人間といっしょにいたとか？」カリンがいった。

ウェラーはかぶりを振った。「やはり時間の問題がある。マリクはレストランからコロンビア・ロードに向かい、子どもを家に連れかえった。暗くなっても妻が帰ってこないので警察に連絡したんだ。死体を処理する時間がどこにある？　家には犯罪を示す形跡がなかった。オフィスも同じ。というわけで、次の可能性を考えよう」次の煙草に火をつける。

「サンドラ・ジルは、妻であり母である生活にうんざりして、家を出た。だれかといっしょかもしれないし、そうじゃないかもしれない。よくあることだ。スコットランドに向かう道でヒッチハイクでもして、いま頃はファミリーレストランのキッチンで働いているかもしれん。むしろ、そんなことだったらいいんだが」

「そうは思わない、そういうことですね」キンケイドがいった。「次の可能性は？」

ウェラーの視線が厳しくなった。「白昼堂々、だれかがサンドラを誘拐した。犯人は、今日無罪放免になったようなやつだ。車で近づき、道を尋ねるふりをして、彼女を車内に引きずりこんだんだ。その瞬間、たまたまどの家もカーテンが閉まってて、外がみえなかったのかもしれないな。もしこれが正解だったとしたら、望みはないだろう。外が苦しまなかったことを祈るのみだ」残りのビールを一気に飲みほした。カリンがしかたなく立ちあがった。

「ボスは？」カリンはキンケイドのジョッキをみてきいたが、キンケイドは首を横に振った。

カリンが店に入っていくと、キンケイドはきいた。「サンドラの弟たちはどうなんだろう。ナツは、彼らのアリバイは怪しいと思っていたようだが」

「ふたりとも、ベスナルグリーン駅の近くのパブで飲んでいたそうですよ。あまりいい店じゃない——といっても褒めすぎなくらいだ。飲んだくれや博打打ちのたまり場で、証人の中にはケヴィンとテリーの仲間もいただろう。店の主人はあのふたりが嫌いだったが、無難な証言をしたんだろうな。だが、アリバイがあろうがなかろうが、あのふたりになにができる？　ケヴィンの車はおんぼろのフォードで、公営住宅の前にとめてあった。家には母親がいるから、死体を家に持ち帰ったとは考えにくい」

カリンが戻ってきた。ウェラーのビールと、自分用の炭酸水らしきものを持っている。「混んできたなあ」カリンはそういいながら立ち飲み客のあいだを通りぬけ、席に戻ってきた。

仕事のあとの一杯を求める客が集まってきて、パブの外にもあふれてきた。ほとんどの客がスーツ姿だが、ジーンズとTシャツの客もいるし、ゴシックファッションの若い女性もいる。爪まで黒く塗っている。

「シティが広がってるんだな」ウェラーはスーツ姿の男女に目をやり、げんなりした顔をした。「まあ、いいことではある。犯罪率が下がるし、われわれの仕事も減る。だが、あんな格好をしててもぼんくらばっかりだ。シティの銀行に就職して、派手なばかりでネズミの駆除もできてないマンションを相場以上の値段で買い、自分はシティの人間だとふんぞりかえる」

「シティの人間か。本当にシティの人間といえるのはどういう人たちなんだろう」キンケイドはアリヤ・ハキームとの会話を思い出しながらきいた。「バングラデシュ人、ソマリア人、アーティストもそうかな」

「そういうことですよ」ウェラーがいった。「生粋のロンドンっ子なんてものは、それほど残っちゃいない。だが、そもそも生粋のロンドンっ子とは何者なのか。貧しい移民たちが、それまでにいた移民たちの居場所を奪って生活してるだけじゃないか」

「しかし、当時のイーストエンドは魅力的な街だったでしょうね」カリンがいう。「クレイ兄弟なんかもいて——」

「あいつらは本物の悪党だった。おれの同僚に、クレイ兄弟の〝作品〟をみたことがあるってやつがいた。ぞっとして総毛立つような話ばっかりだ。クレイ一家が投獄されて、ロンドンは救われたよ。悪党ってのは、姿はみえなくても存在感があるものだからな」

「アフメド・アザードという男のことは？　ナッツ・マリクとパートナーが弁護していたという人物だが」

「ああ、あいつも立派な悪党ですよ。ただ、昔のギャングと比べると、ずいぶん礼儀正しい悪党ですがね。十代のときにイギリスにやってきた移民一世で、親類の経営するレストランで働きながら夜学に通い、英語と会計の勉強をした。いまは自分がレストランのオーナーになり、そこそこの経営をしてる。狡賢いやつですよ。表の社会と裏の社会、両方をうまいこと渡り歩いてる」

「ずいぶん詳しいんだな」

「やつは原告になることが多いんでね。白人のギャングたちがブリック・レーンで暴れまわると、店が被害にあうわけだ。ただ、いろんな犯罪にからんでるという噂はあるものの、殺人事件に関して名前があげられたことはない」

「ルイーズ・フィリップスにきいたんだが、アザードが人身売買の容疑で訴えられている件で、検察の重要な証人が姿を消したそうなんだ。もしもアザードがそのことに関わっていて、それをナツ・マリクが突き止めたとしたら――」

ウェラーは肩をすくめた。「アザードが証人を消したことがわかったら、マリクは弁護を辞退するだろうな。だが、アザードがマリクまで消すとは思えない。自分の弁護士じゃないか。そんなことをしたら、自分の将来に傷がつく」

「アザードがサンドラの失踪に関与しているとナツが気づいたとしても?」

「サンドラ・ジルはアザードとはなんの関係もありませんよ」

「警部補が知らないだけかもしれない」キンケイドはウェラーと目を合わせた。「ルーカス・リッチーのことも知らなかったのでは？」

「サンドラ・ジルと交流のあった人物全員に話をきいたが、犯罪を示唆する証言はひとつも出てこなかったのでね。サンドラの顧客を調べる必要があるとは思いもしなかった」

「しかし、なにかみのがしていたかもしれない、妻の失踪と夫の殺害につながりがあるかもしれない、そう思ったからこそわれわれに捜査協力を求めたのでは？」

ウェラーは挑むような目でキンケイドをにらみつけたが、しばらくすると、肩の力を抜いてビールを飲んだ。「一本取られたな」そういうと、コースターの上に丁寧にジョッキを置いた。「ラシード・カリームから毒物検査の結果をききましたよ。あいつのいうとおりなら——まあ、たいていはそうなんだが——サンドラ・ジルが失踪した三ヵ月後に夫が殺されたというわけで、偶然にしてはできすぎてる。だが、だれがやったのか皆目見当がつかないんだ」

「まずはアザードを調べてみないか」キンケイドがいった。

ウェラーは眉根を寄せた。「バターも溶けないほどの冷血漢ですよ、アフメド・アザードってやつは。いい線かもしれない」空のジョッキを脇によけた。「よかったら紹介しましょう。やつの住まいはすぐそこです」

ジャニス・シルヴァーマンとの電話を切ったあと、ジェマはとまどっていた。本当に、シャーロットは大丈夫だと思っていいんだろうか。なんだか前より心配になってしまった。

「サンドラの妹さん——ダナのことですね。心配いりませんよ」シルヴァーマンはそういった。「いろいろと記録には残っていますけど——育児放棄、男性の出入りが激しいこと、子どもたちがあざを作って学校に来ること」

「それでも子どもたちは彼女の元に？」

「いまはそうです。短期間里子に出されていたこともありますけど」ため息がきこえた。「里親制度にも限界があるんですよ。ケアの必要な子どもはたくさんいるし、いつまでも里親の元に置いておくわけにはいきません。ダナのところにはケースワーカーが定期的に訪問して、ようすをみていますよ」

ジェマは、サンドラの弟たちについてアリヤからきいた話をシルヴァーマンに伝えてみた。

「ダナのケースワーカーに伝えておきます。ダナの子どもたちがおじさんたちに会うことはめったにないようですが、連絡をしておけば記録は残りますから。ありがとうございます。それと、ハワードさんにもよろしく伝えてください。ハワードさんっていい人ですね。シャーロットの面倒をよくみてくださっているようで。ジェイムズさん、あなたもシャーロットに会いにいってあげているんですね。こういうことは、子どもを気にかけてあげる人が多ければ多いほどいいんです」

ジェマは、できるだけ早く時間を作ってシャーロットに会いにいくと約束した。自分はいいことをしたんだ、というい気分のまま電話を切った。

しかし、いい気分はすぐに消えてしまった。サンドラ・ジルの弟たちが麻薬取引に関わっているかもしれないと考えると、ほっとしてなんかいられない。弟たちが本当にヘロインのディーラーなら、ナツがのんだというジアゼパムやケタミンも簡単に手に入れられるだろう。

でも、どうしてナツを殺さなければならないんだろう。それに、いっさいの付き合いを拒否していたはずの相手に薬を飲ませることなんかできるんだろうか。

わきあがってくる疑問を頭から追いやって、母の病室で一時間を過ごした。母が疲れてきたのがわかると、お別れのキスをして、イズリントンに車を走らせた。

路肩に車をとめたとき、ティムの姿がみえた。玄関前の階段に腰をおろしてお茶を飲みながら、ホリーが隣の家の庭で遊ぶのをみている。近所で共有する庭にある木立を通して、夕陽が射してくる。ジェマはティムの隣に腰をおろして、そよ風に揺れる木の葉をみつめた。

「家の中は暑くてね。こう暑いと、お茶もおいしく飲めやしない」ティムはそういってマグカップをにらみつけた。ヘイゼルのお気に入りのマグカップだった。木の葉とサクランボの絵が描かれたクリーム色のカップで、〝お茶の時間《タイム・フォー・ティー》〟という文字も入っている。女性らしいデザインなので、ティムの手の中にあると、なんだか奇妙な感じがする。「だが、まだビールには早いしな。ジェマも飲むかい？」

「ビール？　お茶？」ジェマは冗談で返した。ティムはくたびれているようだ。「どちらも遠慮するわ。病院で元気をもらってきたところだから」

「お母さんはどう？」

「元気よ。明日には退院できるって。CVポートを設置して、なんだかうれしそうなの。サイボーグみたいでしょ、とかいってみんなにみせびらかしてる」母親がひどく痩せほそってしまったことは黙っていた。階段に座ったままもっと楽な姿勢をとり、遊んでいる子どもたちを眺めた。ホリーの遊び相手は黒人の男の子だ。ホリーよりひとつかふたつ年下だろうか。ホリーはその子にあれしろこうしろと指示を出しているようだが、ジェマにはききとることができなかった。「すっかりお姉さん気取りね」

「お姉さんというより独裁者だな」ティムは笑ったが、すぐに真顔になった。「ただ、あんなふうにいばっているようにみえて、ちょっとしたことで不安定になるんだ。シャーロットのお父さんが死んだと知って動揺しているようだ。ヘイゼルがそばにいないのも、ホリーにとってはつらいんだろうな」

ジェマは穏やかな会話をもう少し楽しんでいたかったが、ティムのほうから話題を出されたので、先のばしにするわけにはいかなくなった。「ティム、ナツのことだけど。毒物検査の結果が出たの。高濃度のジアゼパムと、獣医が麻酔薬として使うケタミンが検出されたわ」

「ありえない」ティムはマグカップをどんと置いた。磁器とコンクリートがこすれる音をきいて、ジェマはぞくりとした。「前にもいったが、ナツはそんな――」

「自分でのんだわけじゃなさそうなの」ジェマはティムの膝に軽く触れた。「法医学者の考えでは、だれかにのまされたんだろうと」

「どうやって――」

「わからないわ。ティム、ナツはサンドラの弟たちが麻薬取引に関わってることについて、なにか話してた？」

「サンドラの弟たち？　そいつらがナツを殺したのか？」父親が声を荒らげるのをきいて、ホリーがこちらを振り返った。泣きそうな顔になっている。

「パパ」木馬がわりにしていたプラスチックのシャベルを地面に落として、こちらに歩いてきた。

「ホリー、大丈夫だよ」ティムは大きな息をついて、そっちへ戻りなさいと手を振った。「サミと遊んでいなさい。パパはジェマおばちゃんともう少しお話ししなきゃならないんだ」

ホリーはおとなしく戻っていったが、心配そうに何度もこちらを振り返っていた。子どもたちの声がきこえなくなってはじめて、ジェマは気がついた。なんて静かなんだろう。向こうの道路を車が一台走っていく。どこかで犬が吠えている。しかしどちらの音も遠くからかすかにきこえるだけだ。鳥の声もしない。暑さのせいで世の中が活力を失っているかのようだ。同じようにどんよりしていた土曜の夜に、ナツ・マリクの身にあんなことが起こったなんて、とても信じられない。

「ナツがサンドラの弟たちと会っていたというのは考えられる？」

「いや、ないだろう。ただし、サンドラに関することなら別かもしれない。といっても、そのふたりはサンドラの失踪には無関係だったはずだが」

「ええ、そのようね。でも、無関係だからって、なにも知らなかったとは限らないわよね。ティム、ナツからほかになにかきいてるんじゃないの？　親しかったんだし、ナツやサンドラのことを悪く思われたくないと思うのはわかるわ。でも――」

「なにもきいてない」ティムはいった。小さな声だったが、叫ぶような力がこもっていた。「必死に記憶をたどっているんだが、わたしたちの話はとりとめのないものばかりだった。子どもの頃のこと、学生時代のこと、子どものこと。ナツは――」遠くをみて続けた。「――シャーロットを手放すようなことになったらどうしていいかわからない、そんなことをいっていたよ」

ジェマはそれをきいてはっとした。ヘイゼルが気にしていたのはこのことだったのか。ティムはナツと同じくらい切実に、悩みを打ち明けられる相談相手を求めていたのだ。自分に同情してくれる人。生活の基盤が奪われた苦しみを理解してくれる人を。

ここまで踏みこむ権利は自分にはないとわかっていたが、ジェマは尋ねた。「ティム、ナツにヘイゼルのことを話してた？」

「まさか」不自然なほど返事が早かった。「別居したことは話したが、それだけだ」カップを手に取り、わずかに残ったお茶をぐるぐる回してから、顔をあげた。「ジェマ、ヘイゼルのことが心配なんだ。きのうここで別れてから何度も電話してるんだが、一度も出ないし、こちらにかけてもこない。携帯電話しか持ってないから、いつも手元にあるはずなのに」両膝を抱えこんだ。カップは持ち手を指に引っかけて、ぶらさげるように持っている。体ばかりがひょろっと大きくなった少年のような風情だった。「わたしが訪ねていけば、ヘイゼルは怒るだろう。前にホリーを送っていったときも、家の中には入れてくれなかった」

ジェマは頬にひんやりした空気が当たるのを感じた。風向きが変わったようだ。ミルクのような雲が空に広がって、太陽を隠そうとしている。ティムの腕時計に目をやった。六時を回っている。急に家が恋しくなってきた。イズリントンへ来る途中に子どもたちと電話で話したばかりなのに。愛する人たちをすべて自分のそばに集めておけたらいいのに。ダンカンとも話がしたい。アリヤの家のそばで別れてから、一度も電話がかかってこない。

「ヘイゼルなら大丈夫よ。でも、あとで電話してみるわ。ティムに電話をするようにいっておくわね」ティムへの友情をスキンシップで表現することはいままで一度もなかったが、ジェマは思いきって身をティムのほうにのりだし、無精ひげの伸びた頬にキスした。「心配いらないわ」

家に帰ってから電話をするつもりだったが、日曜日に会ったヘイゼルの姿が蘇ってきて、頭から離れなくなってしまった。ひどく痩せて、シャワーもろくに浴びていないようだった。やけに神経を尖らせて、なにかというと怒りを爆発させていた。これでは運転に集中できない。カレドニアン・ロードに車をとめた。運河の近くの静かな町だった。

心配いらないわとティムにはいったが、本当は自分も心配でたまらなかった。どうしていままで電話をかけてみなかったんだろう。これで友だちだなんていえるんだろうか。

サンドラ・ジルとナツ・マリクのイメージが、ヘイゼルにかぶさってくる。姿をみせず、電話にも出なかったふたりがそのあとどうなったか――

エスコートのエンジンを切り、バッグから携帯を取り出してヘイゼルの番号を押した。運河を飛ぶカモメがひと声鳴いた。呼び出し音が鳴りはじめる。近くにあるキングズ・クロス駅から電車が走りだしたようだ。甲高い呼び出し音と低い金属音が重なって、ジェマの耳に響きはじめた。

13

十八世紀初頭までに、昔からあったシティの市街壁は開かれ、残っていた野原にも建物が並び、ロンドン郊外と呼ばれる場所が作られていった。より明るいところで暮らしたい、より清潔で新鮮な空気を吸いたい、というのも人間の自然な欲求であろう。シティで働く商人たちはそうした郊外に居を求めるようになった。そこが当時まだ田舎であったことを示す地名が、いまも残っている。ブロッサム、エルダー(スイカズラ)、プリムローズ(サクラソウ)などだ。

——デニス・シヴァーズ"18 Folgate Street: The Tale of a House in Spitalfields"

ジョージ王朝風のテラスハウスとしては、ちょっと珍しい造りだった。高い壁にツタがからみ、入り口には頑丈な木製の門扉がある。テラスの向こうにはクライスト教会の尖塔がそびえている。この町の住人たちに、浮ついた暮らしはやめろと説教しているかのようだ。頭にぴったりした帽子をかぶってシャルワール・カミーズを着た男が早足で歩いていく。キンケイドとウェラーとすれ違うときも、視線をあげようとさえしなかった。

装飾をほどこした真鍮の呼び鈴が壁に埋めこまれている。ウェラーがそれを押すと、建物の中にチャイムの音が響きわたるのがきこえた。「後宮へようこそ、という感じだな」キンケイドがつぶやいた。

「こういうところが思ったよりも身近にあるものなんだ」ウェラーがいう。

門扉がかちりと開いて、若い西アジア系の女性が出てきた。ふたりのスーツ姿をみて怖くなったのか、「いません、留守です」とぼそぼそいいながら門扉を閉めようとする。ウェラーが門扉の隙間に肩を入れた。

「嘘だろう。ウェラー警部補が来たと伝えてくれ」

女はびくりとして身を引いた。ウェラーがさらに前に出る。しかし女は扉にかけた手を離そうとしなかった。「いえ、本当に留守です」といったが、むやみにいいはっているというより、なにかに怯えているようにみえた。

キンケイドは門扉の中に目をやった。中庭がみえる。植物のプランターがずらりと並び、その中央に三段仕立ての噴水がある。上の段から順番に水が流れおちてくる仕組みだ。だれかが料理をしているのか、油を熱したにおいとスパイスの香りがする。まさに、ここがアフメド・アザードのパラダイスなのだ。

門扉の押し合いが激しくなる前に、男が声をかけてきた。「マハ、もういい」門扉が大きく開く。背の低いずんぐりした男が立っていた。顔は幅広で、黒い髪の一部を長く伸ばしてとかしつけ、髪の薄くなったところを隠している。

若い女性は頭のスカーフをきつく引きしめて、慌てて家に戻っていった。しかしサリーのせいで思うように走れないらしい。

「ウェラー警部補、なんのご用かな」アザードの英語はきちんとしていて、訛りはほとんどない。西洋風の服を着て、ぱりっとした白い半袖シャツを着ている。裾は黄土色のズボンの上に出していた。

「アザードさん、ちょっと話がしたいんだ。入れてもらえるだろうか。ナッツ・マリクの件だ」

「ああ、なるほど。ナジール・マリクのことはニュースでみたよ。かわいそうにな」アザードはいぶかしげに目を細め、少し迷うような表情をみせてから、こういった。「中庭で話そう。家族にはきかせたくない」

門の中に入ると、鉢植えの植物のあいだに木製のベンチがあった。庭の向こうに建つ家は角張ったデザインの建物で、化粧漆喰は柔らかなピンク色に塗られている。アーチ形の戸口から中がみえた。インテリアは色とりどりだ。噴水の音にまぎれて人の話し声がきこえる。

噴水の近くにも一対のベンチがあった。アザードがそのひとつに座り、ウェラーとキンケイドが反対側に座った。カリンが一瞬とまどった。アザードの隣に座るか、立ったままでいるか、どちらかだ。結局後者を選び、少し離れたところに立った。することもなくぶらぶらしているという風情だが、ここぞというときに役に立ってくれるだろう。

アザードは知性を感じさせる黒い瞳でキンケイドを観察した。「ウェラー警部補、こちらはお友だちかな？」

「キンケイド警視とカリン巡査部長だ」ウェラーは答えた。スコットランドヤードの、とはいわない。それでも、アザードの眼差しに変化があった。相手が警視ときいて、どうふるまうべきかを考えたのだろう。

「警視さんとは、これまた」アザードは敬意を表してくれた。「ナジール・マリクもさすがだな。警視さんほどの人が事件を捜査してくれるとは。キンケイドさん、わたしの住む世界に法律は無縁だ。バングラデシュではそんな正義が期待できない」

「アザードさん、ナツ・マリクになにが起こったと思いますか？」キンケイドは尋ねた。死因については、捜査チームの中でも考えかたが分かれている。それでもあえてアザードにきいてみた。

アザードは無難に応じた。「公園で死体がみつかったとか？　若いやつらに襲われたんじゃないのかね。いまどきの若者は年長者への敬意ってものを知らんのだ。残念ながら、そういうやつらの中にはバングラデシュ人の若者も混じっているようだが」やれやれというように頭を横に振る。その姿だけをみれば、気のいいおじさんという雰囲気だ。「ナジールはいいやつだったが、ときどき判断を誤ることがあったな」

ウェラーが首をかしげた。くたびれた鳥のようだった。「判断を誤る？」

アザードは肩をすくめた。「警視さん、気を悪くしないでくださいよ。ナジールは白人の女と結婚した。結婚なんてものはただでさえ難しいのに、人種や文化の違う相手を選ぶとはね」

「マリクはイギリス生活が長かった」ウェラーがいった。「イギリス人そのものというふうにみえた」

「アザードさん、サンドラ・ジルをご存じですか？」キンケイドがきいた。

「もちろん。ブリック・レーン近辺に住む人間はみんな知っていたさ。うちの店にもよく来てくれた」

「それでも、彼女のことが気に入らなかったと？」

アザードの顔に苛立ちがみえた。「そんなことはいってませんよ。結婚相手としてふさわしいかどうかという話をしているだけだ。それに彼女はナジールに恥をかかせた」

「恥？　どんな恥です」

「妻が夫の元から離れていったわけだろう」

「つまりあなたは、サンドラ・ジルが自分の意志でナツから離れていったと思っているんですね？」

アザードはまた肩をすくめた。苛立ちがつのってきたようだ。「そう考えるのが自然だろう」

「よくわかりませんね。ナツは若者たちに殺されたんだろうと考えたのに、サンドラは自発的な家出だろうとおっしゃる。その違いはなんです？」

「ナジールは死体がみつかったが、サンドラの死体はみつかっていないからだ」アザードはそれが完璧な理論であるかのように答えた。

「ところで、あんたの甥は――いや、甥じゃなくて姪の息子か？　――いま頃どこにいるんだろうな。もしかして、サンドラも同じところにいるんじゃないか？」ウェラーがだらだらとした口調できいた。

アザードの目元が引きしまった。体は動かしていないのに、全身に力が入ったのがわかる。「ウェラー警部補、わざわざおいでいただいたのに悪いが、個人的な話をするなら弁護士がいるときにしてくれないか」

「フィリップスとかいう弁護士か。ふたりいた弁護士の片方が亡くなって、あんたも困ったことになったな。裁判はもうすぐだってのに。しかも、あんたのような人間が女の弁護士に満足できるものなのか？」

アザードは笑顔で立ちあがった。「おふたりとも、わたしの大切な友人の悔やみに来てくれてありがとう。今後は午前中にフィリップス弁護士に連絡してから来てくれないか。お互い都合のいいときに話の続きをしよう。お帰りはあちらへ」

まずは家に帰って子どものようすをみる。それからヘイゼルのことを考えよう。ジェマはそう決めて家に帰ってきた。玄関を入ると、パンかなにかを焼いたような香りが漂ってきた。

物音ひとつしない。子どもたちも犬も出てこない。テレビの音も、そのほかの物音もしない。しかし、じっとして耳をそばだてると、お皿がかちゃかちゃいう音がキッチンからきこえてくる。

「だれかいるの？」声をかけて、玄関ホールのベンチにバッグを置いた。

「こっちだよ」ききなれた声が返ってきたと思うと、ウェズリー・ハワードがキッチンから出てきた。青い陶器のボウルを曲げた腕にかかえ、もう一方の手にスパチュラを持っている。鼻になにか白いものをつけたまま、にっこり笑いかけてきた。

ウェズリーはベティ・ハワードのいちばん下の子で、唯一の男の子だ。キンケイドとジェマの子どもたちのシッターをやってくれている。ジェマはウェズリーとはじめて会ったときから、特別な絆のようなものを感じていた。

「ウェズリー！　こんなところでなにをやってるの？　今夜は仕事じゃなかった？　みんなはどこ？」

「子どもたちは犬の散歩だよ。トビーと犬たちが家の中を走りまわってて、まるでサッカーの試合でもやってるみたいだったから、外に行かせたんだ。それと、オーブンを借りてる」ウェズリーはスパチュラをボウルに入れ、ジーンズのウエストに押し込んだふきんで指先を拭いた。オレンジ色のTシャツには〈ピース、ラブ、レゲエ〉という文字が躍っている。ドレッドヘアにはロイヤルブルーのバンダナ。母親と同じで、ウェズリーも鮮やかな色が好きだった。「月曜日はカフェがすいてる。少し遅れていっても平気なんだ」

「なにを作ってるの？　すっごくいいにおい」ジェマは鼻をくんくんさせながら、ウェズリーのあとについてキッチンに入った。そのとき、ふとシャーロットのことが思い出された。「まさか、おうちのオーブンが壊れたとかじゃないでしょうね？」

「違うよ。ただ、オーブンを使うと家の中が暑くなるからね。うちはキッチンが狭いし、ただでさえ暑苦しいってのに」

調理台にスポンジ型が散らかっている。キッチンのテーブルには大皿が出してあり、その上に美しいケーキが鎮座していた。デコレーションが半分すんでいる。

「キットとトビーが喜んで手伝ってくれるだろうと思ったし。このイチゴ、きれいだろう」

「ウェズリー、今日はまるでコックさんね。なんにでも変身できて、まるで俳優さんみたい。職業を間違えたんじゃない？」

「俳優はトビーに譲るよ」ウェズリーはスパチュラを剣のように持って振りまわしはじめた。

ジェマは両手をあげておおげさに怖がってみせた。「お願い、トビーをその気にさせないでね。ただでさえ暴れんぼうなんだから」

ウェズリーはスパチュラをボウルに戻し、残っていたアイシングをケーキにかけてなめらかにのばした。「海賊はケーキなんか食べられないって教えてやるよ。イチゴのピューレを挟んでクリームチーズ風味のアイシングをかけたケーキなんて、海賊の食べるもんじゃない」

黒猫のシドがテーブルに飛びのってケーキに目をやった。ひげがひくひく動いている。「だめよ、シド。悪い子ね。テーブルに乗っちゃいけないっていつもいってるでしょ」ジェマが叱った。言葉とはうらはらに優しくシドを抱きあげて床におろすと、頭をなでてやった。「じゃ、これはなんのためのケーキ？　新しい彼女でもできたの？」

「当たりだ」ウェズリーはケーキの上にもう少しだけアイシングを落とした。「シャーロットって子でね」にやりと笑う。「ゆうべ、オットーの店から最高のチョコレートケーキを持ち帰ったのに、食べてくれなかったからさ。だったら違うタイプのケーキを試してみようと思ったんだ」

「ウェズリーったら」ジェマはキッチンの椅子に腰を落とした。感謝の気持ちがこみあげてくる。「すっかり甘やかしてるのね」

「甘やかしてほしかったんだろう？」

「まあね。今日はどんなようすだった？　なにか話をしてくれた？」

「それはまだだな。けど努力は続けるよ。このストロベリーケーキがきっかけになってくれるかもしれない。今朝、母さんが女の子のおもちゃを引っ張りだしてきたんだけど、あの子はあまり興味がないようだった。母さんのやってる縫い物ばっかりみてるんだ。それと、あの子はカメラ慣れしてるね。カメラを向けられてもまったく意識しないで普通にしてるんだ」

「母親がよく写真を撮っていたのかしら」

「そうかもしれないな」ウェズリーはアイシングを塗りおえて、丁寧にスライスしたイチゴをのせた皿をとり、ケーキの縁にそってそれを並べはじめた。

「わたしもなるべく会いにいくわ。でも今日は、これからバターシーに行かないと。ヘイゼルに会ってくる」

ウェズリーはおやという顔をした。「ヘイゼルをこっちに呼べばいいのに。ティーポットとカップのいいやつを出してあるよ」調理台のトレイを指さした。ジェマのお気に入りのクラリス・クリフの作品だ。「ヘイゼルがこっちに着く頃にはケーキの飾りつけもできてる。ジェマとヘイゼルと子どもたちに少しずつ食べてもらって、残りを持ってかえるよ。うちは母さんとシャーロットだけだから」

ジェマも納得のいかない顔でウェズリーをみた。「ヘイゼルをこっちに呼ぶなんて、無理なことをいわないで。一時間前から何度も電話してるのに、出ないのよ。ティムは二日間電話をかけてて、それでもつながらないらしいわ。どうしたのかしら」

ウェズリーは眉をひそめた。「ヘイゼルが？　さっきうちに来てたよ。そのあとここに来る予定だとばかり思ってた」

「うちって、ベティのところ？」ジェマはわけがわからなくなった。「どうしてヘイゼルがそこに？」

ウェズリーは、なにをいってるんだというようにジェマの顔をまじまじとみた。「もちろん、シャーロットに会うためだよ」

「警戒させてしまったようですね」カリンがいって、ニール・ウェラーに非難の目を向けた。アザードの家の門扉がかちりと閉まる。

「こっちの立場をはっきりさせただけだ」ウェラーがいいかえす。「自分だったらもっとうまくやれたとでもいうのか？　おれは、やつがなにか隠してるかどうかを探りたかったんだ」

「で、結論は？」キンケイドがきいた。コマーシャル・ストリートに向かって歩きはじめる。

「アザードは、自分に不利益にならない限りは警察に協力するやつだ。さっきも、ずっと穏やかに話していたのに、行方不明の甥の話を持ち出したところでがらりと態度が変わった。正直、意外でしたよ。あんなふうに反応してくるとはね。普段はクールなやつなんだ。ナツ・マリクが亡くなったことで裁判のことが心配になってきたのかもしれん」

「ルイーズ・フィリップスとの契約は続けるんだろうか」

クライスト教会の前にある馬の飼い葉桶の前で、三人は足を止めた。通行人がその左右を歩いていく。三人は水の流れを分ける巨岩のようだった。ウェラーは無精ひげの伸びたあごをかきながら、考えた。「女性に仕事の能力はないと考えるタイプだからな。だが、いまはそんなことをいっている余裕はないだろう。だから余計に苛立っているのかもしれん」

「ルイーズ・フィリップスによると、ナッツはアザードの事件から手を引きたがっていたらしい」キンケイドがいった。「アザードは、ナッツのせいで裁判が面倒なことになると懸念していたかもしれない。むしろ、ナッツが死んだのを喜んでいたのでは?」

「だからって、やつがナッツを殺したってことにはならないだろう」

「ウェラー警部補、アザードに好意でも持ってるようにきこえますよ」カリンがいう。

「だれに好意を持とうが勝手だろう」ウェラーは肩をすくめ、時計をみた。「もう帰るとしよう。明日の朝、署で。ビール、ごちそうさまでした」挨拶がわりに片手をあげて、人ごみの中に消えていった。

「面倒なおやじだな」カリンがこぼした。「えらそうに、何様のつもりなんだ」

「ダグ、ここじゃぼくたちがよそ者なんだぞ」キンケイドがいった。「ウェラーは地域のことをなんでも知ってる。潮の流れも、引き波も。ぼくたちがみのがすことも、ウェラーは気づくかもしれない。彼の協力は欠かせない」肩をすくめる。ウェラーがやったのと同じくらい意味深なしぐさだった。「少なくとも、当面は我慢しろ。秘密を握ってるのはアフメド・アザードだけじゃないだろう」

「つまり、ウェラーもなにか隠してるってことですか?」

「いや、そうじゃない。もしそうなら、アザードのところにぼくたちを連れていったりしないだろう。だが、なにかありそうだ……。それがなんなのかまだわからないが、なにか事情がありそうな気がする」キンケイドはあたりをみまわした。そろそろ商店が閉まる時間だ。通行人たちは買い物袋を提げて歩いていく。教会が西日を受けて金色に輝きはじめた。「ぼくも帰るよ。ナツ・マリクの家に寄っていく」

「自分も行きます」

「いや、いいよ。どうせちょっと寄るだけだ。ダグ、これから不動産屋でも回ってみたらどうだ？」部下の肩をぽんと叩く。「こういうのは勢いがだいじだぞ」

フルニエ・ストリートは夕刻の影に沈んでいた。煙突だけが夕陽を浴びて輝いている。オレンジ色の兵士たちが家々の屋根の上を行進しているかのようだ。ナツ・マリクの家はすぐにみつかった。鑑識の車はもうとまっていない。ドアをあけようとしたが、やはり鍵がかかっている。ベスナルグリーン署を出るときにシン巡査部長に貸してもらった合い鍵を使って中に入った。

雨戸がすべて閉まっているので、中は暗かった。手探りで照明のスイッチを探す。こういう古い家では、配線がむき出しになっていることが多いし、スイッチも変わったところについていたりするものだ。この家の場合、玄関ホールの照明とリビングの照明が、リビングのドアの横に並んでついていた。指に黒い汚れがついている。指紋を採るための粉が残っているのだ。

明かりをつけると、黒い粉があちこちに振られているのがわかった。ドアノブ、階段の手すり、壁に立てかけてある自転車のハンドドルやクロスバーにも。花のシールがついたヘルメットが、ハンドドルのラバーグリップに引っかけてある。

リビングをのぞきこんでから、階段をおりてキッチンに入った。ごみ箱をみたが、なにも残っていない。きいている限りでは、この家に管理人はいない。生ごみが残されていたら、腐臭があっというまに家じゅうにしみついてしまうだろう。だれかがそれに気づいて片付けたのだ。シャーロットのシッターだろうか。それとも鑑識だろうか。ジェマがやったのかもしれない。

一階に戻り、ちょっと立ち止まって考えた。土曜日にジェマがみたのと同じ状態の家をみておきたかった。そのときはまだ人が住んでいたのだ。生気や活力が感じられただろう。住人がいなくなったいまは、しんとして陰気な場所になってしまっている。空気もよどんでいるし、指紋採取の黒い粉のせいでみすぼらしい雰囲気さえ漂っている。

静まりかえった家の中に立っているうちに、キンケイドはあることに気がついた。建てられた時代もスタイルも違うものの、この家はノティング・ヒルの我が家に似ている。アンティークの家具と現代の家具が両方あるせいか、ほっとくつろげる雰囲気があるし、床のラグや壁の絵もセンスがいい。子どもの絵本やおもちゃが散らかっているところもそっくりだ。

ジェマも、この家が気に入ったのだろう。だから、その女の子への思い入れが強いのかもしれない。

階段をのぼった。各階の部屋をのぞいてみた。どの部屋も、ちょっと風変わりな雰囲気がある。サンドラの影響だろう。ナツ・マリクのオフィスの受付はオーソドックスで、こういう雰囲気はなかった。ナツの書類をチェックするのは時間がかかりそうだからやめた。パソコンは運びだされている。いま頃警察で調べられているだろう。ナツの部屋に残されているものは、あとでダグにみてもらおう。ダグの父親はナツと同じ弁護士だ。

階段をのぼりきると、また照明のスイッチを探した。明るくなった瞬間、キンケイドは思わず呆然としてその部屋を眺めた。サンドラの作品のことはジェマからきいていたが、もっと細かくて古くさい感じのアートだと思っていた。というより、あまり具体的に想像してはいなかった。思いがけないほど鮮やかな色と形が目に飛び込んでくる。制作中の作品が作業台に広げられている。近づいてみると、壁にかけられた作品が四方から迫ってくるように感じられた。

さまざまなものが意外なほどはっきりと描きだされていて、みる者の目と心を刺激する。だれもがなじみのあるものが、突拍子もないものと組み合わされて描かれている。

たとえば、シティに建ちならぶガラスの塔と、それに比べてあまりにも小さくみえる古い町並みの組み合わせ。商店の戸口には鮮やかな色の布地で作られた錠前やかんぬきが積みあげられていて、それが死体の山のようにもみえる。

作品に魅入られてしまいそうだ。キンケイドはうしろに下がり、白い机に近づいた。机の上の壁には、白地に赤い馬を描いた作品がかけられている。そういえば、ほかの部屋にはサンドラの作品がひとつも飾られていなかった。

机の上にはノートや書類が散らかっていた。今夜いっぱい時間をかけても、ここにあるものは調べきれないだろう。それでも、いくつか手に取ってみた。まずはスケッチブック。鉛筆画やメモでいっぱいだ。書類のフォルダーには新聞や雑誌の切り抜き。個展の案内やレビュー記事だ。アルバムもあった。写真には手書きのキャプションがつけてある。よくみると、写真はどれもサンドラの作品を撮影したもので、書かれているのはそれぞれの説明だった。

学校、図書館、会社のオフィス、町のクリニック、個人の住宅や商店——アルバムの最後までざっとみたあと、もう一度最初からページをめくってみた。一度目にみたとき、なにか引っかかるものがあったからだ。

これだ。ほかの作品より写実的なタッチで、狭い谷間のような町が描かれている。ずらりと並ぶ建物の中に、花で飾られたパブがある。あちこちに小さな彫刻が立っているのがわかる。モデルは昔ながらの商人たちだ。どういうわけか、この風景には不似合いな大砲が一門あり、砲身は斜め上を向いている。キャプションには「作品名『ルーカスの幸運を願って』。ルーカスがジョークに気づいてくれますように」とある。ルーカス。ルーカス・リッチーだ。写真をみると、作品は天井の高い豪華な部屋に飾られている。

あのパブにはみおぼえがある。ワイドゲート・ストリートの〈キングズ・ストアーズ〉だ。アーティラリー・レーンのそばにある。そういえば、パブの隣の建物の前にはこんな彫刻があったような気がする。しかし、大砲なんかあっただろうか。これがサンドラとリッチーにとっての〝ジョーク〟というわけか。アーティラリー・レーンのアーティラリーとは大砲のことだし、それにもかけているのかもしれない。それとも、だれかのことを大砲のような危険人物だといっているのだろうか。

いずれにしても、手がかりがひとつみつかった。この作品がルーカスの会員制クラブとも関係があるなら、まずはワイドゲート・ストリートに行ってみよう。

そのときはじめて、キンケイドは奥の壁のコルクボードに目をやった。写真がたくさん貼ってある。ボードの前に立って、じっくり写真を眺めた。サンドラ・ジルは写真の腕も一流だったようだ。それも、被写体にポーズを取らせて撮影するのではなく、家族の日常をとらえるのが得意だったとみえる。なにかを食べているところ。しゃべっているところ。料理をしたり、遊んだり、本を読んだりしているところ。喉の奥がぎゅっと締めつけられるように熱くなった。ごくりと唾を飲み、まばたきをして、巻き毛の女の子の写真をみつめた。眉間にしわが寄るほど集中して、クレヨンで絵を描いているところだ。

シャーロット。シャーロット・マリク。二度と「その女の子」なんて呼んだりしない。

ふと、あることが気になってアトリエをみわたした。作業台、机、棚、バスケット。サンドラは写真を撮るのが大好きだったし、才能もあった。なのに、肝心のカメラがない。

ジェマがベティ・ハワードの家の前に車をとめようとしたちょうどそのとき、ヘイゼルが玄関を出て階段をおりてきた。ヘイゼルには、さっきも電話をかけたところだ。しかしヘイゼルが出ないので、ウェズリーに子どもたちのことを頼み、家を飛び出してきたのだった。

車をきちんと路肩に寄せる余裕もなく、エスコートから飛びおりる。「ヘイゼル！」

ヘイゼルが顔をあげた。「ジェマ。これから行こうと思って――」

「なにやってたの？」ジェマは自分の体が震えるのがわかった。怒りと安堵の入り混じった感情がわきあがってくる。「どうして電話に出ないの？　ティムがどんなに心配しているか。わたしもずっと心配で——」

「そんな……。そういえば、電源を切ったままだった。忘れてたわ」ヘイゼルはバッグから携帯を取り出して電源を入れた。次の瞬間、ヘイゼルは恐怖に満ちた目でジェマに尋ねた。「もしかして、ホリーがどうかしたの？　まさかそんな——」

「いえ、大丈夫よ、ホリーは元気にしてるわ」ジェマは答えた。もっと穏やかに話せばよかったと後悔した。

「一時間前に会ってきたところよ。ヘイゼル、携帯にメッセージが山ほど入ってるはず。ティムとわたしからよ」ジェマはヘイゼルのようすが変わっていることに気がついた。体はやつれたままだが、髪は洗ったようだし、着ているものも清潔だ。「あなたこそ、大丈夫なの？」怒りがすっと消えていく。

「正直、自分でもわからないの」ヘイゼルは口ごもった。「たぶん大丈夫だけど」

ジェマは思いがけない返事をきいてとまどった。「ちょっと話しましょう」道路の両方向に目をやったが、路肩に車が並んでいるばかりだ。夕陽に照らされて、どの車も焼けるように熱くなっているのがわかる。座るところはどこにもなさそうだ。「ベティの家に戻る？　それともオットーの店で一杯飲みましょうか」

「いえ、お酒はまだ――」ヘイゼルがふらついた。「なんだか急に膝の力が抜けてきちやった」

ジェマはちょっと考えてから、ヘイゼルの腕を取った。「ちょっと歩きましょう。考えがあるの」角を曲がってポートベロ・ロードに入り、北へ向かう。そのうちふたりの歩調が合ってきた。何分か歩いていると、ヘイゼルの足取りに力強さが戻ってきた。タヴィストック・ロードまでくると、並木が木陰を作ってくれていた。さらに北に向かう。高架道路の下は、まるで洞窟のように不気味な感じがした。

「ジュースを飲みましょう」ヘイゼルを連れて、自然食品の店に入った。高架道路の下に並ぶ小さな商店のひとつだった。

プラスチックのボトルに入ったマンゴーオレンジジュースを二本買って、店主に礼をいう。またヘイゼルの腕を取って、北へ進んだ。しばらく行くと、長方形の公園があった。ケンブリッジ・ガーデンズだ。

小さな公園で、人気はなかった。土曜日はマーケットが立つ公園が多いが、ここにはそれもない。ずっと先のほうの高架下で、子どもたちがスケートボードをやっているのがみえる。頭上を通る車の音とスケートボードの音がうまく溶け合って、妙に耳に心地よかった。ハトの落とし物がいちばん少なそうなベンチを選ぶと、ヘイゼルと並んで腰をおろした。

ボトルの蓋をあけてジュースをひと口飲むと、ヘイゼルの顔をみた。「なにがあったの」

ヘイゼルもジュースを飲み、目を閉じて口元を拭った。「おいしいわね。マンゴーの味が濃くて。いままで気づかなかったけど、マンゴーの味ってほかの果物とは全然違うのね」

「ヘイゼル――」

「わかってる。ただ――どこから話せばいいのかわからなくて。自分の思いとか感情とか、そんなことを人にきいてもらう立場にはないのよ。いままで、あれだけ自分勝手なことをしてきたんだもの」

「セラピストだからって、難しいことを考えるのはやめましょうよ。事実だけを話してくれればいいわ」ジェマは辛抱強くいった。「まず、電話のこと。どうして電源を切ったの？」

ヘイゼルは首を横に振った。「それは――そんなことを話したら――」ジェマの真剣な表情をみて、慌てたように話を続けた。「わかった。話すわ。日曜日のことよ。イズリントンから家に帰ったとき、わたしはすごく腹を立てていた。あなたにも、ティムにも、自分自身にも」

「わたしに？」ジェマは驚いてきいた。

ヘイゼルはかすかな笑みを浮かべた。「土曜の夜、わたしを邪魔者みたいに扱ったでしょ。フルニエ・ストリートのあの家で」

そんなことないのに。ジェマは慌てていいかえした。「そんな、ヘイゼル、あのときはなにが起きたのかまるでわからなかったし、わたしも精一杯で——」

「あなたは警官として精一杯やってたわ。でも、もう少し思いやりを持ってくれてもいいんじゃないかと思ったのよ。でも、わたしがひどい態度を取ってたのは事実だし、邪険にされても当然よね。自分でもそれはわかってた」ジェマが反論しようとしたが、ヘイゼルはジェマの腕に触れてそれを制した。「最後までいわせて。自分でもちゃんとわかってたのよ。でもどうすることもできなかった。わたしはあの一家に嫉妬していたの。あの気の毒な一家にね。そして日曜日になって、ティムの友だちが亡くなったと知ったら、嫉妬がますます強くなった。なんだか——黒い油にぶくぶく沈んでいくようで、苦しくて苦しくてたまらなかった。

家に帰ってから気づいたわ。わたし、あの女の子のためになることをなにひとつやらなかったって。ひとりで泥沼にはまってもがいてただけ。自分の子どもの気持ちも考えてやれなかったんだと思って……」ヘイゼルはジュースを飲んで、スケートボードを楽しむ子どもたちのほうをみた。ジェマは話の続きを待った。

何分かたって、ヘイゼルが再び口を開いた。「そのとき、電源を切ったの。だれとも話したくなかった。自分の気持ちを説明しようがないから。暗い部屋でじっと座っていたら、ふと……わたしなんかどこかに消えてしまったほうがみんなのためになるんじゃないか、そんなふうに思えてきたわ。サンドラ・ジルみたいにね。外に出て、そのまま消えてしまいたくなった。そしてどこかで——」

ジェマは寒気を感じた。「ヘイゼル、わたし——なにもわかってなかった。ごめんなさい」

「いいの」ヘイゼルはジェマの手をぎゅっと握った。「ジェマがどうこうできることじゃないのよ。ジェマはわたしにとって近すぎる人だから。あのときのことも全部知ってるわけだし」

ジェマはかぶりを振った。「でも、せめてすぐに電話をかければよかった。もっと気にかけていれば——」

「いいえ、違うの。それじゃだめなのよ。わたしは知らない人の慰めが欲しかったの」

「え？　どういうこと？」ジェマはきいた。意味がわからなかった。

その表情をみて、ヘイゼルが力のない笑い声をあげた。「近所の人たちが、わたしのことを気にかけていてくれるの。野菜料理や豆料理を持ってきてくれるわ。外にいた男の子たちのこと、おぼえてる？　三人のうちふたりは兄弟で、タリクとジャミルっていうの。近所の公営住宅に住んでる。ふたりがいつもわたしのようすを気にかけてくれてるって、前に話したわよね？　あの日曜の夜も、ふたりはわたしが帰ってくるのをみてた。そして暗い部屋でじっとしてるのもみてた。ふたりの部屋の窓から、わたしの家がみえるんですって。ふたりは母親にわたしのことを話した。そしたら母親も心配して、しばらくしてからうちに来てくれた。手料理を持って、うちの門をノックしたのよ。とても恥ずかしがりだし、英語もあまりしゃべれないのに、何度も何度もノックして、わたしが出ていくのを待っててくれた。

わたしが出ていくと、彼女はわたしの腕を取って中に入ってきた。明かりをつけて、手料理を食べさせてくれて、お風呂の用意もしてくれた。それからひと晩じゅう、眠ってるわたしのそばに座っていてくれたの」ヘイゼルの頬を涙が伝っていた。「今朝目覚めたとき、彼女の思いを無にしちゃいけないって気がついた。それからは元の自分を取り戻そうとしてる。いろんなことをよく考えて、やり直そうと思ってる。そのためにも、シャーロットに会いたかった。あんなに冷たくしてしまったことが悔やまれてならなかったから。わかってくれる？」

ジエマはバッグの中を探ってティッシュを出した。日曜日のことが思い出される。ヘイゼルの態度はたしかにおかしくて、驚いたのをおぼえている。でも、なんて答えたらいいんだろう。「わかるような気がするわ。でも、ヘイゼルのしたことは取り返しのつくことばかりよ。人間が過ちを犯すのは当たり前だし。だいじなことを忘れないでね。

ティムとホリーは、いまもヘイゼルを愛してる。わたしたちもよ。だからわたしたちを拒絶しないで。わたしの友だちでいて」ティッシュを差し出して、ヘイゼルが鼻をかむのを待った。ヘイゼルがいった。「わたしはジェマの親友よ。至らないところはあるけど、これからはもっといい親友になれるように努力するわ」

「じゃ」ジェマはバッグのファスナーを閉めて、きっぱりといった。「これからティムに電話をかけて。そのあとはうちに来て。ウェズリーがシャーロットのためにケーキを焼いたの。わたしたちのぶんを残しておいてくれるって」

「ジェマ、ありがとう」ヘイゼルはジェマが差し出した手を握った。「ウェズリーとシャーロット、とっても微笑ましかったわよ。シャーロットがウェズリーのあとをついてとことこ歩くの。アヒルの親子みたいにね。ねえ、おばあちゃんに引き取られてからも、ウェズリーはシャーロットに会いにいけるのかしら」

「え？」ジェマは眉をひそめてヘイゼルの顔をみた。「どういうこと？　おばあちゃんに引き取られるって」

「福祉課の人からきいてないの？」

ジェマは心がざわつくのを必死に抑えた。「なにかの間違いじゃない？　彼女とは今日のお昼過ぎに話をしたところよ。サンドラの妹がシャーロットを引き取るっていったけど、その妹にはネグレクトの前科があるっていうの。おばあさんが引き取るって話はきいてないわ。日曜日に連絡したときにはシャーロットを引き取りたくないといってたそうなのよ」

「ふうん」ヘイゼルはちょっと心配そうにジェマをみた。「わたしがベティの家にいたとき、シルヴァーマンさんから電話がかかってきたの。ってことは、サンドラのお母さん、気が変わったってことかしら」

14

スピタルフィールズはロンドンでもっとも大きなユグノー居住地区だったが、後にユダヤ人が多く住むようになった。港に近いこともあり、スピタルフィールズと、そこに隣接するホワイトチャペルは、野心に燃える移民たちが最初に立ち寄る町だった。十六世紀から十七世紀にかけて、ベスナルグリーンはフランスでの迫害から逃れてきたユグノーたちの避難所でもあり中継地でもあった。ロンドン東部で建築や経済が発展し、人口が増えたのは、ユグノーたちの大いなる貢献があってこそなのだ……

――ジェフ・デンチ、ケイト・ギャヴロン、マイケル・ヤング

"The New East End"

「サンドラ・ジルの母親にシャーロットを任せるなんて、とんでもないと思います」

「ジェイムズ警部補」ジャニス・シルヴァーマンの声からは、いつもの陽気な調子が消えていた。やけに冷たい感じがする。「ご心配いただけるのはありがたいのですが、ジェイムズさんならわかってくださるはずですよね。このことはわたくしどもに任せていただかないと困るんです」

ジェマは息を吐き、電話を握る手の力を緩めた。きのうの夜はベティに電話をかけて、ヘイゼルからきいた話に間違いがないか確認した。そして今朝オフィスに来て、朝いちばんの仕事を片付けてから、ジャニス・シルヴァーマンに電話をかけた。「それはわかってます」無理なことをいっているとは思われたくなかった。「でもわたしたちがきいた限りでは、ゲイル・ジルが幼い子どもを引き取るのにふさわしい人物だとは、とても——」

「ゲイル・ジルはシャーロット・マリクの祖母であり、もっとも近い血縁関係にあります。となると、子どもの引き受け先として検討しないわけにはいかないんですよ。もちろん——」ジェマが話に割りこむ隙はなかった。「——ジェイムズ警部補がおっしゃる問題をなかったことにするわけではありません。もうしばらくのあいだ、シャーロットはハワードさんに預かっていただきます。ゲイル・ジルには、息子さんたちとの同居を解消することがシャーロットを引き取る条件だと伝えてあります。実際にそうなったかどうかも確認します。家庭訪問も行いますし、その結果を家庭裁判所の次回のヒアリングに提出します」

「それはいつになりますか？」

書類をぱらぱらめくる音がした。シルヴァーマンがスケジュール帳を調べているのだろう。「きのうから数えて二週間後です。ただし、期日が延びることもあります。もちろん、判事に訴えたいことがあれば、その場に来ていただくこともできますが、具体的な訴えでないと意味がありません」

〝家庭訪問〟とか〝家庭裁判所のヒアリング〟とかいう言葉は、何度もきいたことがある。シルヴァーマンは「ジェイムズさんならわかってくださるはず」といった。警官として理解できるはず、という意味だろうと思っていたが、もしかしたら、キットの親権をめぐってキットの祖母と裁判で争ったことがシルヴァーマンにも知られているのだろうか。だからあんなふうにいわれたのかもしれない。

あの裁判にはこちらが勝つべくして勝った。しかし、事情を知らない人が裁判の記録だけをみたら、実の祖母から親権を奪うなんてどうかしていると思ってもおかしくない。

いや、実際にどうかしているんだろうか。急に自信がなくなってきた。

普通なら、祖父母は愛情を持って孫に接するはずだ。でもそうではない場合もある。

あの祖父母なら、まだ幼いキットの心にどんなに大きな傷を負わせてもおかしくなかった。そんなケースを知っているからこそ、シャーロットの祖母のことも悪く考えすぎているのかもしれない。

それは否定できない。でも、どんなに冷静に現状を分析したところで、シャーロットが危ないという直感を打ち消すことはできないのだ。にもかかわらず、シャーロットを引き取るという申し出がほかになければ、シルヴァーマンの決定を受け入れるしかない。

ジェマはできるだけ落ち着いた口調でいった。「わかりました。ありがとうございます」

「引き受け先が決まったら、シャーロットがそこになじめるように手助けしてくださいね」シルヴァーマンの口調が若干和らいだが、ジェマは一刻も早く電話を切って、考えたかった。

「シャーロットのためにできるだけのことをしたいと思っています。ベティもよくしてくれていますし。シルヴァーマンさん、お時間をどうも」

ちょうど電話を切ったとき、メロディがオフィスにやってきた。「コーヒーです」スターバックスのプラスチックのカップをジェマに渡す。「どうでしたか？」

「世の中のおばあちゃんたちを敵に回した気分よ」ジェマはラテをひと口飲んだ。まだ熱くて、上あごを火傷しそうになった。

「そうなんですか？」メロディは椅子に浅く腰かけて、自分のコーヒーを飲んだ。

「わたし、ユージニア（キットの祖母）のことがあったから、祖母が孫を引き取るって話に敏感になりすぎてるのかしら」ジェマはカップの蓋を取った。湯気がふんわりと上にのぼっていく。キットの祖母は、精神状態が前にも増して不安定になっているらしく、この頃は毎月の面会にも祖父のボブひとりしかやってこない。前回来たときは、ユージニアが手に負えなくなってきた、もう自分ひとりではどうしようもない、とこぼしていた。

「そんなことありません。ユージニアがおかしな人だっていうのは事実ですし。でも、ボスの家族はどうなんです？　おばあさんと仲良くしてますか？」

「母方の祖父母のことはぼんやりおぼえてる程度ね。ふたりとも、何ヵ月かのうちに相次いで亡くなったの。わたしがまだ小さかった頃よ。母がいつもいってる。ふたりとも戦争のショックから最後まで立ち直れなかったんだって。父方の祖父母は……父は家族の話さえほとんどしないくらいなの。まだ十三歳のときに家を出て、それから一度も帰ったことがないらしいわ」

「それは残念なことですね。キンケイド警視のご両親はお元気ですか？」

「ふたりともとてもお元気よ。メロディったら、なんだかケースワーカーみたいね」ジェマは皮肉めかしていった。それに、今日はメロディらしくない。いつもは個人的な話題はなるべく避けようとするのに。「あなたのおうちは?」同じ質問を返してみた。

「わたしはエイリアンにさらわれて育ったので」メロディはそういってにやりと笑うと、急に真顔になった。「それで、シャーロットのことはどうするつもりなんですか?」

キットのおかげで、世の中には孫を可愛がれないわがままな祖母がいることがわかった。そして、そういう人物と争ったおかげで、福祉課の家庭調査が徹底的に行われることも知っている。それでも、この数分のうちにジェマの心は決まった。シャーロット・マリクの運命をお役所仕事に任せることなんかできない。

「ゲイル・ジルとじっくり話し合ってみるわ」


キンケイドはベスナルグリーン署の捜査本部を出て、ジェマの電話を受けた。話をききながら、通りかかる警官たちに会釈をする。ずいぶん多くの警官たちと顔なじみになった。

「いや、ゲイル・ジルと話をするのはまだ早いんじゃないか?」口を挟む隙をようやくみつけて、キンケイドはいった。「きみが出ていくのもよくないと思う。とにかく、ケヴィン・ジルとテリー・ジルの事情聴取が先だが、居所をつかむのに苦労しているところだ。きみが母親に会いにいったら、息子たちを警戒させてしまう」

その日の朝、ケヴィンとテリーがいると思われる場所に警官を派遣した。ケヴィンはベスナルグリーン・ロードの場外馬券売り場。テリーはその近くの小型タクシー会社。ふたりがそれらの場所でどんな仕事をしているのかはわかっていないし、いまそこにいるかどうかもわからない。別の警官たちを私服で両方の場所に行かせ、さらにまた別の警官に、ゲイル・ジルの住まいのようすをみてくるように命じてある。

「母親の住まいを出るようにと福祉課からいわれたなら、どこか別の住まいをみつけなきゃならないわけよね。妹のところはどうかしら。わたしがようすをみてくるわ」

「それもそうだ。住所を調べてくるよ」ゲイル・ジルに会いに行くことに反対したとき、ジェマが不服そうな声を漏らすのがきこえたので、キンケイドは付け加えた。「ジェマ、きみの気持ちはわかるよ。本当だ。だがシルヴァーマンのいうことは間違ってない。このことは福祉課に任せるべきだろう。よくないことがあればきっとみつけてくれる」

「そうかしら」ジェマの口調は冷ややかだった。

もっとうまいいいかたをするべきだった。キンケイドが悔やんでいると、シン巡査部長が捜査本部から出てきた。「ボス、受付から電話が入りました」声を殺して続ける。「アザード氏が弁護士を連れてきたそうです」

「すまない、行かないと」ジェマにいった。「サンドラの弟たちをつかまえたら、すぐに連絡するよ」

アフメド・アザードは律儀に約束を守ったようだ。今朝いちばんに弁護士のルイーズ・フィリップスから連絡があった。クライアントといっしょに署にうかがいます、とのことだった。

シン巡査部長がふたりを案内してきた。キンケイドが取調室として確保しておいた部屋に通した。部屋にあるのは、テーブルと椅子とコーヒーのポットだけ。キンケイドは、少なくとも最初だけは、気さくなおしゃべりのような感じで会話を進めたいと思っていた。カリンはまだスコットランドヤードにいるし、ニール・ウェラーは自分の担当する仕事に追われている。ウェラーのいないところでは、アザードはどんな態度をとるのだろう。キンケイドはそこに興味があった。

ウェラーという刑事のことが、まだよくわからない。アザードをかばうようなことをいってみたり、そうかと思えばアザードのプライバシーにずかずか踏みこんでみたりする。なにを考えているんだろう。

シン巡査部長に伴われてやってきたアザードとルイーズ・フィリップスは、キンケイドが無言でうなずくのをみて、おとなしく隅の椅子に座った。キンケイドはコーヒーをカップに注いだ。

今日のアフメド・アザードは、濃紺のスーツ姿だ。仕立ては完璧で、どちらかというとふくよかな体にぴったりなじんでいる。生地も上等そうだ。あの光沢はシルクだろう。ピンクと青のストライプのネクタイもそうだ。ひげもきれいに剃って、ローションの香りをさせている。

一方のルイーズ・フィリップスはその逆で、やつれて疲れきった姿をしていた。眠っていないのだろうか。黒のスーツもしわくちゃで、犬の毛らしいものがあちこちについている。

「わざわざどうも」全員が席についてコーヒーが配られると、キンケイドがいった。コーヒーはシン巡査部長がいれたものだ。濃いめだがおいしい。

「これはありがたい」アザードはコーヒーをすすり、うんとうなずいた。「キンケイドさん、話し合いはこうでないとね。どうせなら快適な環境でやるほうがいい」

「アザードさん、そのとおりですね。お忙しい中わざわざお運びいただいたことに、こちらも感謝していますよ」

シン巡査部長が目を丸くするのをみて、キンケイドは彼女に笑みを返した。おそらく、ウェラーの高圧的な事情聴取しかみたことがないのだろう。場合によってはキンケイドもそういう役割を演じることがあるが、アザードは上から押さえつけるよりうまくおだててやったほうが饒舌になるタイプだとみていた。

「フィリップスさん、マリクさんのことは大変でしたね。少しは落ち着かれましたか」

「今日はクライアントに同席しているだけですので」フィリップスは鋭い口調で答えた。体をこわばらせ、コーヒーにも手をつけることなくじっと座っている。この事情聴取を気軽なおしゃべりの場にするつもりはないようだ。

キンケイドはカップをそっとテーブルに置いた。「では、アザードさん、この場でならお話しいただけますね。ナツ・マリクと最後に話をしたのはいつですか？」

「ええと、あれは先週の水曜日だったかな。いや、木曜日か。そうだ、木曜日だ」

「木曜日ですね、わかりました。場所はマリクさんのオフィスですか？」

「いや、違う。ナジールがうちのレストランに来たんだ。店の奥のオフィスで話をした。といってもほんの数分だった。いま思うと、もっとゆっくり話せばよかったな」残念そうにいう。

「マリクさんはなんのためにアザードさんに会いにいったんでしょうか」キンケイドはなんでもない口調できいたが、そのとき、フィリップスの表情が変わった。

「アザードさん、答えたくないことは答えなくても――」

アザードは片手を振ってフィリップスを黙らせた。「まあ、ざっくばらんにいこうじゃないか。ああ、わたしの甥モハメドのことで話をしたんだ。それが知りたいんだろう？　厳密にいうとモハメドは甥ではなく、シレットに住んでいるわたしの大切な姪の息子なんだがね。で、モハメドの行方を知りたいとナジールがいうので、わたしは知らないと答えた。そもそも、モハメドが検察側の証人として証言するなんて、おかしな話じゃないか。そんなことはありえないとわたしは思っていたんだ。モハメドはちょっと考えの足りないところがあるが、そこまでばかじゃない。そんな証言なんかしたら、バングラデシュに強制送還されるだけだ。家族の恥にもなる」アザードの口調からすると、家族の恥になるというのがなによりも許されないことらしい。

「しかし、モハメドが証言をするというのをマリクさんが信じていたとしたら？　あなたが――なんといえばいいかな――彼の失踪に〝手を貸した〟と思ってもおかしくないでしょうね」

「ナジールはそんなことはいわなかった」アザードのあごがひくついた。質問が不愉快だったのだろう。「あいつは家族の大切さをわかっていた。ただ、わたしの甥の身を案じていただけだ」

「では、その日、モハメドのことでマリクさんと口論したりはしなかったんですね？」

「ああ。必要なら店の者にきいてみるといい」

「マリクさんがいなくなった日はどうです？　口論はしましたか？」

ルイーズ・フィリップスの手がさっと動いた。「警視、そこまでにしてください。これ以上は――」

「最後に会ったのは木曜日だ。そのあとは会っていない」アザードはまたもやフィリップスを制して答えた。こんなことなら弁護士の同席にこだわる必要はなかっただろうに、とキンケイドは思った。「土曜日は店がいちばん忙しい日なんだ。わたしは昼前から夜の閉店まで店にいた。そもそも、わたしにはナジールと口論する理由がない。ナジールはわたしの弁護士だったが、友人でもあったんだ」アザードの丸い顔に悲しそうな影ができた。コーヒーを飲みおえ、カップを大きく傾けて最後の一滴まで口に入れると、カップをテーブルに置いた。両手でズボンの膝のあたりをこする。これでおしまいだよ、といわんばかりのしぐさだった。「キンケイドさん、ほかに質問はあるかな?」

「あの人、嘘をついてますね」アザードとルイーズ・フィリップスが部屋を出たあと、シン巡査部長がいった。彼女はふたりの会話を注意深くきいて、アザードの動作にも目を光らせながら、メモをとっていた。

「ああ、嘘をついてるのはたしかだ。だが、なにが本当でなにが嘘なのかがわからない。甥の身になにがあったのか、知っているのかどうか。都合の悪い証言をしそうな甥の口封じをしたとナツに疑われていたのかどうか。ナツに最後に会ったのが本当はいつなのか。いや、ほかにもなにかあるかもしれない。それと、アザードはどうしてわざわざルイーズ・フィリップスを連れてきたんだろうな。あんなつまらないやりとりをするだけなら、弁護士なんかいらないじゃないか。まあ、弁護士のためにそうしたのかもしれないけどな」ちょっと考えてから続けた。「シン巡査部長、フィリップス弁護士を呼びもどしてくれないか。彼女とサシで話してみたい」

「クライアントの話はできませんよ」小さな取調室に戻ってきたルイーズ・フィリップスは、まずそういった。煙草のにおいが鼻をつく。おそらく、シンが追いかけていったとき、フィリップスはちょうど外で煙草を吸っていたのだろう。

「ありがとう、助かったよ」キンケイドはシン巡査部長に笑顔で礼をいって、部屋から退出させた。「フィリップスさん、それはわかっていますよ。だが、ナツ・マリクの話をするのは問題ないのでは？」さっきと同じ椅子を勧める。「今度こそコーヒーを飲みますか。ポットはまだ温かい」

フィリップスはキンケイドをにらみつけたが、一瞬おいてから椅子の背に体を預け、ため息をついた。ずっと背すじを伸ばしていたので疲れてしまった、とでもいうようだ。「ええ、いただくわ」カップを受け取ると、しゃべりだした。「コーヒーはなるべく飲まないようにしているの。血圧がひどく上がってしまって。でも、ナツももういないんですものね。カフェインとか血圧とか、気にするのがばかみたい」肩をすくめる。「元気に家を出たと思ったら公園で死体が発見されるなんて、そんなことになるなら同じことじゃない。乗ってるバスが爆破されるかもしれないし、地下鉄で撃たれるかもしれない。そうでしょ？」頭を左右に振ってから、コーヒーを一気に半分飲んだ。喉の渇きをうるおそうとでもいうようだった。

「だったら、質問に答えてくれてもいいんじゃありませんか。ナツは、アザードが甥を消したのではないかと疑っていたんですか？　いや、甥ではなく姪の息子でしたね。ナツがそれを疑っていたなら、突然アザードの弁護をやめるといいだしたことにも説明がつくんですよ。それと、これも教えてほしい。アザードが甥を消したとナツが確信していた場合、アザードがナツを殺したとは考えられますか？　ちょっと複雑な質問だが、あなたになら意味がわかるでしょう。ぼくはアザードが有罪かどうかをきいているんじゃない。あなたの意見をきいているんです」

「アザードの話はしないっていったのに」フィリップスは反論したが、顔にはかすかな笑みが浮かんでいた。「でも、その議論のしかたは面白いわね」

「もともとはあなたにきいた話ですよ。それに、いまはナツの話をしているんです」

「たしかに。でも警視さん、残念ながらナツの考えがどうだったかはお話しできないわ。わたしも知らないから」またコーヒーを飲む。カフェインのせいで元気が出てきたようだ。「ただ、わたしの意見をということなら、完全にオフレコってことでお話しするわ。わたしは、アザードが甥を殺したとは思ってません。トラックの荷台に乗せて国外に送り出したとか、シレットの実家に送りかえしたとか、そういうことならありえると思うけど」バッグに手を伸ばす。手が勝手に動いて煙草を探しているのだろう。その手を元に戻して、話を続けた。「ナツのこともそう。アザードがナツに危害を加えたとは思えない。アザードにはアザードなりのルールがあるのよ。ナツに対して忠誠心を持っていた。わたしに対しては持ってないみたいだけど。たぶんサンドラにも、ナツと同じ忠誠心を持っていたと思う」

「では、ナツが死んで得をするのはだれなんでしょう。アザード以外に、だれが得をすると思いますか？　ナツは遺言書を書いていましたか？」

フィリップスは目を丸くした。「ナツは弁護士よ。もちろん書いていたわ。わたしが遺言執行人。ナツもサンドラも、財産はすべてシャーロットを受益者とした信託にすると決めてたわ」

「シャーロットの後見人は？」

「決まってない。そこが問題ね」フィリップスは傷んだ毛先をいじりながらいった。「後見人って、なかなか決められないものだから。ふたりは特にそうだった。信頼できる人がまわりにいなかったから」

「信託の管理者は？」

「それも決まってない。お金のことはあまり深く考えていなかったみたいね。子どもがちゃんと生きていけるようになっていればそれでいい、くらいにしか」

「遺産は多額なんですか？」キンケイドはフルニエ・ストリートの家を思いうかべていた。あのへんの家はどこも高い。不動産屋の窓に貼ってある広告をみて、キンケイドも相場を知っていた。

「ええ、かなり。家の価値は不景気のせいで少し下がったけど、それでも売ればひと財産になるわ。ローンもほとんど残ってないはずだし、ナツは昔から締まり屋だったもの。自分たちにはあまりお金を使わなかった。せいぜい家の修繕費用くらいね。あとは投資に回していたわ」

キンケイドはちょっと考えてからいった。「いまのはどれも、サンドラ・ジルが明日戻ってくるかもしれないっていう可能性を排除しての話になるわけだな」

「ええ、残念ながらそういうことね。そして、サンドラが死んだのではなく失踪してるという状態のままだと、いろんなことがとても複雑になりそうだわ」

「ちょっと出かけてくるわ。用事があるの」午後の眠い時間帯だった。ジェマは刑事課のオフィスの外の廊下でメロディをつかまえた。「各担当から最新の情報をきいたばかりよ。急ぎの用事があったら電話して」

「出かけるって、どちらへ？」メロディが小声できいた。「まさか、シャーロットの祖母のところに？」

ジェマはだれにも話さないつもりだった。「ちょっと新鮮な空気が吸いたいだけよ」嘘ではなかった。週末の猛暑は和らいだものの、まだ暑いことは暑いし、オフィスの空気はむっとして息が詰まりそうだ。パソコンのスクリーンをみているだけで髪がぼさぼさになってくる。昇進のときにデスクワークなんて希望しなければよかった、そんなふうに思いはじめていた。

「すぐ戻るから」そういって階段を駆けおり、署の外に出た。階段で制服姿の男性巡査とぶつかりそうになった。巡査はにやりと笑ってこういった。「そんなに慌てて、火事でも？」

「ええ、角のお店がね」ジェマは笑顔で答えた。

「じゃ、コーヒーと煙草をお願いしますよ」巡査の言葉を背中できいて、ジェマは手を振った。

ラドブルック・グローヴに入る。車は置いてきた。いま車で出かければ、ラッシュアワーの渋滞に巻きこまれてしまうからだ。それよりホランド・パーク駅まで歩いて、地下鉄に乗ったほうがいい。乗り換え駅でホームに立ち、目を閉じて、反対方向へ行く地下鉄が立てる生暖かい風をやりすごした。ふと、自分はこんなところでなにをやっているんだろうと不思議になってきた。あまりにも性急すぎるだろうか。でも、こうするしかない。シャーロットとの絆を断ち切りたくない。自分が行動しなかったら、だれが行動してくれるというのか。

メロディには黙って出てきたが、その前にダグ・カリンに電話をかけて、サンドラ・ジルのファイルを調べてもらっていた。知りたかったのはある住所だ。

「ロイ・ブレイクリー？　だれですか」

「ティムにきいたの。失踪したサンドラ・ジルを最後にみた人物よ。その人に直接会って、サンドラの話をきいておきたいの。ナッ・マリクと直接のつながりがあるかどうかは知らないけど、だからそちらの捜査を妨害することにはならないでしょ」

「警視には？」なんだか怪しい、とカリンは思っていた。

「まだ話してないけど、あとで話すわ」ジェマはだんだんいらいらしてきた。「いいから住所を教えて。ダンカンにはあとでちゃんと話をつけるから」

オールド・ストリート駅で地下鉄をおり、地上に出る。汗ばむ暑さの中を歩きながら、ふと不安になった。こんなアイディア、本当にうまくいくんだろうか。顔をあげると、ビルの壁に描かれた「オゾン・エンジェル」がみえた。あの絵をみると、どういうわけだかサンドラを思い出す。そういえば、最初の夜にも同じことを思った。やっぱりやるしかない。もしうまくいかなくても、自分がすべての責任をとる。

オールド・ストリートをまっすぐ進むうちに、足取りが軽くなってきた。大股でゆったり歩きつづける。コロンビア・ロードに近づくと、ある脇道に入って、紙切れにメモしてきた住所に目をやり、地図を開いた。さらに三分ほど歩くと、道は行き止まりになった。比較的新しいマンションが建っている。マンションというより棟割住宅といったほうがいいだろうか。タイル張りの斜めの屋根がついた二階建ての建物がいくつも並び、そのまわりを瀟洒な庭が囲んでいる。

ロイ・ブレイクリーの住まいは、そうした一画の角にあった。入り口もきれいなタイル張りで、玄関のドアは開いていた。中をのぞきこみながら呼び鈴を押す。目を凝らしても、中はよくみえなかった。外のぎらつく太陽に目が慣れているせいだ。テレビの音がかすかにきこえる。やがて足音がして、男があらわれた。

「ガス会社の人かい？」うれしそうな目でジェマをみる。「こないだ来たのよりずっと美人だな」典型的なコックニー英語だった。男はがっしりとした体つきで、年は五十代くらいだろうか。白いTシャツ姿なので、肩や腕の筋肉がよくみえる。白くなりかけた髪は短く刈りこまれ、むき出しの腕には銀色の産毛が光っている。

「ブレイクリーさんですね？」

「ああ、そうだが」

「わたしはジェマ・ジェイムズです。サンドラ・ジルのことでお話をうかがえますか」

ロイ・ブレイクリーの顔から気さくな笑みが消えた。「無理だな。これから庭仕事をしないと――」

「ブレイクリーさん、待ってください。わたしは警官ですが、今日は警官としてではなく個人的にうかがいました。サンドラの娘、シャーロット・マリクのことが心配なんです。ナツ・マリクが亡くなったことはご存じですか?」

「仲間からきいたよ。新聞に出てたそうだな。気の毒な話だ。だがおれには関係ないだろ。サンドラのこともだ。あの日のことは警察に全部話したよ。何回話したかわからないくらいだ」ドアを閉めようとしている。

ジェマは苦しまぎれに問いかけた。「ブレイクリーさん、サンドラとは親しかったんでしょう? だったら、サンドラの母親がシャーロットの親権を求めてるときいて、どう思いますか?」

「ゲイルが?」男の動きが止まった。片手をドアにかけたまま、ジェマをにらみつける。「個人的に来たといったな。どういうことなんだ?」

「話せば長いんです。外は暑いし、できれば涼しいところでお話ができたらうれしいんですが……」汗で顔にはりついた髪をうしろにかきあげる。

「あんた、コックニー訛りの人間は客に冷たいとでも思ってるんだろ。まったく、ひどい偏見だ」そういう男の表情がいくらか和らいでいた。「まあいい、庭で話すとするか。飲み物も用意してやるよ」

ドアが大きく開く。ジェマは男のあとについてリビングに入った。部屋が薄暗くみえるのは、奥のフランス窓の日当たりがよすぎるせいだろう。フランス窓は開いていて、青々とした庭に出られるようになっている。緑の中には、鮮やかな色の花も咲いている。さっきかすかにきこえていたのはテレビではなくラジオだったらしい。家のどこかで鳴っている。あれはBBC４の司会者の声だ。ガーデニングの話をしている。

板石を敷いたパティオに出た。ちょうど建物の陰になっている。パティオのまわりにはプランターが並んでいる。土がほとんどみえないくらい、いろんな植物が植えられている。ツリー仕立てにした明るいオレンジと黄色のバラ。ミツバチの群がるラベンダーの花壇。群生するルリマツリ。レモンツリーもある。ラベンダーのつんとする香りが鼻腔を刺激する。

彫刻をほどこした木製の椅子が一対と、細長い作業テーブルが、家の壁際に置かれている。テーブルの上には、植木鉢や園芸用品や発芽トレイの数々。

ロイ・ブレイクリーは椅子のひとつを座りやすい場所に動かしてジェマに勧めてから、プラスチックのコップに水を入れて持ってきてくれた。冷蔵庫から出したばかりの冷たい水だ。

「どうもありがとう。オールド・ストリート駅から歩いてきたから助かります。きれいな庭ですね。デザインも自分で？」

ブレイクリーも椅子に腰かけた。ジーンズの膝のところが土で汚れている。

「ひとりきりの地上部隊ってわけさ。で、いったいなんの話がしたいんだ？　あのシャーロットがゲイルのところにいるって？」

ジェマはコップを敷石に置いて、身をのりだした。「いえ、それはまだ。シャーロットはとりあえずある人に預かってもらってます。でも、シャーロットにとっていちばん近い血縁関係にあるのがゲイルだから、よほどの理由がなければ、シャーロットを引き取りたいっていうゲイルの希望が通ってしまうかと」

ブレイクリーは顔をしかめた。「で、あんたはその件とどういう関わりがあるんだい？」

ジェマはティムとナツの話をした。ナツが殺された事件の捜査に自分が加わることになった経緯や、シャーロットの一時的な預け先を決めたのが自分だということも、説明した。

「でも、わたしの友だちがいうには、ナツもサンドラも、シャーロットをサンドラの母親には会わせたがらなかったってことなんです。それに、別の噂も耳に入ってきたものだから……シャーロットがゲイル・ジルに引き取られるのはよくないことなんじゃないかと心配になってしまって」

ブレイクリーは首を横に振った。「まさかこんなことになるなんてな——サンドラがいなくなったとき、ナツが気の毒だと思ったもんだ。男手ひとつで子どもを育てていくってのは大変だろう。だがなんとかなると思った。それが、今度はこんな——いったいなにがあったんだろう。噂はいろいろ飛びかってるが」

「わたしたちにも——いえ、警察にも、まだわかっていないんです。でも、自殺ではなく他殺と思われます」

「他殺？」ブレイクリーはジェマの顔をまじまじとみた。「ナツ・マリクを殺したいと思うやつがいるなんて、信じられない。いいやつだった。父親としても、夫としても。困ってる人たちを助けてやってた」ごつい肩をすくめる。「サンドラがいなくなってからは、まるで幽霊が歩いてるみたいだったけどな。いつもぼんやりしてた。サンドラなしには生きていけないいんじゃないか、正直そんなふうに思いはじめてたとこだった」ちょっとためらってから付け加えた。「本当に自殺じゃ——」

「法医学者も管轄の警察も、他殺だと考えています。スコットランドヤードが捜査にのりだしました」

　ブレイクリーの両手がせわしなく動いている。なにかしていないと落ち着かないのだろうか。日焼けした肌から血の気がひいたようにみえる。「サンドラは？　サンドラのことはなにかわかったのか？」

「いえ。ただ、ナツの事件とサンドラの失踪は関わりがあるのではないかと考えざるを得ません。サンドラがいなくなった日のこと、本当に——」

「あの日サンドラからきいたことを何度繰り返したと思う？　なにか隠された意味があるんじゃないかって、何度も何度も考えた」ブレイクリーはジェマのほうに身をのりだしていた。椅子の肘かけをつかむ手の関節が白くなっている。「あのときのサンドラの言葉は全部そらでいえる。夢にまで出てくる。だけど、なにもわからない。サンドラがいまどこにいるのか、その言葉からはなにもわからないんだ」

「きかせてください。もう一度繰り返すのはつらいでしょうけど」ジェマは穏やかな口調でいった。

ブレイクリーはのりだしていた体を元に戻し、目を閉じた。そして、単語ひとつでも間違えてはならないというように、注意深く話しはじめた。「サンドラが来たのは、もう昼頃で、マーケットの人たちがみんな、そろそろ店をたたもうとしてた。ふと顔をあげると、サンドラが立っていた。シャーロットを片手で抱いて、おれをみていた。おれはこんなふうにきいた。『とっておきの花を出してやろうか？』おれたちのいつもの冗談だ。っていうのは、サンドラはいつもそうやってマーケットの終わる時間帯にやってきては、売れ残りを格安の値段で買っていくからなんだ。シャーロットが、カップケーキが食べたいといってぐずりだした。サンドラは、あとでね、と答えた。それからこういった。『ロイ、お願いがあるの。ちょっと用があるのよ。すぐにすむわ。ナツと二時に待ち合わせてるし』

シャーロットがお花屋さんのお手伝いをしたいといいだした。サンドラがシャーロットをおろした。そして腕時計をみた。いま思うと、あのときサンドラは一瞬ためらったようだった。だがシャーロットにキスすると、こっちに向かって手を振って、歩きだした。おれが次に振り返ったときには、サンドラはもうみえなくなっていた。そこまでだ」

「なにか荷物は持っていましたか?」ジェマはその光景を頭に思いうかべようとしていた。

「いつも持ってるハンドバッグだけだ。だが、でかいやつだ。おれはいつも冗談をいってた。観覧車がまるごと入るんじゃないかって」

「変わったようすはありませんでしたか? 声の調子とか――」

「なかった!」ブレイクリーは叫んでから、手で口を押さえた。必死で苛立ちを抑えようとしているのがわかる。「なかった。服装はジーンズにTシャツ。シャツの色まではおぼえてない。思い出そうとしたがだめだった。サンドラは髪をうしろで結わえていることがあるんだが、その日は結わえずにおろしてた。化粧もしてなかったんじゃないかな。気になるのはひとつだけ――あのときみせた一瞬のためらいなんだ。あとちょっとのところで、気が変わっていたのかもしれない。やろうとしていたことをやめたかもしれない。いや、おれの気のせいかもしれないな」かぶりを振る。「だが、サンドラがなにかをためらうなんて、珍しいんだよ。いったんこうと決めたらだれも止められない、そういうタイプだった」

「ブレイクリーさんのところで長く働いていたんですか？」

「ハイスクールに入ってから美大を出るまでだ。ナツと結婚してからも、ちょくちょく手伝ってくれたもんさ。まだよちよち歩きだった頃から、おれはサンドラを知ってるんだ。それだけじゃない。ゲイルのことだって、おれは子どもの頃から知ってた。同じ公営住宅に住んでたからな」

「サンドラとゲイルがうまくいってなかったのはどうしてですか？」

ブレイクリーは肩をすくめた。「女房が昔からいってる。サンドラは生まれてすぐによその子と取り替えられたんじゃないかってね」

「ブレイクリーさんの奥さんですか？」

「ああ。ビリーってんだ。いまは休暇でスペインにいってる。女だけの息抜き旅行とかいって、姪とふたりで楽しんでるよ」

「お子さんは？」

「いない。そのせいもあるんだろうな、サンドラをずっと可愛がってきたのは。生意気なところもあったんだが。まあ、そういうところは母親ゆずりだったともいえるな。だがあの程度なら可愛いもんだ」

「さっきの話に戻りますけど、ナツとサンドラはどうして、シャーロットをゲイルに会わせたがらなかったんですか？」

ブレイクリーは黙りこんだが、しばらくして口を開いた。「サンドラは父親がだれだか知らないんだ。妹のダナも弟たちも、父親が違うらしい」

「弟ふたりは同じ父親の子なんですか？」

「ああ、あの男はしばらく居すわってたからな。だがテリーが生まれた頃にいなくなった。結局、ダナの父親がいちばん長持ちしたが、あいつは本当にだめなやつだった。ゲイルが受け取る給付金をあてにして、ヒモみたいに暮らしてた」

「ゲイルはだれとも結婚しなかったんですか？」

「ああ。ゲイルの母親が子どもたちの面倒をみてたが、その母親ももう死んじまった。当時のベスナルグリーンはそんな地域だったよ。一族郎党が固まって暮らしてて、お互いに助けあってた。それはゲイルのためにはならなかったようだが、娘のサンドラだけは、母親とは違う道を進むことができたわけだ。ゲイルは無分別な女だった。十二歳のときから股がゆるくて、男たちにいいように利用されつづけてた。結局は自分の息子たちにも踏みつけにされてる始末だ。そして娘たちのことは完全にほったらかしだった」

「そんな家庭で育ったのに、サンドラはアーティストとして成功したんですね」

「そして家族はそのことをよしとしなかった。『うぬぼれやがって』とか『いい気になりやがって』といつもいってた」

「弟たちもですか？　きょうだいの仲も悪かったそうですね。しかも、サンドラの失踪には弟たちがからんでいるんじゃないかとナツは考えていたようです」

ブレイクリーは顔をぎゅっとしかめた。「ケヴィンもテリーも、怠け者のダニみたいなやつらだ。小さい頃からサンドラのお荷物だった。たしかに、ナツがおれに会いにきたことがあるよ。あの日弟たちをみかけたんじゃないか、とききにきたんだ。だがおれはみてない。それに、なんで弟たちがサンドラを殺さなきゃならないんだ？　逮捕されたときに保釈金をねだる相手はサンドラしかいないってのに。

それに、やつらがサンドラを殺したとしたら、なにかしら情報が漏れてくるはずだ。ふたりとも、命がかかってる秘密さえ守れないようなうすのろだからな。このあたりじゃ、いったん漏れた情報はあっというまに広がる」

「サンドラと不仲だった人が、ほかにいませんか。家族以外に」

ブレイクリーは空になったジェマのコップを取り、親指で縁をこすった。「サンドラは……顔が広かった。人付き合いが好きだったんだな。だから、バングラデシュのコミュニティにも平気で入っていった。イーストエンドの住民で、そういうことを進んでやる人間は少ないだろう。サンドラと仲違いをした人間をひとりだけ知ってる。ピッパって女だ。だがサンドラは、そのことについて口をつぐんでいた」

「ピッパ？」きいたことのない名前だ。ジェマは好奇心をかき立てられた。

「ピッパ・ナイティンゲール。リヴィングトン・ストリートにギャラリーを持ってる。美大時代、サンドラの指導教官だったそうだ。ギャラリーではサンドラの作品を何年も扱ってた」

「いまは扱っていないと？」

「ああ、たぶん。さっきもいったが、サンドラはそのことをしゃべろうとしないんだ。気になるならピッパに直接きいてみるといい。ギャラリーは〈ナイティンゲール・ギャラリー〉って呼ばれてる」

「ブレイクリーさん――ロイと呼んでいいですか」ジェマはその先をためらった。サンドラの友だちとせっかくここまでの信頼関係を築けたのに、それが壊れてしまうかもしれない。でも、これをきかないわけにはいかない。「サンドラがいなくなったとき、ある噂がたったそうですね。サンドラには男の人が――」

「ばかばかしい！」ブレイクリーは立ちあがった。「だれがいいだしたのか知らないが、おれもそういう話はきいた。そんなクソみたいな話があるか。いまきいても腹が立つ。サンドラのことをちゃんとわかってる人間は、そんな噂なんかみじんも信じなかった。かわいそうに、ナツがどんなに傷ついたか」

「ごめんなさい」ジェマも立ちあがった。せっかくの厚意を無にしてしまった。これ以上いても無駄だろう。「ブレイクリーさん、ありがとうございました。最後にひとつだけきかせてください。シャーロットがゲイル・ジルに引き取られるかもしれないときいて、どう思いますか」

ブレイクリーはひとつ息を吸って、ゆっくり吐き出した。「気に入らないな。やめさせたい。だが、おれになにができるんだ」

15

スピタルフィールズには〝はみだしもの〟という言葉がよく似合う。中世、この地域には、一般社会から追放された二種類の人々が住んでいた。ハンセン病の患者と統合失調症の患者だ。スピタルフィールズという地名がついたのは、ハンセン病のホスピスである〈聖マリア・ハンセン病病院〉がここにあったからなのだ。統合失調症の患者は、ベツレヘム聖マリア病院、別名〝ベドラム〟に入院させられた。この場所には現在、鉄道のリヴァプール・ストリート駅がある。

——デニス・シヴァーズ〝18 Folgate Street: The Tale of a House in Spitalfields〟

キンケイドとカリンは、ワイドゲート・ストリートにあるという問題のクラブをみつけた。地道に消去法で探していくほかなかった。短くて狭い道の片方の端には〈キングズ・ストアーズ〉というパブがあり、その反対側をみると、ガラスとレンガでできたワイドゲート・タワーがそびえている。両者のあいだには、オフィスや小さな商店が並ぶ。

ジル兄弟のいずれの足取りもつかめないまま、ランチタイムになった。キンケイドは、そろそろ方針転換をすることに決めた。ルーカス・リッチーと謎の会員制クラブを探すことにしよう。サンドイッチで手早くランチをすませたあと、リヴァプール・ストリート駅で落ち合おうとカリンに連絡した。リヴァプール・ストリート駅は、ベスナルグリーン駅からたったひと駅だ。スピタルフィールズの狭い道に車をとめるのは大変だろうということで、今日は地下鉄で出かけてきた。

入り口に看板も表札もなにもない建物がある。ここを調べてみよう。建物の前面はエレガントな雰囲気だった。呼び鈴やカードリーダー式の鍵など、建物の付属品がどれも真鍮でできている。よくみると、レンガが新しいことがわかった。古い建物と建物のあいだに、新しい建物をぴったり隙間なく押し込んだような格好だ。

「ふうん。ハリー・ポッターのダイアゴン横丁みたいだな。呼び鈴を押したらどうなるか、試してみよう」

まもなく、感じのいい女性の声が、呼び鈴の横につけられた小さなスピーカーからきこえてきた。「どちらさまですか？」

みあげると、二階の窓の下に目立たないカメラが取りつけられている。「ダンカン・キンケイドです。リッチーさんにお目にかかりたいのですが」一か八かでリッチーの名前を出してみた。

機械の低い音に続いて、かちりという音がした。ドアの鍵が開いたのだ。キンケイドはカリンに笑いかけると、「開けゴマ」といってドアを押した。カリンがあとに続く。闘技場に入っていくような気分だった。

入るとすぐに受付があった。建物の中は、倉庫のようでもあり、おしゃれなホテルのようでもある。壁はレンガで、床はフローリング。装飾のないすっきりした窓が並び、天井からは工場にあるようなペンダント式のライトが下がっている。シンプルな暖炉の前にはモダンなソファセット。みるからにふかふかで柔らかそうだ。受付台は彫刻をほどこしたアジア風の机で、よく磨きこまれて鏡のような光沢を放っている。机やテーブルを飾るフラワーアレンジメントも、申し分のない美しさだ。受付台についている若い女性も、それに負けないくらい美しい。

アジア系の女性だ。中国系イギリス人だろうか。ヘアスタイルもメイクも完璧で、ぱりっとした白いブラウスと、これまた完璧な仕立てのスーツを着ている。チャコールグレーのピンストライプだ。思わずみとれてしまうほど美しい。しかし、それだけではなかった。女性の背後に、コラージュの作品がかけてある。サンドラ・ジルのアトリエでみた写真と同じものだ。キンケイドの目はコラージュに釘付けになった。写真でみただけではこれほど大きな作品だとは思わなかったし、色の深みやデザインの精緻さも、実物のほうがずっとすばらしい。じっと眺めていると作品の中に吸いこまれてしまいそうだ。幾層も重なるロンドンの歴史の中をさまようことになるかもしれない。

「お客様」受付の女性に声をかけられて、キンケイドははっと我に返った。「リッチーにご用とのことですが」

キンケイドはにっこり笑って身分証をみせた。「ちょっと話がしたいんだ」

女性は一瞬目を大きくみひらいたものの、顔から笑みが消えることはなかった。「少々お待ちください。すぐに来られるかどうか確認いたします。どうぞそちらでおくつろぎください」ソファのほうを手で示す。「お飲み物をお持ちします。お水がよろしいですか。それともお茶を?」

どちらもけっこうですとキンケイドがいうと、女性は受付台の脇にある目立たない造りのドアをあけて出ていった。

「ここ、なんなんですか?」女性がいなくなるのを待って、カリンがいった。

「クラブはクラブでも、伝統ある紳士クラブとはまったく違う種類のものだろうな」キンケイドは周囲をみまわした。アートの作品がほかにもあることがわかった。木の彫像がふたつと、金属製の現代アートがひとつ。明かりをつけた陳列台の上には、美しい陶器の花瓶が置いてある。しかし、サンドラ・ジルの作品にかなうものはない。「問題は、なにが出てくるかだ」

「お客様」女性が戻ってきた。受付の脇の、さっきのドアとは反対側にあるボタンを押すと、ドアがすっと横に開いて、鏡張りのエレベーターがあらわれた。「リッチーが二階でお待ちしております。わたくしはメラニーと申します。なにかご用がありましたらお申しつけください」

キンケイドとカリンはエレベーターに乗りこんだ。ドアが閉まると、カリンがささやいた。「いまのはどういうことですかね。もしかして――」

「どうかな」キンケイドはにやりと笑った。「そういう意味だとしても、おまえの給料じゃ無理だよ」

エレベーターのドアが音もなく開き、目の前に贅沢な空間が広がった。手前はソファの並ぶラウンジエリア。バーもある。奥はダイニングルームだ。オーク材の長テーブルがいくつも並び、真っ白なナプキンと銀のフォークとナイフ、クリスタルガラスのグラス類がセットしてある。

もうランチには遅い時間なのに、テーブルはかなりの割合で埋まっている。バーもそうだ。客はほとんどが男性だが、ビジネススーツ姿の女性も何人かいる。ラウンジの暖炉の上に、サンドラ・ジルの別の作品がかかっている。ペティコートレーン・マーケットを描いたものだろう。

メラニーが着ていたのと同じスーツ姿の若い女性が何人かいて、テーブルのあいだを動きまわっている。ということは、あのチャコールグレーのピンストライプが、このクラブで働くスタッフの制服のようなものなんだろう。じつにセンスがいい。

ダイニングルームのほうから男がひとり歩いてきて、キンケイドに手を差し出した。「メラニーにききました。わたしにご用とのことで。ルーカス・リッチーです」長身で金髪。少しだけ伸びたあごひげは無精ひげではなく、ファッションの一環だろう。予想していたよりもずっと若い。差し出された手を握って、キンケイドは驚いた。硬くてごつごつしていたからだ。非の打ちどころのないしゃれた服装をして、どの階級ともどこの出身ともわからないような癖のない英語を意識してしゃべっている男が、どうしてこんな手をしているんだろう。つけているスパイシーな香りのコロンは、たぶんジョー・マローンだ。去年のクリスマスにジェマがプレゼントしてくれたのと同じ香りがする。

カリンとリッチーが握手しているあいだに、キンケイドは身分証を出した。「ナッツ・マリクとサンドラ・ジルの件で、お話をうかがいたいと思いまして。どこかふさわしい場所がありましたら――」

「オフィスへどうぞ」受付の女性同様、身分証をみても表情を変えなかった。そのうち警察が来ると思って、心の準備をしていたのだろうか。

またエレベーターに乗った。ドアが閉まる。「ここは会員用フロアで、わたしのオフィスはひとつ上のフロアにあります。ほかにも、内密の話をするための部屋や、大きな会議室があります」

エレベーターの前は、下の階と同じようなラウンジになっているが、こっちのほうがこぢんまりしていて居心地がよさそうだ。リッチーが、ラウンジの奥に伸びる廊下を歩いていく。いくつもの部屋を通りすぎた。会議用のテーブルや壁に備えつけの大型テレビがみえた。小さな応接室やダイニングもいくつかある。リッチーのオフィスは廊下の突き当たりにあった。小さな部屋だが、窓から明るい日射しが入ってくる。ソファがひとつと、座り心地のよさそうな肘かけ椅子が一対。机の上にはラップトップのパソコンだけが置いてあった。机の奥には赤い馬の絵。構図はわずかに違うものの、サンドラのアトリエにあったのと同じアーティストによる作品だろう。よくみると、隅に〝LR〟というイニシャルが入っている。

「ナツ・マリクのことはききました」リッチーはそういって、机の奥に座った。「サンドラを知っているうちのスタッフのひとりが、新聞で読んだといって教えてくれました。ハガーストン公園で発見されたそうですね。なのにどうしてスコットランドヤードの刑事さんが捜査をしているんです？　サンドラとなにか関係があるんですか？」

ルーカス・リッチーは、人の上に立つことに慣れている。こういう人間を動揺させるには、どんな手を使ったらいいだろう。「遺体の状況から、ナツ・マリクはだれかに殺されたと推察されます。そのことと奥さんの失踪に関わりがあるかどうかは、まだわかっていません。そのへんのことをあなたに教えていただければと思って、お邪魔したわけですよ」

「わたしに？」リッチーは黄土色の眉をつり上げた。しかし、その口調は驚いたというより腹を立てているようだった。「やめてくださいよ。サンドラとわたしの妙な噂を蒸し返そうとでもいうんですか。もう噂は消えたと思ったのに」

「噂は消えていないようですよ。亡くなる直前、ナツが親しい友人にそのことを話していたんです」

リッチーは椅子に座ったまま体をうしろにそらした。両手は膝にのせたまま動かしていない。動揺しているとしても、いまのところ、姿勢が少し変わっただけだ。落ち着きをなくして貧乏ゆすりをしているとしても、大きな机に下半身が隠れているせいで、キンケイドの位置からはみることができない。「ナツは、そんな噂はでたらめだとわかっていたはずですよ。わたしとサンドラは何年も前からの友だちです。美大時代に知り合って以来、できる限り彼女のサポートをしてきました。いい友だち同士ですよ」

「では、彼女になにがあったのかをご存じでは？」

「知りません」リッチーが身をのりだした。椅子が大きく揺れてきしむ。「知っていたら、とっくに話しているはずです。失踪する前の週、ここでランチをごちそうしました。このクラブのためにコラージュ作品をもうひとつ作ってもらいたくて、その相談をしたんです。あとは、ごく普通のおしゃべりでした。共通の友人の噂話とか。また近いうちに会って話をするつもりでした。彼女も、作品の下書きを持ってくるといってくれて。その彼女が、コロンビア・マーケットからふらっといなくなってしまうなんて。そんな兆候はひとつもありませんでしたよ」

「あなたも美大出身なんですね」カリンがいった。「こういうクラブの経営とはずいぶんかけはなれたイメージだ」

リッチーは平然としていた。「演劇をちょっとやっていましてね。それに、絵を描くのが好きでした。ただ、昔から、物事を取りまとめたり仕切ったりすることのほうが得意だったんです。あるアイディアを持っていたので、投資対象を探しているシティの人たちに会って、投資してもらいました。それがとてもうまくいったというわけです」

「なるほど。つまり、ここのオーナーというより経営者ということですか」キンケイドがきいた。

「雇われオーナーみたいなものですよ。役員たちにあごで使われている。それが分相応というか、わたしにはちょうどいい。本当ですよ」

「このクラブには名前がないようですね。商工会への登録もしていない。どうしてです？」

「それこそが戦略です。インターネットにもサイトを作っていません。口コミだけを頼りにすることで、男性であれ女性であれ、エリート中のエリートだけが集まってきてくれるんです。世間が不況にあえいでいても、使う金を持っている人はいるものです」

「クラブの名前を公にしないことで、なにか特別なサービスをしているとかいうことは？」

「サービス？」リッチーは笑った。「うまい表現ですね、警視さん。うちがやっているのは、巷で評判のいい会員制クラブがやっているのと同じことですよ。美人のスタッフがたくさんいることが気になったのかもしれませんが、彼女たちは商売がうまいんです。非常に高価なワインをお客様に勧めて、注文させてしまう。しかしそれだけです。余計な勘繰りをするのは、侮辱以外の何物でもない」

「では、それは考えないことにしましょう」キンケイドは笑顔でいった。「サンドラにランチをごちそうしたといいましたね。つまり、彼女は会員ではないということですか」

「サンドラという人をご存じないんですね」リッチーはまた笑った。「ええ、彼女は会員ではありませんよ。ここは彼女が来るようなところじゃない。というより、彼女はここを蔑んで、わたしのことを成金野郎と呼んでいました。いえ、機嫌が悪いときなんかは、もっと悪しざまに罵られることも」笑顔が曇った。「早く帰ってきてほしい。人間には、耳の痛いことをずけずけいってくれる友だちが必要なんです」なにか考えこむような顔をしてから、続けた。「サンドラはそういう意味で高潔な人間でしたが、一方でとても現実的なところもあった。なかなかの商売人でしたよ」

「商売人？」

「冗談でよくそんなふうにいっていたんです。彼女はわたしのことを、お抱え宣伝係と呼んでいました。このクラブに彼女の作品を置けば、自分もひとつ買いたいという会員が出てくるわけですからね。実際、相当な数の注文を受けていましたよ」

「では、ここにある作品は、彼女から買い取ったものではないんですか？」

「いえ、もちろん買い取ったものですよ。役員会が金を払ったんです。かなりの大金をね。ほかのアート作品も同様です。いい作品ばかりでしょう。やましいところはなにもない。ただ、経費には計上していますけどね」

「リッチーさん、さっきから気になってるんですが、サンドラのことを過去形で話していますね」キンケイドはリッチーと目を合わせたまま、淡々といった。

リッチーの顔にはじめて苛立ちがみえた。「わたしはばかじゃありませんからね。サンドラはしあわせな結婚生活を送っていました。少なくとも、わたしにはそんなふうに話していた。そして子どもを愛していた。仕事もうまくいっていた。酒は飲まない。ときどきワインを一杯飲む程度です。ドラッグもやらない。わたしの知る限り、精神的に不安定になったことは一度もありません」

「つまり、彼女は死んでいると?」

「生きていてほしいですよ。しかし理屈で考えれば、死んだと考えるしかないでしょう。納得できないのは、警察がいまだになにひとつ突き止められずにいることです。そして今度はナツがこんなことに――」首を横に振る。「ナツの身になにがあったんでしょう。ナツのような人がだれかに殺されるなんて、考えられない。苦労人で、とてもいい人だったのに」

「ナツを恨んでいた人を知りませんか?」

「ナツのことはよく知らなかったので、そういうことはわかりません。サンドラからも、そんなことはなにひとつきいていません」

「サンドラの家族の話をきいたことはありますか?」

「いいえ、その話はタブーというか」リッチーはしばらく考えてからいった。「ただ、家族が仕事のことをよく思ってくれていないんだな、という印象はありました。しかしその話には触れなかった。お互いに、話して気持ちのいいことではなかったので」腕時計をみた。「ああ、ダイニングがまだ混んでいたので、そろそろみにいかなければ。だれかがちゃんとみてないと――」

「リッチーさん、あなたとサンドラの噂ですが、いいだしたのはだれだと思いますか？」キンケイドは腰をあげながらきいた。

リッチーはため息をついた。「ここのスタッフのひとりじゃないかと思っています。警視さん、わたしはここの女性スタッフとデートなんかしませんよ。そういうことは仕事に影響しますからね。それでもときどきいるんですよ、勝手に熱くなってしまうような子がね。まったく……冗談じゃない。あの頃もひとり、そういうのがいました。カイリーです。いまはどこにいるのか知りませんが」

「行方不明がもうひとりってわけですか」カリンがいった。

「巡査部長、行方不明というわけではありません」リッチーはわざとらしいほど真面目に答えた。「もうここでは働いていない、それだけです。気になるならメラニーにきいてください。メラニーとカイリーは一時期ルームメイトでしたからね。じゃ、そろそろ――」リッチーは立ちあがり、キンケイドとカリンを廊下へと促した。個室のバーの横を通りすぎたとき、エレベーターからだれかがおりてきた。キンケイドをちらりとみて、いぶかしげな顔をすると、こちらに近づいてきた。

「どこかで会いましたよね」男はそういって手を差し出した。「マイルズ・アレグザンダーです」

たしかに、どこかでみた顔だ。ちょっと狡賢そうな顔。ずんぐりした体つきがアザラシを思わせる。そう思ったとき、記憶が蘇った。「ロイヤルロンドン病院ですね」キンケイドはいった。カリーム医師のオフィスに行く途中ですれ違った医師だ。オフィスの場所を尋ねたキンケイドに、この医師は少しぞんざいな答えかたをした。

「ああ、そうだった。わたしはあそこの医局長なんだ」あのときと違って、アレグザンダーはやけに愛想がいい。

「マイルズもサンドラのクライアントなんですよ」リッチーがいった。「マイルズ、こちらのおふたりはスコットランドヤードの刑事さんです」

「サンドラのことはなにかわかりましたか？」アレグザンダーは好奇心からきいているようだった。人を心配するときの顔をしていない。

「いえ、なにも。今日はサンドラの夫、ナツ・マリクのことでうかがったんです」アレグザンダーがきょとんとしているので、キンケイドは付け加えた。「マリクさんは先週末殺されました」

「はじめてきいたな」アレグザンダーは眉をひそめた。「ひどい話だ。サンドラがいなくなっただけでも、家族にとっては大変なことだったろうに」左右に首を振る。「それにしても、サンドラの作品がもう手に入らないのが残念でならないよ。うちのクリニックにとっても大切な支援者だったのに」

「クリニック？」

「マイルズはショアディッチにある性病クリニックの理事なんです」リッチーが説明した。「地元の女性を対象に、無料で検査をやっています。サンドラがこのことを強く支持して、その活動に協力したり、作品を寄付したりしています。アジアの女性の多くは、こうしたクリニックにかかることを夫や家族に知られるのをいやがります。ですから、クリニックでは患者の秘密も厳守しています」

「一種の地域還元だな」アレグザンダーは時計に目をやると、作り笑いを浮かべた。「失礼、仕事関係の約束があるので失礼するよ」その場を離れて、バーにいる男たちに近づいていった。

リッチーはエレベーターのほうをみて、キンケイドに名刺を渡した。「警視さん、なにかあったらいつでも連絡をください」

「リッチーさん、ではもうひとつきかせてほしい。先週の土曜日、どこにいましたか」

「自意識の強い男ですよね」カリンがいって、ワイドゲート・ストリートを歩きはじめた。「うぬぼれも強そうだし。女はみんな自分に惚れると思ってるみたいだ」

「実際そうなのかもしれないぞ」キンケイドは意地悪な笑みを浮かべた。「なかなかハンサムだったじゃないか。まあ、こういうのは女性の意見をきいてみないとわからないけどな。そんなことより、あの男の住所が気になる」胸ポケットの名刺に手をやった。キンケイドの求めにしぶしぶ応じる格好で、リッチーは名刺の裏に自宅の住所と電話番号を書いてくれた。

「土曜日の午後と夜は実家にいました。クラブの客が少なかったし、姪の誕生日パーティーもあったので」リッチーは土曜日のアリバイをそう説明した。

「セント・ジョンズ・ウッド。高級住宅街じゃないか」キンケイドがいった。もうすぐリヴァプール・ストリート駅に着く。「そんなところで育った人間なら、もっと気取った発音でしゃべりそうなものじゃないか。全然わからなかった」

「労働階級から成り上がった客に嫌われないように、とか？　だけど、パブリックスクールを出てるってのは、話していてわかりましたよ」

「どうしてわかるんだ？」キンケイドは不思議そうにカリンをみた。

カリンは肩をすくめた。「どうしてといわれてもなあ。なんとなくわかるんです」

「シティの投資家とやらも、なんだか怪しいと思わないか。ああいうクラブに喜んで金を注ぎこむ投資家が、そうそうみつかるものか。学生時代の友だちかな。あるいは、両親の友だちとか」

「ああいう人間は、いろいろとコネがあるんでしょう。本人が望むかどうかに拘わらず。しかし、ずいぶんこんがり焼けてましたよね」カリンは恨みがましい口調でいった。それがなにより許せない、とでもいうようだ。

「ジョギングでもやってるんじゃないか？　あるいはボートやテニス。いまは八月だしな」キンケイドはまたにやりと笑った。「家にひきこもるのをやめれば、おまえだって少しは日に焼けるさ。ところで、物件探しはどうなってる？」

「まだなにも」カリンは元気なく答えた。

「このあとこれといった収穫がなかったら、早めに仕事を切り上げたらどうだ？　だがこれだけは頼むぞ。リッチーのアリバイの裏をとること。クラブをやめた女の子がその後どうしてるかを調べること。カイリー・ワターズとかいったな」

受付のメラニーに以前のルームメイトについて尋ねてみると、メラニーは可愛らしい唇をゆがめて「いまどこにいるかなんて、知らないわ」といった。「あの子、携帯もってながらないの。先週電話したけどだめだった。家賃を立て替えてるのに、返してくれないのよ。ここで働いてるときも、遅刻と言い訳ばっかりだったわ」

「電話番号がもうひとつあるのかもしれないよ。きいたことはない？」キンケイドはそうきいてみた。

「いいえ。わたしたち、別に親しいわけじゃなかったもの。ルームシェアすればいろいろ合理的だからそうしてただけ。なのにあの子ったら、ルーカスに熱をあげて大騒ぎしちゃって。おかげでわたしの評判まで下がっちゃったわ。ほんと、いい迷惑」

うまくおだててやりながら、さらに話をききだす。つながらなかったというカイリーの電話番号だけでなく、カイリーがエセックス出身だということや、カイリーの見た目の特徴まで、メラニーは教えてくれた。「ネズミっぽい感じよ。ちょっとずんぐりしてるっていうか。どうしてルーカスはあんな子を雇ったのかしらね」

ビショップスゲートを渡ると、リヴァプール・ストリート駅に通じるエスカレーターの手前で、キンケイドが立ち止まった。「そういえば、アザードの甥については、なにかわかったか？　行方不明の人間が急に増えてきたな」

ジェマはオールド・ストリート駅までの道を歩きはじめた。帰りは来たときよりゆっくり歩いた。もっと楽な靴を履いてくればよかったと、早くも後悔しはじめていた。この暑さだからストラップのついたサンダルのほうが涼しいだろう、そう思ったのが間違いだった。靴擦れができかけている。

歩くスピードをさらに落として、足に負担がかからないようにした。ロイ・ブレイクリーとの会話を思い出しながら歩きつづける。ジャニス・シルヴァーマンの電話番号を教えると、ブレイクリーは自分からもかけてみるといっていた。しかし、家庭裁判所で証言ができるかというと、それは難しいようだった。「もちろん、シャーロットがしあわせになれるようにしてやりたいさ……だが、あの家族との付き合いも長いんだ。そもそも、これといって話せることはないしな。ゲイルが子どもたちの面倒をしっかりみてこなかった、くらいのことだ。それだっておれの主観に過ぎない」

「とにかく、ジャニスと話してみてください。まずはそこからです」ジェマはそういった。いまの時点では、これ以上しつこくしても無駄だろう。ここまで話ができただけでもよしとしなければ。

しかし、サンドラが失踪した日のようすが、いままでよりも明確に想像できるようになったのは大きな収穫だ。やはりサンドラは自分の意志で姿を消したのではない。これまで以上に強い確信を持てるようになった。それにしても、ブレイクリーのいっていたピッパ・ナイティンゲールという女は何者なんだろう。

立ち止まり、地図を開いた。リヴィングトン・ストリートは、オールド・ストリートと平行して走る道だから、ここからはあとちょっとだ。ピッパ・ナイティンゲールのギャラリーをみつけて中に入り、ピッパと話をしてみよう。

正確な住所がわからないので、道路の端からみていくことにした。リヴィングトン・ストリートは、流行さえ追っていればいいというような、ちょっと軽い感じのする通りだった。なんとなくイーストエンドの雰囲気と似ている。クラブ、ブティック、ヘルス・クリニック、オフィス、ギャラリーなどが並んでいる。ギャラリーの数がやたら多い。いつのまにか、反対側の端まで来てしまった。通りの端にあるのは〈リヴィングトン・グリル〉。親しみやすい雰囲気のレストランだ。目的のギャラリーがみつからなかったので、もう一度、今度は逆方向に歩きはじめた。さっきより注意深く一軒一軒チェックしていく。道を半分ほど戻ったとき、それがみつかった。かなり控えめな文字で〈ナイティンゲール・ギャラリー〉と書かれた看板の横には、どこにでもありそうな普通のドアがあった。

ジェマは建物をよく観察してからブザーを鳴らした。かちりと音がしてドアの掛け金がはずれると、ドアをあけて中に入った。小さな玄関ホールの奥に階段がある。これを昇るしかなさそうだ。

階段の壁に、宝石を並べたような小さな絵がいくつもかけられている。どれも抽象画で、色のついた線を何本も重ねていくことで奥行きをあらわしている。みているうちに頭がくらくらしてきた。しかし、ジェマの目を釘づけにしたのは、絵そのものではなく、絵の横にある手書きのプライスカードだった。たしかに素敵な作品だが、あまりにも高すぎる。

二階は細長いスペースのギャラリーになっていた。壁が真っ白で、床は板張り。ニスを塗っていない生のままの板を使っている。表側の大きな窓からは明るい光が射してい壁にかけられた作品は、わずか六点。これを絵画と呼んでいいのか、ジェマにはわからなかった。どれも全体がモノクロで、それぞれ一ヵ所ずつに鮮やかな赤の絵の具がはねかけてある。

　これは面白い。作品に近づいてみた。どれも、細部までしっかり描きこまれている。トビーによく読んでやったハンス・クリスチャン・アンデルセンの絵本が思い出された。わくわくするような不思議な感覚がわいてくる。深い森と雪の中にいるみたいだ。オオカミの姿になった女と、雄牛の姿になった男、さまざまな半獣たちが、岩壁や木々のあいだからこちらをみている。そこに一点だけ使われた赤い絵の具が生き物の本能をあらわしているようで、背すじがぞくりとする。さっきのと同じく、値段にも驚かされる。

　絵から離れて、周囲をみまわした。がらんとしていて、不気味なくらいだ。部屋の奥にドアがある。近づいて、声をかけてみた。「どなたかいらっしゃいますか？」

　女性が出てきた。作品の中から抜け出してきたみたいな人物だ。極端に痩せた体に黒い服。みえる素肌は氷みたいに真っ白だ。「失礼、電話に出ていたので。いらっしゃいませ」上品なしゃべりかただった。意外なほどハスキーな声をしている。

「ピッパ・ナイティンゲールさんですか？」ジェマはきいた。近づくと、女性の目が赤くなっていることに気がついた。泣いていたのだろうか。

「ええ」なんだろう、という不安が伝わってくる。「だれかのお使いでいらしたんですか？」

「いえ、そうではありません」ジェマはロイ・ブレイクリーにした説明をさらに短くまとめて話し、最後にこう付け加えた。「ロイからきいたんですけど、ピッパさんはサンドラとのお付き合いが長くて、サンドラの作品の販売も請け負っていたとか。それで、ピッパさんならサンドラと家族との関係についてなにかご存じかもしれないと思い、うかがった次第です」

ピッパ・ナイティンゲールは目をうるませて、黒いジャージー素材のスカートをぎゅっとつかんだ。「ナツが死んだなんて、信じられない」力のない声でいう。

ギャラリーには椅子がひとつもない。ドアの中をのぞきこむと、金属とプラスチックでできた黒い椅子がふたつ並んでいるのがみえた。ジェマはピッパの背中を押してそちらに移動した。「座ってください」ピッパは腰をおろし、上唇に指を押しあてた。「なにか飲み物を持ってきましょうか」ジェマはきいた。

ピッパが声を震わせながらいった。「作業台に湯沸かしとティーバッグがあるわ」部屋の奥のほうに視線を送る。ギャラリーのスペースとは正反対に、オフィスは散らかり放題だった。あちらをきれいにしたぶん、こちらが汚くなったということか。机からも作業台からも書類があふれて床に落ちている。開いたまま放置されたフォルダーからは中身が盛大にはみだしている。積みあげられた個展のパンフレットが、いまにも床に落っこちそうだ。

ジェマは光沢のあるステンレスの湯沸かし器と、ろくろで作ったらしい陶器のマグを手にした。ティーバッグもたくさんある。湯沸かし器と、ろくろで作ったらしい陶器のマグを
スイッチをオンにした。あっというまに沸騰した。ミルクと砂糖はみあたらない。カップにティーバッグだけを入れて熱湯を注ぎ、湯沸かしのそばにあったゆがんだスプーンでちょっとかきまぜた。ティーバッグを出して、あふれそうになっているごみ箱に捨てる。カップを持って元の場所に戻ると、カップを置く場所を作ってやってから、自分も椅子に座った。自分のカップは手に持ったままだった。

「ありがとう」ピッパの声に力強さが少し戻ってきた。口元から手を離し、おそるおそるという感じでマグカップの把手に指をかける。「散らかっててごめんなさい。この頃、なんだか物事に集中できなくて。その上こんなこと……」また涙があふれてきた。いやいやをするように首を振る。

「ナツと親しかったんですね」

「もちろんよ。ナツとは友だちだった。サンドラとは、ふたりが結婚する前からの友だち。といっても、付き合いには少し距離を置くようにしていたけど。サンドラと仲良くしすぎるとナツがいやがるし、ナツと仲良くしすぎるとサンドラがいやがるから。どう

してこんなことに――」いったん言葉を切り、湯気のたつ紅茶を口に含んだ。「――ナッが死んだなんて信じられない。やっぱり、サンドラももう帰ってこないんでしょうね」涙がとめどなく流れおちてきた。

「サンドラが帰ってくると思っていたんですか?」ジェマにとっては意外な言葉だった。いままで話をきいた人の中に、その可能性を本気で信じている人は皆無だったからだ。

「ばかげているかもしれないけど、そう信じてた。いつかふらっと帰ってきて、前のままの生活を始めるんじゃないかって。でも、ナツが死んでしまったいまは、そんなことは想像もできない」

「シャーロットのことはどう思います?」ジェマはきいた。シャーロットの立場はどうなるのよ、という思いでいっぱいだった。

「もちろん、サンドラはシャーロットを愛してたと思う。溺愛していたわ。でも、シャーロットが生まれるまでは、ナツとあの家が、彼女の宝物だった。仕事よりだいじにしてたくらい」しわのない真っ白な顔を軽くゆがめて、ピッパはいった。

「もっと仕事を大切にすればいいのに、あなたはそう思っていたんですね」

「そういう意味じゃないわ」警戒心が戻ってきたらしい。「刑事さん、どうしてわたしのところに? わたしはサンドラの実家の人たちには会ったこともないのに」

「ロイ・ブレイクリーからきいたんです。あなたとサンドラが最近不仲だったと。サンドラの作品を扱うこともやめてしまったそうですね」

「サンドラがその人に話したのかしら」ピッパはジェマをみつめた。当惑しているのがわかる。「そんな単純なことじゃないわ。サンドラとわたしは、考えかたが違っていたの。今後の仕事の方向性とか。彼女は注文を受けすぎなんじゃないかとわたしは思っていた。個展とかギャラリーを通してだけ作品を売るようにするべきだと。そうすることで、アーティストとしての価値が上がっていくものなんです」ギャラリーのほうを指さした。

「うちではふたりのアーティストの作品を扱ってるわ。ふたりとも、そろそろ大きな賞をとるんじゃないかしら。ふたりとも、そのへんの人たちに作品を安売りしたりしない。うちのリビングにちょっときれいな絵を飾りたいんだけど、なんていう人は相手にしないようにしているの」

「それって、そんなに悪いことですか？」

「ええ。本当に成功したければね。それに、これはビジネスだもの。サンドラは、アートは人にみられてこそ価値があるものだと考えてた。作品にどんな価値があるかは、それをみる人が決めるんだって」サンドラが〝地球は丸くなんかない〟とでも主張していたかのような憤慨ぶりだった。「慎重にマーケティングを行っていけば、作品や作家に神秘性を持たせることだってできる。それをするには、うちが彼女の専属エージェントにならなきゃだめなのよ」また紅茶を飲む。ジェマにとってはまだ熱くて、カップに口をつけることもできなかった。

「サンドラはその考えに納得してくれなかったんですね」できるだけ感情を交えずにいった。

「ええ。あきれるほど頑固な人だから。それで、だったらうちは完全に手を引くといったの。そういえば考えをあらためてくれるかと思ったんだけど、だめだった。そうしていまに至るってわけ」ピッパはうつむいて、マグカップをのぞきこんだ。亜麻色の髪がカーテンのように顔を隠す。髪は根本まで同じ亜麻色だった。分け目からはピンク色の地肌がのぞいている。「そのままにしておくつもりはなかったわ。そんなことで友だちを失うなんて、悲しすぎるもの。なのに、いまではもう取り返しがつかない」

「そうだったんですか。つらかったでしょうね。でも、サンドラがもう帰ってこないと決まったわけじゃないんですよ」

「でも……そんな希望が持てるなんて、とても思えない。それに、帰ってきたらナツが死んだと知らされるわけだもの。ジェイムズさん、個人的な理由で来たといってたわよね。でも、警察の人なら知ってるんでしょう？　ナツは——どうやって殺されたの？」

ナツの遺体から薬物が検出されたことはまだ公表されていないから、話すわけにはいかない。しかし、もし話したら、ピッパ・ナイティンゲールはどんな反応を示すだろう。ジェマは質問に答えるかわりに、こう尋ねた。「さっきわたしが来たとき、ナツが亡くなったことをもうご存じでしたよね。だれからきいたんですか？」

ピッパは顔をあげ、細い眉をつり上げた。ジェマは目をそらしたい衝動をこらえて、彼女の眼差しを受け止めた。

「ルーカスに決まってるじゃない」

アフメド・アザードってやつは、親類がどれだけたくさんいるんだ？　普通の人間が持ってる友だちや知り合いの数より多いじゃないか。カリンはうんざりして、パソコンの画面から顔を離し、椅子の背に体を預けた。

カリンがアクセスした入国記録には、アザードが身元保証人として呼び寄せた親類の名前がずらりと並んでいる。姪、甥、姪の子ども、甥の子ども、いとこ、またいとこ……。行方不明になっているモハメド・ラフマンの名前は、延々と続くリストにごく最近加わったばかりだった。モハメドはアザードの経営するレストランで働き、アザードの家で暮らしていたが、その労働環境について、定期的に検察に報告していた。それが最近になって音信不通になってしまった。レーダースクリーンから光がひとつ、突然消えてしまったようなものだ。

た。捜索願から身元不明の死体のリストまで、思いつく限りのデータベースを調べてみた。モハメドの友人や知人は全員、すでに事情聴取を受けているだろうが、もう一度やり直す必要がありそうだ。

ルーカス・リッチーのところで働いていたというカイリー・ワターズについても、これといった情報はみつからなかった。国民保険番号に関わる記録がなにもない。つまり、給付金や手当のたぐいはなにも受け取っていないし、働いているとしても記録に残っていないということだ。メラニーが教えてくれた電話番号は、やはり解約済みになっていた。使用料未払いで契約を切られたらしい。メラニーと住んでいたマンションを出てからわずか数日後のことだ。

国民保険番号にリンクされたデータをたどると、エセックスの住所が出てきた。住所を元に電話番号を調べてかけてみたが、だれも出なかった。やはり歩いて調べなければだめか。ナツ・マリクが殺された日のルーカスのアリバイについても同じだった。リッチーが名刺に書いたセント・ジョンズ・ウッドの住所について調べると、土地の所有者はマシュー・リッチーとなっていた。さっと調べたところによると、マシュー・リッチーはキンケイドが予想した銀行家ではなく、レコード会社の重役だった。子どもはふたり、ルーカスとセアラ。姪の誕生日パーティーに出ていたというルーカスの言葉は本当かもしれないが、最初から最後までずっとそこにいたかどうかは、出席者たちに直接会って確かめなければならない。それでも、家族の証言は信憑性がないものと判断されることが多い。

時計をみた。不動産屋めぐりをするのは、今日はあきらめよう。とりあえずボスに連絡だ。携帯を出したとき、ジェマからのさっきの電話のことを思い出した。ロイ・ブレイクリーの住所を教えてくれといわれたことを、ボスに話すべきだろうか。いや、ジェマが約束どおりに自分から話しているかもしれない。いずれの場合も、こちらから話せばなんだか告げ口のようになってしまう。そう思うといらいらしてきた。どんなに立派な理由があるにせよ、ジェマがスコットランドヤードの捜査に首をつっこんでいるのは事実だ。気にくわない。自分には文句をいう権限がないということが、さらに面白くない。

まあ、そのうち決着をつけてやろう。

ベティ・ハワードから電話がかかってきたとき、ジェマはちょうど家に帰ったところだった。ハンドバッグを置いて、携帯を取り出す。足元には二匹の犬がじゃれついていた。コートかけにスーツの上着はかかっていない。ダンカンはまだ帰っていないのか。子どもたちの足音もしないのは、たぶん庭にいるからだろう。

ベティのよく響く声が遠くからきこえる。慌てて電話を耳につけた。「――さっそくで申し訳ないんだけど、ジェマ、今夜はウェズリーがカフェで、わたしもカーニバルのミーティングがあるの。コスチュームサミットですって」くすくす笑っている。「シャーロットをそっちで預かってくれない？ 一時間か二時間くらいでいいの」

胸がどきどきしてきた。「ええ、もちろん。いつ頃連れてきてくれる？ いえ、こちらから迎えにいきましょうか」

「三十分後に連れていくわ。いいかしら？ 食事はすませていくわね」

「ええ。じゃああとで」ジェマは電話を切った。そのとき、玄関のほうから足音がきこえた。ダンカンだ。早くも上着を脱いで肩にかけ、ネクタイもはずして、シャツの袖をまくりあげている。

「やけに顔色がいいね」ダンカンはそういってジェマにキスした。ダンカンの無精ひげが頰に当たるのを感じると、ジェマはダンカンの肩に手をかけた。しばらくそのまま触れ合ってから体を離す。ダンカンはジェマの顔をまじまじとみた。「日焼けかな？ それともぼくに会えてうれしいのかい？」

「両方よ」ジェマは答えた。どうしてこんなにまごついているのか、自分でもわからなかった。子育ては経験しているのだから、小さな子どもの面倒をみることくらいできるはずだ。でも、トビーがあれくらい小さかったのは、はるか昔のことのように思えてきた。「それにね、今夜はお客さんが来るの」

16

……わたしにとって、家庭が意味するのは形のないものばかりだった。〝ほっと安心できる場所〟といってもいいし、〝両親の愛情に包まれているときの安心感〟といってもいい。それは、人の声に象徴されることもある。たとえば、食事を用意するときや食べるときの会話。皿洗いをしたり、庭仕事をしているときの話し声もそうだ。

――デニス・シヴァーズ“18 Folgate Street: The Tale of a House in Spitalfields”

はじめは大変だった。ベティに連れられてきたシャーロットは、喜んでジェマの腕に抱かれたものの、家に入るとようすが変わった。飛びついてくる犬を怖がって、ジェマの肩にしがみついてきた。

「怖くないわよ」ジェマがそっと声をかけた。「わんちゃんたち、シャーロットとお友だちになりたいんですって」しかし、シャーロットは象のぬいぐるみを強く抱きしめて、恐怖に満ちたまん丸の目で二匹の犬をみつめるばかりだった。ナツとサンドラが犬を飼っていなかったから、慣れていないのだろう。

ダンカンがTシャツとジーンズに着替えて、庭にいる子どもたちを呼んできた。ベティの小型のバンがいってしまうと、全員が今夜の客のところに集まってきた。

「ふたりとも、シャーロットよ。ご挨拶してね」

外で元気よく遊んでいたところにダンカンが帰ってきたので、トビーはハイテンションだった。足をどんどん踏み鳴らして歩きながら、甲高い声を張りあげる。「おれさまはフック船長だ。おまえなんかワニのえさにしてやるぞ！」かぎ爪のように指を曲げて、その手を高く振りあげた。

トビーの『パイレーツ・オブ・カリビアン』ごっこにうんざりして、ビデオはとっくに片付けてある。いま子どもたちがみられるのは『ピーター・パン』だけ。なのにトビーは相変わらずだ。

「トビー、小さい子に優しくできない子は、お部屋に行ってもらうわよ」ジェマはトビーを叱ったが、シャーロットはますます強い力でしがみついてくる。

ダンカンが怖い顔をして「おとなしくしなさい」というと、トビーはやっと静かになった。それでもまだ鼻歌を歌いながら空を飛ぶ真似をしている。

ダンカンがシャーロットの巻き毛をそっとなで、優しく声をかけた。「いい子だね、おりこうさんだ」

うしろからみんなのようすをみていたキットが前に出てきた。「この子、犬が怖いんだよ」小声でそういうと、シャーロットの顔をのぞきこんだ。「やあ、シャーロット。ぼくはキットだよ。あの子たちはテスとジョーディ」犬を順番に指さす。「芸ができるんだよ。みせてあげようか」

シャーロットはジェマの肩に顔をつけたまま横目でキットをみると、小さくうなずいた。

キットは二匹の犬を座らせてから「伏せ」と命じた。ジョーディに「お手」をさせて、テスを横向きに一回転させる。テスがあおむけになって四本の脚を上に向けた。毛むくじゃらの顔がさかさまになったとき、シャーロットがくすくす笑いはじめた。ところが、キットに「シャーロットもジョーディとお手をしてみる？」と声をかけられると、頭を横にぶるぶる振って、またジェマの肩にしがみついてしまった。

「あらあら」ジェマはシャーロットをそれまでよりしっかり抱きしめてやった。「犬たちにはしばらく二階に行っててもらおうかしら。せめてわたしたちに慣れるまで。それと、夕食をどうしたらいいかしらね。買い物をしてこなかったのよ。病院に寄るつもりだったから。ところがね、おばあちゃんは今日の午後に退院したんですって」

「よくなったってこと?」キットがきいた。

「ええ。気分もいいみたいよ」電話をかけたときのことは黙っておこう。母は疲れきったような声をしていた。これから家まで帰らなければならないと思ったらうんざりしてしまったのだろう。「週末、みんなでお見舞いにいきましょうね」

「ピザがいいな。ピザ、ピザ、ピザ」

トビーの言葉をきいて、ダンカンが悲鳴をあげた。「これ以上食べたらピザ人間になりそうだ」

「ならないよ」

「いや、もうなりかけてる」ダンカンはおなかをぽんと叩いた。「ピザみたいにまん丸になりそうだ」

「オムレツならできるよ」キットがいった。「卵とチーズがあるし、マッシュルームも残ってた。トマトもあるよね。こないだオットーの店に行ったとき、オムレツのひっくり返しかたを教えてもらったんだ。それからずっと、乾いた豆をフライパンに入れて練習してたんだよ」

「豆で練習とはすごいわね。作るところをみててもいい?」

キットは得意そうに笑った。「いいよ。シェフって呼んでくれたらね」

「マッシュルーム、いやだなあ」トビーが顔をしかめて舌を突き出した。

「海賊はマッシュルームを食べるもんだぞ」ダンカンが真面目くさった顔でいった。

「うそだ」

「いや、本当だ。海賊の歯が黒いのはそのせいなんだ」

トビーが目を丸くした。「ほんと？　ぼくの歯も黒くなる？」

「ああ。だが、たくさん食べなきゃだめだ」ダンカンはトビーの髪をくしゃくしゃとなでた。「テスとジョーディにビスケットをあげて、書斎に連れていきなさい。しばらくそこにいてもらおう。さて、シャーロット姫は猫とは遊べるかな」


ジェマはキッチンの椅子に座り、シャーロットを膝に座らせた。ダンカンはシェフのアシスタントだ。キットがオムレツとサラダの材料をそろえていく。トビーは犬を二階に連れていったあと、猫のシドを探して家じゅうを走りまわっている。人間が探しているときに限って、猫はどこかにするりと身を隠してしまうものだ。

しばらくすると、シャーロットの体から力が抜けた。ジェマの膝の上でもぞもぞ動きながら、キットの手元に注目している。

「キット、キッチンのロックスターね」ジェマはそういって、キットがマッシュルームやトマトを刻む鮮やかな手つきをほれぼれと眺めた。「気をつけたほうがいいわよ。前例を作ったらあとが大変なんだから。わたしよりずっとじょうずだし」

キットがうれしそうに笑った。暑さのせいでもともと赤かった頰が、さらに赤くなる。「いつもウェズリーが料理するのをみてるだけだよ」

「お父さんにも教えてあげたら？」

「勘弁してくれよ」ダンカンは持っていたふきんをジェマに向けて振ってみせた。「ぼくだってちゃんとやってるだろ。卵をかきまぜたり肉を焼いたりするくらいはできるさ。ピザの注文だって得意だ」

「そんなの料理のうちに入らないよ」キットは鼻高々だ。

しかし、ひとつめのオムレツを焼く途中で、キットは急に弱気になった。「卵、ちょうど人数ぶんしかないんだよね」眉間にしわを寄せる。「失敗するといけないから、スパチュラでひっくり返そうかな」

「それもいいかもしれないわね」ジェマは答えた。ここで失敗したり、だれかのオムレツを犬にやるようなことになったりしたら、キットのプライドが傷ついてしまう。「次回は卵を余分に買っておきましょうね」

キットがフライパンの卵と格闘しているあいだに、ダンカンがテーブルをセットした。サラダを混ぜ、トビーを確保して手を洗わせる。全員が食卓についたとき、シャーロットはジェマの膝にいたが、ジェマに抱きついてはいなかった。体を起こして座り、トビーとキットを交互に眺めていた。こんなに面白い生き物が世の中にいたなんて、とでも思っているかのようだ。それでも口は開かない。

できあがった黄金色のオムレツに、ジェマがナイフを入れた。溶けたチーズが流れ出る。そのとき、シャーロットが手を伸ばして、はっきりといった。「マッシュルームちょうだい」

ジェマはシャーロットにオムレツを少しずつ食べさせながら、優しい声で話しかけてやった。トビーとキットはふたりで元気におしゃべりしている。やがてみんなが食べ終わった。トビーはおおげさに胸を張ってマッシュルームを食べた。ダンカンが全員の皿を片付けて、いった。「洗うのはあとにしよう。涼しくなってからでいい。その前にシャーロットと庭で遊ばないか。いまならまだ明るい。ブランコを気に入ってくれるかもしれないぞ」

家には専用の庭があり、さらに、フェンスと門扉を隔てた向こうには、このブロックの住人みんなで使える庭が広がっていた。両サイドを家で挟まれた細長い土地で、両端には高いフェンスが立っている。この家に住むことになってありがたかったことのひとつが、この広い庭の存在だった。おかげで子どもたちも犬も外でたっぷり遊ぶことができる。古びた木製のブランコがあった。住人のひとりがずいぶん前に作ってくれたもので、専用庭のすぐそばの大きな木からぶらさがっている。トビーが庭の門扉を勢いよくあけて駆けだした。二匹の犬があとに続く。二匹とも、やっと自由になったので、喜びを爆発させている。トビーがブランコに乗ると、犬たちはそのまわりをぐるぐる走りはじめた。すでに太陽は庭の反対側の家の屋根に沈んでいた。木々を通して、柔らかな金色の光が漏れてくる。昼間の暑さはだいぶ和らいでいた。そよ風が夜咲きジャスミンの香りを運んでくる。ジェマがパティオの鉢に植えたものだ。

ダンカンが冷えた白ワインのグラスをふたつ持って出てきた。「キッチンに電話が置きっぱなしだったよ。ベティからかかってきたので出た。予定より遅くなるそうだ。心配いらないと答えておいた」

ジェマはシャーロットをそっとパティオにおろした。ジェマが椅子に座りなおしても、シャーロットは膝の上に戻ろうとはしなかった。緑色の象のぬいぐるみはキッチンに置いてきた。

トビーと犬たちが遊ぶようすを真剣にみつめて、シャーロットが口を開いた。「ジョージィ。テズ」

キットも外に出てきた。片手でジーンズのポケットに携帯を押し込みながら歩いてくる。もう片方の手には、犬たちのお気に入りの、音の出るテニスボール。キットはシャーロットの前にしゃがみ、ボールをひとつ出すと、音を出してみせた。シャーロットがうれしそうに笑う。「ボールをわんちゃんたちに投げてみるかい？」

シャーロットはジェマの顔をみた。ジェマはうなずいた。「やってごらんなさい、大丈夫よ」

キットが差し出すボールをシャーロットが受け取る。ふたりは門扉の向こうに行った。ためらうシャーロットにキットが手を添え、ボールを投げさせる。シャーロットはあっというまに夢中になって、みんなといっしょに駆けまわり、うれしそうな歓声をあげはじめた。ピンクの半ズボンからのぞく薄い褐色の脚は、まだ赤ちゃんのようにぽちゃぽちゃしている。

周囲の家の明かりがつきはじめた。ダンカンはジェマの隣に座ってワイングラスを手にした。「本当に可愛いな」なにかを反省するような口調だった。「きみのいうとおりだよ。シャーロットがいい加減な人間のところに引き取られるなんて、絶対にいやだ」

「今日、ロイ・ブレイクリーに会ってきたわ」ジェマがいった。絶好のタイミングだった。

「ブレイクリー？」

「サンドラの友だちよ。コロンビア・ロードの。彼女が失踪した日シャーロットを預けた相手」ジェマはダンカンの顔を盗みみた。「それは止められてなかったでしょ」

「やるな」ダンカンはジェマの膝をそっとつねった。「なにかわかったのかい？」

「ゲイル・ジルはひどい母親だった」

「わかってたことじゃないのか？」

ジェマは肩をすくめた。「ロイ・ブレイクリーは、ずっと昔からゲイルを知っているの。家庭裁判所で証言するのは気がひけるといってたけど、ゲイル・ジルがシャーロットを引き取るなんてとうてい賛成できないともいってた」

「弟たちのことはなにかわかったか？」

「いいえ」そこが残念だったのよ、という気持ちをこめて答えた。「でも、サンドラがエージェントと不仲だったという話はきけたわ」もう一度ダンカンの表情を盗みみて、きちんと説明した。「サンドラの作品のエージェントよ。で……その人にも会ってきた」

「個人的に、ということだね？」キンケイドが片方の眉をつりあげた。

ジェマはワインを口に含んだ。「ええ」

「どうだった？」

「名前はピッパ・ナイティンゲール。なんていうか……気になる人だったわ。ナツが亡くなったことを心から悲しんでいるようだった。ナツが死んだら、サンドラもこのまま戻ってこないんじゃないか、ともいってたし。サンドラと不仲だったからこそ無事を祈ってる、そんな気持ちが伝わってきたわ。ただ、仲違いの原因になったことについては、いまもサンドラに対して否定的よ。サンドラはアートをビジネスとして真剣に考えてない、あれじゃアーティストというよりインテリアデザイナーだ、という感じ。それと、彼女はナツが亡くなったことをルーカス・リッチーからきいたんですって。ピッパとリッチーとサンドラは美大時代の仲間だったのね。ピッパは仲間というより先輩だけど」

「ルーカス・リッチーか。あれもなかなか気になる男だったな」

ジェマはダンカンに向きなおった。「え？　会ったの？　どんな人だった？」

「非常に洗練された、都会的な男だった。話にも説得力がある。クラブは超高級な感じだったよ。やましいことはしていない、ちゃんとしたクラブだろう。そこに、サンドラの作品が飾ってあった。ナツが死んだ日のアリバイは一応ある。まあ、アフメド・アザードにアリバイがあるのと同じレベルだけどな」

「アザードはお金を積んで証言させてるのかもしれないし」

「リッチーにもそれはいえる。ただ、どちらの場合も、そこまでやったと思える材料がないな。ルーカス・リッチーは、サンドラとは昔からの友だち同士だといってる。仮に男女の関係があったとしても、やつがサンドラを殺す理由がみつからない。やはりサンドラの弟たちが鍵を握っているような気がする」

「弟たちには会えたの？」子どもたちが動きを止めてこちらをみた。ジェマは声が大きくならないように気をつけた。「どうだった？」

ダンカンは残りわずかのワインをくるくる回した。「そこが問題なんだ。ふたりにはまだ会ってない。これからも会えないだろう。少なくともしばらくのあいだは」グラスを傾け、ワインを飲みほす。「今日、警視正が訪ねてきた。麻薬中毒者更生会《ナーコティックス》の偉いさんからの伝達事項を持ってね。麻薬中毒者更生会は二年ほど前から秘密捜査をやってるそうなんだ。

大陸からの大規模な密輸があったらしく、それにからんで殺人事件もいくつか起こってる。ジル兄弟は取るに足らない小者だが、そこを突つけばそれなりの波風が立つ。それが秘密捜査の邪魔になるというんだ」

「麻薬のディーラーって話は本当だったのね」ジェマは複雑な気分だった。手持ちの情報が間違っていなかったのはうれしいが、そんな恐ろしい背景が隠れていたとは思わなかった。

「ああ、ディーラーといっても雑魚だけどな。麻薬中毒者更生会がいうには、ぼくたちがやつらに会いにいったら、でかい魚たちが逃げ出すだろうと。だから、ジル兄弟だけじゃなく、ゲイル・ジルにも会うわけにはいかない」

話の途中で子どもたちがやってきて、喉が渇いたと訴えた。トビーはシャーロットと手をつなぎ、お兄さん風を吹かせている。みていてあきれるくらいだが、当のシャーロットがにこにこしているので、ジェマはトビーに注意するのをやめた。

子どもたちに冷蔵庫のミネラルウォーターを飲ませたあと、ジェマはキッチンに戻って皿洗いをした。ダンカンが手伝うといったが、ジェマはひとりになりたかった。今日一日の出来事を頭の中で整理するためだ。それに、ダンカンと子どもたちの時間も作ってあげたかった。

母親がいなくなり、続いて父親もいなくなった。残された子どもは住んでいた家ともシッターとも別れて、知らない人の家で暮らしはじめる。と思ったら、そこからまた別の家、別の家族のところへ連れていかれる。子どもはどう思うだろう。もちろん、ベティからは「あとで迎えにくるからね」といわれているだろう。でも、幼いシャーロットにそれが理解できるだろうか。理解はできたとしても、信じることはできないかもしれない。人生にはなにが起こるかわからないというのを身をもって体験したばかりなのだから。

水道を止めて皿を拭きはじめたとき、ジェマはあることに気がついた。父親がいなくなったあの午後から、ずっとシャーロットのそばにいるのは自分だけだ。責任の大きさを感じるとともに、誇らしい気分にもなった。

ドアを開けっぱなしにしてあるので、外の声がきこえる。ダンカンの低い笑い声と子どもたちの高い声。キットの声はテナーとバリトンの中間くらいで、まだ不安定なようだ。そこにときおり犬の鳴き声が混じる。

しかし、ジェマが皿を片付けおえたときには、声はきこえなくなっていた。リビングに行くと、みんなの姿があった。もう中に入っていたのだ。ランプの光が、毛布をかけられたキットを照らしている。キットは肘かけ椅子に斜めに座り、iPodで音楽をききながら眠ってしまったらしい。

トビーは床にあぐらをかき、音を消したテレビを夢中になってみている。画面では、キャシー・リグビー演じるピーター・パンが画面狭しと動きまわっていた。二匹の犬もトビーのそばに寝そべり、うれしそうに息を弾ませている。シドは本棚の上からゆうゆうとみんなをみおろしている。

そして……ダンカンはソファに座り、シャーロットをだっこしている。シャーロットはぐっすり眠っていた。巻き毛のすぐ上にあるダンカンの顔は、驚きと当惑の入り混じった温かい表情になっていた。

ベティがシャーロットを迎えにきた。眠りつづけるシャーロットを、ダンカンが車のシートにおろす。ジェマの目には、ダンカンが離れがたそうな顔をしているようにみえた。子どもたちももうベッドで眠っている。ジェマとダンカンは並んで横になった。上掛けはかけない。開けっぱなしの窓から入ってくる風が心地よかった。

ジェマがうとうとしながらダンカンのほうに寝返りを打つと、脚と脚が触れ合った。湿った空気が糊になって、肌と肌がくっついて離れなくなってしまいそうだ。「ねえ、ゲイル・ジルと息子たちのことだけど。これからどうするつもり？」さっきのダンカンの話には続きがあった。私服警官の報告によると、ケヴィン・ジルとテリー・ジルは、母親の住む公営住宅からわずかな私物を持ち出して、近所にある妹ダナのマンションに移ったとのこと。「ケヴィンとテリーが麻薬中毒者更生会に目をつけられてること、ジャニス・シルヴァーマンには話したの？」

「いや、彼女にはコンタクトをとらない。情報が漏れるリスクは最小限にといわれている。だが……」ダンカンはジェマの腿を指先でなでた。鳥肌が立った。「きみはシャーロットに幸福になってほしいんだろう。だったらきみがゲイル・ジルに会ってみるのはいいかもしれない。お悔やみをいって、シャーロットのことを話し合うんだ」

「警官としてじゃなくて、個人的にってことよね？」ジェマは体を震わせ、ダンカンに寄り添った。たしかに、ゲイル・ジルには会ってみたい。しかし現時点では、だれがだれのなにを狙っているのか、見当もつかないのだ。

ダンカンはジェマの唇を指でなぞった。「ああ、きみの一存で行くってことさ」

17

新しく来た住民に地域を乗っ取られて、ベスナルグリーンがバングラグリーンになってしまうのではないか。そんな恐怖が生まれていた。

——ジェフ・デンチ、ケイト・ギャヴロン、マイケル・ヤング
"The New East End"

水曜日、ジェマは覚悟を持って出勤した。そろそろ上司のマーク・ラムに話しておこう。いつまでも上司に無断で持ち場を離れているわけにはいかない。母の病気を言い訳にするのは気がとがめるが、そうするしかないだろう。キンケイド警視の捜査を手伝うためです、というのは馬鹿正直というものだ。手を出すなといわれているところに手を出そうとしていることを考えればなおさらだ。

ラム警視の心配そうな顔をみると、うしろめたい気持ちがわいてきた。だからといって、シャーロットの問題を放ってはおけない。ぐずぐずしている余裕はないのだ。ラムのオフィスを出ると、ジェマはたまった仕事の山を切り崩しにかかった。できるだけのことをやってから、レイトンの実家に電話をかけ、母のようすを確かめた。昼前には、気持ちを少しだけ軽くしてオフィスを出ることができた。

車でイーストエンドに向かう。ダンカンに教えてもらった住所はベスナルグリーン駅からそう遠くないが、そのあたりの住宅地には土地勘もないし、おそらくあまり安全な地域ではないことを考えると、ふらふら歩きまわるよりは車を使ったほうがいいだろう。それに、きのうの日焼けがまださめていない。

目的地はすぐにみつかった。オールド・ベスナルグリーン・ロードを南に入ってすぐのところだった。思っていた以上に荒れた感じの団地だった。六〇年代終盤に建てられた灰色のコンクリートの六階建てが、それとはまったく不似合いな青々とした芝生の上にでんと居すわっている。人の手の届く限り、わずかな隙間もみのがされることなく、醜い絵や記号を使った落書きで埋めつくされていた。二階から上のバルコニーにはくたびれた洗濯物が並んでいる。暑さのせいでぐったりしているかのようだ。どこかの窓からインドのポップスが大音量で流れてくる。

路肩にスペースをみつけた。駐車して車をおりると、建物をみあげた。手を額にかざさないとまぶしくてみていられない。サンドラはここで育ったのか。美しいものを作りたいという思いを、よく持ちつづけていられたものだ。そういう思いは絶望の中から生まれるものなのだろうか。レイトンもきれいな町とはいえないが、ここに比べたらずっとましだ。フルニエ・ストリートの家が思い出される。独特なセンスの光る居心地のいい家だった。この団地をみたいまならよくわかる。ああいう温かみのある家に住むことが、サンドラの夢だったんだろう。子どもの頃の自分が得られなかったものを娘には与えてやりたい、そんな思いもあったはずだ。

エレベーターに乗る気は最初からなかった。どうせ故障しているだろうし、故障していなくても、狭苦しい空間に自分から入っていきたいとは思わない。暑いだろうし、おそらくひどいにおいがするだろう。

階段もひどいものだった。尿のにおいがしみついている。行き先は六階。鼻で息をしてはならない。壁や手すりに手をついてもいけない。三階くらいの踊り場に、壊れた三輪車が放置されていた。考えたくはないが、乗っていた子どもごと階段を落ちたということだろうか。

最上階に着いた。汗が止まらない。少し吐き気もする。長い廊下のいちばん奥のほうに、ゲイル・ジルが住んでいるという部屋番号がみつかった。コンクリートの廊下はごみだらけだった。ビニール袋、炭酸飲料の空き瓶、ビールの空き缶、煙草の吸い殻。しなびた使用済みコンドームまで落ちている。

ペンキのはげかけた青いドアに近づいたとき、ジェマははっとした。そういえば、なにをどう話せばいいんだろう。ナツの友だちだったといったくらいでは、サンドラの母親の心を開かせることはできないだろう。それでも精一杯やるしかない。呼び鈴がないのでドアをノックした。まもなく、なにかの宣伝文句をがなりたてていたテレビの音声が消えて、ドアの向こうが静かになった。いま頃、訪問客の姿をドアののぞき穴からじろじろ観察しているに違いない。もう一度ノックしたい気持ちを抑えて、ジェマはできるだけ体の力を抜いた。にこやかな表情を顔に貼りつける。今日はライムグリーンの麻のジャケットを着てきたが、汗でよれよれになってしまった。バルコニーの洗濯物と同じくらいくたびれてみえることだろう。しかし、ジェマとナツがどんな関係だとしてもゲイルにとってはどうでもいいことだろうし、それと同様に、服装がぱりっとしていようといまいと、この場面では同じことだろう。いまの格好なら、少なくとも借金の取り立て屋にはみえないはずだ。

ドアが開いて、女があらわれた。この女性がサンドラ・ジルの母親なのか。胸が大きく、全体にぽっちゃりしている。髪はブロンド。かつてはサンドラのように美しい光沢を放っていたのだろうが、いまはずいぶん色が抜けて、プラチナといってもいいくらい白っぽくなっている。それを頭の上でぐるぐるとひとつにまとめてあった。足の爪先には金色のペディキュア。服装は、ぴたっとした黒いカプリパンツと、同じく体にフィットする豹柄のTシャツ。ひどい厚化粧をしている。その立ち姿をみただけで、むき出しの敵意を感じる。

腰に手をあてて、ゲイル・ジルがいった。「何度いったらわかるんだ。息子たちは出てったよ。電話もかけずに押しかけてこないでおくれ！　警察じゃあるまいし！」

「ジルさん」まくしたてられたジェマは啞然としていた。おかげで、〝警察〟ときいてどきりとしたのを気取られずにすんだだろう。警官だということはばれていない。福祉課の人間だと勘違いされている。息子が家を出たかどうか確かめにきた、そんなふうに思われているのだろう。

「だいたい、大きなお世話じゃないか！」ゲイルはまだ怒っている。しかし、相手が本当に福祉課の人間なのか、少し自信がなくなってきたようだ。

「あの、わたしはジェマといいます。シャーロットのおばあさんですよね？　でも、それにしてはお若くみえるし……」

あからさまなお世辞が効いたのか、ゲイルの表情が和らいだ。「まあね。実際、まだおばあちゃんになるような年じゃないし。けど、あたし自身がまだ子どもだったときに娘を産んだからね」ジェマをあらためてじろじろみて、不審そうな顔をした。少なくともジェマにはそういう表情にみえた。口がへの字になっている。普通なら眉をひそめるところだが、眉間にはしわの一本もできていない。「はじめてみる顔だね」

　ジェマは慌てて説明を始めた。多少しどろもどろではあったが、間抜けな感じになったらなったで、むしろそのほうがいいのかもしれない。「義理の息子さんのこと、お悔やみを申しあげます。さぞかし驚かれたことでしょうね。わたしはなくなられた義理の息子さんの友人で、警察に捜索願を出した者です。福祉課の人が来るまで、わたしがシャーロットのお世話をしていました。福祉課の人たち、どうしてすぐにジルさんに連絡しなかったんでしょう。それにしても、シャーロットって本当に可愛い子ですね！　あの子は家族といっしょに暮らすべきだと思います。それで、今日うかがったのは……わたし、あの日たまたまあの家の近くにいてそういうことになったんですけど、これもご縁ですから、お悔やみを申しあげたかったのと、わたしになにかできることがあったらと……」言葉がみつからない、とでもいうように口をつぐんだ。実際、どう続けたらいいかわからなかった。それに、大きな不安がひとつあった。どうしてうちの住所がわかったの、とゲイル・ジルにきかれたらどうしたらいいだろう。

　しかし、ゲイル・ジルは、だれかに話をきいてほしくてたまらなかったらしい。そんな人がわざわざ家を訪ねてくるなんてありえない、とは思わなかったのだろうか。ドアを大きくあけて、「そうなのよ。あたしも昔っからいってるのよね、子どもは家族といっしょに暮らさなきゃって。そうでなきゃおかしいわよねえ。どう、お茶でも飲んでいかない？　あなた、お名前はなんていったっけ？」

「お湯をわかしたところなの。まだ冷めてないはずよ。まあ、座っててちょうだい。なにか持ってくるから」ゲイルにいわれて、ジェマはキッチンに目をやった。調理台には蓋のあいたピザの箱と、まだ新品みたいなエスプレッソマシンがある。その向こうには、古い電気湯沸かし器。家の中には、下水のようなにおいがかすかにする。生ごみが腐っているのかもしれない。

勧められるままに、クリーム色の革張りのソファの端にそっと腰をおろした。まだ全然へたっていない、新しいソファだ。そして部屋の中をみまわした。がらくた市の真ん中にいるみたい、というのが第一印象だった。ソファとそろいの肘かけ椅子とラブソファもあって、ぎゅっと隙間なく置かれている。白いマッシュルームが並んでいるかのようだ。それ以外のスペースもいろんなもので埋まっている。ほかの家具はどれも統一感がなく、壊れているものもある。子どものおもちゃや衣類の山もある。ラグカーペットが丸められて、部屋の隅に立てかけてある。

黄ばんだ壁はさまざまなもので飾られている。ダイアナ妃の写真もあるし、家族の写真もある。ずんぐりとした息子ふたりと、どこかサンドラに似た女の子がひとり。女の子の顔はサンドラより可愛らしいが、サンドラのような利発さや快活さは感じられない。これが妹のダナだろうか。ダナの写真はほかにもある。やけにしゃちほこばった感じの三人の男の子に囲まれている写真だ。サンドラの写真はみあたらない。シャーロットの写真も。

「うちのダナよ」ゲイルに声をかけられて、ジェマははっとした。いつのまにかリビングに戻ってきていたらしい。マグカップをふたつ持っている。カップの中身は生ぬるいインスタントコーヒーだった。古い湯沸かし器に残っていたぬるま湯でいれたのだろう。湯垢かなにかが浮いている。

「ありがとうございます」ジェマは微笑んで、マグカップをコーヒーテーブルに置いた。あまり真剣な表情はしないように心がけた。ゲイルの息子たちのことが気になる。彼らが本当に麻薬のディーラーをやっているとしても、有能なディーラーだとはとても思えない。そのとき、引っ越し用の段ボール箱に半分隠れてしまっている大型フラットスクリーンのテレビが目についた。テレビの下には衛星放送の受信装置と、DVDプレイヤー。両隣にはBOSE《ボーズ》のスピーカーシステムがあり、その横にはギターゲームが置いてある。DVDの箱も高く積みあげられていて、いまにも倒れてきそうだ。

ソファをはじめ、どれも高価そうなものばかりだ。キッチンのエスプレッソマシンもかなりの値段がするだろう。出所不明のまとまった現金があれば、こういうものが手軽に買えるに違いない。

「うちのダナはいい子でねえ。あれはダナの子どもたち」ゲイルはマグカップを持って、どっしりした肘かけ椅子に座った。「みんなにおめかしさせて、写真スタジオに連れていって撮ったんだ。ああいうところは、撮った写真をいろんなサイズでプリントしてくれるんだよ。財布に入るような小さいやつまで」

どうして〝孫〟という言葉を使わないんだろう、とジェマは思った。「みんな可愛いですね。シャーロットもとても可愛いし」

ゲイルの表情が曇った。「シャーロットねえ。あんたは直接みてるから知ってるだろうけど、あの子はどうせ肌が黒いんだろうね。まあ、そうはいっても――」困りはてたようなため息をつく。「――あたしとは血がつながってる。引き取ってやらなきゃしょうがないだろ」

「じゃ、そのためのお引っ越しですか？」ジェマは段ボール箱を指さした。

「いやいや、あれはあたしのじゃない。息子たちのだよ。福祉課の人がいうんだ、まずは息子たちが出ていかないと、あの子を引き取ることはできないって。信じられるかい？　ここは息子たちの家でもあるのに、追い出されるなんて！　あたしだって不安だよ。息子たちがいなくなったらどうしたらいいんだろう。こないだの土曜日、息子は友だちのバンを借りて、あたしを家具屋に連れてってくれた。そしてその日のうちに、このソファをここに運びこんだところだったんだよ」ゲイルは頭を振った。ブロンドの髪が揺れる。「親孝行な子たちなんだ」突然、ジェマを鋭くにらみつけた。「まさか、あんたの友だちじゃないだろうね、福祉課の人にケヴィンとテリーの悪口をいったのは」

「いえ、まさか、そんなはずはありません」ジェマは答えた。あながち嘘ではない。ジャニス・シルヴァーマンに兄弟が麻薬のディーラーをやっていると告げ口したのは、ジェマ自身なのだから。「息子さんたち、ここを出てどちらに？」

「まあ、ダナのとこだね、とりあえず。ダナの家にだって余分な部屋なんかないんだよ。けど、ダナなら兄さんたちを追い出したりしない。あの子はいい子だからね。お高くとまってるだれかさんとは大違いさ」ゲイルはコーヒーテーブルの下にサンダルを脱ぎすてて、爪先を動かした。ジェマはちらりと床をみた。転がったサンダルはジミー・チュウのものだった。

高そう！　口笛を吹きたいのをこらえて、きょとんとした表情を作った。「すみません、ちょっとわからなくて。だれかさんって――」

「サンドラだよ」ゲイルの口調が憎々しいものに変わった。「いつだってあたしたちのことを見下してるんだ。まだシャーロットくらい小さかった頃からずっとそうだった。で、あのパキスタン人と結婚してからは、すっかりあっちの人間みたいになっちまった。ただでさえこのへんにはパキスタン人が多くて迷惑してるってのにね。あのシャーロットだって、父親からなにを吹きこまれてるかわかったもんじゃない。まあ、そのうちわかるだろうさ」

かすの浮いたインスタントコーヒーでも、一度も口をつけないのは失礼というものだ。ところが、そう思って飲んだコーヒーが喉を逆流してきた。脈が上がってどきどきする。顔も真っ赤になっているだろう。こみあげるものをごくりと飲みくだして、ジェマはいった。「ジルさん、わたしは娘さん――サンドラ――のことは存じあげなくて。ジルさん、いいえ、ゲイルとお呼びしてもいいですか?」相手の答えを待たずに続ける。「サンドラという娘さんには、なにがあったんですか?」

「家出したのさ」悲しみではなく怒りのせいで、ゲイルの声が一段低くなった。「ふらっといなくなっちまった。どうせあのパキスタン男がいやになって、逃げてったんだろうよ。けど、あんな赤ん坊を置いていくなんて、どういうことなんだろうね」

「そんなこと――」ジェマは思わず立ちあがった。そのはずみでテーブルに置いてあったマグカップが揺れ、コーヒーがこぼれてしまった。立ちあがったのは、こみあげる怒りを抑えきれなかったせいだ。それに、なんだか吐き気がしてきた。「あ、ごめんなさい」まともな言葉にならない。ハンドバッグからティッシュを取り出した。ほんの一瞬でも、髪の毛で顔を隠すことができてよかった。茶色い液体をティッシュで拭きながら、いった。「あの――ごめんなさい、なんだか急に気分が悪くなってしまって」

「どうかしたのかい? 風邪?」ゲイルが不審そうにみている。

「いえ、病気とかじゃなくて、外が暑かったせいです。コーヒーごちそうさまでした。いろいろとうまくいくといいですね。シャーロットのことも」吐き気をこらえて笑みを作り、玄関に向かった。段ボール箱にぶつかりながら歩いていく。

「あんた」ゲイルがうしろから声をかけてきた。「名前、なんていったっけ。ジェマ？」

ジェマは振り返った。心臓がどきどきする。「ええ、ジェマです」慌てて答えた。あと少しで外に出られる。これならあとで麻薬中毒者更生会から文句をいわれることはないだろう。

「あんた、福祉課の人が来るまでシャーロットの面倒をみてたっていったね」どういうわけか、ゲイルが猫なで声でいった。「ってことは、あんたはシルヴァーマンと知り合いなんだろ？　あたしのこと、悪い人じゃないって伝えといておくれよ」

ジェマは階段を駆けおりた。壊れた三輪車もほとんど目に留めず、青い芝生に飛び出した。短距離走をやったあとのように息が弾んでいた。車にたどりついて乱れた髪をうしろになでつけ、車のキーを取り出そうとしたときにはじめて、彼らの存在に気がついた。

若い男がふたりいる。ひとりはがっしりした体格で、もうひとりはそうでもない。ふたりとも頭を剃りあげてスキンヘッドにしている。階段のいちばん下のところに座って、こちらをみていた。さっきの写真よりもだいぶ年をとっているが、サンドラ・ジルの家にあった家族写真でみたのとほぼ同じ風体だ。ケヴィン・ジルとテリー・ジルのふたりに間違いない。いま、あのふたりの目の前を駆け抜けてきたということか。ふたりは、母親の住まいから客が出てくるのを知っていて、あそこで待っていたんだろうか。でなければ、あまりにもタイミングがよすぎる。

目をそらし、なるべく無表情を装った。指先だけを動かしてバッグの中を探る。みつけたキーを車に差しこみ、ドアをあけると、エスコートに乗りこんだ。運転席のシートが焼けたように熱くなっている。ズボンをはいているのに、脚が火傷しそうだ。ハンドルも溶けかけている。しかしそれにかまわず、送風を強にして車を出した。ゆっくり慎重にハンドルを切る。窓はあけず、うしろを振り返ることもしなかった。

ベスナルグリーン・ロードを過ぎてから、最初の道で右折すると、静かな教会の前で車をとめた。団地から何キロも走ってきたような気がする。エンジンをアイドリングさせたまま、震える手をハンドルから離して窓をあけた。

なにを考えていたんだろう。あんなところにひとりきりで訪ねていくなんて、無防備な小羊みたいなものだ。オオカミたちが入ってきたらどうなっていただろう。

わかったことを整理してみよう。ゲイル・ジルにはおそらく所得がない。息子たちは麻薬の売人だが、どうせ小間使いみたいなものだ。それなのに、ゲイルは高価なものに囲まれて暮らしている。目にみえるだけでもあれだけのものがあったのだから、ほかにももっとあるだろう。ということは、ケヴィンとテリーには帳簿上記載のない——おそらく非合法の——収入があるわけだ。

こちらは顔をみられている。身元は明かしていないし、名前もジェマとしかいっていない。しかし奇妙な行動をとってしまったのはたしかだ。彼らにもボスがいるとしたら、この話をきいてどう思うだろう。

ゲイルだって、こちらがうろたえているのをみて、怪しいと思ったかもしれない。私服警官だと思っていながら騙されたふりをしていただけ、という可能性もある。ずいぶん間抜けな私服警官だと思ったことだろう。

最悪。そもそも、せっかくこうしてゲイル・ジルを探ってきたところで、ジャニス・シルヴァーマンにはなにひとつ話せないのだ。ゲイルは見栄っ張りでけちで冷たくて偏屈な女だ。行方不明になった娘に対して、いまでも恨みを持っている。孫のことを心配する気持ちだって、かけらも持っていない。シャーロットをあんな女の手に委ねるなんて……。そう思うとまた吐き気がしてきた。

汗でじっとり濡れた顔をハンカチで拭き、次になにをするべきか考えていたとき、電話が鳴った。ジェマは表示をみてほっとした。メロディだ。ダンカンでなくてよかった。しくじってしまったことをダンカンに話すには、心の準備が必要だ。

「ボス」メロディのはつらつとした声をきいて、ジェマは救われる思いがした。「ボスから連絡がなかったらこちらからするようにといわれていたので。侵入強盗が一件ありました。ラドブルック・グローヴの端の美容院です。事件があったのは昨夜ですが、いまになってようやく通報してきたんです。店のオーナーが来るのを店長が待っていたようですね。タリー巡査部長のチームに担当してもらいますか？」

「え？」ジェマは一瞬考えて、やっとわかった。ここ二週間ほど、夜間に小さな商店が泥棒に入られるという事件が続いていた。といっても、犯人が盗むのは店の商品を少々と、わずかな現金だけだ。「ああ、そうね。タリー巡査部長に担当させて。いままでの件も担当してるから、そのほうがいいわ」そのとき、ふとあることを思いついた。「ねえ、メロディ。ちょっと抜けられる？　いまベスナルグリーンにいるの」

メロディの提案で、ふたりはスピタルフィールズ・マーケットで落ち合った。「サラダのおいしいお店があるんです。わたし、まだお昼を食べてなくて。最近ダイエットしてるし」母親の見舞いのためにレイトンに行くといって出かけたジェマがどうしてベスナルグリーンにいるのか、メロディは不思議に思っただろうが、それを口には出さなかった。ジェマのいたところからスピタルフィールズ・マーケットまではそれほど遠くなかったが、車をとめる場所をみつけるのに手間取っていたせいで、リヴァプール・ストリート駅まで地下鉄でやってきたメロディを待たせることになってしまった。

　水曜の午後だからか、古いマーケットのメインアーケードに並んだテーブルはたたまれていた。ガラス屋根の下の広い空間には人気がなくがらんとして、やけに寂しく感じられる。角を曲がったところにサラダの店があった。アーケードを挟んで反対側には、最近流行りのカフェが何軒か並んでいる。サラダの店はビュフェ形式で、店の外にはパラソルつきのテーブルがいくつか出してある。

「〈バングラシティ〉の駐車場にとめるのがやっとだったの」メロディに会うと、ジェマはいった。「レッカー移動されないといいけど」〈バングラシティ〉はフルニエ・ストリートをずっと行ってブリック・レーンにぶつかったところにあるアジア食材のスーパーマーケットだ。そこからナツとサンドラの家の前を歩いて、ここまでやってきた。前にみてから何日もたっていないのに、家はいかにも空き家という寂しい雰囲気をかもしだしていた。

「ボス、こっちでなにをしてたんですか？」メロディがきいた。「お母さんは退院なさったんですよね？」

「ええ。わたしはちょっと……話せば長くなるわ」

　メロディはおやという顔をした。「まずは食べましょうか。おなかがぺこぺこだし、ボスもすごく疲れてるみたい。食事は？」

「食べましょう。それから話をきかせてください」ジェマは反論しようとしたが、メロディはきく耳を持たなかった。「席をとっといてください。わたしが買ってきますから。なにがおいしいかわかってるし、ボスの好みもわかってます」

ジェマは小さな丸テーブルのひとつについた。しばらくはこうして、すべてをだれかに任せておきたい。日陰に入ると、アーケードを流れる風が涼しくて気持ちいい。やがて、サラダの入ったプラスチックの箱とコーヒーのカップをふたつずつ持ったメロディが出てきたときには、ジェマの気持ちは少し落ち着いていた。

コーヒーをみただけでいやな気分が蘇ってきたが、それではいけないと思いなおした。ここでゲイル・ジルのコーヒーの味を消しておかなければ、これから二度とコーヒーが飲めなくなってしまう。

メロディが買ってきてくれたのは、プレーンのラテだった。ジェマがいちばん好きなものを、ちゃんとわかってくれている。サラダはとてもカラフル。緑の葉物の上に、ビーツ、ニンジン、ヒヨコマメ、固ゆで卵がのっている。「こんなお店、どうして知ってるの?」ジェマはサラダをひと口食べてはじめて、おなかがすいていたんだと気がついた。コーヒーも濃くてまろやかでとてもおいしい。

「まだ。でも——」

「わたし、土曜のマーケットに来るのが好きなんです」メロディはぶっきらぼうに肩をすくめた。プライベートなことを話したくないときには、いつもそんなしぐさをする。

「観光客目当ての店ばかりになってしまいましたけど、いいお店もいくつか残ってるんですよ。それで、さっきの話ですけど。ナツ・マリクの件ですか？」メロディは話題を変えた。詳しいことをきかれると困る、とでも思ったのだろう。

ジェマはサラダを食べながら、頭の中を整理した。すべて話してしまえれば気が楽になるが、ダンカンが明かしてくれた秘密は絶対に守らなければならない。

それに、メロディは直属の部下だ。だからこそ、正直に話すのは気がひける。病気の母親の見舞いにいくというのは仕事を抜け出す口実だったなんて。本当はなにをしていたのかは機密事項だし、ましてやそれがダンカンの指示でやったことだったなんて、いえるわけがない。そうはいっても、メロディは頼りがいがあるし、いつも期待に応えてくれる。だれかに秘密を話すなら、メロディしかいない。

「ゲイル・ジルに会ってきたの」唐突にいった。「サンドラの母親よ。本当は会いにいくのはまずいの。そのことを人に話すこともまずい。わかる？」

「わかりました」メロディはよく考えてから答えた。「ボスはそこには行ってません。なにもみてません。そういうことですね？」

ジェマはサラダを押しやった。急に食欲がなくなった。「メロディ、ひどい女だったわ。シャーロットのことなんてなにも考えてない。むしろシャーロットのことを明らかに嫌ってる。シャーロットのことを考えるだけでも頭に来るっていうレベルよ。シャーロットのこと、何も知らないでしょうにね。あんな人が子どもの面倒をみるなんて、とても考えられない。実の子どもたちはそれでもなんとか大きくなったみたいだけど、大きくなればいいってもんじゃないわ」

「息子たちのことですか?」

ジェマはうなずいた。「それと、わたしが今日みたことを、ジャニス・シルヴァーマンに話すわけにはいかないの。実際に福祉課が家庭訪問するときには、部屋はすっかり片付けられてるでしょうね。彼女が今日わたしに話したことも、福祉課の人にはいわないでしょうし」

「ボス、食べてください」メロディはサラダをジェマの前に押しもどした。「ほかになにかできることがないか、考えましょうよ。おばあちゃんとして孫のことが心配だから引き取りたい、というわけじゃないんですよね? だったらどうしてシャーロットを引き取るって申し出たんでしょうか」

ジェマはいわれたとおり、ビーツの千切りを突つきはじめた。固ゆで卵がビーツに染まってきれいなピンク色になっている。「お金でしょうね。あの家にローンが残ってないとしたら、相当の資産価値があるわ。サンドラの作品もまだ残ってるし、これもかなりのお金になると思う」ピッパのギャラリーにあった作品の値段を思い出していった。

「ピッパ・ナイティンゲールにきいてみればよかったわ」

「ナイティンゲール？」メロディがきょとんとしている。しかしすぐにフォークを横に振った。「あ、気にしないで続けてください」

「ダンカンがいうには、ナッの事務所のパートナーがナツの遺言書の執行人なんですって。でもナツもサンドラも、シャーロットの後見人を決めてなかったのよ」

「不動産はシャーロットの養育のための資産だから、シャーロットを引き取れば家も自分のものになると思ったんでしょうね。あるいは月々の収入が入ってくると。でも、母親は死亡ではなく行方不明ですものね。問題は複雑なんじゃありませんか？　弁護士にきいてみたらどうでしょう」

「そうしたいのはやまやまだけど」ジェマはゆっくり答えた。「事情を全部話せるならいいけど、ほら……行ってないはずのところのこととか」

「でもまあ、それもひとつの手段ということですよね。で、ピッパって何者なんですか？　珍しい名前ですよね。彼女も、訪ねちゃいけない相手なんですか？」

「ピッパはサンドラの作品のエージェントよ。ロイ・ブレイクリーが話してくれたんだけど、ピッパとサンドラは仲違いをしたんですって。ピッパがいうには、作品のマーケティングについての方針がサンドラと合わなかったと。ピッパはサンドラの家族のことはなにも知らないそうよ。サンドラは家族の話をしなかったんですって」

「話したがらないのもなんとなく理解できますよね」

ジェマは顔をしかめた。「なんとなくどころか、よくわかるわ。意外だったのは、ピッパとサンドラとルーカス・リッチーの三人が友だちだったってこと」

「ルーカス・リッチーって、サンドラと関係があったんじゃないかって、ナッ・マリクがティムに話してた、その相手ですよね。なんだかよくわからなくなってきました——あ、いえ」またフォークを振る。「その噂のこと、ピッパにはきいたんですか？」

「いえ」ジェマはラテを口に含んで味わった。「わたしは友人として、シャーロットのことが心配だから訪ねていったんだもの。ピッパはナッが亡くなったことを知って、ショックを受けていたわ。サンドラのことも、もう帰ってこないんじゃないかって。でも、なんだか……ちょっと不自然な気もしたわね。ダンカンはルーカス・リッチーに会ってきたそうよ。ルーカスは美大時代からサンドラと友だち同士だったし、ナッが妙な噂を信じるはずがない、そんなふうにいってたらしいわ」ダンカンからきいたクラブのようすも話した。「すぐそこにあるのよ。ワイドゲート・ストリート。面白いのは、だれがそんな噂を流しはじめたんだってダンカンがリッチーにきいたら、以前そのクラブで働いてた女の子だってリッチーが答えたってことなの。しかもその女の子は行方不明。なんだか都合のいい話だと思わない？」

「なるほど」メロディはサラダの箱をふたつとも持って、近くのごみ箱に捨てると、紙ナプキンで手を拭きながら戻ってきた。「ボスがナッツの友だちとしてルーカス・リッチーに会いに行くのはまずいんですか？」

「訪ねていけば、クラブのことを知ってるのは警察関係者だと思われてしまうわ」

「ピッパ・ナイティンゲールにきいたっていえばいいじゃないですか」

「でも――」

「それか、もうすぐ結婚式を挙げるから、結婚前夜の女子パーティーにクラブを使いたいっていってみるとか。男性のストリッパーを呼んでもいいかってきいてみたらどうです？」メロディはいたずらっぽく笑った。

ジェマはうなった。「ばかなこといわないで。そもそも、わたしはそんなパーティーを開く気はないわ。どうしてそんなこと思いついたの？」

「だって、署の若い子たちが話してましたよ」メロディは急に真顔になった。「あの子たち、ボスに冷たくされてるって思ってるみたいです。どうせあたしたちなんか、みたいにすねてました」

「そんな、まだ結婚式の計画もできてないのに」

メロディはちょっとためらってからいった。「わたし、基本的に人の噂なんかどうでもいいと思ってるし、ボスのプライバシーに首をつっこむつもりもないんですけど――いろいろ噂が立ちはじめてるんです。ボス、警視とうまくいってないんですか？」

ジェマはびっくりしてメロディをみた。そんな噂が立っているなんて、まったく知らなかった。「もちろんうまくいってるわよ。なにも問題はないわ。ただ——結婚式を挙げたくないだけなのよ」とうとう口にしてしまった。しかし、もともと口にするのを恐れるようなことでもなかったのかもしれない。「結婚式なんて、まわりの人たちのためにやるものなんじゃないかって思えてきたの。わたしたちふたりのためのものじゃない。そう思ったらなんだかいやになってきて」昨夜のひとときが思い出される。ダンカンがいて、子どもたちがいて、シャーロットがいて……ああいう心温まるひとときこそ大切なのだ。

「じゃ、教会に結婚の公告を出して、お役所に行けばいいじゃないですか。わたし、証人になりますよ」

「ありがとう、メロディ」とてもうれしかった。しかし首を横に振って続けた。「でも、母が結婚式をみたがっているのよ。すぐにでもみたいって。期待に応えるしかないわよね」

メロディは言葉を探しているようだったが、やがて肩をすくめた。「お母さんをとるか、キンケイド警視をとるか、みたいなことになっちゃってるんですね」メロディが立ちあがった。「リッチーって人、ハンサムなんですよね？　会いにいきましょうよ。わたしが共犯になります！」

18

ブリック・レーンに最後にやってきたのは〝髪切り〟と地元の住民たちに呼ばれた人々だった。彼らは古い倉庫街を買い取って、古着の店や、いわゆるドットコム企業のオフィスに作りかえていった。シティは、もともとは移民たちの縄張りだったところにもその範囲を広げていったが、同時に摩擦も生まれていった。

――レイチェル・リヒテンシュタイン〝On Brick Lane〟

ジェマの目には、この街は峡谷のようにみえた。ロンドン旧市街を守る最後の砦。ばたばたと過ぎていった年月の中で、深く険しく刻まれた塹壕。その向こうには、現代的なシティの巨大なビルが、こちらを圧倒するかのようにそびえている。尖ったガラスを身にまとった兵士たちのようだ。「どうしてワイドゲートなんて名前なのかしら」独り言のようにいった。

建物の入り口をひとつひとつチェックしながら歩いていたメロディが、無表情のまま答えた。「ここに並んでいるのは、十八世紀のシルクの商人が住んでいた家なんです。どこかそのへんに、スピタルフィールズに入る門があったんでしょうね。スピタルフィールズは文字どおり、原っぱのようなものだったんじゃないでしょうか。ボス、きっとこの建物がクラブです。新しいし、手の込んだ作りになってます」

建物の特徴はダンカンにきいたとおりだった。呼び鈴を鳴らし、しばらく待つ。ドアの鍵が開いた。

エレガントな受付にいたのは、ダンカンからきいていたのとは違う女性だった。ほっそりしたブロンドの女性で、北欧系の容姿をしている。ピッパ・ナイティンゲールと同じタイプだ。しかしジェマの目を引いたのはその女性ではなく、うしろのコラージュ作品だった。サンドラの作品だ。間違いない。サンドラのアトリエにあったのと同じくらいすばらしい作品だった。

ルーカス・リッチーに会いたいとジェマが申し出たのとほぼ同時に、受付のうしろの小さなオフィスエリアから、背の高い金髪の男性が出てきた。右手を伸ばしてこちらに歩いてくる。しかしなにかを警戒しているような表情だった。「ルーカス・リッチーです。いらっしゃいませ」

「ジェマ・ジェイムズ警部補です。こちらはタルボット巡査。ですが、今日は警官としてお邪魔したわけじゃありません」ジェマはリッチーと握手をすると、ロイ・ブレイクリーやピッパ・ナイティンゲールにしたのと同じ説明をした。話しながら、相手をよく観察する。たしかにハンサムだ。しかし、なんだか妙な感じがする。どうしてそう思うんだろう。着ている服が上等すぎるからだろうか。仕立ても上等で、筋肉質な体つきが服の上からでもよくわかる。あるいは、ブロンドがほんの少し赤みがかってみえるからだろうか。それとも、そばかすのある日焼けした肌のせいだろうか。こういう日焼けをした男をみると、なんだかうさんくさいと思ってしまう。「ピッパの話によると、あなたとサンドラはずいぶん昔からのお友だち同士なんだそうですね」どこからみても洗練された雰囲気のこの男を、なんとかして動揺させてやりたい。「ということは、サンドラの実家のこともご存じかと……」

リッチーは受付から少し離れた。受付にいたブロンドの女性は、すでにそこを離れて奥に入ってしまっている。ラウンジには暖炉があって、作り物の青い炎がちらついている。こんなに暑い日にまでこういう演出をするのは、くつろげる雰囲気を作るためなのだろう。しかしリッチーは椅子を勧めてくれなかった。

「そのことは、警視さん——キンケイドさんといいましたね、あの刑事さんに話しましたよ」リッチーにいわれて、ジェマはだれのことだかわからないというように、あいまいにうなずいた。この段階では、まだ手の内をみせたくない。「サンドラの実家のことはなにも知りません」リッチーは肘かけ椅子の背にもたれかかり、腕組みをした。「サンドラとはじめて会ったとき、ふたりともまだ学生だったんですよ。学生がする話じゃないでしょう。世界を変えてやりたいと思っている若者は、いつでも身軽な自由の身でありたいと思うものです」キャラメルのような色の目で遠くをみる。しばらくしてから、物思いにふけるような顔をして、続けた。「ただ、サンドラは上昇志向が強かったかもしれませんね。それに、彼女はまだ学生のうちから注目されて、みんなの先を行っていた。労働者階級の出身なのに、そんなことはまったくハンデになっていないようでした」

「彼女は自分の出自にコンプレックスを持っていたようでしたか?」メロディがきいた。センスのいいピンストライプのダークスーツを着ているせいで、ここのスタッフのようにみえる。

「サンドラがコンプレックスを?」リッチーは笑った。「サンドラのことをなにもご存じないんですね。彼女は自分がイーストエンドの人間だということに誇りを持っていましたよ。もっともサンドラ自身は、その手のことで人を差別するタイプじゃなかった。人種とか宗教に関する偏見には極端なほど神経を尖らせていました。国際色豊かな環境にいましたがその中でも特に、彼女はそのことに敏感でした」

「リッチーさん」ジェマが切りだした。慎重に言葉を選んで質問する。「サンドラとは……ただのお友だちだったんですか？」

リッチーは相手の真意を確かめるような眼差しでジェマをみると、肩をすくめた。「それを知ってどうするっていうんですか。いまもいったように、サンドラは昔からの友だちです。まあ、本当のところを話しましょうか。わたしは前からサンドラに特別な好意を持っていましたよ。ところが彼女はそうじゃなかった。わたしのことを、派手なばかりで中身のない男だと思っていたようです。実際、女性関係はあまりおとなしいほうじゃなかったし。そして彼女はナッツと出会った。そのときから、ほかの男は彼女の目に入らなくなってしまったんですよ」

「サンドラはどんなふうにナッツと知り合ったんですか？」

「ナッツがサンドラから花を買ったんです」

ブロンドの女性が奥のオフィスから出てきた。ティーポットとカップをのせたトレイを持っている。「ルーカス、ごめんなさい。電話が鳴りやまなくて」ラウンジのコーヒーテーブルにトレイを置くと、急いで受付に戻った。同時に入り口のブザーが鳴った。

「ありがとう、カレン」リッチーが声をかける。ジェマたちにソファを勧め、自分もラウンジにやってくると、ティーポットからお茶を注いだ。入り口から男がふたり入ってきて、ブロンドの女性に挨拶をした。受付の奥のドアが開き、あらわれたエレベーターから男たちが何人かおりてくると、リッチーに会釈した。出ていくようだ。

「これでランチの客が全部帰ったかな」リッチーは独り言のようにつぶやいた。「そろそろ酒の時間だ」

「サンドラがロイの店を手伝っていたとき、ナツと知り合ったんですね？」ジェマがきいた。素敵な出会いだ。

「おとぎ話みたいですが、そうなんです。ナツは日曜日ごとに一ヵ月通ってから、勇気を出してサンドラをお茶に誘ったとか」

「じゃあ、あなたはナツとも長いお付き合いなんですね」ジェマは白いボーンチャイナのカップを膝にのせた。リッチーはどうしてこんなに感じよく質問に応じてくれるんだろう。一種のパフォーマンスのようにさえ感じられる。しかし、ここはリッチーの本音を引き出すチャンスだ。「当時のナツはどんな人でしたか？　ナツのことをあまり好きになれなかったのでは？」

「仲間たちはみんなびっくりしましたよ。サンドラはなにを考えているんだ、とね。ナツがバングラデシュ出身だからじゃありません。人種的な偏見があっても、それは胸のうちに秘めておくものですしね。みんなが驚いたのは、ナツが弁護士だったからです。

年上で、堅い職業についていて、仕事熱心で——美術をやってる若者たちの目には、それこそ異人種のようなタイプです」リッチーはお茶を飲み、熱くない炎に目をやった。「あとになって、ナッツと少し親しくなってから、わかりました。外見は真面目そうですが、彼にはユーモアのセンスがあるってことが。同時に磐石な安定感もありましたね。ナッツとサンドラは、バランスのとれたいいカップルでしたよ。ナッツのほうも、ほかの人間にはない魅力をサンドラにみいだしたのかもしれませんね。

それと、ふたりは家族を作るということに強いこだわりを持っていました」記憶をたどるように眉をひそめる。「ナッツには家族がいなかったんじゃないかと思います。サンドラは……質問のテーマに戻ってきましたね」

リッチーはジェマの顔をみた。どう答えようかと考えているようだったが、やがてゆっくり話しはじめた。「ずっと忘れていましたが、こんな出来事がありました。美大時代、サンドラがナッツと付き合いはじめた頃のことです。ある日、サンドラは片方の目に黒いあざを作ってきました。それを隠そうともせずにね。まあ、彼女はそういう人でしたから。挑戦的というか、反抗的というか。そして、どうしてそんなあざができたのか、だれにも話そうとしませんでした。きかれても、答えないんです。相手が凍りつきそうなほど冷たい視線を返すだけで。

わたしもききました。当時はまだナッツのことをよく知らなかったので、『新しい男にいやられたんじゃないのか』ときいたんです。するとサンドラはびっくりして、こういいました。『ばかじゃないの、わたしが付き合ってる男に殴られるような女だと思ってるの？』そして、それから一週間口をきいてくれませんでした」

「当時、彼女は実家で暮らしていたんですか？」ジェマがきいた。

「ええ。ひどいところでしたよ。何度も車で迎えにいったり送っていったりしたことがあります。中に入れてくれたことは一度もありませんでした」

「では、彼女は家族にやられたと？」

「ナツにやられたのではないと思います。とすると……。サンドラには弟がふたりいました。父親とは会ったこともないようでした。ただ、母親のところには男が何人か出入りしていたんじゃないかと思います」

「母親が殴った可能性だってありますよ」メロディが口を挟んだ。「母親がかっとして子どもを殴るなんて、よくある話じゃありませんか。たとえ子どもがもう大きくなっていたとしても」

どうだろう、とジェマは考えた。ゲイル・ジルはシャーロットの面倒をろくにみないかもしれない。ひどい言葉を浴びせたり、悪い影響を与えたりするかもしれない。しかし、肉体的な暴力をふるうかというと、なぜかそういうところは想像できない。そうはいっても、ありえない話ではない。どうしてゲイルをかばう気持ちになんかなったんだろう。なんだか恐ろしくなってきた。

「リッチーさん、サンドラが実家の家族に虐待されていたかもしれないと、家庭裁判所で証言していただけますか？」

「家庭裁判所？」リッチーはジェマの顔をまじまじとみた。頭がおかしくなったんじゃないのか、とでもいいたそうだ。「証拠もなにもないんですよ。何年も前の話だし。証言なんて――」あたりをみまわした。受付にはだれもいない。リッチーは声を低くして続けた。「そんなくだらない争いごとに巻きこまれたら、クラブのイメージに傷がつくじゃありませんか」

「くだらない争いごと？」今度はジェマが声を荒らげた。「リッチーさん、ひとりの子どもの将来がかかって――」

メロディがジェマの腕に触れた。落ち着いてください、という合図だった。「ボス、リッチーさんはそんなつもりじゃ――」

メロディのいうとおりだ。ジェマは笑顔を作った。「そうですね、リッチーさんのご懸念も理解できます。でも、シャーロットのことを考えていただけたら――」

「いや、わたしはどちらかというと子どもは苦手で。サンドラも、ここに来るときはシャーロットを連れてきませんでした。だから、わたしがシャーロットに会ったのは――まだオムツをしていた頃が最後じゃないかと。まさか、いまはオムツなんかしてませんよね?」リッチーはそういってから、まずいことをいってしまったかというような不安そうな顔をした。

「ええ、シャーロットはもうすぐ三歳です。とっても可愛らしい、元気な子ですよ」ジエマは身をのりだした。ここは相手に強く訴えかけたい。「サンドラによく似た子です。シャーロットは母親がいなくて寂しそうです。父親もなくしてしまったんですから。リッチーさん、わたしはサンドラの母親に会ってきました。サンドラのことを好きだった人ならだれでも、あの母親のところにシャーロットが引き取られることに賛成はしないでしょう」

「そんな、人を脅すようなことをいわないでください。わざといってるんでしょうけどね」リッチーはそういったが、怒った口調ではなかった。「サンドラの娘のことは、わたしだって助けてあげたいですよ。しかし、何年も前の出来事を蒸し返してあでもないこうでもないと議論したところで、どうなるんですか。ピッパが話してくれたのはそれだけですか? あのふたりは、わたしとサンドラよりずっと親しかったんですよ——まあ、親しかったというか、近い関係にあったというか」

「ロイ・ブレイクリーからききました。サンドラとピッパはあまり仲がよくなかったと。ピッパに直接尋ねたところ、サンドラの作品のマーケティングについて、意見が合わず、決裂したとのことでした。それ以来ピッパは彼女の作品から手を引いたと。でも、ナツが亡くなったことを知って、ひどく悲しんでいました」

「いま頃いい子ちゃんになろうったって遅いんだよ」リッチーがいった。毒のある言葉が唐突に出てきたので、いま来たばかりの客がエレベーターに乗りこむのをみていたメロディも、はっとしてリッチーをみた。ジェマも驚いていた。

ふたりの表情をみて、リッチーは肩をすくめた。空になったカップをトレイにのせる。「ピッパの話を額面どおりに受け止めちゃだめですよ。彼女はサンドラがうちのクラブを通して作品を売っているのが気に入らなかった。うちのお客さんたちのことも毛嫌いしていた。能力のない者は、能力のある者をなにかしら批判せずにはいられないんですよ」

「ピッパがサンドラに嫉妬していたということですか？」ジェマはききながら、あのときの会話を思い返していた。

「サンドラの才能が手に入るならなにをやったっておかしくない。いや、もちろん人殺しまではしないでしょうがね」自分の科白の意味に気づいたのか、リッチーは言葉を補った。「ピッパの名誉のためにいっておきましょう。ピッパにも才能はありましたよ。人の才能をみぬく才能です。しかし彼女自身の作品はどれもオリジナリティがなくて、いつも最新のトレンドを追いかけているような感じでした。独自の世界観が感じられないというか。まあ、わたしも似たようなものでしたが」悲しそうな笑みを浮かべる。

「しかしピッパは……負けを潔く認められない人だった。自分がアートを生みだせないなら、自分が支配してしまえと。しかしサンドラはそれに乗らなかった。サンドラは自分のやりたいことをやって、そのおかげで快適な暮らしができれば、それでよかったんです。そんな幸運に恵まれるアーティストはなかなかいませんけどね」リッチーの視線が、受付のところにかけられたコラージュ作品に向けられた。顔が無表情になる。「すみません、そろそろ仕事に戻らないと」

客がどんどん入ってくる。カレンが助けを求めるような視線をリッチーに送りはじめていた。

もう帰れといわれたも同然だ。ジェマとメロディは立ちあがった。リッチーが戸口までふたりを見送る。ドアをあけてから、リッチーはいった。「シャーロット・マリクがしあわせになれるよう、真剣に考えてくれる人がいるといいですね」

「福祉課がついていますよ」ジェマは答えた。しかし、福祉課なんてあてにならない。その思いがこれまで以上に強くなってきた。「わたしも戦います」

「ボス、どう思います？」スピタルフィールズに向かって歩きながら、メロディがいった。「サンドラとはただの友だちだったのかってきかれたとき、はっきり答えませんでしたよね」

「そうね。なんだかこそこそしている感じ。そうする必要がどこにあるのかしら。失うものなんてないじゃない。ただ、ひとつはっきり感じたことはあるわ。リッチーとピッパ・ナイティンゲールは仲が悪かった」

「なるほど」メロディがにやりと笑った。「こんなのはどうです？　ピッパが一方的にリッチーを好きになり、ところがリッチーはサンドラが好きだったから、ピッパがサンドラを恨んでいた」

ジェマは歩きながら考えた。ローストナッツの会社の古い倉庫前を通りすぎる。レンガの壁に社名が書いてあるが、色が褪せて読みにくくなっている。その背景には八月の青空。「ピッパって、なんだか変わった人なのよね。エキセントリックっていうか……。リッチーが、彼女は物事を支配したがるっていってたけど、そのとおりだと思う。ドラマの中心にいたい人なのよ。サンドラと不仲になったのも、サンドラの作品のことだけが理由じゃないかもしれないわね」

「嫉妬のあまりサンドラを殺した、なんてことも考えられますか？」

「サンドラが死んだって決めつけちゃだめよ」ジェマは感情をこめずにいった。顔も前を向いたままだ。

「ボスはそう思ってないんですか？」

「そうは思いたくないわね」ジェマはコロンビア・ロード・マーケットからピッパ・ナ

イティンゲールのギャラリーまで歩いたときのことを思い出していた。ギャラリーでみたモノクロの絵のイメージが頭にこびりついて離れない。赤い色が鮮やかなアクセントになっていた。サンドラが失踪した日、ピッパと話し合うためにギャラリーを訪れていたとしたらどうだろう。話し合いが口論になったとしたら？　ピッパは小柄な女性だったが、冷酷さを隠し持っているような印象を受けた。ルーカス・リッチーの言葉からしても、その印象は間違っていないだろう。もっとも、リッチーの言葉に偽りがなければの話だが。

ブラッシュフィールド・ストリートまでやってきた。スピタルフィールズ・マーケットの西の端には大きな屋根があって、それが巨大な帆のようにみえる。鮮やかなアフリカ風の衣装を着た大道芸人がスチールドラムを叩いている。日除けの下には家族連れが集まり、おしゃべりしたり笑ったりアイスクリームを食べたりしている。サンドラとナツもシャーロットを連れてここに来たことがあるだろう。シャーロットもあのアイスクリームを食べたはずだ。

「もう一度ピッパ・ナイティンゲールと会ってみなくちゃね」ジェマはメロディにいった。「でも、いまは家に帰るわ。子どもたちのようすをみて、ベティに電話をかけて、シャーロットのようすをきく。あなたはどうする？　車で送りましょうか？」

メロディはためらっているようだった。「ボス、ちょっと相談が……いえ、やっぱりいいです」首を横に振る。「ありがとうございます。地下鉄で署に戻ります。その前にちょっと用事もあるので」

メロディはハイ・ストリート・ケンジントン駅で地下鉄をおり、人ごみをかきわけるようにして歩きだした。〈ホールフーズ・マーケット〉まではたいした距離ではないのだが、午後六時をまわってしまったせいで、ケンジントン・ハイストリートは買い物客や仕事帰りの人々でごったがえしていた。

〈ホールフーズ・マーケット〉は、自然食品を扱う大きな店だ。中に入ると、外の熱気と人ごみから解放されてほっとした。ここはアメリカ系のチェーン店だ。アメリカ人はエアコンを宗教かなにかのように信奉している。そのことが、いまはとてもありがたい。スーツのジャケットの中で、ブラウスが汗まみれになっている。朝はぱりっとしていたはずなのに、いまは隅々までじっとり湿っている感じがする。

何度も来たことがあるので、勝手はわかっている。最短のルートで、店のいちばん奥にある惣菜売り場に行った。ちょっと迷ってから選んだのは、大きな容器に入ったニンジンと、コリアンダースープ、小さなカップに入ったザクロのサラダ。それでおしまいにするつもりが、最後の最後に気が変わってワイン売り場に行き、ピノ・グリージョを一本買った。

ランチが遅めだったので、夕食はこれでじゅうぶんだろう。ここまで買い物に来たのも、必要だったからというより、夕食の時間を遅くするためだった。店の出入り口まで戻る途中にオイスターバーとシャンパンバーがあった。ああいうところに立ち寄って、人目を気にせず注文することができたら、どんなに楽しいだろう。次に来るときはもう少し大胆になってみようか。

出入り口のそばにDJのブースがあった。メロディが前を通りかかると、DJが顔をあげて、にっこり笑いかけてきた。コリーヌ・ベイリー・レイの「プット・ユア・レコーズ・オン」が流れ出す。

メロディは笑みを返した。いつもなら絶対にしないことだ。リズムに合わせて体を揺らしたかったが、それは我慢した。

うきうきした気分は、店の外に出るとあっというまに消えてしまった。重い買い物袋を抱えて歩きだす。ルーカス・リッチーのクラブでみた光景が蘇ってきて、頭から離れない。

客のひとりにみおぼえがあった。知り合いではない。新聞に写真が載っていた。わりと最近のことだ。

調べようと思えば一本で調べられる——文字どおり、指一本で。今夜はその特権を行使してみようか。もちろんリスクはいろいろあるけれど。

角を曲がり、アールデコ調の大きなビルをみあげた。イギリスでもっとも派手で大胆なタブロイド紙のひとつ、〈クロニクル〉の本社が入っている。入館パスをドアにかざした。

「こんばんは、メロディお嬢様」ロビーの奥のエレベーターに向かおうとすると、受付のガードマンが声をかけてきた。「お父様はいま帰られたところです」

「かまわないわ、ジョージ」メロディはエレベーターに乗りこみ、最上階のボタンを押した。

19

一九七八年一月、マーガレット・サッチャーがかの有名なテレビ演説を行った。このままでは白人社会が〝異文化を持つ人々〟によって圧倒され、力を失ってしまうかもしれない、というものだ。このスピーチは、すでにパニック状態だった白人社会をさらに刺激することになり、バングラデシュ人に対するいやがらせや路上での暴行事件の増加を招いた。

――ジェフ・デンチ、ケイト・ギャヴロン、マイケル・ヤング
〝The New East End〟

編集部には近づきたくなかった。早足で歩き、ときおりすれ違う知り合いには軽く会釈をするだけですませる。立ち止まっておしゃべりするなんてもってのほかだ。ちょっ

と前にお見合いみたいなデートをさせられたクウェンティンにばったり出会ったりしませんように。

父親のガラス張りのオフィスに入る。ありがたいことに、超有能アシスタントのメイヴもすでに退社していた。

今日はこれといって大きなニュースも下世話なスキャンダルもなかったのだろう。だから、〈クロニクル〉の社長がさっさと退社できたというわけだ。

なにをしに来たんですか、と尋ねる人間はいない。ここにいるのは、アイヴァン・タルボットのひとり娘なのだから。巨大な新聞社の心臓部ともいうべきこの部屋は、子どもの頃から、メロディの遊び場だった。電撃ニュースに社内がわきかえり、原稿の〆切に追われつづける日も、これといったニュースがまったくなくて、どうでもいい記事で紙面を埋めるような退屈な日も。

いまも、メロディさえ望めば、この部屋を好きに使うことができる。父親は、娘が警官などというくだらない職業を捨てて、その才能をここで活かしてほしいという願いをあきらめきれずにいるようだ。しかし、たとえ記者一年生から始めたとしても、社長の娘であることには変わりはない。どんなポストについたとしても、実力でそれを得たのではないかもしれないという不安が常につきまとうだろう。

しかし、社長の娘としてここにいることで、さまざまな能力が知らないうちに身についていたし、それがとても役に立っている。メイヴの机につき、パソコンを立ちあげた。システムにアクセスし、内部パスワードを入力すると、検索を始めた。

一時間後、メロディは椅子の背に体を預けた。謎が解けたと思っていいんだろうか。それとも、ますますわからなくなったというべきなのか。よくわからないままに、ジェマに電話をかけた。


ジェマがリビングの床に散らかったレゴを片付けていたとき、電話が鳴った。発信者番号を確かめると、電話を耳と肩に挟んで、作業を続けた。これは恐竜だろうか。トビーは、海賊は絶対どこかで恐竜と出会うはずだと信じているのだ。それをソファの端のおもちゃ箱に放りこんだ。ソファの反対側の端には犬用のおもちゃ箱があるのだが、犬はどうやってそれを自分たちのものだと見分けているんだろう。犬は間違えない。間違えるのはいつもトビーだ。

「もしもし、メロディ？　ちょっと待ってね」電話を片手に持ち、なにかききたそうな顔をしているテディベアを犬用のおもちゃ箱に放りこみ、ダイニングルームに行くと、ピアノの椅子に腰をおろした。「お待たせしてごめんなさい。どうしたの？」

ジェマは黙って話をきいた。ときおりピアノのキーをひとつずつ押してみる。額にしわが寄りはじめた。「アフメド・アザードが？　本当なの？」

ダンカンが来た。瓶ビールを手にして、なんだろうというように片方の眉をつり上げている。さっきまで書斎にいて、ナツ・マリクについての報告書を読みなおしていたはずだ。麻薬中毒者更生会《ナーコティックス》からの要請で捜査に制限がかかってからというもの、ダンカンは不機嫌だった。しかしその後、ナツが亡くなった日の午後、ジル兄弟がバンを借りていたということがわかって、表情がいくらか和らいでいた。いまはバンの目撃情報を集めている段階だ。

「わかった、ダンカンに話すわ」ジェマはそういって、ダンカンに視線を送った。「ありがとう。じゃ、また明日」

ジェマが電話を切ると、ダンカンが椅子をひとつ引いてきた。「暑いからビールにしたよ」ビールの瓶を軽く振る。それだけで泡が立ちのぼるのがみえる。「きみもどう？」ジェマがかぶりを振った。「いまの電話は？　アザードがどうしたって？」

オフィスのドアが開くのと、メロディが電話を切ったのが同時だった。入ってきたのは父親だった。日に焼けた顔に笑みが浮かぶ。

「メロディが来ているとジョージが教えてくれたんでね。電話をくれたら食事に連れてってやったのに」

「ちょっと調べたいことがあったの。たいしたことじゃないけどね」

「事件がらみか？」父親がうしろに回ってきた。メロディはパソコンのスクリーンを消す余裕もなかった。父親の記者としての本能を軽くみたのが間違いだった。「『バングラデシュのビジネスマン、白人グループによる破壊行為に抗議。市警の対応の遅れが指摘される』」父親が画面を読む。「まさか、だいじな勤め先の職務怠慢を告発するつもりじゃないだろうな」

メロディは皮肉を無視した。「そうじゃなくて、この男のことが気になったの。今日、スピタルフィールズのクラブでみかけたのよ。すごく高級なクラブなの。クラブ自体の名前がなくて、ルーカス・リッチーって男が経営してる」

父親は記憶を探るような顔をした。「ノティング・ヒルにもそういうクラブがあるな。ワイン一本が四百ポンド、美しいホステスがいるが手を出したら怒られる」

メロディは椅子を回転させて、うしろにいる父親と向き合った。「お母さんがなんていうかしら。お父さんがそんなクラブに出入りしてるなんてことを知ったら」

父親は歯をみせて笑った。「母さんも何度か連れていった。高級な会員制クラブならほかにもあるが、ああいうのはその進化形だな。いままであったのは、エリートだけが入れるクラブ。進化形は、エリートだけがその存在を知っているクラブってわけだ。店の名前がないというのも、どういうわけか客にとっては魅力的に思えるんだろうな」

「世界の七不思議のひとつね」

「だれもが持ってる幻想みたいなものだ。夢の秘密基地ってやつか。で、そのクラブがあやしいことでもやってるのか？」

「そういうわけじゃないわ」メロディは後悔しはじめていた。簡単に説明するだけですむと思ったが、相手が父親だとそうはいかない。においを嗅ぎつけたらけっしてあきらめない、フェレットのような男なのだから。

メロディはデータベースからログアウトした。さっきの記事をプリントアウトしておきたかったが、父親の好奇心をこれ以上刺激するわけにはいかない。

「ありがとう」そういって立ちあがった。「もう帰るわ」

「ゆっくりしていったらどうだ。これから明日の見出しをチェックしたら、アビンドン・ストリートのカフェでワインを一杯ごちそうしよう」

メロディは〈ホールフーズ・マーケット〉で買ってきたものを手に持った。「ありがとう、でもいいわ。夕食の買い物をしてきちゃったの。日持ちしないから」父親の頰にキスした。もう夜なのにひげが伸びていない。何年か前に気づいたのだが、父親の机の引き出しには電気シェーバーが入っている。アイヴァン・タルボットに無精ひげは似合わない、というわけだ。父親の出身地はニューカッスル。その労働者階級の人々は、無精ひげが伸びた男を貧乏か酒飲みとみなすのだ。

「日曜日には帰ってこいよ。母さんが待ってる」父親はオフィスを出ようとするメロデイに声をかけた。

「ええ、帰るわ」メロディは振り返り、強い眼差しで父親をみた。「でも、この前みたいなお見合いはもう勘弁してね」

「メロディからよ」ジェマは話すのを少しためらった。「わたし、ワインが飲みたいな。持ってきてもらってもいいかしら。帰ってきたときから冷やしてあるの」スピタルフィールズからの帰りに〈ミスター・クリスチャン〉に寄ってハムとサラダを買い、〈オッドビンズ〉でワインを一本買ってきた。家に着くとすぐ、仕事用の服を脱ぎすてた。いまは短パンとタンクトップ姿だ。

ダンカンがキッチンに行っているあいだ、ジェマはピアノに向かった。無意識のうちに選んだのは「キップス・ライツ」。映画『イングリッシュ・ペイシェント』の劇中曲、ガブリエル・ヤレドの作品だ。考えをまとめたいときや、錆びついた指をほぐしたいときは、この曲がいい。

ゲイル・ジルを訪ねたときのことは、さっきダンカンに話した。そして喧嘩になった。子どもたちがいる夕食の席でそんなことになってしまったので、メロディとの話の流れでルーカス・リッチーのクラブを訪ねたことは、話せないままになっている。しかしいまなら、子どもたちは二階の部屋にいる。洗いざらい話すしかない。

「その曲、ぼくも好きだよ」ダンカンがワインのグラスを持って戻ってきた。ジェマのむき出しの肩に指先でそっと触れる。ワインのボトルを触っていたせいで、指が冷たかった。「ピアノを弾きながら話せるかい?」

もう逃げられない。ジェマは、勇気を出すためのワインをひと口飲んだ。セールの棚にあったプイィ・フュメだ。そして椅子に座ったまま体を半分回転させ、ダンカンと向き合った。「今日、メロディとスピタルフィールズで落ち合ったの。マーケットでランチをしたあと、ルーカス・リッチーのクラブに行ったわ。サンドラについて、あなたには話さなかったこともあるんじゃないかと思って。それに、クラブがどんなところかみてみたかったの」ダンカンが話をさえぎろうとするのを制して、ジェマはいった。「身分と名前は明かしたけど、個人的な訪問だと断ったわ。あなたのことは知らないふりをした」

「それはよかった」ダンカンの表情がさっきよりも真剣になっている。「なにをどうたどってリッチーに行き着いたと説明したんだ?」

「ピッパ・ナイティンゲールよ。ナツが亡くなったことを知らせてくれたのはルーカス・リッチーだといってたから」

「なるほど」ダンカンはしばらく考えてから、ビールをひと口飲んだ。「で、きみの魅力はぼくより効き目があったのかい?」

「リッチーって、なんだかつかみどころのない人ね。でも、人に話したい気分だったみたい。わたしの受けた印象では、リッチーはサンドラの恋人だったんじゃないかしら。サンドラがナッツと出会う前のことよ。もっとも、リッチーがはっきりそういったわけじゃないけどね。でも、リッチーは面白いことを話してくれたわ。サンドラがナッツと付き合いはじめたばかりの頃、サンドラがあざを作っていたので、リッチーはナッツに殴られたんじゃないかと思ったの。ところがそれをサンドラにただすと、サンドラはものすごく怒ったんですって。当時、サンドラはまだ実家住まいだったわ」

ダンカンは眉をひそめた。「ケヴィンとテリーにやられたのか」

「かもしれないわね。でも実家には、ゲイルの男が何人か出入りしていたらしいわ。ゲイルがやったという可能性だってあるし」

「ゲイル？　母親が？　きみはどう思う？」

サンドラのことを話すときのゲイルの口調。冷酷な性根が端々にかいまみえていた。無力なシャーロットが話題になったときもそうだった。ジェマは思わず身震いした。

「ええ、可能性はあると思う」

「だが、リッチーはそのときのことを証言したくないというんだろう」

「ええ。シャーロットのためであっても、関わりあいになりたくないって」ジェマは鍵盤に手をおろした。不協和音が響く。

「まあ、そういうものだろうな。それに、やつが証言してくれたところで、たいした意味はないだろう。で、アフメド・アザードがどうしたって？」

二階から物音が響いてくる。子どもたちがなにかやっているんだろうか。ジェマは天井に目をやった。「そのクラブに入ってくるところを、メロディがみたんですって」ちょっと慌てたようにいう。「はじめはだれだかわからなかったけど、どこかでみたことがあると思ったそうなの。ニュースかなにかでみたんだと思って調べてみたそうよ。アザードは、白人のギャングたちによる破壊行為の被害を受けたことを公表し、ロンドン市警の怠慢を批判していた。で、アフメド・アザードといえば、わたしの話に出てきた名前じゃないかと気がついたっていうの。アザードは、ルーカス・リッチーと知り合いだなんていってなかったわよね？」

「ああ」ダンカンは頭をくしゃくしゃとかいた。湿った髪をうしろにかきあげる。「だが、こちらからきかれたのに黙っていたというわけじゃない。ルーカス・リッチーに会ったときだって、アザードを知っているか、なんてきくつもりはまったくなかった。事件全体のみかたを変えなきゃいけないようだな。サンドラとナツがアザードの知り合いだったことはわかっている。そしてふたりはまた、リッチーとも知り合いだった。だからといってアザードとリッチーがつながるとは、さらさら思っていなかったよ」

「それだけじゃないの」二階から派手な物音がして、ジェマはいったん中断した。リッチーとピッパ・ナイティンゲールの話がまだすんでいない。

「ママ！」トビーの泣き声がする。

「トビーったら」ジェマはワイングラスをダンカンに渡してため息をついた。「船から海に飛び込むシーンを真似して、ベッドから飛んでるのよ」

ナツ・マリクの事件に関する事情聴取や目撃証言の中に、バンをみかけたというものはひとつもなかった。木曜の午後、キンケイドはシン巡査部長とそのチームに新たな指示をたした。ジル兄弟の仲間たちの中に、バンを持っている人間がいないか調べるように、というものだ。

「バンといってもいろいろありますけど」シンがちょっと怪訝な顔をした。「大型のやつですか」

「わかってるのは、大きいソファとラブソファと肘かけ椅子をいっぺんに運べるくらいのサイズってことだけだ」

シンはさらにいぶかしげに目を細めた。「どこから入ってきた情報なんですか？」

「百パーセント信頼できる情報源だよ」キンケイドは最高の笑顔を作ってみせたが、シンは納得できないようだった。

「へたすると麻薬中毒者更生会に叱られるんじゃありませんか？　どうやって調べたら

いいんでしょう」

「無難なところから調べてくれ。まずはパトロールの警官だな。兄弟が働いていたといわれる場所や、妹の住まいの周辺を担当していた警官に、バンをみなかったかきいてくれ。あとはきみの豊かな発想に任せるよ。きみならなにか思いつくだろう」

「本当に家具を運んだのかもしれませんよね」

「ああ、じつはそうらしいんだ。だがそうだとしても、あの日の午後から夜にかけて、彼らがバンを使うことができたことには違いない。とすれば、ナッ・マリクをハガーストン公園まで運ぶこともできただろう。そこをはっきりさせたい。すぐにでも」

シンは納得したようだった。「わかりました」そういって、意気揚々と捜査本部に入っていく。キンケイドはニール・ウェラーの姿を探すことにした。食堂に立ち寄り、まずいとわかっているコーヒーを一杯買い求める。

ウェラーは自分のオフィスにいた。スーツのジャケットを脱ぎ、鼻先に老眼鏡を引っかけている。キンケイドが入っていくと、ウェラーは眼鏡をはずして目をこすった。

「警視のおかげで、こちらは深刻な人手不足ですよ。おまけに今度はなんです。バンがどうしたって?」

「情報が広がるのが速いですね」キンケイドは立ったまま答えた。

「それなりのネットワークがあるんでね。バンがみつかったとして、どうするつもりなんです？　捜索令状をとるにしても、それなりの根拠がないと認められませんよ。情報源だってはっきりしていないようだし。仮に捜索ができたとしても、麻薬中毒者更生会がクレームをつけてくる」

「検問という手がある」ウェラーの信頼を得るべく、もっと早く手回しをしておくべきだった。しかし、麻薬捜査の情報は、ある程度のランク以上にしか知らされないことになっている。「捜査に行き詰まっても、そのときそのときで対処していけばいいんじゃないかな」キンケイドはそういって、空いた椅子の肘かけに腰を引っかけた。まずくて飲めないコーヒーを、ウェラーの机の端の空きスペースに押し込んだ。「アフメド・アザードとルーカス・リッチーが知り合いだったことは知っていたかい？」

「リッチーって、例の怪しい会員制クラブの男ですか」ウェラーははっとしたようにいった。

「アザードはクラブのメンバーだったようなんだ。そして、クラブの従業員だった女性がひとり、行方不明になっている。アザードの甥のようにね。女性の足取りはカリンに調べさせている」

「女ですか」

「若い女性だ。カイリー・ワターズ」

ウェラーは肩をすくめた。「きいたこともありませんな。しかし、手を広げすぎなんじゃありませんか」

「そうかもしれないが」キンケイドはズボンのしわを伸ばしながらいった。「リッチーが厄介な従業員を排除するのに、アザードが協力したのかもしれない。あるいは、アザードの厄介すぎる甥を排除するのに、リッチーがなにかしら手を打ったのかもしれない」

「そのことと、ナツ・マリクとサンドラ・ジルの件に、どういう関係があるっていうんです？」ウェラーはきいた。キンケイドがどこからその情報を入手したのかはきいてこなかった。

「それはわからない。しかしすべてつながっているように思えるんだ。アザードともう一度会ってみようかと思う」

「同行しますよ」ウェラーは老眼鏡を報告書の山の上に置いた。オフィスから抜け出す口実をみつけて喜んでいるようだ。

しかしキンケイドはさっと立ちあがり、コーヒーのカップを手にした。「いや、ひとりで行くからいい。ちょっと世間話をする程度だからね。弁護士も呼ばなくていいだろう。店に行けば会えるかな。カレーでも注文してみよう」

「会えるといいですね」ウェラーは椅子に深く座りなおした。明らかにむっとしている。キンケイドから下っぱ扱いされたのを怒っているのだ。「そのカップ、そのごみ箱に捨てていってていいですよ」

木曜日になった。今日は自分の仕事をしっかり片付けよう、とジェマは心に決めていた。このままだと仕事がたまる一方だし、上司の厚意に甘えたままでは気がひける。しかし、ゲイル・ジルについていくつかの情報が得られただけでも、持ち場を離れた意味があったのではないか。いまはその情報を利用する方法がわからないだけだ。それに、ゲイルが家具を買うために出かけたとわかったのは大きかった。キンケイドの捜査が前に進むに違いない。

夕方に近づいて、ようやく余裕ができてきた。未処理トレイにあった最後の報告書を開いたとき、ベティ・ハワードから電話がかかってきた。

「もしもし、ベティ。どうかしたの？」まず頭に浮かんだのは、ベティのところに福祉課から連絡があったのではないか、ということだ。

「どうもしないわ、大丈夫よ」ベティの控えめな声といっしょに、夕方によくある子ども用のテレビ番組の音声がきこえる。「シャーロットがね、アヒルさんの鉛筆、アヒルさんの鉛筆、っていうもんだから。なんのことだかわからないのよ。家じゅうの鉛筆を出してあげたけど、それじゃだめだっていうの。かわいそうに、しょんぼりしちゃって。それで、どうしたらいいのかわからなくなっちゃって」

ジェマはサンドラのアトリエでみた光景を思い出してみた。たしか、作業台の上にマグカップがあって、色鉛筆がたくさん挿してあった。「心当たりがあるわ。ママの鉛筆なのよ。シャーロットもお絵描きに使っていたのかも」

「とってきてもらってもいい？　それに、着替えももう少し欲しいわ。買い物なら喜んでするし、福祉課から手当も出てるけど、なじみのあるもののほうがいいでしょ」

「手だてを考えてみるわ。電話するわね」

フルニエ・ストリートの家は、すでに事件現場としての扱いが終わっている。家の鍵も、捜査チームからナッツの遺言執行人であるルイーズ・フィリップスに返されたはずだ。シャーロットのものをいくつか取ってきたいとフィリップスに頼めば、家に入らせてくれるだろうか。

ハンドバッグから手帳を取り出し、ページをめくる。ナッツとフィリップスのオフィスの電話番号がみつかった。あの最初の夜に書きとめたものだ。時計をみる。まだ五時になっていない。フィリップスはまだオフィスにいる可能性が高い。

電話をかけた。一回目の呼び出し音で電話がつながり、ぶっきらぼうな女の声がした。「マリク&フィリップスです」

「ルイーズ・フィリップスさんはいらっしゃいますか」

「フィリップスです」ぶっきらぼうな口調は変わらない。「受付の者が帰ってしまいましたので。どういったご用件でしょうか」

ジェマは名前と用件を告げた。「あの家にいらしていただけませんか？　シャーロットの私物ひとつであっても、フィリップスさんの許可がないと持ち出せませんから」

長い沈黙が流れた。断られるのだろうか、とジェマは思いはじめていた。

そのとき、フィリップスが口を開いた。さっきとは打って変わって、ゆっくり話しはじめる。ぶっきらぼうな口調は、疲れや悲しみを隠すためだったのだろうか。「わたし、あれからまだ一度も家に入っていないんです。入る気にはとてもなれなくて——。わたしの自宅に来てくれませんか。一時間後くらいに。そしたら鍵を渡します。用がすんだら郵便受けにでも返してください。持ち出すものはリストを作ってくださいね。一応決まりですから。でも、あなたのことは信じてますよ。だって——」かすれた笑い声をあげた。「——あなたが家じゅうのものを持ち出したって、わたしにはなにもわからないんですからね」

フィリップスはジェマに自宅の住所を伝えると、最後につけたした。「すぐにわかりますよ。コロンビア・ロードのすぐそばです」

20

その家はひとつの使命を持っている。人の知恵はもともと絵画のように平坦で四角いだけのものではないし、この部屋と同じように両手を広げてみんなを包みこむ力がある――そんな信念を、この家を訪れた人々に伝える使命だ。あなたにも、その信念がすでに伝わっているのではないだろうか。

――デニス・シヴァーズ "18 Folgate Street: The Tale of a House in Spitalfields"

まだ日は高いのに、ブリック・レーンに軒を連ねるカレーレストランの看板には早くもネオンが瞬いていた。ほとんどの店はエアコン稼働中と謳っているのに、ドアはあけっぱなしになっている。そこから流れてくるインドのスパイスと、道路の埃や排気ガスのにおいが入り混じって、あたりに漂っている。

あまり流行っていない店では、入り口のところに客引きが立って、慣れた口調で宣伝を繰り返している。ああやって観光客をつかまえるのだろう。しかし、満足できなければお代はいらないという約束は守られているのだろうか。怪しいものだ、とキンケイドは思った。

アフメド・アザードのレストランはすぐにみつかった。すっきりしたモダンな店構えが目立っている。ドアが閉まっているので、本当にエアコンが効いているのだろう。窓からみえるインテリアもシンプルそのものだ。内壁はレンガで、ぴかぴかの木のテーブルと、すっきりしたデザインの革の椅子が並んでいる。インド料理店とは思えないような、朱色のランチョンマット。テーブルクロスやナプキンも同じ色でそろえている。窓に貼られたメニューをみると、値段はちょっと高めだが、目が飛び出るほどというわけでもない。まだ時間も早いのに、客がけっこう入っている。

シン巡査部長の話では、時間が遅くなると平日でも行列ができるそうだし、料理もなかなかおいしいとのこと。彼女にしてはかなりの褒め言葉なのではないか。「イギリス人向けにアレンジしてありますけどね、それはそれでおいしいし、本場そのままのメニューもいくつかあるんですよ」とのことだ。

みたところ、客のほとんどは西洋風の服装をしている。が、女性が極端に少ない。中に入ると冷風が迎えてくれた。そしてさまざまな香り。唾がわいてくる。

インテリア同様、ウェイターたちも洗練されていた。みな若い男性で、黒いシャツにズボンという服装だ。アザードの甥は、この中では浮いていたのではないだろうか。

出てきたのはウェイターのひとりではなく、アザード本人だった。この前とは別の、しかし同じように高級そうなスーツを、ずんぐりした体にまとっている。

「ようこそ」アザードはキンケイドの手を握った。「わざわざお運びとは、うれしい限りだ。うちの料理を食べにきてくださったのかな」気さくな調子で話しているが、黒い目は鋭く光っていた。警戒しているらしい。

「とてもおいしいという評判をききましたよ。ただ、今日はちょっとおしゃべりができればと思いましてね。少しだけいいですか」キンケイドの胃袋がうなった。そういえば、ランチを食べてからずいぶん時間がたっている。しかし、いいにおいには惹かれるものの、対等な立場で話すためには、いまは客にならないほうがいい。

「弁護士を呼ばなくてもすむような、ただのおしゃべりということだね？」形だけの質問だったらしい。アザードは答えを待たず、微笑んで、キンケイドを店の奥へと促した。「オフィスへどうぞ。チャイはお好きかな？」やはりキンケイドの返事を待たず、ウェイターのひとりに合図をして、早口のベンガル語で注文を出した。

店の奥にはセミオープンのキッチンがあり、その隣に小さなオフィスがあった。オフィスは清潔で実用的な部屋だったが、壁には写真の大きなプリントがかけられていた。青々とした自然の風景だ。バングラデシュの風景ではないだろうか。

キンケイドが勧められた椅子に座ったとき、黒ずくめのウェイターのひとりがチャイを持ってきた。ガラスのマグに、スパイシーなミルクティーが入っている。

「ここはアルコールもあるんですね」いくつかのテーブルにワイングラスが置いてあったので、キンケイドがきいた。

「わたしは飲まないがね、レストランに酒は必要だ」アザードは厚い肩パッドごと肩をすくめた。「成功したければ客を喜ばせることを考えなきゃならん」

「シティの客が多そうですね」キンケイドはチャイを飲んでちょっと驚いた。予想していたほど甘くない。それにおいしい。

「シティの人間は金を持ってるし、そのへんの観光客よりセンスがいい。観光客はチキンティッカマサラしか注文しない。で、なにが知りたいのかね、キンケイドさん」

「ルーカス・リッチーと彼のクラブについて、なにかご存じなら教えてほしいと思いまして」

ルイーズ・フィリップスの住まいは比較的新しい建物だった。場所はコロンビア・ロードのいちばん端のあたり。建物はテラスハウスだが、ちょっと変わった作りになっていた。一階には小さなパティオとバルコニーがあるが、バルコニーが隣り合った二戸ずつの共有になっているのだ。そして、それぞれのバルコニーに階段がついている。

住所を確認した。間違いない、ルイーズ・フィリップスの住まいは、このテラスハウスの端の一階だ。緑や花の鉢植えがバルコニーを埋めつくしている。

バルコニーにはジャーマン・シェパードが二匹いる。階段をのぼったところに鉄の門扉があり、その内側に二匹が座っている。ジェマをじっとみているが、敵意ではなく好意を持ってくれているようだ。

左側の家から若い男が出てきた。漂白したような金髪をつんつんと逆立てて、耳にはスタッドピアスをつけている。黒いシャツには〈滑ってるか？〉という謎のスローガン。犬たちの頭をぽんぽんとなでてから、門扉をあけて階段をおりてきた。ジェマとすれ違いざまに「こんにちは」と挨拶し、いたずらっぽい笑みを向けてきた。

ルイーズ・フィリップスの家から出てきたんだろうか。いや、違う。フィリップスの住まいは右側だ。犬がおとなしそうでよかった。

ところが、ジェマが階段をのぼりはじめると、犬は二匹とも立ちあがり、大きいほうが大きく吠えた。ジェマはどうしていいかわからず、足を止めた。バルコニーに面したドアは左右ともあいている。声をかけようかと思ったとき、アロハシャツと短パン姿の男が左側のドアから出てきた。褐色の髪をうしろでひとつに結わえている。脚がやけに筋肉質で、優しそうな顔をしている。手には昔ながらの大型のじょうろを持っていた。

「ルーに会いにきたのかい？」男が声をかけてきた。「犬は心配いらないよ。一応番犬だが、人は嚙まない」

男の声をきいて、犬たちが尻尾を振りはじめた。なんだかうれしそうだ。自分たちのことが話題になっているのがわかったのだろうか。ジェマは階段をのぼったが、まだ少し不安だった。すると男が犬に声をかけた。「ジャガー、ジンジャー、座れ」犬は二匹とも従った。尻尾は元気に振りつづけている。一匹は黒、もう一匹は赤茶色だが、どちらも毛艶がいい。機敏そうで賢そうな顔は、どこか人間の顔にも似ている。

「ジャガーとジンジャーっていうんですか」ジェマは門扉の前で立ち止まった。

「ミック・ジャガーとジンジャー・ベイカーからとったんだ。相棒がいろんなロックバンドのマネジャーをやっててね。偉大なロッカーに敬意を表して、お名前をいただいたってわけさ。といっても、肝心のバンドはどれも鳴かず飛ばずなんだが。さっきのアンディはましなほうかな」若い男が歩いていったほうに顔を向ける。「おれはマイケルだ」近づいてきて、門扉をあけてくれた。

ジェマは中に入った。犬たちは、門扉が閉まったのを「よし」の合図だと解釈したらしい。じっと立ったままのジェマに近づいてきた。湿った鼻を押しつけるようにして、においを嗅ぎはじめる。スカートじゃなくてズボンをはいてきてよかった、とジェマは思った。

「悪いね、やめさせるよ――」

「いえ、かまいません。可愛いわ。うちでも犬を飼ってるから、そのにおいが気になるんでしょうね」

「なるほど、だからあなたのことが気に入ったんだ。タムに会いにきたんじゃないんだね？」ジェマがうなずくと、マイケルは右側のドアのほうをみて呼びかけた。「ルー、お客さんだよ」

「いま行くわ」ちょっとイラついたような女の声がした。電話できいた声と同じだ。まもなく、戸口に女があらわれた。「ごめんなさい。スーツとストッキングを脱がないと死んでしまいそうだったから。こんな季節にあんな格好しなきゃならないなんて、法律違反よね。あなたがジェマ？」

ルイーズ・フィリップスはホルタートップと短パンに着替えていた。露出した褐色の肌が美しい。しかし褐色といっても少し灰色がかった色をしている。むき出しになった肩は骨がごつごつしていて、あまり魅力的とはいえない。黒い髪はポニーテールにしているが、隣人のマイケルほどきりっと結べていない。

「鍵を持ってきたわ」フィリップスはそういって、返事を待たずに続けた。「持ち出すもののリストを作ったら、それといっしょに鍵を――」

「フィリップスさん」ジェマが話をさえぎった。「少しお話がしたいんですが」

ルイーズ・フィリップスは一瞬ジェマの顔をみつめて、ため息をついた。「いいわ。話しましょう。でも飲み物はジントニックしかないわよ。それと、バルコニーで我慢して。部屋の中では煙草が吸えないのよ。でないとマイケルとタムが犬を中に入れられないっていうの。犬にも間接喫煙は禁物なんですって」やれやれという顔をする。バルコニーには椅子がふたつ出してある。そのあいだに灰皿があった。「その灰皿も、毎日洗えってうるさいのよ」フィリップスはぶつぶついいながら、ジェマを室内に招きいれた。小声でつぶやく。「寒い日はこっそり中で吸うのよ。裏の窓をあけるの」

「全部わかってるぞ、ルー」マイケルがバルコニーで声を張りあげる。しかし温かい口調だった。「犬の毛ににおいがつくからな」

「まったく、うるさいんだから」ルイーズはいいかえしたが、顔は笑っていた。「タムはよく我慢してると思うわ。ロックバンドを連れてライブハウスに行くんだもの。でも最近は、そういうのも禁煙のところが増えてるんですって」

室内は散らかっていた。中古品をあちこちから集めてきたようなインテリアで、そこらじゅうが本や書類で埋まっている。奥に小さなキッチンがあって、そこは比較的きちんと片付いている。ルイーズ・フィリップスがあまり料理をしないからだろう。まな板の上にライムがある。その隣には背の高いグラスとボンベイ・ジンのボトル。

トニックもある。「ジンは少なめにしてくださいね」ジェマはいった。「トニック多めで。車なんです」ルイーズがグラスをもうひとつ出して、氷とジンとトニックを注ぐのを見守る。ジェマのグラスには、ジンはほんの少ししか入れなかった。

「ここにはもう長いんですか？　面白い作りのお家ですね」飲み物を受け取り、口をつけた。おいしい。ライムのきりっとした酸味とトニックの苦みがよくあっている。暑さを追いはらってくれるかのようだ。

「十年――十一年になるわ」ルイーズはバルコニーに出る途中で、もう煙草を出していた。「ナッツとふたりであのオフィスを買ってすぐ、この物件をみつけたの」

バルコニーに出ると、ルイーズは椅子のひとつに腰をおろした。煙草にはもう火がついている。ジェマはもうひとつの椅子に座った。灰皿はたしかにきれいだった。

マイケルは部屋に入ってしまったようだが、犬は二匹ともバルコニーにいて、ひんやりするコンクリートに寝そべり、軽く息を弾ませている。

「植物を育てるのが得意なんですか？」ジェマはきいた。花や緑のあふれるようなバルコニーをうっとり眺める。知らない花がほとんどだった。

「まさか、わたしはだめ。全部マイケルがやってくれるの。マイケルはフローラル・デザイナー。だからコロンビア・ロードに近いこの家に住んでるのよ。あそこは聖地みたいなものだから。わたしはなんでも枯らしちゃう。タムも似たようなものね」

「じゃ、マイケルはサンドラとも知り合いだったのでは？　サンドラはロイ・ブレイクリーのところでずっと働いていたわけだから」

「ええ、そうよ。当時のサンドラは有名人だった」ルイーズは長い煙を吐き出すと、吸いかけの煙草を消した。「サンドラには、みんなの心に取り入っていく才能があったのね」

「取り入る？」ジェマはききかえした。言葉のニュアンスが気になる。

「悪い意味でいってるんじゃないのよ。ただ、サンドラは好奇心旺盛な人で、なんにでも、だれにでも興味を持つの。そして友だちになる。その友だちの輪がどんどん広がっていって……」

ジェマはサンドラをとりまく人間関係を頭に思い描いた。意外なつながりがたくさんある。アフメド・アザード、ルーカス・リッチー、ピッパ・ナイティンゲール……。それらのつながりが、さらに何重にも外へ外へと広がっていたのだろうか。「サンドラはまわりのみんなのことをよく知っていたのに、みんなはサンドラのことをよく知らなかったんですよね」ジェマは独り言のようにいった。「いままでに会って話した人はみんな、サンドラの生まれ育った環境のことをなにも知らなかった。彼の場合は、昔から家族との関係も。知っていたのはロイ・ブレイクリーくらいかしら。彼の場合は、昔から家族と知り合いだったっていうだけだし」

「ナツは知ってたわ」ルイーズが冷めた口調でいった。次の煙草に火をつけて、安物のプラスチックのライターを置く。ライターはテーブルを転がり、コンクリートの床に落ちた。ルイーズは拾おうとしなかった。

「どういう意味ですか？」ジェマはきいた。冷静に、冷静に、と自分にいいきかせる。

「あなたはどうしてそんなにサンドラのことを気にするの？」ルイーズの鋭い視線がジェマをとらえた。弁護士の視線だ、とジェマは思った。ジントニックをのんでいるのに、ルイーズはきかれた以上のことをぺらぺらしゃべったりしない。

「どうしてって、シャーロットのことが心配だからです」ジェマはシンプルに答えた。「サンドラの母親がシャーロットをまともな環境で育てるのか。安全な環境で育てるのか。とてもそうとは思えませんから」これでもまだまだ遠回しな表現だと思う。実際は、この何倍もひどい状況が待っているのではないか。

「ナツがきいたらうなずいたでしょうね」ルイーズはジントニックを飲みほして、音も立てないようにそっとグラスを置いた。「わたしはナツを裏切ったも同然だわ」

アフメド・アザードはまばたきもせずにいった。「リッチーとかいう人のことを、なぜわたしが知っていると？」

「あなたもクラブの会員だからです」

「ほう」アザードは答えると同時に息を大きく吐いた。微笑んではいるが、会話を楽しんでいるようすはみじんもない。「口の軽いやつがいるんだな。まあいい。絶対に守りたい秘密というわけでもない。だが、わたしの兄弟はみな、秘密を大事にする者ばかりだ。こういう話をきいたら怒るだろうな」

「サンドラ・ジルを通してルーカス・リッチーと知り合ったんですか？」

「ああ、そのとおりだ。ふたりは長い付き合いだったようだな。サンドラは、わたしにリッチーを紹介すれば、わたしのビジネスの役に立つと思ったんだろう」

「実際、そうでしたか？」キンケイドはきいて、チャイを飲んだ。

アザードはレストランフロアのほうに目をやってから、片手をあげた。いろんな意味をこめたジェスチャーだと思われた。「人脈は多いに越したことはない。この店をやるには、バングラデシュの習慣やしきたりを厳守してはいられない。ときにはしきたりを破ることで、人脈のどこかから現金が入ってくることもある。もちろん、あとでお礼はたっぷりするんだが」

「それでもあなたは白人社会とのあいだでトラブルを経験しているようですね。破壊行為があったとか？」

「窓から石や火炎瓶を投げこむのは、単なる〝破壊行為〟を越えているとは思わないかね？　あんたもこの問題をずいぶん軽くとらえているようだ。警察はみんな同じだな」

淡々とした口調だが、心の奥深いところで燃える怒りが伝わってくる。

普段から、そんな怒りを押しころして白人たちと付き合っているんだろう。ワイドゲート・ストリートの高級クラブにやってくるシティの人間たちは、偏見の目でみられたことも、火炎瓶を投げつけられたこともない。群衆に取り巻かれる恐ろしさも知らない者ばかりだ。

「警察がお役に立てず、申し訳ありません」キンケイドは真摯に謝った。「首謀者に心当たりはあるんですか？」

アザードは長いことキンケイドの顔をみつめていたが、やがて立ちあがり、壁にかけられた緑豊かな風景写真に近づいた。それをじっとみながら、口を開いた。「キンケイドさん、われわれにとって、これは昔からの夢なんだ。イギリスで財を築き、故郷のシレットに帰って、裕福な老人として余生を過ごす。町の住民や親戚たちに嫉妬の目でみられながらね。だが、その夢をかなえられる人間はほんの一握り。結局、われわれはここで一生を暮らし、子どもたちもここで暮らす。将来友人や仲間になるかもしれない人々と諍いなど起こしたくない」そこまでいうと、口をつぐんだ。

「わかっているんですね」キンケイドは穏やかにいった。「だが警察にはいわなかった。アザードさん、だれなんです？」

アザードはキンケイドに背中を向けたままで答えた。「顔はみた。フードをかぶっていたがね。卑怯なチンピラどもはみんなそうだ。だが、知っている顔だった。サンドラ・ジルの弟たちだ」

ルイーズ・フィリップスは突然立ちあがり、グラスを持って揺らした。氷がかたかたと音を立てる。「おかわりを作ってくるわ。あなたは？」

ジェマは首を横に振った。「いいえ、もうじゅうぶん」いっしょに立ちあがると、ルイーズについて部屋に入った。ルイーズが製氷機から氷を出してグラスに入れるのをみながら、尋ねる。「ルイーズ、どういうこと？　ナツを裏切ったって」

ルイーズはグラスの半分までジンを入れ、残りをトニックで埋めた。「サンドラがいなくなってから、ナツは遺言書を書き換えたの。そしてわたしに、シャーロットの後見人になってくれないかっていった」くるりと振り返り、調理台に寄りかかった。しかしジェマの目はみない。「わたしは断った」

ジェマは信じられない思いでルイーズをみつめた。「どうして？」

「だって……ナツの身になにかあるなんて、思いもしなかったから。サンドラだってすぐ帰ってくると思ったし。でも帰ってこなかったでしょ。それで、わたし、こういうときに疑うべきは……家族なんじゃないかと」わかってくれというような目でジェマをみる。「こんな職業をしてるからかしらね。あなたもそうじゃない？　最悪の状況を考えてしまう」

「〝まずは配偶者を疑え〟と？　サンドラがいなくなったことにナツがからんでると思ったんですね」

「最低でしょ」ルイーズはグラスを手で包んだ。みてわかるほど、両手が震えている。「ナツを疑ったの。どんなふうにっていうのはわからなかったけど。でもナツは人が変わったようになってしまって。遠いところに行ってしまったみたいな感じ。腹が立ってしかたがなかったわ。だって、わたしとのあいだに壁を作ってしまったから。口を開けば、キャヴェンディシュ先生とかいう友だちのことばかり。わたしだって長年の友だちだっていうのにね。わたしは嫉妬してた。自分でも思うわ、なんて器の小さな人間だろうって。でも、いまになって後悔しても……もう取り返しがつかない」

「そうかしら。ルイーズ、いまからだってなんとかなるんじゃありませんか。遺言執行人なんですもの。シャーロットの後見人になることはできないんですか？」

ルイーズはかぶりを振った。「できないわ。遺言書はもう検認されてて、執行を待つだけ」ためらってからいった。「ナツの希望に添えなかったことは申し訳なかったと思ってる。でも、わたしがいまからシャーロットの後見人になることが法的に認められるとしても、わたしにはそれはできないわ」

「どうして？」

「わたしには――向いてない。わたしはシャーロットが好きだけど、シャーロットはわたしになついてくれないの。わたしには――」ルイーズはバルコニーのほうに目をやった。「ここでタムやマイケルといっしょにいるくらいがちょうどいいの。あの人たちと家族みたいに暮らすことはできるけど、それが精一杯なのよ。子どもの面倒をみるなんて、とても無理」

「ルイーズ、あなたが無理だと思うことを、ゲイル・ジルがちゃんとやってくれると思いますか？」

わきあがってくる怒りを抑えながら、ジェマはルイーズといっしょにバルコニーに戻り、さらに話を続けた。シャーロットがルイーズの家で暮らすようすを想像してみようとしたが、残念ながら、できなかった。

ルイーズはなにか重いものを抱えているようだ。言動にあらわれている悲しみとは別に、なにか言葉にできないような深い傷を負っているのではないか。それに、マイケルが彼女を気づかっているような感じも、なんだか不自然だ。

最終的には、シャーロットのためにできるだけのことをすると、ルイーズに約束させることができた。ゲイルが親権を得るとしても、信託にした遺産になるべく手をつけられないようにするということも。

そのあと、ジェマは車でフルニエ・ストリートへ向かった。太陽は西に傾いている。あれでよかったんだろうか。あてにしていたお金が手に入らないとなったら、ゲイルはかえってシャーロットを虐待するかもしれない。

サンドラとナツの家の前に車をとめた。それにしても、フルニエ・ストリートの景色は面白い。片方の端には教会があって荘厳な雰囲気が漂っているのに、反対側の端にはブリック・レーンのネオンがちかちかしている。サンドラとナツは、これらふたつの世界のあいだでどんなふうに暮らしていたんだろう。異文化の板挟みになることはなかったんだろうか。

家に入ると、まずは明かりをつけて、庭に面したドアをあけた。家に新鮮な空気を入れてやりたかった。ほんの四、五日しかたっていないのに、家の中がかび臭くなりはじめていた。家具の上に埃がたまって、鑑識が残していった指紋採取用の黒い粉と混じっている。

部屋をひとつひとつみていった。侵入してはいけないところに侵入しているような罪悪感と、せつなくなるようななつかしさが、胸のうちでせめぎあっている。リビングでは、床に落ちていた絵本を一冊と、ぬいぐるみをひとつ拾って、絵本の箱とおもちゃ箱にしまった。自分の家でやるのと同じことを、ついやってしまう。

階段をのぼってシャーロットの部屋に行った。クローゼットに花模様の大きな手提げバッグがあったので、それに着替えを詰めることにした。ピンク色のサンドレスと、それに合わせる白いカーディガンがある。みていると、自分が妊娠していた頃のことが思い出される。店のウィンドウに飾られた女の子用の服をみて、おなかにいるのが女の子だったらあんな服を着せてやりたい、などと考えていたものだ。

サンドレスとカーディガンを丁寧にたたむと、同じような濃いピンクのジャケットや、ピンクと白のストライプのTシャツにも手を伸ばした。袖口だけが白いダンガリーシャツもある。アイレット刺繍をした黄色いブラウス、ピンクと黄色の花柄のスカート、ピンクと白のバレエシューズ。こういう服や靴を集めるのは、どんなに楽しかっただろう。サンドラは、ジェマが夢みたとおりのことをしていたのだ。

さらに何枚か着替えを入れ、くたびれたぬいぐるみも追加した。象のボブにもお友だちが必要だ。それから、ベッドサイドのテーブルにある絵本の中から、いちばん消耗の激しいものを一冊選んだ。本の横にはいまもサンドラの写真がある。ジェマは迷ったが、それは持っていかないことにした。持ち出すとしたら、もう少したってからがいい。いま、むやみに母親を思い出させるのはかえってかわいそうだ。

バッグに入れたものを手帳に書きとめると、バッグを階段の踊り場に置いて、最上階のアトリエに向かった。

作業台の上に、色鉛筆の入ったマグカップがある。記憶していたとおりだ。なにか入れ物はないかと、あたりをみまわした。箱でもいいし、袋でもいい。輪ゴムでまとめてもいい。そのとき、サンドラの未完成作品にあらためて目を奪われた。

『鳥かごの中の女たち』と、いつのまにか名付けていた。布に包まれた、少女や女の未完成の顔が、前にみたときからずっと脳裏にこびりついていた。サンドラはどうしてあいう構想を思いついたんだろう。だれに売るための作品だったんだろう。

輪ゴムを探して机の引き出しをあけた。浅い引き出しにはがらくた同然のものがごちゃごちゃと入っていた。折れた鉛筆、古いペン、ペーパークリップ。小銭もある。色つきの輪ゴムがいくつかあるが、色鉛筆の束に使うには小さすぎる。引き出しを手前までめいっぱい引くと、奥のほうでくしゃくしゃになった紙が出てきた。取り出して、しわを伸ばしてみる。領収証の控えだった。支払先はサンドラ・ジル、支払金額は一ポンド。品名のところには「作品」とある。そして支払人の名前と住所。〈リヴィングトン・ストリート・ヘルス・クリニック〉とある。

この名前にはみおぼえがある。ピッパ・ナイティンゲールのギャラリーに行くときに、みかけたクリニックが、そんな名前だった。同じところだろうか。

なんだか気になる。また手帳を取り出して、ピッパの住所をメモしたページを開いた。ちょうどそのとき、バッグの中に輪ゴムが入っているのをみつけた。鉛筆を束ねるのにちょうどいいサイズだ。

色鉛筆を束ねてバッグに入れてから、携帯電話を出して、ナイティンゲール・ギャラリーの番号を押した。この時間だともうだれもいないかもしれないと思ったが、呼び出し音が三回ほど鳴ったあと、ピッパが出た。

ジェマは名前を告げて、リヴィングトン・ストリートのクリニックについて尋ねた。

「そう、サンドラはそこで慈善プロジェクトをやってたのよ」ピッパは苦々しい口調でいった。「ただであげるのはよくないっていったんだけど、サンドラはきかなくて」

「一ポンド払ってもらっていたみたいですよ。サンドラの机に領収証の控えがありました。そのクリニック、何科ですか？」

「サンドラらしいわね。なんでも記録を残しておく人だった。少なくとも、収入についてはちゃんとした帳簿をつけていたはずよ」感傷的に鼻をすする。「無料で性病の検査をするクリニックよ。利用者のほとんどは、近所に住んでるバングラデシュの女性ね」

ジェマは作業台の上の作品をみつめた。作品の特徴をピッパに説明する。「これって、クリニックに行く女性たちをモチーフにしてるんでしょうか。クリニックに寄付するための作品だと思いますか？」

「可能性はあるわね。でも、作品のテーマはむしろユグノーじゃないかしら。サンドラはしつこいくらいにユグノーをテーマにしていたわ。フランスからやってきた織物職人たちの暮らしと歴史に興味があって、実際、知り合いもいたみたい。直接関わりのある人間として、そういうところを訪ねていくのが好きな人だったから。母方のジルっていう姓もユグノーによくあるフランス系の名前よね。サンドラは父親のことを知らなかったから、母方の家系についていろいろ知りたかったのかもね。母親はそんなことどうでもいいと思ってたみたいだけど」ため息をつく。「日記を読んでみたら?」

「日記?」

「サンドラがつけてたの。大量にあるはずよ。黒いスケッチブックで、メモや絵がびっしりなの。そうやってアイディアをみつけていたみたい。売ればかなりの値段になるでしょうね、もし彼女が——」言葉が途切れる。「もう帰るわ。日記をみつけたら、ちゃんと記録しておいたほうがいいわよ。立派な財産だもの。だれが管理するのか知らないけど、わたしに連絡するようにいってちょうだい」

電話を切ると、ジェマはアトリエをみまわした。ピッパ・ナイティンゲールはナッツとサンドラのことを悲しんではいるが、どうしてもビジネスを切り離しては考えられないようだ。

机と作業台から離れてみた。黒いスケッチブック。どこかでみたことがあるような気がする。はじめてここに来たときだろうか。——あった。これに違いない。ボタンとかリボンとか、コラージュに使う小物が入っている箱の横に積んである。

いちばん上の一冊を取って、開いてみた。注意深くページをめくる。さまざまな色のペンを使って、イラストの隙間を少しでもみのがすまいというように、小さな字でメモが書き込んである。イラストもすごい。布地の柄の図案みたいなものもあるし、建築物の細部のデザインらしきものもある。窓のイラストをみて、ジェマはすぐに気がついた。これは向かいの家の窓だ。ブリック・レーンにある、豪華な装飾をほどこしたアラビア風の門も描かれている。同じブリック・レーンでみかけた路上アートの模写もある。肖像画もたくさん。描かれているのはアジアの女性たち。子どももいれば年寄りもいる。マーケットに並ぶストライプの庇の下にたたずむ白髪まじりの男性の絵もあるし、可愛らしい少女の顔をシンプルな線描で表現したものもある。

ジェマはスケッチブックを閉じて、それを抱えたまま考えた。この中にサンドラ・ジルが生きている。少なくとも、これからのジェマやシャーロットは、サンドラの人となりをこのスケッチブックからしか知ることができないのかもしれない。ピッパはこのスケッチブックに高値がつくだろうといった。コレクターが欲しがるだろうといっているのだ。しかしシャーロットにとっては、それ以上の宝物ではないか。

スケッチブックを脇に置いて、ハンドバッグから手帳を取り出した。ルイーズに報告するためのリストをじっとみつめたが、そのまま手帳をバッグに戻した。

すべてのスケッチブックをそっと取り出し、色鉛筆の束をバッグから出して手に持つと、ジェマはアトリエを出た。

階段をおりる途中、踊り場に置いておいた花模様の手提げバッグを開くと、持ってきたものをそこに入れた。

一階まで戻って明かりを消し、庭に通じるドアに鍵をかけると、外に出た。玄関のドアにも鍵をかける。

いつもの習慣で、通りの左右をみわたした。車も人もやってこない。急ぎ足で車に戻ると、うしろのドアをあけて身をのりだした。バッグを後部座席の床にしっかりしまっておきたかった。

そのとき、背中をどんと押されて、車のルーフに頭をぶつけた。

足元がふらつく。それでも本能的にバッグから手を離し、車のキーを握りしめて、さっと振り返った。

男がふたり、目の前に立っている。汗とビールのにおいがする。

ウィルクス・ストリートとの角で待ち伏せていたのだろう。でないとこのタイミングで襲ってくるのは無理だ。ひとりは大柄で、冷酷そうな青い目の下がたるんでいる。もうひとりは痩せ型でにきび痕がひどく、神経質そうな顔をしている。

ふたりとも、みたことがある。

21

イーストエンドの町中にはヘロインが蔓延していた。かつては、痩せこけた腕いっぱいに注射痕のあるヤク中だけが使うものだったのに、いつのまにかそうではなくなっていた。新型のヘロインが出回りはじめたせいだ。依存性の高さはそのままだが、吸引しやすい形状になったし、値段が格段に安くなった。イーストエンドでは、ヘロインはマリファナより手に入れやすくなったのだ。

——タークィン・ホール "Salaam Brick Lane"

サンドラ・ジルの弟、ケヴィンとテリーだ。

「離れなさい」ジェマがいったが、もう遅かった。ジェマの背中は車にぴったりついている。車のキーを握る手に力をこめたが、殴れるとしてもふたりのうちひとりだ。もうひとりの動きには対処できない。

「この女、みたことあるな」大きいほうがいった。「どうだ、テリー」

にきび面がうなずく。

「おまえ、おふくろの家に来てたよな」大きいほうがケヴィンというわけか。「今度は姉貴の家。福祉課のスパイかなんかか？」指でジェマの鎖骨を押した。ジェマは反射的にその指を払いのけた。

「触らないで。離れなさい」全身が冷たくなるほどの怒りがこみあげていた。「あなたたち、何者なの？」

「いまいったろ」ケヴィンが十センチほどうしろに下がった。「この家は――」ソーセージみたいな指を家のほうに向けた。「――おれたちの姉貴の家だ」ジェマの鎖骨を押す。「そしておれたちの姪の家だ」もう一度。「関係ないやつが首をつっこんでくるんじゃねえよ」

「あんたたちだって――」ジェマもやり返した。「――立派な部外者よ」もう一度。「さっさと離れないと警察を呼ぶわよ」虚勢に過ぎなかった。携帯電話はバッグの中。バッグは車の床に置いてある。

ケヴィンはそれを無視した。「おふくろの住所をだれにきいた？」ジェマはテリーの顔に目をやった。話し合いはできるだろうか。そこへケヴィンがたたみかける。「姉貴の財産を狙ってるのか？」「なんの話だかわからないわ」ジェマはケヴィンをにらみつけた。

「もう帰るんだからいいでしょ。どいて」体に力をこめる。しかし、次にどう行動したらいいかわからなかった。

そのとき、男の声がした。どこかできいたことのある声だ。「おまえたち、その人のいうことがきこえただろう。さっさと離れろ」ジェマがさっと振り返ると、Tシャツにジーンズの男の姿があった。つんつんと立てた黒い髪。浅黒い肌。緑色の目。法医学者のラシード・カリームだ。手に携帯を持っている。「警察を呼んだ。すぐ来るぞ」

ケヴィンの目が左右に泳いだ。ブリック・レーンからフルニエ・ストリートに入ってくる人影がみえる。こちらに歩いてくる。どこか遠くでサイレンが鳴った。ケヴィンは一歩下がり、テリーの肩をつかんだ。「行くぞ」最後にジェマをにらみつける。「さっきいったこと、おぼえておけよ」ラシードをにらんで唾を吐く。「パキスタン野郎、余計なことしやがって」

ふたりはきびすを返して、慌てて逃げていった。クライスト教会の影の中にいったん消えてから、コマーシャル・ストリートの人ごみに飲まれていくのがみえた。

ジェマはラシードに向きなおった。気づくと脚が震えていた。「警察、本当に呼んだの？　いつのまにここへ？」

「モスクから歩いてきたら、ちょうどあなたたちの姿がみえたのでね。この近くに住んでるんだ。で、なにをしてたんだい？　あいつらは何者？」

「警察を呼んだって、本当なの？」ジェマは焦っていた。

「いや、そんな時間はなかった。あいつらがあなたになにかするんじゃないかと心配だから声をかけたんだ」携帯を持つ手をあげる。「これから呼ぼう。ふたりの特徴はよくおぼえてる」

「いいえ、待って」ジェマは車に寄りかかり、顔に落ちてきた髪をうしろになでつけた。いつのまにか汗びっしょりになっていた。こめかみのあたりがどきどき脈打っているのがわかる。

ラシード・カリームは心配そうな顔をしてそっと手を伸ばし、ジェマの額に触れた。髪の生え際が腫れている。「でっかいたんこぶができそうだ。やつらにやられたのかい？」ジェマがうなずくと、ラシードはジェマから手を離し、携帯のボタンを押しはじめた。

「待って。事情があるの」

ラシードが顔をあげた。手の動きを止めて、顔を近づけてくる。

「あいつらをかばってるんじゃないわ」ジェマは慌てて説明した。「ナツ・マリクに関することなの。あなたが公園で検死した被害者」

「マリク?」ラシードのこわばった表情がだんだん和らいで、好奇心があらわれてきた。ジェマのようすをじっと観察する。「座ったほうがよさそうだ。コーヒーを飲めるところに行こう」

角を曲がってブリック・レーンに入った。〈オールド・トルーマン・ブルワリー〉に向かって歩いていく。奥がコーヒーハウスになっているが、手前には流行のものを扱う店やアーティストのアトリエがある。ラシードはジェマを連れて店に入り、固い木製のベンチに座らせると、「ここで待っててくれ」といって奥に入っていった。

腰をおろしてはじめて、ジェマは全身が震えていることに気がついた。

ラシード・カリームが通りかからなかったら、あのふたりになにをされていただろう。外はまだ明るいし、あそこは落ちついた住宅街だ。きっと脅しにきただけに違いない。そう自分にいいきかせたものの、一度味わった恐怖を理屈で抑えることはできなかった。

刃物を使った傷害事件や強盗はしょっちゅう起こっている。それがちょっとしたことでエスカレートして、被害者がひどく傷つけられることもある。

被害者の気持ちがよくわかった。

強い怒りがこみあげてきた。吐き気がするほどだ。頭の痛みも激しくなった。意識的に深く呼吸をして、吐き気を忘れるようにした。外に目をやる。鉢植えの木に日が当たって、その影が地面に模様を作っているのをみているうちに、ここは古いビール工場の中庭なのだと気がついた。

広いコンクリートの庭の隅に二階建てのバスがある。旧式の車体だ。その前にテーブルやパラソルが並んでいる。

その光景をみて、ジェマは思わず笑みを浮かべた。怒りと頭痛が一瞬遠ざかる。そのとき、思い出した。二階建てバスのカフェといえば、ナツがサンドラたちと待ち合わせしていた場所だ。サンドラがいなくなった日曜日の午後、ナツはここにいて、いっこうに姿をみせない妻をずっと待っていたのだ。

ラシードが戻ってきた。ジェマはバスから視線を離し、ラシードが持ってきたマグカップをみた。「コーヒーじゃないのね。まさか――甘いお茶？　わたし、苦手なの」

「おでこにたんこぶがある人がコーヒーを飲むのはまずいと思ってね。ただでさえ内出血してるっていうのに、カフェインのせいで血行がよくなったら――だからお茶にしたよ」もう一方の手を差し出した。「それと、氷だ」ビニール袋に氷を入れてもらってきたらしい。袋はふきんで包んであるが、それもすでにかなり湿っている。「これをおでこにあてて、お茶を全部飲んでごらん。普通は氷なんて売ってもらえないんだが、オーナーと知り合いだから特別に頼んだんだよ」

ジェマはいわれたとおりにした。お茶の温かさが体にしみいるようだった。氷が頭のずきずきする痛みを和らげてくれる。

「じゃあ」胸の下でカットしたTシャツと短パン姿のウェイトレスが、ラシードにエスプレッソを持ってきた。「さっきの好ましくないふたり連れについて、話してもらおうかな」

「好ましくない?」なんだかおかしくてたまらない。しかしジェマは笑いをこらえた。笑うと頭に響くのだ。そのときふと我に返った。さぞかしひどい姿になっているだろう。汗びっしょりでがたがた震えて、頭にできたたんこぶを冷やす氷からは水滴がぽたぽた落ちている。

ケヴィンとテリーのことを思い出すと、笑い出したい気持ちが急にさめた。お茶をもうひと口飲んで、氷を頭にあてたまま、シャーロットのことや、ゲイル・ジルの家を訪ねたときのことを、話せる範囲で説明した。キンケイドが麻薬中毒者更生会のせいで捜査を制限されていることには触れず、最後にこういった。「というわけで、通報はできないの。通報したら、身元を明かさなきゃならないでしょ。そしたら、警官だってことを黙ってゲイル・ジルに会いにいったことを話さなきゃならなくなるもの」

「だが、嘘をついたわけじゃないだろう」

「ええ。でも、わたしが首をつっこんだせいで、シャーロットの親権問題がややこしくなると困るわ」

「あいつらに脅されたことを福祉課に話したほうがいいと思うんだがなあ」ラシードは黒い眉を寄せた。「サンドラの子どもは父親がパキスタン人、母親が白人なんだね」

ジェマはうなずいた。サンドラの父親にはカリブ人の血が混じっているのではないかと思っていたが、そのことはいわなかった。

「あいつら、シャーロットが自分たちのものになったら、サンドバッグ代わりにするんじゃないか」ラシードは険しい顔でいった。「いまきいた話からすると、どんなに監視していたって、あのふたりは母親と接触しつづけると思う」

「わたしもそれが心配で、福祉課に訴えているの」ジェマは怒りを押しころしていった。

「痩せた男のほうは麻薬の常習者だな。バングラデシュ人のコミュニティに行くと、あいうのをよくみかける。みなれてくると、すぐわかるようになるんだ。白人でも黒人でもアジア人でも同じだ。にきび面で、体がぴくぴくしてる。あのぼんやりした眼差しも特徴のひとつだ」

「ディーラーは常習者にならないものだと思ってたわ」ジェマは麻薬中毒者更生会の捜査のことを考えながらいった。

「まともなディーラーはそうだよ。だが、もうひとりのほうは気をつけたほうがいいな。しゃべってたほうだ」

「ケヴィンね」ケヴィンの顔を思い出すと、氷を持つ手に思わず力がこもった。

「大丈夫かい？　頭がくらくらしないか？」ラシードは腰を浮かせて、ジェマに覆いかぶさるような格好になった。

ジェマは椅子に座ったまま、わずかに身を引いた。「カリーム先生、生きた人間の診察もしたほうがいいわ。患者との距離感を学ぶべきね」

ラシードは体を元に戻した。きまりが悪そうだ。「失礼。前は生きた人間もみていたんだが。近所のおばさんや親戚のおばさん、いとこたち。だがみんな、ちっともいうことをきいてくれない」

「お医者さんなのに？」

「もともとが、生意気な腕白小僧だったからね」その瞬間、ジェマの目には生意気な少年の姿がみえたような気がした。ニール・ウェラーも、ラシードのことをそんなふうに話していたものだ。

「いまは全然違うわ」ジェマが微笑むと、ラシードも微笑んだ。「近所のおばさんや親戚のおばさんたち、いまでも相談に来たりするの？」

「人を介してとか、間接的なやりかたでね。医者だろうがなんだろうが、こっちは男だ。女性が男性とおしゃべりするなんて、という考えが彼女たちにはあるからかな」

ジェマはリヴィングトン・ストリートのクリニックのことを思い出した。「女同士ならいろいろ話せるのね」

「たぶん。まあ、話題によるだろうが」ラシードはコーヒーを飲みおわり、ジェマのお茶に目をやった。まだ半分残っている。「飲んでしまうといい。それと、運転するのはよくない。ぼくが家まで送るよ」

それがよくある口説き文句のように思えて、ジェマは赤面しそうになった。「いえ、大丈夫。ちょっと頭が痛いだけだから」

「やつらに住まいはばれていないかな。ひとりにはならないほうがいい」

「家には子どもたちがいるし、パートナーもいるわ」ジェマはそう答えたものの、なんだか気まずい思いがした。そんなことまで説明しなくてもよかったのに、そう思うとますます顔が赤くなった。「もう行くわ。助けてくれてありがとう」

額の腫れたところにそっと触れてみた。このことをダンカンにどう説明したらいいだろう。ケヴィンとテリーの頭をかち割ってやりたい、くらいのことをいいだしかねない。冷静でいてもらわなければならないのに。

22

バングラデシュ人コミュニティのすべての世代に共通する思いがある。それは、白人は家族を大切にしないということだ。バングラデシュ人は、子どもが一人前になって、結婚とともに親と離れて住むことになったとしても——結婚前に家を離れる場合もあるが——多くの場合、家族は団結していなければならないと考えるし、個人の利益よりも家族の利益を優先すべきと考える。個人の利益は家族によってもたらされると考えるのが普通なのだ。

——ジェフ・デンチ、ケイト・ギャヴロン、マイケル・ヤング
"The New East End"

いちばんに気づいたのはトビーだった。「ママ、おでこどうしたの?」

帰り道にスーパーで買ってきた食材を冷蔵庫にしまっていたときだった。車だったので買い物はできたが、これから食事だと思うと、軽い吐き気がこみあげてきた。

キッチンのテーブルでファンタジー小説を読んでいたキットが顔をあげた。「本当だ。たんこぶができてるよ」

「シャーロットの着替えやおもちゃを取りにいったとき、屋根裏で頭をぶつけちゃったのよ」

「おもちゃ？　どんなの？」トビーが買い物袋をあさりながらいった。まるでおやつを欲しがる小犬のようだ。

「色鉛筆よ」

「今日ね、シャーロットのところに行ったんだよ」トビーがいう。「ウェズリーがつれてってくれたの」空振りだとわかって、買い物袋から離れた。「ぼくもお絵描きしたいなあ」

「だめよ、シャーロットのものだから。シャーロットにきいてからじゃないとね」

「いつきくの？　いつシャーロットにわたしにいくの？」

「わかりません」ジェマは苛立ちを抑えきれず、冷たく答えた。頭ががんがんする。ときどき、自分の息子は人間の顔をした犬かなにかではないかと思えてくる。

帰りにベティの家に寄るつもりだったが、最後の最後に気が変わった。いまの状態ではシャーロットに会えないと思ったのだ。シャーロットの顔をみれば、シャーロットの叔父たちの顔を思いうかべてしまうだろう。ついさっき脳裏に刻みつけられたばかりの、あの顔を。

「キット、グリルに火をつけてきてくれる？　チキンを買ってきたの。あとはサラダよ」この家には、昔からあこがれていたオイル式のオーブンがある。しかし夏の暑い日にそれを使うとキッチンが大変なことになる。そこで、冷たいサラダとパスタですませることが多くなる。そしてもうひとつの救済策が、パティオに出した炭焼き用グリルを使うことだった。

ありがたいことに、キットは生まれつきとしかいいようがないくらい、火を扱うのが好きだった。科学的な興味も手伝ってか、いまでは炭に火をつけたり、その調節をしたりするのがだれよりもうまい。

「了解」キットは立ちあがったが、まっすぐパティオには行かず、ジェマに近づいてきた。額をじっとみる。「お医者さんに行ったほうがいいよ」

「大丈夫よ、ありがとう」ジェマは笑顔を作った。「それより火をお願いね。みんなおなかをすかせてるから。お父さんももうすぐ帰ってくるわ」

ダンカンにも〝屋根裏部屋で頭をぶつけた〟と話すつもりだった。少なくとも子どもたちが寝るまではそれで通せばいい。ところが、そのとき電話が鳴った。

「今日は遅くなるよ」ダンカンが前置きもなしにいった。「ケヴィンの職場のボスが白い大型のバンを持ってることがわかったんだ。いま麻薬中毒者更生会にかけあってる。検問に引っかけて取り調べてやりたい。それが無理なら、そのロビーって男が麻薬取引に関わってるのかどうか、麻薬中毒者更生会の考えをきかせてもらおうと思うんだ。ロビーが麻薬中毒者更生会の監視対象になってるとすれば、先週の土曜日にバンがどこにあったかがわかるかもしれない」

ジェマは袋入りのサラダをボウルに移して、冷蔵庫からドレッシングを出してきた。

「あまり望みはなさそうだけど」

「ああ。だが、ほかの線は全部つぶれてしまったんだ。ルーカス・リッチーはやはりアリバイがあった。セント・ジョンズ・ウッドで姪の誕生日パーティーに出ていた。母親がカリンに写真をみせてくれたよ。それに車では行かなかったから、パーティーの途中で抜け出してナツに会い、公園に死体を捨てるなんてことはできそうにない。ほかの客の名前をカリンが控えてきたが、たぶんなにも……」

「そうでしょうね。クラブの元従業員は？　行方不明の女の子。カイリーといったかしら」

「まだなにも。両親に話をきいたところ、娘はプラムステッドに住んでる、というんだ。いや、ワンステッドだったかな。いずれにしても、当てにならないな。カリンが調べてる」ダンカンの声には疲れが感じられる。

「麻薬は？」ジェマはラシードの話を思い出しながらいった。テリー・ジルは麻薬の常習者だ。だとしたら、麻薬中毒者更生会がマークしていて、手を出すなといわれるかもしれない。

その場合、シャーロットはどうなってしまうのか。

しかし、このことをジャニス・シルヴァーマンに話すわけにはいかない。そう考えるに至った理由を話さなければならなくなるからだ。ダンカンにも、いまはまだ話せない。トビーとキットがキッチンにときどき入ってくる。

「やってるかもしれないな。それより、ジェマ、どうかしたのか？　声に元気がない」

「平気よ。大丈夫。長い一日だったから疲れちゃって。あとで話すわね」

ダンカンはやっとのことで、麻薬中毒者更生会の幹部と話をすることができたが、満足のいく回答は得られなかった。そして家に帰ったときには、ジェマはベッドでぐっすり眠っていた。

翌日少し遅めに目を覚まし、下におりていくと、キットとトビーが朝食をとっていた。ジェマはもう出かけたという。

「電話がかかってきたんだ」キットが教えてくれた。「また窃盗事件があったんだって。ゴルボーン・ロードっていってた」情報をうまく伝えることができて、キットはうれしそうだった。「トースト、できてるよ」

「ありがとう」ダンカンはキッチンの時計に目をやった。「だが歩きながら食べないと、トビーの幼児学校の時間に間に合わないな」

ダンカンはトビーにバックパックを取りにいかせ、そのあいだに、ジャムをぬったトーストをかじってコーヒーで流しこんだ。すると電話が鳴った。カリンからだ。もうひと口食べて電話に出た。「すぐ行くよ。いまちょっと——」

カリンは最後まできいてくれなかった。いつもより甲高い声でいう。「ボス、タブロイド紙にとんでもない記事が出てます」

「ボス」メロディがジェマのオフィスに顔を出した。「警視がいらしてます」

ジェマはパソコンの画面で報告書を読んでいるところだった。今回の事件は窃盗ではなく強盗だった。小さな食料品店の店主が、早朝、店をあけようとしていたときに襲われたという。「ラム警視?」ジェマの直属の上司はマーク・ラム警視だ。どうしてメロディがわざわざ知らせにきたのだろう。

「いいえ」メロディは声を小さくした。「キンケイド警視です」

メロディがいなくなり、キンケイドがジェマのオフィスにはいってきた。ものすごく怖い顔をしている。ドアを閉めると、ジェマの机に新聞を広げた。「これをみたか？」

ジェマは新聞を自分のほうに向けた。〈クロニクル〉の朝刊だ。見出しには「ホワイトチャペルのセックスクラブで奴隷取引か」とある。

「え？」新聞をさらに手前に引いて、冒頭の要約文を読んだ。〈クロニクル〉らしい、どぎつい文章だった。警察が、ホワイトチャペルにある会員制クラブに捜査のメスを入れている。まもなく〝現代の奴隷取引〟を行った容疑で裁判にかけられることになっている有名なバングラデシュ人のビジネスマンは、このクラブの上客だった、という内容だ。アザードの名前も出ているし、彼が関与を疑われている人身売買の罪状についても詳しく書かれている。ほかにもさまざまな犯罪に関与しているとして、その要約が記載されている。

そして、住所こそ書かれていないが、ホワイトチャペルのアーティラリー・レーンの近くにあるクラブがいかに淫らな場所であるかが詳しく書かれている。働いている若くて美しいホステスたちは高級娼婦同様の存在であることも。クラブの会員たちは、不正な手段で手にした富を武器に、イギリスの法律や人権を足蹴にしているものと思われる、と結ばれていた。

「これ、どういう――」ジェマは呆然として紙面をみつめてから、顔をあげた。「リッチーのクラブのことね。どこからこんな話が？」

「わからない」キンケイドは机の前に腰をおろした。「警視正とは電話で話した。警視正は警視監と話し合ったあとだった。警視監も、どこかの偉いさんからクレームを受けたとのことだった。みんなが知りたがっているのはただひとつ、ここに書いてある〝捜査のメス〟とはなんなんだ、ということだ。ぼくは、殺人事件の捜査のルーティーンとして事情聴取をしただけだし、事件にこのクラブが直接関わっているわけではない、と答えた。ジェマ、あのクラブを探っているところをだれかにみられたんじゃないのか？」

「いえ、まさか。わたしはリッチーと話しただけよ」ジェマは声を低くした。「それに、わたしはたしかにあのクラブに行ったけど、麻薬中毒者更生会に文句をつけられるようなことはしてないわ」

「きみが個人的な理由で捜査をしていたとは、ぼくはいいたくない。きみもそうだろう。個人的な理由で殺人事件の捜査を妨害したとなれば、きみのボスもぼくのボスも気を悪くする。それだけじゃない。ルーカス・リッチーやアフメド・アザードの協力は、今後いっさい得られないだろう」

そのとおりだ、とジェマは思った。シャーロットの親権の件でも、ルーカス・リッチーの協力を得ることはできなくなってしまった。もう会って話をすることもできないだろう。気持ちが沈む。

「リッチーのクラブの会員の中には、どこかの要人につてのある人間もいるんだろうな。それは予想できる。だが、きみが泥をかぶらない限り、偉いさんたちからの苦情はやまないだろうな」

「でも、どのクラブだってはっきり書いてあるわけじゃないのに」

「そんなものは書いてなくても同じだよ。関係者にしてみればね。しかし、だれがいちばん怒ってるんだろうな。リッチーや重役たちなのか、アザードなのか」新聞を指先で叩く。「クラブ自体は一点のやましいところもないのかもしれないが、会員の中には、高級娼婦との噂が立つだけでも困るという人間もいるだろう。アザードが関わってるのを嫌う人間もいるに違いない」

「アザード、クラブから除名されるかしら」

「自分はこんな問題を抱えていますと公表して入会したわけじゃないだろうから、この記事を読んでびっくりする会員は多いだろうな。リッチーは別だが。少なくともアザードはクラブでは浮いた存在になるだろう。とはいえ、狡賢い男だから、そのうち調子を取り戻す。もっとも、刑務所に入ることになれば別だ」

ジェマはもう一度記事に目を通した。「刑務所行きはないんじゃないかしら。検察側のとっておきの証人が行方不明なんだもの」顔をあげ、ずきずきする額をなでた。「あんなクラブ、行かなきゃよかった。ルーカス・リッチーがわたしの名前を出したら困ったことになるわ。すべての責めをあなたが負うことになる。そんなこと――」

キンケイドはジェマに最後までいわせなかった。「リッチーは、ほとぼりが冷めるまでおとなしくしているだけだろう。それに、きみが訪ねていったせいでこの記事が出たとは、リッチーにしろ、ほかの人間にしろ、考えないんじゃないかな。リッチーやアザードが市警にクレームをつけるとは考えにくい。ただ、アザードは新聞社を訴えるかもしれないな」キンケイドはこのときはじめて、ジェマの顔をじっとみた。「怪我をしたのかい？」眉間にしわを寄せる。「腫れてるじゃないか」

ゆうべ、先に寝ないで待っていればよかった。しかし気分が悪くて起きていられなかったのだからしかたがない。「きのう、ジル兄弟と衝突したの」しかたなく話しはじめた。兄弟に脅されたこと。ラシード・カリームに助けられたこと。

キンケイドはうなりながらきいていたが、しまいには噴火寸前の火山のようになった。「くそっ！」立ちあがり、狭いオフィスを歩きまわる。「できそこないの下等生物どもめ」キンケイドが激昂することはめったにない。ジェマにとって認めたくないことだが、ジェマのほうがよほど癇癪持ちなのだ。それに、キンケイドが怒るのは、事情聴取のときに相手を動揺させるため、わざとそうしてみせることがほとんどだ。「しょっぴいてやる。麻薬中毒者更生会がなんといおうと関係ない。急所を万力でつぶしてやる。きみに怖い思いをさせて、ただですむと思ったら大間違いだ。きみには指一本触れさせない」握り拳を作った。「腐ったチンピラども――」

「殴られたわけじゃないのよ」ジェマはキンケイドをなだめようとした。怒るだろうとは思っていたが、ここまで興奮するとは思っていなかった。「背中を押されて、車に頭をぶつけたの。それに、麻薬捜査を妨害するのはまずいわ。ケヴィンとテリーにわたしが警官だってばれたらまずいし、警察とつながりがあるってことだけでも知られたら困る。あなたとも。わたしがゲイル・ジルからききだしたことすべてが不法に得たものだと疑われてしまうし、あなたもわたしも警官としての立場を危険にさらすことになる。シャーロットのためにもならない」

キンケイドはジェマをみつめた。「それにしたって、許せない。だがぼくのせいだ」両手をポケットに入れた。そうしないとなにかを殴ってしまうとでも思ったのだろう。

「ぼくのせいで、きみが危険な目にあったんだ」

「あんなことが起こるなんて、だれにも予想できなかったわ。それに、わたしが自分の意思で行ったのよ。麻薬中毒者更生会の捜査が終わったら、ケヴィンとテリーをこてんぱんにやっつけてちょうだい」

「何ヵ月もかかるだろうな。麻薬中毒者更生会は、捜査の予定もなにも知らせてくれない」

「麻薬中毒者更生会がぴりぴりしてるのは、捜査が山場に来てるからじゃないかしら」

　キンケイドは歩きまわるのをやめなかった。「たとえほんの数日だとしても、ジル兄弟がナツ・マリク事件と関わってるって証拠が消えてしまうかもしれない。アザードがいってたが、レストランに火炎瓶を投げこんだ群衆を指揮していたのも、そのふたりなんだ。警察には話してないそうだ。話せばまた狙われると思ったのか、あるいはナツとサンドラに義理立てしたのかは知らないが。だがナツがそのことを知っていたとしたら……」

「ケヴィンとテリーは、ナツの口を封じればアザードもこのまま黙っているだろうと踏んだのかもね。あるいはナツが、通報するぞとふたりを脅したのかも」

「もっと複雑な話かもしれないぞ」キンケイドは机の前で足を止め、新聞を自分のほうに向けた。「この記事によると、アザードはいろいろとまっとうでないビジネスをやっているようだな。ちゃんとしてるのはレストランだけだ。不法滞在者に低料金で家を貸しておいて、低賃金で働かせてる。ジル兄弟を警察につきださなかったのは、ナツとサンドラからなにかの恩を受けていたからかもしれないぞ」

「恩返しってこと？　サンドラが兄弟を守ったってことになるわよ」

「いや、アザードがそう思ったってことだよ。サンドラが兄弟を守るだろうと」

　ジェマは首を振った。「あなたはアザードは潔白だと思ってたんじゃなかったの？」

「いや、いままでは読みが浅かった」キンケイドは机に身をのりだして、ジェマの顔にかかっていた髪をそっとうしろになでつけた。「約束してくれないか。今後ブリック・レーンには近づかないと。ベスナルグリーンにも、それからイーストエンドのほかの地域にも」優しい口調だったが、有無をいわさぬ響きがあった。「麻薬捜査が終わるまででいい。それさえ終われば、ぼくがケヴィンとテリーに近づくこともできる」

キンケイドがジェマのオフィスから出ていくとすぐ、メロディが入ってきた。慎重な手つきでドアを閉める。顔面蒼白だった。「ボス――」

「メロディ、大丈夫？　具合でも悪いの？　そこに座って――」

「ボス」メロディは気をつけの姿勢になった。ぱりっとしたネイビーブルーのスーツがどこかの制服みたいにみえる。視線はジェマの目を避けていた。「ボス、わたし、警官を辞めさせていただきます」

23

わたしは、自分が生粋のロンドンっ子であることや、子ども時代をイーストエンドで過ごしたことを、心から誇らしく思っている。イーストエンドの人々の暮らしぶりを記録しておきたい。忘れられてしまわないうちに。そこに住む人々の多くはロンドン東部の出身だ。あるいは、ロンドン東部と同じような、住民同士が密接なつながりを持つようなコミュニティの出身だ。わたしはそんな人々の暮らしを、ここに書き記していこうと思う。

——ギルダ・オニール "East End Tales"

「なにいってるの、メロディ。そこに座って」
メロディはぎこちない動きでジェマの机に近づき、椅子に腰をおろした。手足が自分のものではないかのように、ばらばらに動いている。ジェマの前に座って、新聞に目をやった。「わたしのせいです。その記事」

「どういうこと?」

「父のせいです。わたしの父親は〈クロニクル〉の社長なんです」

「は?」ジェマにはわけがわからなかった。頭痛のせいでありもしない話がきこえてくるのだろうか。「ふざけないで。冗談をいってる場合じゃ――」

「真剣に話してます。これが冗談なら、わたしもどんなにうれしいか。わたしの父親はアイヴァン・タルボットです。あのアイヴァン・タルボット。新聞王と呼ばれる男」

「でも――どうしていままで黙ってたの?」ジェマは驚いて言葉もまともに出ないほどだった。

「話したら、だれにも信じてもらえなくなると思ったんです。そうなるのが当たり前です。これだって――」蔑むような目で新聞をみる。「――わたしのせいなんですから」

「でも、わざと漏らしたわけじゃ――」

「ええ、もちろんです。でもわたし、クラブでアフメド・アザードをみかけて、新聞社のオフィスに行って調べてみたくなってしまったんです。〈クロニクル〉のデータベースを調べれば簡単にいろんなことがわかるし、いままでにも、事件の解決に役立ちそうだと思って、そうやって情報を集めてきたことがあります。欲を出しすぎたんですよね。ばかでした。そしてとうとう、こんなことに……。

あの日、父はもう仕事を終えて帰宅したんだと安心して、父のオフィスにいたんです。そしたら父が戻ってきて。そのときちょうど、アザードのファイルをあけていました。わたしがなにを調べているか、父はそれだけでわかったんでしょうね。しかも、わたしったら――」メロディは頭を左右に振った。自分のばかさ加減にあきれているようなしぐさだった。「——父に、リッチーのクラブを知ってるかってきいてしまったんです。父にしてみたら、それだけ材料があればじゅうぶん。あとは組み立てて記事にするだけです」

「この記事を載せること、あなたに前もって教えてくれなかったの？」

「うちの父はそんなに甘い人じゃありません。なによりもまず新聞。ほかのことは二の次三の次。まったく、殺してやりたいくらい」

なるほど、とジェマは思った。記事に警察とクラブとアザードが出てくるのはそういうわけだったのか。

「考えが甘かったんです」メロディが続ける。「父を信じたわたしがばかでした。ボスも、わたしを信じちゃだめだったんです」

「メロディ、こんなことになるなんて、だれにもわからなかったんだからしかたないでしょ。新聞社のデータベースを調べたのはまずかったとしても――」

「でも、これは氷山の一角ですよね。新聞社ってたちが悪いものだし、中でもうちの父は最悪。記事になりそうなネタをひとつでもみつけたら、食いついて離れません。わたしがデリケートな事件の捜査に当たってるってわかったら、ハゲタカみたいにわたしを監視しつづけるでしょう。それに、わたしが〈クロニクル〉の社長の娘だってことを警察の人たちが知ったら、だいじなことはなにひとつわたしに教えてくれなくなるはずです。わたしが昇進を願い出ないのも、そのためです。リスクが大きくなるから。関心を持たれたくなかったから」

「メロディ、気づいてると思うけど、お父さんは、この記事を新聞に載せることで、あなたのキャリアをぶちこわそうとしたわけよね。この記事を出せばあなたが辞職を願い出る、そう読んだ上での暴挙かもしれないわよ。でも、こんな記事、別にたいしたことじゃないわ。ちょっとまわりが騒いでいるし、あなたもばつの悪い思いをしただろうけど」

メロディはジェマをみつめた。「そんな――ああ、わたしったら、そんなことにも気がつかないなんて。たしかに、父はわたしが警察で働くことにずっと反対していました。なんのために高い教育費をかけたと思ってるんだ、せっかく身につけた教養だって役に立たないじゃないか、って。自分が苦労して築きあげてきたものを、わたしに継いでほしいと思ってるんです。頑固で執念深い人です。でなかったらあの地位まで登りつめていないと思いますけど」眉をひそめる。「わたし、自分から罠にかかってしまったようなものですね」

「あなたの本心はどうなの？」ジェマには想像もつかなかった。目の前にそんな人生のレールが敷かれていたら、自分だったらどうするだろう。「最終的にはお父さんのあとを継ぐ？　たいていの人はそうするでしょうね。地位と権力とお金のある人生を選ぶわ。家のローンとか食費とか、そんな心配とは無縁の生活でしょう」

「それはそれでいろいろあるんですよ」メロディは苦々しい笑みを浮かべた。「プライベートジェットを持ってるような友だちに囲まれていたら、それなりに張り合わなきゃなりません。でも、父にとって大切なのは、お金より権力なんだと思います。自分にはこんなことができる、これだけの影響力がある、っていうのが誇らしいんです。ニューカッスルの公営住宅で生まれ育った生意気アイヴァンがここまで出世したんだぞ、というのが」

ジェマは当惑したままメロディをみつめた。写真のネガを二枚重ねてみているような気がする。同一人物なのに、ぴったり重ねようとしても重ならない。「タルボットっていうのはよくある苗字だから、考えもしなかったわ。けど、お父さんのアイヴァンって名前、ロシア系よね。どうして？」

「祖母は学生時代に妊娠したそうです。そのとき、学校でロシアの歴史を勉強していたとか。頭のいい女性で、生まれた子どもも頭がよかったそうです。生活は苦しかったようですが。でも――」メロディは身をのりだした。「――わたしは父のようにはなりたくありません。新聞記者にもなりたくないし、新聞社の社長にもなりたくないんです。どんなにがんばって実績を積んだって、アイヴァンの娘だから、ですまされてしまう。わかってもらえますか？」

ジェマは自分の父親のことを考えてみた。ジェマが警官という職業を選んだことを、いまもまだよく思ってくれていない。娘が自分の思ったとおりになってくれなかったことが不満でならないのだ。もし父にアイヴァン・タルボットのような権力があったら、娘のキャリアをどんなふうにつぶしにかかってくるだろう。

「それに――」メロディは疲れきった表情で続けた。「――わたしは、物心ついた頃から、おまわりさんにあこがれていたんです。刑事もののドラマはかかさずみていたし、刑事になるにはどうしたらいいかというハウツー本もたくさん読みました。父は、わたしに最高の教育を与えれば、そんな夢をあきらめるだろうと思ったみたいです。普通の女の子になってくれるだろうと。でも、わたしはそうはならなかった」

「なのに、お父さんの思惑どおりに、この仕事を辞めようと思ってるの？　信じられないわ」アイヴァン・タルボットに直談判してやりたい、とジェマは思った。苛立ちのせいで頭がずきずきする。「あなたはこの仕事に向いてるわ。わたしはあなたを失いたくない。警察にとって必要な人材だと思う。だから、辞職なんて認めません。これからはもっと気をつけて。新聞社のデータベースには今後いっさい触らないこと。事件について、お父さんにひとこともしゃべらないこと。どんな状況でも、例外なく。わかった？」

「でも——ボスはこれからもわたしを信じてくれるんですか？」

「あなたの人柄を信じてるから」メロディが出自を偽っていたのは事実だが、ジェマは心からメロディを信じていた。「お父さんの職業なんて関係ない。今回のことも、あなたとは無関係。いまの話は、ふたりだけの秘密にしましょう。今後話題にもしない。だれにも話さない」

ジェマとメロディはみつめあった。長い沈黙が流れる。この決断は正しかったんだろうか——ジェマが不安になりかけたとき、メロディが立ちあがって、こくりとうなずいた。「ボス、ありがとうございます。ご期待に添えるようにがんばります」丸い顔に決意がみなぎっている。「もうひとつ、約束します。いつかきっと、父にこのことを後悔させてやります」

金曜日の残りの時間は、特にこれということもなく過ぎていった。土曜日の朝、日が高くなってからベティ・ハワードの家に向かうときも、ジェマはメロディと交わした会話のことばかり考えていた。メロディの出自を知ったことで、メロディをみる自分の目は変わってしまうだろうか。理解できたことはある。メロディが捜査に当たるときの執念深さも、プライベートの話をしたがらないことも、そんな事情があったからなのだ。ただ、メロディが自分の足で立っていたいと思う気持ちはよくわかるが、出自を永遠に隠しておくことはできないのではないか。とはいえ、ジェマは約束を守っている。ダンカンにも話さなかった。ダンカンに対して秘密を持つのはいい気分がしないし、自分の失敗のせいでダンカンを苦しめていると思うと、つらかった。そもそも、メロディをルーカス・リッチーのクラブに連れていったのは自分なのだ。そこからさまざまな出来事が連鎖して、あの新聞記事が書かれるに至った。しかし、ダンカンに話すわけにはいかない。

すでに気温はかなり上がっている。車で出かければポートベロ・ロードの渋滞に巻きこまれることは目にみえていたが、歩いていく気にはなれなかった。今日はマーケットが立つ日だ。子どもたちもシャーロットに会いたがっていた。特にトビーは、シャーロットの色鉛筆でお絵描きをしたくてたまらないようだ。しかしふたりとも、今日はそれぞれ予定が入っている。

ダンカンがトビーをサッカーの試合に連れていった。出がけにぼやいていたとおり、公園で日射しを浴びながら、就学前の子どもたちがボールを追いかけまわすのをみているのがダンカンの仕事というわけだ。キットは学校の友だちとスターバックスで待ち合わせ。宿題をどう片付けるかの相談をするらしいが、それだけではないだろう。くだらない噂話にも花が咲くだろうし、iPodを交換して音楽をきいたりもするはずだ。それでもジェマはうれしかった。家にこもりがちだったキットが、最近は頻繁に友だちと出かけるようになっている。

ベティの住まいの近くにスペースをみつけて車をとめたとき、電話が鳴った。どきりとしてディスプレイをみると、発信者は妹だった。どうしたんだろう。母とは朝に一度電話で話している。元気だといっていたのに。

「おはよう、シン」電話に出た。妹にはいつも明るく挨拶するようにしている。その後の会話も明るいムードのまま終わってほしいからだ。

「お母さんにきいたけど、今日、来られないの？」

「ええ、今日は行かないわ。明日、子どもたちを連れていく。今日は子どもたちの予定があるし、わたしもシャーロットと約束してて――」

「シャーロット？　ああ、姉さんが引き取ったっていう女の子？」

「引き取ってはいないわ」まったく、これだから。頭がずきずきしはじめた。「ウェズリーのお母さんに、一時的に面倒をみてもらってるの。頼んだのはわたしだから責任があって――」

「よその子どもの責任がどうとか、その前に自分の母親の心配をしたらどう？」シンの声が大きくなった。子どもたち――ブレンダンとティファニー――がうしろで騒いでいるせいだ。「あんたたち、静かにして！」受話器を手で覆いもせずに怒鳴る。ジェマの鼓膜が破れそうになった。騒音は少しだけましになったが、それも一瞬のことだった。たじろぎながらも、ジェマはいった。「シン、なにかあったの？　お母さんのことは心配してるに決まってるじゃない――」

「そうかしら。お母さんが退院してから一度も会いにこないじゃない。すごく――弱々しくなってるのよ。それに、すごく老けこんじゃって。あたし、どうしたらいいか――」驚いたことに、いつも毅然としている妹が泣き声になっている。

「化学療法のせいでそうなってるだけよ、シン」ジェマは慌ててなだめようとした。

「そのうちきっと――」

「今朝、お母さんにきかれたの。結婚式のこと」シンが力を取り戻した。容赦ない攻撃が始まる。「なんて答えたらいいのよ。少しでも話を進めてるの？」

「進めたいけど、進められないのよ。仕事が忙しくて、それに――」

「わかったわよ。いつだってそうね」冷たい声が響く。「まわりの人間の気持ちなんかどうでもいいのね。そんなんで、ダンカンもよく我慢してると思うわ。お母さんがどれだけ結婚式を楽しみにしてるか、わかってるの？　このままだったら、お母さんが死んだら姉さんのせいだからね」電話が切れた。

「シン？　もしもし？」電話は本当に切れていた。ジェマは思わず「うるさいわね！」と叫び、携帯を助手席に投げつけた。そんなことをしても気分は晴れなかった。

ここ何日かの出来事のせいで、結婚式のことが頭からすっかり消えていたのに、いまの電話のせいで、あれもしなければ、これもしなければという思いが一気に押し寄せてきた。吐き気も健在だ。サンドラの弟たちに襲われて頭をぶつけてからというもの、ずっと気分がすぐれない。車の中がやけに暑苦しく感じられる。耐えられない。

足をしっかり踏んばって車からおりた。頭がくらくらする。シャーロットの着替えやおもちゃのはいったバッグを後部座席から取り出した。今回は、周囲をよく確かめてから身をかがめたが、おかげで余計に頭がくらくらした。

歩いている足が自分のものではないような、不思議な感じがする。それでもなんとかベティの住むマンションに入ることができた。階段をみあげる。エベレストに登るような気分だ。一歩一歩、ゆっくり足を運んだ。踊り場ごとに足を止めて、頭に響く脈の音が静まるのを待った。

ベティの部屋に着くと、シャーロットが腕を伸ばしてだっこをせがんできた。そのとき、だれよりも癒しを求めていたのは自分だったのだと気がついた。

シャーロットがやっとのことでジェマから離れてくれた。色鉛筆の束を持って、キッチンの小さなテーブルにつくと、驚くほどの集中力で絵を描きはじめた。リビングでは、ジェマが持ってきた着替えをみてベティが歓声をあげている。

「お母さんの愛を感じるわねえ」ベティはピンク色のスカートをたたみながら、小声でいった。「服のことだけをいってるんじゃないわよ。こういう小さなものひとつひとつをみていると、伝わってくるの。この子は愛されていたんだなって。自分の意思でこの子を置いて出ていったなんて、絶対にありえない」Tシャツも丁寧にたたんで、スカートに重ねた。「お酒や麻薬がからんでいれば別だけど」

「サンドラ自身に関しては、それはないわ」ジェマがいうと、ベティの視線が返ってきた。どういう意味なの、とききたそうだ。ジェマは無難に答えた。「もしそうだったら、とっくにそういう噂がきこえてきてるでしょうから」

「シャーロット、大丈夫かしら。このままだとおばあちゃんのところに引き取られるんでしょう？　心配だわ。福祉課からはその後なにもいってこないのよ」

「そうね。わたしも心配だわ」

妹のきつい言葉が蘇ってくる。シンにいわれたとおり、シャーロットのことより自分の母親の心配をすべきなんだろうか。いまやっていることは自分勝手な行動なんだろうか。でも、この子にはできるだけのことをしてやりたい。守ってくれる人がほかにいないのだから。もうひとつ気になることがある。シンの考えが正しいとすると、ダンカンも不満を抱えているんだろうか。あきれているんだろうか。

「ジェマ、どうかしたの。なんだかぼんやりして」ベティが心配そうな顔でみている。

ジェマははっとした。ベティの話を全然きいていなかった。

「ごめんなさい。ちょっと――」説明したくてもできない。特に、シャーロットのいる前では。

「ジェマおばちゃん、みて」シャーロットがいって、紙を高く掲げた。直線と丸で描かれたシンプルな絵だった。大きな人間ふたりは赤と青。小さな人間は黄色。少しゆがんだ形になっているが、人間だということはじゅうぶんわかる。「ママとパパとおんなのこだよ」

ジェマはじっくりと絵をみた。そうしてあげたくなるくらい、しっかり描かれている。空には雲があり、黄色い女の子の足元には、足の生えたソーセージみたいな形のものがいる。「じょうずに描けたわね。女の子は黄色いのね。楽しくなるような色だわ。隣にいるのは、女の子の飼ってるワンちゃんかしら」

「ジョージィだよ」シャーロットがいった。ジョーディと発音できないらしい。「ジョージィにあいたいな」

「いいわよ、遊びに来る？　今日の午後でも、明日でもいいわ。ベティおばちゃんがいいっていったらね」ジェマはそう答えてから、ベティにいった。「うちの子たちもシャーロットに会いたがってるの。犬もね」精一杯の笑みを浮かべて、最後につけたした。「猫のシドはわからないけど」

「ねえ、お昼を食べていかない？」ベティがいった。「サラダを作ったの」

「うれしいわ」ジェマは答えたが、食べ物のことを考えると、額に汗が浮いてきた。「でも、だめなの。トビーがいまサッカーの試合に行ってるんだけど、そのあと画材屋さんに連れていく約束をしてるのよ。シャーロットが持ってるような色鉛筆が欲しいんですって」立ちあがってベティの頬にキスをした。「あとで電話するわ。シャーロットにいつ来てもらうか、相談しましょう」

シャーロットを軽く抱きしめる。だっこしてやりたかったが、ぐっとこらえて手を振り、玄関の外に出た。

階段をのぼってきたとき同様、おりるときにも頭がくらくらして足元がふらついた。ようやく車まで戻ってくると、乗りこんで、しばらくそのまま座っていた。

どうしたらいいんだろう。大切にしたいものがばらばらになってあちこちに飛んでいってしまいそうな気がする。両手でしっかり抱えておきたくても、頭がぼんやりしていて、それができない。

こぶを圧迫しないように気をつけながら、熱くなったハンドルに額をつけて、考えをまとめようとした。結婚式……お母さん……シャーロット……ジル兄弟……メロディ……結婚式……。

頭の中でいろんな問題がぐるぐる回っている。体を起こして、こみあげてきた吐き気をこらえた。考えがまとまらない。これじゃあだめだ。だれかのちゃんとしたアドバイスが欲しい。そのとき、ふと気づいた。こんなときに相談できる相手はただひとりだ。キーをイグニションに差しこむと、サッカーの試合会場ではなく、ケンジントンに向かって車を走らせた。

ダグ・カリンはその朝、不動産屋や物件のリストをポケットに入れて家を出た。ところが、ディストリクト線でパトニーへ行くつもりが、乗る電車を間違えて、気がついたときにはヴィクトリア駅に来ていた。ぼんやりしていたので、うっかりいつもの電車に乗ってしまったのだ。ぼんやりしていたのは、例の新聞記事のことが頭から離れなかったせいだ。そこで、そのまま電車をおりてスコットランドヤードに行くことにした。

オフィスでひとりきりになると、気持ちが落ち着いた。土曜日なのでオフィスは静かだし、じっくり考えをまとめることができる。どうしても引っかかっていることがある。ひとつはキンケイドの反応だ。はじめは驚いていたようだが、そのあとはすぐになにもいわなくなり、何事もなかったかのようにふるまいはじめた。いつもなら上司からのクレームを跳ね返すくらいのことはやりかねないのに、それもしない。リッチーへの事情聴取に同席した部下に対してもなにもいわないなんて、よほどへこんでいるのだろうか。

新聞に書かれていた〝捜査のメス〟というのは、自分たちがクラブを訪ねたことを指しているのはわかる。だが、アザードがクラブの会員だということにからんでの捜査であるかのように書かれていたのは納得がいかない。アザードが会員だったなんて、捜査をした当人たちも知らなかったのだから。

それとも、自分たち以外にもクラブを訪ねた警官がいたということか。カリンはペンを持って、机の伝言メモに関係者の名前を書きとめていった。関係のある人間同士を矢印で結ぶ。クラブが麻薬中毒者更生会の監視対象になっていたとしたらどうだろう。しかし、自分たちも麻薬がらみの捜査は自粛しろといわれていた。だったらほかの警官も同じことだろう。麻薬捜査の一環としてクラブを訪ねることはありえない。

しかし、ルーカス・リッチーが、ジル兄弟と間接的につながっていたのは事実だ。友人の弟たちなのだから。麻薬のディーラーであるジル兄弟をリッチーが利用していた、という線はないだろうか。ああいうクラブはマネーロンダリングにはもってこいだし、会員の中には、そっちのビジネスに投資する人間がいてもおかしくない。

しかし、アフメド・アザードはその話のどこにからんでくるのだろう。これまでに得られた情報の中に、アザードが麻薬に関わっていたという話は出てこない。ペンからインクが漏れてきた。汚れた紙を破って捨てる。指にもインクがついてしまった。その指でメモ用紙をぱらぱらとめくっていたとき、あることに気がついた。存在を忘れていた人間がいる。

ジェマだ。ジェマは最初からこの事件に関わっていた。スコットランドヤードに捜査協力要請が来る前からだ。ジェマのことだから、事件からすんなり手を引いたりはしていないだろう。ナッツ・マリクの娘の預け先を決めたのもジェマなのだから。だとしても、ジェマはなんのためにルーカス・リッチーを訪ねていったというのか。考えれば考えるほど、この件すべてにジェマが関わっているんじゃないかと思えてくる。気に入らない。だが情報は欲しい。

〈クロニクル〉には知り合いの記者がいて、ひとつ貸しがある。利用してみようか。こういうのは持ちつ持たれつだ。各方面に持ちつ持たれつのコネを作ってそれを利用するのは、どの警官もやっていることだ。

携帯電話を手にした。呼び出し音が何回か鳴ったあと、情報源であるベテラン記者、カル・グローガンが出た。

しかし、電話を切ったときには、電話をかける前よりも頭が混乱していた。なんでもきいてくれよ、喜んで力になるよ、と答えてくれたカルがいうには、例の記事は社長アイヴァン・タルボットみずから書いたものであり、その情報をどこから手に入れたのか、社長はだれにも話そうとしないというのだ。

ケンジントン・ハイストリートから少し入ったところに、緑に包まれた閑静な住宅街がある。エレガントなタウンハウスが立ち並び、その一部は会社のオフィスとしても使われている。あるテラスハウスの一階の端にはカフェがあった。ヘイゼルのいまの職場だ。

ジェマはカフェに入ってみた。白を基調とした清潔感のある店だ。テーブルは三つほどあるだけで、いまは客がふたり。ゆっくりランチを食べている。ヘイゼルは細長い店のいちばん奥にいて、洗ったグラス類を棚にしまっているところだった。白いTシャツと黄土色のズボンの上に白いエプロンという姿だ。ジェマに気づくと、満面に笑みを浮かべて、小走りで近づいてきた。

「ジェマ！　どうしてここへ？　うれしいわ」

「前もって連絡もしなくて、ごめんなさい。でも今日は出勤の日だといってたでしょ。ちょっとお話ができたらと思って。忙しい？」

ヘイゼルは残っている客のほうに目をやった。「ランチタイムの混雑がおさまったところよ。夕方になったらまた混んでくるけど、それまではゆっくりできるわ」入り口近くの小さなテーブルを指さした。「座って。お茶を持ってくるわ。眺めを楽しんでてくれたら、すぐ戻ってくる。ランチスペシャルが残ってるんだけど、お昼はすんだの？」

「お茶だけでいいわ」ジェマは余計な説明をしないことにした。

「すごく腫れてるじゃない」ヘイゼルは驚いて、ジェマの顔をまじまじとみた。「それ、どうしたの？」

「仕事中に、ちょっとね。でも大丈夫よ」

「『歩いていてドアにつっこんだの』っていわれるよりましだけど」ヘイゼルは本当に大丈夫かしらという目でジェマをみていたが、すぐに紅茶を持ってきた。最後の客がいなくなると、エプロンを取った。自分のカップを持ってジェマの横に座る。「わたしはコーヒーにするわ。夕方になるとまた混むから、景気づけのカフェインが必要なの」

「前はハーブティー一辺倒だった人の言葉とは思えないわ」

「時と場所が変われば人も変わるってことよ」ヘイゼルはちょっと寂しそうにいってから、にっこり笑った。「コーヒーってこんなにおいしいものだったのね。シェフがちょっと出かけることがあって、そういうときはコーヒーをいれて一息つくの」前回、高架道路の下で話をしたときと比べると、ずいぶん表情が明るくなっている。

「落ち着いたようでよかったわ」

「ええ。でも今日はあなたのことが心配だわ。お母さんのこと？」

「それもあるわね」ジェマは午前中に妹からかかってきた電話のことを話した。

ヘイゼルは眉を寄せた。「だれがきいたって、それは妹さんがひどいわよ。でも、よほどまいっているのかもしれないわね。それに、妹さんはあなたに嫉妬してるんだわ」

「わたしに嫉妬？　父に認められてるのは妹のほうなのに」

「ジェマ、あなたってときどき鈍いのよね」ヘイゼルはため息をついた。「妹さんは、あなたのように生きられないのが悔しくて、あなたに八つ当たりしてくるのよ。仕事も、パートナーも、子どもたちも、家も、すべてがうらやましいの。でも今回のことは、単なる嫉妬として片付けないほうがよさそうね。妹さんはあなた以上にお母さんに依存してる。お母さんを失うことがたまらないの。それはお父さんも同じね。だからあなたをスケープゴートにして、不安を紛らせているのよ」

「でもどうして——」ジェマは額をさすりながら考えを整理した。「わたしを責めることで気が楽になるってこと？　そんなのわけがわからないわ。それに、わたしは責められれば頑固になるだけ。妹や父を満足させることなんかできないのに」ごくりと唾をのみ、震えそうな声を落ち着かせた。「結婚式の問題には本当にまいってる。特別なものにしたいとは思ってるのよ。ダンカンとわたしにとって。そして子どもたちにとって。安っぽい——いえ、高いかもしれないけど——ホテルなんかで派手な披露宴をやるつもりはないわ。でも、母がそれを望んでいるとすると——」

「ジェマ、お父さんや妹さんに振りまわされちゃだめ。お母さんはあなたを愛してる。あなたにしあわせになってほしいと思ってる。お母さんにとっては、あなたがちゃんと暮らしてるってことがなによりうれしいことなのよ。理屈で納得したいなら、こういうこと。あなたたちが〈リッツ〉で結婚式を挙げようが、役所に届けるだけですませようが、そんなことでお母さんの回復が早くなったり遅くなったりするもんじゃないわ」

「ええ、そうよね」ジェマは少し救われた気分だった。明るい話題を求めて、続けた。「ねえ、もうセラピストの仕事はしないの？　ずっとカフェで働くつもり？」

「いまのところ、ここの仕事がわたしには合ってる。いま手元にあるものを大切にしていくつもりよ」ヘイゼルはきっぱりといった。「ジェマ、家族になんといわれようと、自分らしい結婚式を挙げることよ。自分の納得のいくものにしなきゃだめ」ジェマの手をぽんと叩く。「じゃ、このまままっすぐ家に帰って、ダンカンと話し合って。ふたりで力を合わせればなんとかなる。それがだいじなんだもの」


ところが、家に帰ってみると、ダンカンは玄関にいて、いまにも出かけようとしていた。しかも、話し合いをしたくなるような表情ではなかった。

「どこに行ってたんだ？」口調からも苛立ちが感じられた。「さっきからずっと電話をかけてるのにつながらない。トビーと三人でお昼を食べようと思ったのに。しかたがないからぼくがサンドイッチを作って、これからトビーを連れて画材屋に行くところだ」

「あ、どうしよう。携帯！」そういえばベティの家に行く前に、助手席に携帯を放りなげて、そのまま忘れていた。助手席のシートから足元にでも落ちて、電源が切れているんだろうか。「なくしちゃったかも」

「かも？」ダンカンが顔をしかめた。「どういうことだい、なくしたかもって。なくしたのかなくしてないのか、どっちだ？」

「ええと……わからない」部屋が揺れている。ジェマは玄関ホールのベンチに座りこんだ。置いてあった犬のリードが床に落ちる。「気分が――悪いの。頭がくらくらする」

「ジェマ？」

名前を呼ばれたのかどうかもはっきりわからなかった。ダンカンの唇が動くのはみえたが、耳の奥で鳴りはじめた低い音に、声がかき消されてしまった。まもなく、ダンカンの顔が白いトンネルの奥に吸いこまれて、みえなくなった。

24

結婚は子どもを作る前にするべきものと考えられていた時代、イーストエンドでは、結婚式は大きな社会的イベントだった。経済的な余裕がない家庭でも、できるだけ派手な宴会を開いたものだ。

――ギルダ・オニール "East End Tales"

気がついたときには、ダンカンに頬をさすられ、切迫した口調で名前を呼ばれていた。ダンカンはうしろを振り返り、キットとトビーを呼んだ。

ジェマは顔をしかめた。「痛っ。大きな声を出さないで。頭に響くから」

「ジェマ、大丈夫か？ どうしたんだ？」すぐ目の前にダンカンの顔がある。真剣な目をしている。

る。

でいるダンカンの手に力がこもった。もう一方の手でジェマの顔を上に向けようとす
て心地よい。自分からも頰を押しつけるようにして、目を閉じた。すると、肩をつかん
「頭がくらくらしてるだけ。大丈夫よ」ダンカンの手が顔を包んでくれている。温かく

ていたキーを拾った。いつのまにかジ
「ジェマ、目をあけてくれ。ぼくの顔をみろ」強い口調だった。
「まぶしくて頭が痛むの」ジェマはそれでもダンカンのいうとおりにした。
「瞳孔がおかしいじゃないか」怒っているみたいだ。
「ごめんなさい。わたし――」
子どもたちが階段を駆けおりてきた。犬も付いてきて、騒ぎに興奮して吠えている。
それがががん響いて、いまにも頭がまっぷたつに割れてしまいそうだ。耳をふさい
だ。そのせいで、ダンカンの話す声がぼんやりとしかきこえなかった。
「ジェマを病院に連れていく。キット、帰るまでトビーをみててくれ。病院から電話す
る」
「病院はいや」ジェマはダンカンの手を押しのけようとした。「嫌いなの」
「問答無用だ」ダンカンはジェマの腰に手を回し、抱きおこすようにして立ちあがらせ
た。ジェマは抵抗したものの、ひとりでは立てないことに気がついた。
「車のエンジンをかけてくる」キットが床に落ちていたキーを拾った。いつのまにかジ

エマが落としていたらしい。ジェマの目にキットの顔が一瞬映った。蒼白で不安に満ちた表情だった。玄関から出ていくのがみえる。

「キット、心配しないで」そういおうとしたが、声がほとんど出てこない。ダンカンに支えられて歩きだそうとしたとき、まわりがまた真っ白になった。

あとはダンカンに任せるしかなかった。車にそっと乗せてもらうと、見送ってくれるキットに向かって必死で笑顔を作った。

次にみえたのはガラスのドア。ストレッチャーに乗せられて、長くて殺風景な廊下を運ばれていった。ダンカンがそばにいて手を握ってくれていた。スキャンやその他の検査を受けたあと、カーテンで仕切られた四角い空間に若い女性医師がやってきた。

「悪いニュースから話しましょう、ミセス・ジェイムズ。脳震盪を起こしていますね」ジェマはミセスといわれても訂正せず、黙ってきいていた。「いいニュースは、硬膜下血腫ができていないということです。でも、もっと早く来てほしかったですね。頭部の怪我はとても危険なんですよ。というわけで、三日か四日、安静にしていてください――」ジェマが口を挟もうとしているのに気づいたのか、有無をいわさぬ口調で続けた。「――安静というのは、ベッドで寝ているということです。また連れてこられるなんてことのないようにしてください。頭痛を和らげるお薬と、腫れを鎮めるお薬を出しておきますね」

「でも、そんな長いこと――」
ぬ口調だ。「ベッドから出ないように見張っておきます」ダンカンがいった。やはり有無をいわさ
病院を出るとき、医師からの指示を最後まできいたあと、ダンカンはキットに電話をかけた。
みた。「そんなの――」ダンカンが車椅子を運んでくるのをみて、ジェマは無駄な抵抗を試
「病院のルールだ。これに乗らないと、きみはここから出られない」
思わず身震いした。しかし、ダンカンに促されるまま車椅子に乗り、駐車場まで押さ
れていった。車に乗りこむと、ダンカンが運転席に座るのを待って、文句をいった。
「やっぱり病院は嫌いだわ」そういいながら、声が震えているのに気づいて恥ずかしく
なった。「ごめんなさい。怒ってるんでしょう」
ダンカンは驚いたようにジェマの顔をみた。「ジェマ、ばかなことをいうなよ。ぼく
は自分自身に怒ってるんだ。頭にそんなこぶができてるのに、きみを病院にも連れてい
かず、出歩かせてしまった。きみは、ちゃんとものが考えられる状態だったから病院な
んか行かなくてもいいと思ったんだろうが、ぼくにはそんな理由はない。ばかだったと
しかいいようがないよ。いいかい、はっきりいっておく――」ジェマをじろりとにらみ
つける。「――さっきの医者のいいつけは守ってもらうよ」
「でも、明日は子どもたちを母のところに連れていかないと――」

「ぼくが連れていく。ただ、そのためには、だれかにきみをみていてもらわないとな。ヘイゼルかメロディ。ベティでもいいな」優しい口調になっていた。かすかに微笑んでいる。「でないと――」いったん言葉を切り、車をラドブルック・グローヴに入れた。「――きみがひとりで暴れだすからな」

「ヘイゼルは仕事があるわ。メロディに連絡してみる」メロディの名前を出したとき、不自然なほど早口になっていた。ダンカンがおやという顔をしてこちらをみる。ジェマはシートの背にもたれかかった。メロディに電話をかけるなら、ひとりきりになってからにしよう。頭はぼんやりしていたが、メロディを呼ぶ理由はダンカンにも話さなかった。いまはまだ話せない。

日曜日の午前十時頃に、メロディがやってきた。ジェマはそれより早く起きてベッドを整え、Tシャツと短パン姿になっていたが、ベッドに入れとダンカンに命令された。しかたがないので、服はこのまま、ベッドには入るが横にはならず体を起こしていることにした。薄い毛布を一枚だけ脚にかける。正直なところ、気分はあまりよくなかった。うとうとして横になり、眠りに落ちかけたときに、呼び鈴の音がした。玄関から人の声がきこえる。

ダンカンの声がした。「メロディが来たよ。ぼくたちは出かける」まもなくメロディが部屋に入ってきた。

「わあ、素敵なお部屋」メロディがいった。そういえば、メロディを上の部屋に通したのははじめてだ。メロディのカジュアルな服装をみるのもはじめてだった。今日はジーンズにプリントもののコットンのシャツ。黒髪は乱れたままで、頬は暑さのせいでピンク色になっている。春にディナーパーティーを開いたときも、メロディは白いシルクのブラウスに黒いズボンという格好で、いつもの制服みたいなビジネススーツと大差ない感じだった。

「そうでしょ、ありがとう。この部屋なら、閉じこめられてても我慢できるわ」部屋の隅の椅子に目をやって「座って」といった。急に気まずい感じがしてきた。プライベートな場所でふたりきりだし、メロディはこれまでとはまったく別人のようだ。

しかしメロディは椅子をベッドのそばに引いてきて、ちょこんと腰かけた。気まずいなんてまったく思っていないらしい。「コロンビア・ロードって素敵ですね。わたし、庭のあるお家にあこがれてるんです。パティオやバルコニーでもいいな。家に植物があるのっていいですよね」

「庭？　お家にあったんじゃないの？」ジェマにとって、庭のある生活はこれで二回目だ。一回目は、前夫のロブと暮らしていたレイトンの家。小さな芝生があったが、ろくに手入れしていなかった。このノティング・ヒルの家はパティオに小さな庭があるので、おっかなびっくりだが花を育てている。ダンカンや子どもたちも手伝ってくれる。「子どもの頃はケンジントンのタウンハウスに住んでて、そこにはトピアリーなんかもありました。祖父母は——母の両親です——バッキンガムシャーに正統派の庭を持ってました。あのへんはそういう土地柄ですからね。父方の祖母はいまもニューカッスルの公営住宅で暮らしてます。父がいくらいっても、そこを離れたくないというんです」メロディはにっこり笑った。「子どもの頃からずっと、ああいう女性になりたいと思ってました」

堰を切ったように、メロディの口からプライベートな話が出てくる。きっと長いこと、だれにも話せずにいたのだろう。

「にぎやかな庭がいいなあ」メロディが笑って話す。「いろんなものをどこで売ってるかも、いまなら知ってます。庭仕事のノウハウはこれから学ばなくちゃですけど。ボス、いままでごめんなさい」急に真顔になった。「うちにもお招きしたことがなくて。ボスはこんなによくしてくださるのに。ただ、うちは人におみせするようなところじゃなくて」

「いつでも、その気になったら呼んでちょうだい。それより、ロイ・ブレイクリーに会ってきたんでしょ？　どうだった？」

「ええ、はじめは用心してる感じでしたけど、わたしがボスの知り合いだってわかったら、応じてくれました。アザードのレストランを襲撃した首謀者がサンドラの弟たちだっていったら、すごく怒ってましたよ。

サンドラからは、弟たちの悪さについてきいたことはなかったそうです。でも、サンドラが腕にあざを作ってたことがあって、よく考えたら、それはサンドラが失踪する一週間前の日曜日だったんじゃないかって」

ジェマははっとして体を起こした。急に動いたので頭がずきりとした。「あざ？　ロイはどうしてそのことをわたしに話してくれなかったのかしら」

「それで、日付をチェックしてみました。あざがあったのは、アザードの店で火炎瓶騒ぎがあった翌週です。弟たちが事件のことを自慢げに吹聴したか、あるいはサンドラがどこかからききつけてきて、弟たちにそんなことはやめろと説教したんじゃないでしょうか」

「ひどい話ね」ジェマはまた横になった。「あのふたりがサンドラに消えてほしいと思う理由がもうひとつあったってことだわ。もしかしたら、警察に通報するっていったのかも。麻薬のことじゃなく、襲撃のことで。いえ、両方かもしれないけど」

「ダンカンに話しますか？」

ジェマは頭をさすった。「どうしようかしら。すごく怒るでしょうけど、どっちみちジル兄弟が関わってる事件には手を出せないのよ。動かぬ証拠があったとしても、逮捕はできないと思う」メロディは詳しくききたそうな顔をしたがなにもきかず、かわりにこういった。「でも、話したほうがいいんじゃありませんか」

「そうね。八つ当たりされそうだけど、話しておくわ」

「そうだ、忘れてました」メロディはハンドバッグからベーカリーの箱を取り出した。「ロイからシャーロットに。ロイの花屋の近くで売ってるレモンのカップケーキですって。〈トリークル〉っていうお店。シャーロットの大好物なんだそうです」

メロディはダンカンと子どもたちがレイトンから戻る前に帰っていった。「ケンジントンで両親とランチなんです」メロディは顔をしかめた。「日曜日の食事会っていうと、母が勝手にお見合いをセッティングしたがるんです」金曜日にみせたのと同じ、決意のみなぎる顔でいう。「今日はお見合いがありませんように。だって、絶対に成功しないと決まってるんですから」

一瞬、ジェマはアイヴァン・タルボットが気の毒に思えた。

メロディがいなくなると、ジェマはベティに電話をかけた。シャーロットを連れて午後にでも遊びにこないか、お友だちからプレゼントもあるし、という誘いの電話だった。「それに、わたしもシャーロットに会いたいの」

それから、自分から遊びにいけない理由を説明した。きのう病院に行ったことも、医者から安静を命じられていることも、話しておくしかない。

まだだれにも打ち明けていないが、きのう病院に行ったことで、ジェマはひどく動揺していた。前回病院に運ばれたときの痛みと悲しみの記憶がありありと蘇ってきたからだ。

「まあ、わたしも責任を感じるわ。絶対病院に行かなきゃだめよと念を押すべきだったわね。きのう、うちにいたときも気分が悪かったでしょう？　みていてわかったもの」

「いまは平気よ」

「そう？」ベティはまったく信じていないようだ。「夕方行くわ。ダンカンと子どもたちが戻ってからのほうがいいでしょうから」

キットがお茶を運ぶといいはったので、トビーがシャーロットのカップケーキを運ぶことになった。うやうやしくお皿にのせて、慎重に歩いてくる。ロイもメロディも思いつかなかった問題がひとつ発生していた。おやつはひとつなのに、子どもが三人いるということだ。

「どうしてぼくたちのぶんがないの？」トビーがいった。「ぼくのキットのぶんは？」

「ぼくとキットのぶんは、でしょ」ジェマは反射的にトビーの言葉を直した。「そのカップケーキは、シャーロットのお友だちからの特別なプレゼントなの。あなたたちはもうたっぷりおやつを食べてきたんじゃないの？」

「そうだよ、欲張りだな」キットもそういって、ジェマにマグカップを渡し、ベッドの端に腰かけた。

ジェマの隣に座っていたシャーロットが「いっしょにたべる」といった。思いがけない言葉だった。トビーがカップケーキのお皿を差し出したが、それを押し返そうとする。

トビーがカップケーキに手を伸ばしたので、ジェマがその手をぴしゃりと叩いた。

「下に行って、ナイフを持ってきなさい。ちゃんと切り分けましょう。ナイフを持って走っちゃだめよ」

トビーが戻ってきた。教えられたとおり、先端を下に向けて持っている。キットが食べるのを遠慮したので、カップケーキは仰々しい入刀式によって二等分された。

「とってもおりこうさんね」ジェマがシャーロットを褒めた。「トビーも見習うといいのにね」

「ジェマおばちゃんにもあげる」シャーロットが半分になったカップケーキを持ってジェマに差し出した。ジェマは端を少しだけ切って口に入れ、紅茶を飲んだ。

「女王様になった気分だわ。ベッドでお茶をいただけるなんて」

「女王様はベッドなんかでぐずぐずしてないよ」トビーはカップケーキをふた口で食べてしまった。「いつも犬を連れてみんなに手を振ってるもん」

「でも、朝はいつも、ベッドでお茶を飲んでると思うわ」

「ぼくは女王になんかなりたくないな。きっとすごく退屈だよ」

「なりたくてもなれないよ。ばかだな」キットがいった。「ベッドを揺らすのをやめろよ。ジェマの頭に響くだろ」

「ばかなんていうんじゃありません」ジェマは叱ったが、キットの優しさに心を打たれていた。

トビーはまったく傷ついていないようだった。「じゃあ、シャーロットは女王様になれるの？」

「なれるかもしれないわね」ジェマはそういって、シャーロットの体を自分のほうに引き寄せた。「でも、女王様の仕事って、過大評価されてるかも。シャーロットはもっと楽しいお仕事をしたほうがいいわね」

「カダイヒョウカってなに？」トビーがきいた。

ジェマはため息をついた。「なんでもないわ」驚いたことに、もう疲れてきた。「ねえ、シャーロットに本を読んであげましょう」

「本なんてやだ。海賊ごっこがいい！」トビーがいう。

キットはあきれたような顔をした。『モンテ・クリスト伯』はどうかな。海賊も出てくるよ」ダンカンの本棚に古い本があるのをみつけたばかりだった。ページの一枚一枚がとても薄くて、裏が透けているんじゃないかと思うような本だった。かびのにおいがきつくて、ジェマは触っているだけで鼻がむずむずしてくる。しかしキットはその本が気に入ってしまったらしい。トビーも気に入ったといっているが、中身はよく理解していないだろう。

「船はぼくのものだからね」

キットがいったん部屋を出て、本を持って戻ってきた。トビーと同じくらいわくわくした表情をしている。ベッドの端に腰をおろし、ページをめくった。「よし、ここから行こう。『みろ！　錨をおろそうとしているぞ！』」それだけ読んでから顔をあげる。「みんなが自分に注目していることを確かめると、続きを読んだ。「全員が従った。その時点で、八人から十人の船員がいた。メインシートを握る者、留め具に手をかける者、それから、えっと——」読めない単語があったらしい。「ボーリ……ヤード……」

「それ、なに？」トビーが口を挟んだ。

「わからないよ」

ジェマのまぶたが重くなってきた。みんながセールやジブの話を始めたのはわかるが、内容が頭に入ってこない。シャーロットはジェマにもたれかかり、象のぬいぐるみのボブに向かって鼻歌を歌っている。黒いボタンでできた目を突ついているが、その指はカップケーキのせいでべたべただ。

やがて、トビーがベッドの反対側の端に座って、声をあげた。「シャーロットのお友だちって、だれ？」

ジェマの目がぱっと開いた。「お友だち？」

「カップケーキをくれたお友だちがいるんでしょ？」

「ああ、ロイっていう人よ。コロンビア・ロードのマーケットでお花屋さんをしているわ」

「どうしてその人がシャーロットのお友だちなの？　ぼくもお友だちになりたいな」

ジェマはときどき途方に暮れる。トビーの頭の中はどうなっているんだろう。あきれながらも、無難な答えをしてみた。これならトビーも満足してくれるはずだ。「シャーロットのママのお友だちなのよ。トビーもその人に会えばお友だちになってもらえるわ」

ところがトビーの好奇心には際限がなかった。「シャーロットのママはどこにいるの？」

眠気が吹きとんでしまった。ジェマはシャーロットをちらりとみてから手早く答えようとした。「トビー、そのことは――」

すると、シャーロットが顔をあげて、はっきりいった。「ママはどこかにいっちゃったの。パパがさがしにいったの」

「パパは――痛っ！」

キットがトビーをつねっていた。暴れるトビーをキットが押さえつける。それでもまだ片手で本をつかんでいた。「トビー、下に行こう。犬が呼んでるよ」

「犬はしゃべれないよ。ぼくを呼んでるって、なんでわかるの」

「行けばわかるよ」キットは本を置いてトビーの体を抱えこんだ。これでいいよねというような視線をジェマに送ると、トビーを部屋から押し出すようにして、自分も出ていく。ジェマは体の力を抜いた。両親の話が出たのでシャーロットが動揺しているのではないかと思ったが、シャーロットはまたぬいぐるみのボブと遊んでいた。トビーの質問をなんとも思っていないようだ。

ジェマはシャーロットの巻き毛に指をからませながら、眉をひそめて記憶をたどっていた。シャーロットは前にも同じことをいっていた。あのときは、父親の死を子ども流に解釈しているのだと思ったものだが、そうではなかったのかもしれない。比喩ではなく文字どおりの意味でいっているのかもしれない。

あの日、ナツはシャーロットに、これからお母さんを探しにいくよといったのかもしれない。

ジェマがそんなことを考えていると、シャーロットの呼吸が深くなって、力の抜けた手から象のぬいぐるみが転がりおちた。ジェマはぬいぐるみをシャーロットの腕にそっと抱かせてやってから、顔にかかった髪をうしろになでつけてやった。自分もシャーロットを起こさないように気をつけながら枕に頭をつけて、目を閉じた。夕方の日射しのせいで、西側の窓がやけに明るくみえた。まぶしいくらいだ。

眠気に支配されていく頭の中に、いろんな出来事が次々に蘇る。なにがどうつながっているんだろう。さまざまな場所が、コロンビア・ロードを取り巻くように点在している。中心点とそれぞれの地点を結ぶと、ちょっと不規則な車輪のスポークができあがった。ルイーズ・フィリップスの家、ナッツとルイーズのオフィス、ゲイル・ジルの公営住宅、ピッパ・ナイティンゲールのギャラリー。どれも石を投げたら届きそうなところにある。歩いて五分ほどしかかからない。

それは偶然なんだろうか。サンドラはどこに行ってしまったんだろう。弟たちと話し合いをしようとしたなら、場所はどこだろう。母親の住まいか。そこでサンドラが殺されたとしたら、母親は犯行に加わっているんだろうか。それとも事後の共謀者なのだろうか。

ナッツも同じ結論に達して、サンドラの弟たちを訪ねていったのだろうか。ひとりきりで乗りこんで、薬をのまされ、抵抗力を奪われたのかもしれない。遺体には暴行の形跡がまったくなかった。

この推理が正しいとすると、ルーカス・リッチーはどこにどう関係しているのか。アフメド・アザードは？

いや、なにかをみのがしている。みえない線がどこかに伸びている。サンドラがシャーロットをロイに預けることにしたのは、ナッツとのランチの約束がすぐあとに控えていることを考えると、そのときのとっさの判断だったのではないか。日曜の午後、フルニエ・ストリートからコロンビア・ロードに行くまでのあいだに、サンドラの身になにがあったんだろう。サンドラのアトリエにあった未完成のコラージュにもなにか意味がありそうだ。女たちにはどうして顔がないんだろう。どうして……？

意識が飛んだ。気づいたときにはダンカンがシャーロットを抱きあげようとしていた。部屋が薄暗くなっている。連れていかないでと手を伸ばすと、ダンカンがいった。

「しーっ、ベティがそばにいるから、そのまま寝ていなさい」

シャーロットがいなくなったせいで、ベッドがやけに広くなったように感じられる。大切なものを奪われた気分だ。階下から人の声がきこえる。玄関のドアが音を立てて閉まった――あれはトビーの仕業だろう。体を起こして明かりをつける。夢をみていた。続きが知りたい。

そのとき、電話が鳴った。鳴りやまない。ダンカンと子どもたちはまだ外にいて、ベティと話しているのだろう。ナイトスタンドに手を伸ばして、受話器を取った。

まもなく、ダンカンが寝室にやってきたとき、ジェマはまだ泣いていた。受話器を置いた瞬間、涙があふれてきて、止めることができなくなってしまった。いつのまにか嗚咽まで漏らしていた。

「ジェマ！　どうした？」ダンカンがベッドに駆けよってきて、ジェマの顔をのぞきこんだ。「大丈夫か？」

「大丈夫。ううん、大丈夫じゃない」しゃくりあげながら答える。「わたしのことじゃないの。ジャックから電話があって。ウィニーの具合が悪くて、入院したんですって。安静にしなくちゃいけないの。予定日まではあと一ヵ月あるのに」手の甲で涙を拭いた。

ダンカンがナイトスタンドからティッシュを取ってくれた。鼻をかむ。ダンカンがいった。「大丈夫だよ。入院したってことは、ちゃんとケアしてもらえる」

「子宮の収縮は止まったけど、血圧が高いままで……赤ちゃんが助からなかったらと思うと、わたし……。ジャックとウィニーには悲しい思いをしてほしくない。いままでいろいろ乗り越えてきたんだから。わたしも——きのう病院にいるだけで、あのときのことが——」最後までいえなかった。

ダンカンはジェマをそっと抱き寄せて、背中をさすった。「ジェマ、わかってるよ」力強い声だった。「けど、心配しないようにしなさい。本当に気分は悪くないのか？」ジェマは声を絞りだすように笑った。「このたんこぶのせいで気が弱くなってるのね。いつもならこんなふうに泣いたりしないのに」ジェマは体を引いて、ダンカンの顔をみた。「わたしって最低。ウィニーのことを思って泣いてるだけじゃないの。自分のことしか考えてないんだわ。ウィニーとジャックに結婚式に来てほしいのに、このままじゃ無理だから……」

ダンカンは視線をそらした。顔から表情が消える。淡々とした声でいった。「ジェマ、結婚自体をやめようと思ってるんだね」

「違うわ」ジェマはダンカンの手を取り、親指と人さし指のあいだの柔らかい皮膚を自分の親指でこすった。「そうじゃないの」ダンカンがジェマをみる。しかしジェマは、ダンカンの曇った瞳に浮かんだ表情をどう解釈していいのかわからなかった。「わたし……」必死に言葉を探した。「このままあなたといっしょに暮らしていきたい。わたしの望みは結婚そのものじゃない。結婚して夫婦になることなの。結婚式なんかどうでもいい。そのことで実家の家族に振りまわされたくない。でも、母ががっかりすると思うとつらくて。もしかしたら、そのせいで母は――」

「ジェマ」ダンカンは、今度はジェマを強く抱きしめた。ジェマは頭が痛んだが、そのまま抱かれていた。ダンカンの胸から鼓動が響いてくる。ダンカンも震えているようだ。

「ごめんなさい、わたし――」

「ジェマ、なにも心配しちゃいけない。ふたりでなんとかしよう。シンシアにはぼくが話をつける」決意をこめた言葉をきいて、ジェマは自分がシンでなくてよかった、と思った。「シンがわかってくれなかったら、お母さんを連れだして駆け落ち結婚するぞ」

「ロマンティックね」ジェマはこみあげる笑いを押しころした。

「ぼくたちは腕利きの刑事じゃないか。きみときみのお母さんをしあわせにする方法くらい、きっとみつけられるはずだ」ダンカンはジェマの額に唇を押しつけた。「結婚式を火星で挙げることになったってかまわない。きみとずっといっしょにいられれば、それだけでいいんだ」

ダンカンはキッチンに立って、気持ちを鎮めようとしていた。ジェマにお茶をいれてやりたい。食べ物も必要だ。簡単な作業なのに、なかなかとりかかれない。ふと気づくと、冷蔵庫と湯沸かし器をぼんやり眺めていた。宇宙人の工芸品をみているような気分だった。

家の中がしんとして、不気味なほどだ。子どもたちはベティが連れだしてくれた。制作中のコスチュームの仮縫いを手伝ってほしいの、と子どもたちにはいっていたが、ダンカンには小声でこういった。「ジェマを少し休ませてあげたいの」

しかし、子どもたちがいなくなってほっとしているのは自分のほうだ、とダンカンは思った。おかげでゆっくり考えを整理できる。自分の本心ともようやく向き合える。ジェマを失うかもしれないと思ったとき、どんなに恐ろしかったことか。それに、いままで自分が抱えていた不安に気づくこともできた。あなたにプロポーズしたのは間違いだったわ、とジェマがいいだすときが来るんじゃないか、いつか自分のもとから去っていってしまうんじゃないか――それがなにより怖かった。そのときにジェマを引き止める自信がない。

シャーロットが帰る時間になったとき、ダンカンは長いこと寝室に立って、シャーロットといっしょに眠るジェマの姿をみつめていた。そのときはっきり気づいたのだ。ふたつの家族をくっつけたかのような、現在の四人家族。それを失ったら、自分はどうやって生きていけばいいのかわからない。そのとき、ふと疑問がわいてきた。ジェマはどうなんだろう。この家族がなによりだいじだと思ってくれているだろうか。それとも彼女は心の中になにか秘密を抱えていて、そのせいで一歩手前で踏みとどまっているのだろうか。

そのあと、ジェマの告白をきいた。おなかの赤ちゃんを失ったことが、いまも悲しくてたまらない、ジェマはそういって泣いていた。話してくれたということは、悲しみを乗り越える望みがあるということだ。ふたりで悲しみを乗り越えればいい。悲しみのせいでふたりの心が離れることにはならないだろう。むしろ、悲しみがふたりを強く結びつけてくれる。

しかし、目の前に横たわる問題をどうしたらいいだろう。結婚式はどうするのか。なんとかするよとジェマには約束したものの、実際にどうしたらいいのか、さっぱりわからない。本当に駆け落ちをするのも悪くないかもしれない。

甲高い電話の音が響いて、ダンカンは我に返った。体にスイッチが入ったかのようだった。慌てて電話に出る。ジェマが目を覚ましていませんように。ジャックからの悪い知らせではありませんように。

ありがたいことに、電話をくれたのはヘイゼルだった。ジェマのようすが気になったらしい。「きのう、あれから大丈夫だったかと心配になって。家まで送ってあげればよかったと後悔していたの」

「後悔していたのはぼくのほうだ。ジェマを早く病院に連れていくべきだった。あのこぶをみた瞬間にそうするべきだった。大事にならなくてよかったが、場合によっては――」ダンカンは言葉を切った。場合によってはどうなっていたのか、それを口にするのも恐ろしかった。ジェマが医師から安静をいいわたされたことと、ジャックからウィニーについて連絡があったことを話した。

「ダンカン、ジェマは大丈夫なの？　精神的にまいってるんじゃない？」ヘイゼルは少しためらってからいった。「きのう、お母さんのことをすごく心配してるようだったの。結婚式のことでもストレスがたまってるみたいで。妹さんがね……」

「ああ、シンシアにはぼくが話をつける。ぼくたちの結婚式のことに口出ししてくるな、文句があるならぼくにいえ、といってやるつもりだ。しかし実際、結婚式はどうするかな。役所に届けるだけにするのがいちばんよさそうなんだが、そうなると……。お母さんの具合が悪いようなんだ。シンシアはジェマのせいだといい、ジェマもそう思ってしまっている。このままだと、ジェマは家族のせいでまいってしまう。ぼくはどうしたらいいんだろう」

「難しい問題ね」ヘイゼルはゆっくり答えた。「でも、わたしに考えがあるわ」

25

バングラデシュの少女三人組が、こちらに向かって歩いてくる。ガムを嚙み、笑ったりおしゃべりしたりして楽しそうだ。三人とも、黒くて長い上着を着て、ゆったりしたズボンをはき、頭にはヒジャブをかぶっているが、顔には化粧をしているし、爪にもきれいにマニキュアを塗っている。

――ターク・ホール "Salaam Brick Lane"

寝室に閉じこめられた生活は、思ったより悪くなかった。ベティかウェズリーのどちらかが、毎日シャーロットを連れてきてくれる。ラム警視はお見舞いの花を送ってくれた。メロディも電話で捜査の状況を報告してくれる。ダンカンにも電話をかけてきたらしい。家庭内暴力じゃないのか、逮捕してやるぞ、と脅してきたそうだ。

それでも木曜日までには、寝ていることに飽き飽きしてきた。午後に医者から許可が出たこともあり、ジェマは金曜日の朝から出勤することにした。張り切ってオフィスに行くと、部下たちがおおげさに驚いてくれた。

驚いたふりをしたのではなく、本気で慌てていたのかもしれない。昼前に書類を一枚持ってきたメロディが、にやりとしてこういった。「みんな、すごい勢いで仕事してます。ボスがいないあいだにサボってたんじゃないかと思われたくないからって。みんな、ボスがいなくて寂しい思いをしてたんですよ」

「そんなにわたしのことを思ってくれるなら、事件を解決しといてくれてもよかったのにね」ジェマは答えた。ちょっと休憩しようと、パソコンのスクリーンから目を離す。メロディは黒のスーツ姿だが、上着の中に明るいピンクのTシャツを着ている。自由に生きていくという宣言のようにもみえた。今週は毎日電話で話していたが、日曜の午後に父親と会ってなにを話したのか、メロディのほうから報告はなかったし、ジェマもききたいとは思わなかった。

ところが、今日のメロディは話がしたいようだ。椅子に目をやって「ちょっといいですか」といった。

「ええ、どうぞ」ジェマはスクリーンを消してメロディと向き合った。

メロディはおずおずと切りだした。「わたしがロイ・ブレイクリーからきいた話、キンケイド警視に話しましたか？　失踪前のサンドラの腕にあざがあったこと」

「いえ、話すつもりではあったけど、まだよ。麻薬中毒者更生会から連絡がなにもないの。それに、ケヴィン・ジルの上司が持ってる大型バンが、ナツが殺された日にどこにあったのかを調べてるんだけど、まだなにも情報が入ってこないんですって。近所の家具屋にも片っ端から問い合わせしたそうよ。わたしがゲイルの家でみた革張りのソファセットがあの日に売れたという記録がないかどうか。けど、そっちも手応えなし。ただ、そういう情報が入ってきたとしても、ナツの事件に関わりがあると断定はできないのよね。ナツを運ぶことができたというだけで」

「そのソファセット、お店から買ったんじゃないかもしれませんよね。どこかのお店かトラックから〝拾って〟きたのかも」

「ありえるわね。でも、家具の窃盗の届けは出てない。結局、どれもこれも推測の域を出ないのよ。それに、ああいうことがあったあとだし――」新聞の件にはできるだけ触れたくなかった。「――わたしがまた余計なことをしてるって思われたくないから、ロイのことはまだ話せずにいるの」何気なく額に触れた。ひどく腫れていたところは、いまは醜い黄色のあざに変わっている。化粧で少しはごまかせているだろうか。

「シャーロットの件、シルヴァーマンって人はなんていってるんですか？」

「たとえロイが証言してくれるとしても、虐待があったと立証されるわけでもないし、裁判の行方に影響を与えることはないだろうって。次回の審問は月曜日。いまのところ、ゲイル・ジルは後見人として問題ないとみなされてる。家の中は怪しい戦利品だらけなのに」

「気になりますね、次の審問」

「ええ」ジェマはそう答えたが、本心は〝気になる〟などという言葉であらわせるようなものではなかった。シャーロットといっしょに過ごす時間が長くなればなるほど、シャーロットのことが心配になってしまう。ゲイル・ジルに引き取られると考えただけで、いてもたってもいられなくなる。

「ルイーズ・フィリップスともう一度話したの。彼女、裁判で証言してくれるそうよ。ゲイルに引き取られるのは、両親の希望に反することだって。ただ、効き目があるかどうかはわからないわね。判事が血のつながりを重視する人だったら、定石どおりゲイルを後見人にしてしまうわ」裁判の行方を変える手だては、ほかになにもみつからない。シャーロットの運命を思うと、心配で気分が悪くなってくるほどだった。

メロディには話していないが、気がかりなことがもうひとつある。ダンカンのことだ。今週、結婚式の話題を何度も持ち出してみた。脳震盪の影響がなくなって頭がはっきりしてくるにつれて、自分が難しく考えすぎているんじゃないかという気がしてきたのだ。それに、自分の家族にばかり気をつかっていてはいけないと思うようにもなった。ところがダンカンは、きみは心配しなくていいから自分の体を治すことだけを考えなさいと、軽く受け流すばかり。すぐに話題を変えてしまう。ノイローゼの患者をいなしているかのようだ。もしかしたら、結婚自体を考え直そうと思っているのかもしれない。

「ボス、シャーロットのためになにをしてあげられるのか、わたしにはわかりませんけど——捜査にはこれが役立つかも」メロディは、持ってきた書類をうれしそうに差し出した。

ぱっとみただけで、なにかの名簿だとわかった。顔をあげてメロディをみる。「これは——」

「ルーカス・リッチーのクラブの会員名簿です。父には借りを返させてやるっていいましたよね？　父の人脈、たまには役に立つんですよ。わたし、父にいってやったんです。『これを使って記事を書いたり、わたしを利用して記事を書いたりすることがあったら、一生口をきいてあげない』って」

「お父さん、本気にしてくれた？」

「たぶん。母も父を説得してくれました。父の良心に訴えかけることができるのは、世の中で母ひとりなんです」

ジェマは名簿に視線を戻した。ひとりひとりの名前を丁寧にみていく。アザードがいる。マイルズ・アレグザンダーという名前にききおぼえがあるが、どこできいたんだろう。それから、ある名前のところで視線が止まった。ジョン・トルーマン。勤務先は王立獣医外科学院とある。

「獣医がいるわ。ナツ・マリクの遺体から検出されたケタミンは、獣医が使う薬よ。ジョン・トルーマンって人、ナツやサンドラとつながりがあるんじゃないかしら」

「サンドラのクライアントだったとか」

「ありえるわね」フルニエ・ストリートの家をもう一度みてみたい、とジェマは思った。しかし、ダンカンとの約束があるから、ケヴィンとテリーの捜査が終わるまではあそこに行くことはできない。

「ピッパ・ナイティンゲールがなにか知ってるかもね」思ったことが口から出ていた。ナイティンゲール・ギャラリーの電話番号は、まだ携帯に記録されているはずだ。しかし電話をかけてみても、留守番電話のメッセージが流れるだけだった。メッセージは残さずに切る。「留守電になっちゃったわ」携帯を指で叩きながら、考えをまとめた。

「リヴィングトン・ストリートに行くわ。ケヴィンとテリーが出没しそうな町じゃないわよね。ギャラリーの入り口にテントを張ってでも、ピッパと会えるチャンスを待つつもりよ。その名簿、ダンカンにコピーを送っておいてくれる？　ピッパと会えたらすぐダンカンに連絡するわ」

「その執念、ボスらしいですね。警視にお伝えします」

リヴィングトン・ストリートに着いた。ギャラリーは前に来たときとまったく変わっていないようだった。呼び鈴を鳴らすと、ドアがかちゃりと開いた。

しかし今回は、階段の上にピッパ・ナイティンゲールが立っていた。ジェマがのぼってくるのを待っている。

「なにかわかったの？」ジェマが階段をのぼりきると、ピッパがいった。

「いえ、残念ながら。今日はお願いがあって来たんです」

細長い部屋には、前と同じモノクロの幻想的な絵が並んでいる。雪と森と悪夢と魔物を描いた作品だ。全体は白と黒とで描かれているが、一ヵ所だけ赤い絵の具が使われている。今日のピッパも赤いロングのドレスを着ている。作品を引き立てるための演出だろうか。オフィスへどうぞとはいってくれなかった。

「ルーカスからきいたわ、あなたが会いにきたって」ピッパの口調は淡々としていて、ジェマを責めているのかそうでないのかわからなかった。

「ええ、丁寧に答えてくださいました」無難に答える。

ピッパは肩をすくめた。「そういうこともあるのね。でも、サンドラの娘のことでは、ルーカスにあまり期待しないほうがいいと思う。それと、わたしになにをききたいのか知らないけど、前回話したこと以外にはなにも知らないわよ」

「先日とはまったくべつの話なんです」ギャラリーまで来るあいだに、ジェマは例の名簿のことを考えていた。あれをピッパにみせることはできない。みせるとしたら、余計な説明までしなければならなくなる。ピッパとルーカス・リッチーが知り合いだということを考えると、やめておいたほうがいい。「サンドラの作品を買った人の中に、ジョン・トルーマンという人はいるでしょうか。獣医さんなんですが」

「トルーマン？　サンドラの作品を買ったことがあるとしても、わたしを通してじゃないわ。こそこそして、いやなやつ。前はうちの固定客だったのに」

ピッパの青白い顔が少し赤くなった。

「アート作品のコレクターなんですか？」

「コレクターといっても、たいしたものじゃないわ。買うのはあまり高くないものばかり」眉をひそめる。「ただ、奥さんに話すときは値段を実際より高くいってたみたい。いい格好をしたかったんでしょうね」

あるいはほかになにか高いものを買っていて、それをごまかすためだったのかもしれない。「トルーマンさんはサンドラの知り合いだったんですか？」

「オープニングパーティーで会ったのかもね……」そのとき、ピッパがはっとしたように目をみひらいた。氷を思わせる水色の瞳の奥に、怒りの炎が燃えている。ピッパの言動が不自然なほど冷静にみえるのは、心の奥に抑えこんだ激しい怒りを隠すためなのかもしれない。ピッパは窓際に行って外を眺めた。「あの男!」吐きすてるようにいってから、ジェマのところに戻ってきた。

「トルーマンのことですか?」

「いえ、ルーカスよ。トルーマンはルーカスとここで知り合った。一度だけじゃない。オープニングパーティーで何度も顔を合わせてる。で、ルーカスがトルーマンをクラブに誘ったんでしょうね。トルーマンみたいな気取り屋が喜んで会員になりそうなクラブだもの。その後、トルーマンがサンドラの作品を買ったとしたら、ルーカスがクラブに彼女の作品を飾っているからだわ。トルーマンは、自分でアートの良し悪しを判断するような審美眼を持ってないもの。だれかがいいといえば、それが欲しくなる。そういうタイプよ」

「ナツもトルーマンと知り合いだったと思われますか?」

「付き合いがあったかどうかといえば、なかったんじゃないかしら。でも、トルーマンがサンドラのクライアントだったんなら、どこかでナツと会っていてもおかしくないわね。もっとも、サンドラは仕事とプライベートをなるべく切り離すようにしてたみたいだけど」ピッパが振り返った。怒りの炎が消えて、なにかを面白がっているような表情になっている。「ルーカスにきいてみたら?」

まだなにかをみのがしているようだ、とジェマは思った。ピッパとルーカス・リッチーのあいだには、ジェマには理解できないような複雑な関係があるのではないか。それも、サンドラを中心として築かれたもののように思える。「ジョン・トルーマンに会ってみようと思います。連絡先をご存じですか？」

「住まいはホクストンよ。ホクストン・スクエアの近くにクリニックがあって、その上の階で暮らしてる」ピッパはオフィスに入ってファイルを開き、ギャラリーの名前が入ったメモ用紙に住所を書きとめた。

ジェマはそれを受け取って、住所をみた。頭の中の地図を開いて考える。「ここからも近いですね」

「そうね。ジョージ王朝風の家よ。サンドラの家みたいな感じ。けど、変に手を入れて、台無しになってる。ユグノーの絹織り職人の家にあこがれたといってたけど、どうだかね」

ジェマは礼をいってギャラリーを出ようとしたが、階段をおりる直前に振り返った。「ピッパさん、ルーカスのことをずいぶん怒ってらっしゃるようですけど、これからもお友だち付き合いを続けるんですか？」

ピッパは微笑んだ。「友だち付き合い——まあそうね。なんだかんだいって、あの人はいつもわたしのところに戻ってくるの」

ジェマはギャラリーを出ると、ドアの外で足を止め、携帯を取り出した。ジョン・トルーマンに話をきくなら、ダンカンが公式な事情聴取として会いにいったほうがいい。自分の出番はここまでだ。これ以上勝手なことをやったら、スコットランドヤードの捜査妨害になってしまう。

しかし、電話はかけなかった。指がキーパッドの上で浮いたまま止まってしまったのだ。ピッパとの会話を思い出したせいだ。サンドラとピッパが不仲だったのは、サンドラの作品のマーケティングをめぐる意見の対立のせいではなく、ルーカス・リッチーをめぐる長年の確執のためではないだろうか。昔からずっと抑えてきた嫉妬が、とうとう表にあらわれてしまった、そういうことでは？

五月のその日、サンドラはコロンビア・ロードからここにやってきたのかもしれない。ピッパがサンドラになにかひどいことをいい、そのせいでサンドラが失踪したとも考えられるし、ふたりで口論をしたあげく、ピッパがサンドラを殺したとも考えられる。

ただ、前回ギャラリーを訪ねたときに受けた印象が間違っていたとは思えない。サンドラがいなくなったことを悲しむピッパの表情は本物だった。あのふたりの関係も、かなり複雑なものだったのだろう。愛や嫉妬は、人と人との関係を思わぬ方向にゆがめてしまう。しかし、細身のピッパがサンドラを殺すことができたとしても、遺体の処理はどうしたのだろう。いままでみつかっていないということは、よほどうまく隠したということになる。そしてさらにナッ・マリクを殺したということか。サンドラの失踪とナツの殺害にはつながりがあると、ジェマはすでに確信していた。

頭を横に振り、何軒か先にある〈リヴィングトン・ストリート・ヘルス・クリニック〉の入り口をぼんやり眺めた。いや、その推理には無理がある。ピッパの顔にうかんだ憎しみの表情は、サンドラではなくルーカスに向けられたものだ。それに、トルーマンのほうがピッパより怪しい。獣医であり、サンドラと知り合いだった可能性が高く、ケタミンを入手できる立場にあるのだから――

ジェマの推理が途中でぴたりと止まった。ジーンズにTシャツ姿の若い女性が歩いてきた。黒髪を雑なやりかたでひとつに結んでいる。クリニックの前で立ち止まると、左右をきょろきょろみわたしてから、中に入っていった。横顔にみおぼえがある。しばらく考えて、やっとわかった。すぐに気づかなかったのも無理はない。前に会ったときは頭にヒジャブを巻いていたからだ。アリヤ・ハキーム。シャーロットのベビーシッターだ。

26

子どもを対象とした人身売買は、人類が罪を犯し罪に苦しむ長い歴史が始まったときからずっと行われてきた。ジョゼフィーン・バトラー（一八二八～一九〇六）は、十九世紀後半の日記や論説の中で、そのことに触れている。ロンドン、パリ、ブリュッセル、ジュネーヴの売春宿で、何千人もの（誇張ではなく、本当に何千人もの）少女たちをみてきた、中には四歳や五歳の女の子もいた、とのことだ。

――ジェニファー・ワース"Farewell to the East End"

キンケイドの机のプリンターが、メロディから届いた電子メールを吐き出した。ダグ・カリンはその紙をつかみとり、にらみつけた。「こんなもの、どこで手に入れたんでしょう」

「みせてくれ」キンケイドは立ちあがり、カリンからプリントアウトを受け取った。そこに並んだ名前にざっと目を走らせる。「正直、それは知りたくないな。否認権を行使されるたぐいの情報だ。だが役には立つ」

どんなに調べても、ルーカス・リッチーや彼のクラブに関する怪しい情報はひとつも出てこない。しかも、リッチーへの事情聴取は二度とするなという上司からのお達しもあった。

「それより——」キンケイドがいった。「ジェマはなにをやってるんだろう。メロディはなんだか変なことをいっていたな。名簿の中に獣医がいるとかなんとか……」もう一度名簿をみる。「ジョン・トルーマン、王立獣医外科学院。これだ。ダグ、この名前を調べてくれ」

カリンはインターネットで検索をかけ、出てきた住所をみた。「たぶんこれですね。ホクストンの動物病院です。ただ、獣医はケタミンを使うってのはわかるんですが、ナツ・マリクとはどうつながるんです？」

「まあ、話してみる価値はあるだろう」ベスナルグリーン署の捜査本部には、外部からの通報窓口も設けてあるが、このところ新しい情報はまるで入ってこない。ほかにやることもないので、キンケイドとカリンはスコットランドヤードに戻ってきていた。相変わらず、ナツ・マリク殺害事件の解決にもっとも役立ちそうな手がかり――ケヴィン・ジルとテリー・ジル――については、〝手を出すな〟と上からいわれている。キンケイドはジャケットをつかんだ。「行くぞ。ほかに調べることもない。ぐずぐずしてると解決の望みもなくなってしまいそうだ」

クリニックにこそこそ入っていくアリヤをみて、ジェマが最初に思ったのは、あの子はなにか困ったことになっているんだな、ということだった。避妊薬が必要になったのかもしれないし、もしかしたら妊娠したのかもしれない。どちらの場合も、アリヤの父親が知ったらどんなに怒るかわからない。想像したくもないくらいだ。とにかく、会って話をきいてみよう。助けてあげられるなら助けてあげたい。

携帯電話をバッグにしまう。ほんの数メートル歩いてクリニックの前に立つと、ブザーを押した。中に入ってみて、驚いた。アリヤは順番待ちの椅子ではなく、受付のところに座っていた。

「アリヤ！　ここで働いてるの？」

「ミス――ジェイムズでしたよね？」アリヤはうれしそうな顔をしたが、すぐに表情を曇らせた。「シャーロットはどうしてますか？　今日はどうしてここに？」部屋にはほかにだれもいないのに、アリヤは急に声を低くした。「両親からはなにも――」

「心配しないで。シャーロットは元気よ。それと、ご両親にここをきいてきたんじゃないわ。いま、すぐそこに立ってて、たまたまあなたをみかけたの。ご両親は、あなたがここで働いてるのを知ってるの？」

「働いてるんじゃなくて、ボランティアなんです」アリヤは言い訳じみた説明をした。「お金はもらってません。両親には話してません。父が知ったら激怒すると思います」

「なのにどうして？」

「だいじなことだからです。それに――」

アリヤの視線の先に、サンドラのコラージュ作品があった。ちょっとくたびれた感じのソファや、雑誌の置いてあるテーブルの上の壁に、小さめの作品がふたつ並んでいる。質感も色遣いもすばらしい。この待合室にかけてあると、スズメの中にクジャクが二羽遊んでいるようにみえる。

「サンドラが寄付した作品ね」

「それだけじゃありません。サンドラはここにボランティアとして通っていました。女の人たちから話をきくのがじょうずなんです。みんなが信頼してくれるっていうか。ここに来る女性はみんな声を奪われている、サンドラはそういってました」

声を奪われた女たち。顔のない女たちはそれをあらわしているのか。ジェマは作品をじっくりとみた。ひとつは、さびれた通りに並ぶ商店を描いている。店のウィンドウには色とりどりの布が積みあげられ、ひらひらしたシルクのサリーとスカーフを身につけた女たちが入り口に集まっている。まるで宝石を並べたかのようだ。背景には、セントメアリ・アックス通り三十番地のガーキンと呼ばれる独特な形の建物。ガラス張りの新しいビルも描かれている。

もうひとつは、もっと暗い感じのする作品だ。ジョージ王朝時代の雰囲気が漂っている。描かれている女性たちの服はシルクとレースをつぎあわせたもので、女性たちはみな、なんらかの肉体労働をしている。戸口の踏み段を削る者。洗濯をする者。屋根裏部屋の窓から外をみている女は、機織り職人だろう。作品全体に、インクのしみのついた紙切れが散っている。その中には古くて黄ばんだ地図の破片も混じっている。

ジェマはアリヤの顔をみてきいた。「あの作品、どういう意味なのかしら」

「サンドラはあまり説明したがりませんでした。みていれば物語がきこえてくるはずだ、でもその物語は人によって違うんだっていってました」

アリヤの声が震えている。目が赤くなっていた。「会えなくなって寂しいわね」優しく声をかけた。

「すぐに帰ってくると思ってました。わたしにいろいろ教えてくれたんです。あなたはなんだってできる、なんにだってなれるって。わたしはそれを信じました。なのに――」頭を横に振る。「――あれは嘘だったんでしょうか。でなきゃ出ていったりしないもの」

アリヤは前に会ったときより痩せたようだ。二週間もたっていないのに。それに、目の下にくまができている。

ジェマは勘に頼ってみることにした。受付の手前の椅子に座って、アリヤと目線の高さを合わせる。「アリヤ、サンドラの弟たちが麻薬のディーラーをやってるのは知ってたわね？　ほかになにを知ってるの？」

当たりだと一瞬でわかった。アリヤは目を大きくみひらき、唇をぎゅっと引きむすんだ。「なにも。なんのことだかわかりません」

ジェマは椅子を引いて、アリヤに少し近づいた。「わたしになら話しても大丈夫よ。ご両親にはなにもいわない」

「ここにいるってばれただけで、父に殺されます」アリヤは不安そうな目で戸口をみた。「ここに来る女の人たちが信用できるのは、向こうもここに来てることを内緒にしたいからなんです」

「この並びにカフェがあるわ。そこでちょっと話を――」

「ここを離れるわけにはいきません。いま、スタッフと先生が昼休み中なんです。だれかがここにいなきゃ。薬の管理やなんかもあるので」

「なるほど、すばらしいわ。じゃあいまはわたしたちふたりきりってことでしょ。だれも戻ってこないうちに話しましょ。女の人たち、お医者さんにかかるのは平気なの？」

「診察するのは女医さんだから。院長先生は診察なんてしません。みんなを監督してるだけ」

「院長先生って？」

「マイルズ先生です。でも、マイルズ先生がお金を出してくれるから、ここの運営ができるわけですよね」ヒーローを讃えるような口調になった。「ここでは、避妊のしかたや性病に関するアドバイスをします。妊娠したらどうしたらいいかってことも」肩の力が抜けてきたようだ。口調も穏やかになった。デリケートな言葉を何気なく口にできるのは、それだけ経験を積んできたからだろう。

「すばらしいわ。サンドラがこのクリニックを応援してたのも納得できる。アリヤ、あなたはサンドラにとって特別な友だちだったんじゃない？　ほかのだれにも話さないことも、あなたになら話したはず。サンドラになにか心配ごとがあったとしたら、あなたはそれを知ってたと思う」

ジェマはアリヤの表情を観察した。ためらっているのがわかる。黙って待つことにした。アリヤは前回も話そうとしてくれた。うるさい父親を追いはらって、サンドラの弟たちのことを教えてくれた。あのとき両親がそばにいなかったら、もっといろいろ話してくれたんだろうか。相手がジェマひとりだったら、もしかしたら話してくれたかもしれない。

「気になることがあるといってました」アリヤがとうとう口を開いた。戸口をちらちらみながら続ける。「ここに来る女の子のことで……。でもその話をしてくれたあと、サンドラは黙りこんでしまって。家にいても、わたしにシャーロットの世話を任せて、ずっと黙ってるんです。二日か三日、そんな感じでした」

アリヤがそこで口をつぐんだので、ジェマはそっと問いかけた。「サンドラは話してくれたのね。心配ごとをだれかに打ち明けたかったんだわ」

「ええ」アリヤは両手をじっとみつめた。「ある日、シャーロットが寝たあとで、話してくれたんです。ここに来たバングラデシュの女の子のことでした。まだ子どもで――わたしより若いんですよ。その子がひどく泣いていたので、サンドラが相談室に連れていって話をきいたそうです。

その子がいうには、その子は故郷のシレットである男と結婚して、ロンドンに来たんだとか。男がその子の父親に大金を払って、書類を提出して、その子をロンドンに連れてきたというわけです。でも男はその子を家から一歩も出そうとしなかった。男は――」アリヤは爪の甘皮をいじりはじめた。顔が真っ赤になっている。「その子に――」ジェマの目をじっとみつめてから、視線をそらした。「こんな話をしてるだけでも、父に怒られそう」ごくりと唾を飲む。「男は、その子に、そういうことをしたそうです。でも、その子が初潮を迎えると、男はなにもしなくなった。そのかわり、ほかの男にその子を渡しました。子どもから少しだけ成長した女の子が好みで、女性のそういうことを気にしない、そういう男に、その子を売り飛ばしたんでしょうね。二番目の家でも同じように、外に出るなといわれたそうです。でも、その日、とうとう外に出たわけです。つかまったらどうなるんだろうと、すごく怯えていたそうです。

サンドラは、どうしていままでだれにもいわなかったのときました。女の子は、だれかに話したら男にひどいことをされるから、と答えたそうです。最悪なのはシレットに送りかえされること。シレットには実家があるけど、家族にはもう面倒をみてもらえなくなる。そうしたらホームレスになるしかありません」アリヤはジェマの顔をみた。「嘘じゃありません。うちの父も同じことをすると思います。その子は汚れてしまったから。その子のせいじゃないのに、そんなことは関係ないんです」

「それで、サンドラはその子をどうしたの？」ジェマも声が震えそうだった。

「また来なさい、そしたらなんとか助けてあげるから、といったそうです。でも女の子は二度と来なかった」

ジェマはひとつ息をついた。「その男は——バングラデシュから幼い女の子を連れてきた男は、アフメド・アザード？」

「違います」アリヤはびっくりしたようだった。「アザードさんはそんなことはしません。アザードさんとサンドラは友だちでした。その男が何者なのか、サンドラは話してくれませんでした。教えてくれたのは、金持ちの白人だってことだけ」

「きけたのはそれだけなのか？」ジェマが車から電話をかけてアリヤの話をすると、キンケイドがそういった。

「スタッフが戻ってきちゃったの。それに、アリヤが知ってることはそれくらいだと思うわ。ただ気になるのは、その出来事があったのは、サンドラが失踪する二週間か三週間前だったってこと」

「男がアザードじゃないってのはたしかなんだね？」

「二度きいたわ。女の子は、自分を買った男は白人だといってたそうよ」

「報復が怖くて女の子が嘘をついていた可能性はあるが、本当の話かもしれないな。すると、第一候補はルーカス・リッチーというわけだ。ただし、いままでに調べた限り、リッチーがバングラデシュに行った記録はない。それに、やつがナツ・マリクを殺したとすると、瞬間移動の秘技を会得してなきゃならない。リッチーは姪の誕生日パーティーに最初から最後までいたと、まわりのみんなが証言してるんだ」

「ちょっと待って」ジェマは必死に情報を整理した。「たしかに、リッチーのクラブは、女の子を売ったり買ったりする場としてもってこいかもしれない。でも、〝金持ちの白人〟って言葉の意味を、バングラデシュのシレットという町からやってきた女の子の目線で考えてみて」

「そうか。範囲が広がるな」

「そこそこの収入のある白人男性すべてがあてはまるのよ。仕事で成功してる人かもしれないわね。獣医のジョン・トルーマンが気になるわ。ピッパ・ナイティンゲールがいってたけど、トルーマンはたぶんサンドラの知り合いよ。サンドラのクライアントだった可能性がとても高いの」

「ケタミンも手に入るし、というわけか」

「ええ」

「たしかに、それは考えられる」キンケイドはいまひとつ納得がいかないといいたそうだった。「だが、女の子のやりとりが行われていたなら、一種のネットワークが必要だったはずだ。幼い女の子が好きな男たちが、互いに情報をやりとりできるようなところ。安心してそういうことができるところ。リッチーのクラブはその条件を満たしてるし、しかもサンドラ・ジルとのつながりもある。とはいえ、もっとしっかりした証拠をつかまない限り、リッチーにもう一度会いにいくことはできないな」

ジェマはキンケイドの電話口からきこえる車の音が気になった。「いまどこにいるの？」

「シティロードだ」ジェマの反応を面白がっているような口調だった。

「動きが早いわね。獣医のトルーマンに会うつもり？」

「大当たりだよ、シャーロック」

「わたしも行くわ」


ホクストン・スクエア近くに建つジョージ王朝風のテラスハウスは、いちばん端にある酒屋の〈安い酒あります〉という看板のせいで、雰囲気が台無しになっていた。ジェマは住所を頼りに目的地を探すつもりだったが、その必要はなかった。キンケイドとカリンが先に着いて、車で待っていてくれたからだ。

ジェマが車をとめるのをみて、ふたりは車からおりてきた。「いいタイミングだったね」キンケイドがジェマの車のドアをあける。おりようとするジェマの腕に軽く手を添えた。控えめだが愛情を感じさせるしぐさだった。「あと一分たってたら、ふたりとも蒸し焼きになるところだった」

カリンはジェマに苦々しい笑みをみせた。本当は歓迎してないけどしかたがないから仲間に入れてやるんだぞ、という気持ちをジェマに伝えるためだった。三人は動物病院の入り口に近づいた。ここが動物病院だとわかるような大きな看板は出ていない。呼び鈴の横に真鍮のプレートがかけてあるだけだ。そこにトルーマンの名前と職業が書いてある。

カリンが呼び鈴を押した。鍵がはずれる音がすると、カリンがドアをあけた。そのまま押さえて、キンケイドとジェマを中に通す。玄関ホールはナツとサンドラの家より豪華な感じだが、中央に階段がある点は同じだった。右側にある通りに面した部屋が受付になっている。

受付の机は、もともとはジョージ王朝時代にダイニングテーブルとして使われていたものかもしれない。その大きな机の奥に、女性がひとり座っていた。女性は顔をあげて、入ってきた三人の客をみた。困ったような顔をしている。歓迎する気持ちはあまりないようだ。「すみません、うちは完全予約制なんです」中年で、上品とはいえないが、それなりにちゃんとした身なりをしている。言葉の発音も都会的で、イーストエンドの富裕層を客にした商売だということがよくわかる。公営住宅のあちこちで生まれる子犬や子猫は診察の対象外なのだろう、とジェマは思った。

椅子もソファもきちんとしたもので、壁には金色の額縁に入った暗い色合いの油絵が並んでいる。多くは犬の絵だが、ところどころに猫も描かれている。こんなところより、オールセインツ・ロードにある行きつけの獣医のほうがずっといい。安っぽいけれど楽しげなポスターがたくさん貼ってあって、あちこちにいろんなものが散らかっている、あの雰囲気のほうがほっとする。サンドラ・ジルのコラージュはみあたらない。ピッパの話は本当なんだろうか。

キンケイドが身分証をみせると、受付の女性は冷ややかな口調でいった。「申し訳ありませんが、急にいらっしゃっても、先生はお会いできません。いまはお昼を食べていらっしゃいますし、午後には予約が入っています。患者さん、すぐにでもいらっしゃるんじゃないかしら」

「午後の患者さんに少し待ってもらうしかありませんね」キンケイドは笑顔でいったが、いうとおりにしないと困ったことになるよ、と脅したも同然だった。単なるお愛想の笑顔ではない。「こちらもそう簡単には引き下がれない」

にらみあいが続いたが、やがて女性が立ちあがり、不服そうに口を尖らせていった。

「先生のランチが終わったかどうかみてきます」

「どれもマーケットの露店で売っていそうな絵ばかりだ」女性が出ていくのを待って、キンケイドはジェマの耳元でいった。「サンドラのコラージュを持っているとしたら、ここに飾って客に自慢するに決まってる」

ドアが開いて閉じる音がして、受付の女性が戻ってきた。「先生はオフィスでお待ちしてます。右側の一番目のドアです」さっさと行ってよといわんばかりにうなずくと、パソコンに視線を移した。

こういう反応は珍しい、とジェマは思っていた。警官が三人もやってきて院長に会いたいといっているのに、なんの用件なのか興味も示さない。想像力の乏しい人間なんだろうか。トルーマンは彼女のそこを買って、受付に雇ったのかもしれない。

教えてもらった部屋のドアをキンケイドがノックした。ドアをあけ、中に入る。ジェマとカリンもあとに続いた。

ジョン・トルーマンは机の向こうに座ったまま、立ちあがろうともしなかった。ずんぐりした体型で、年は四十代だろうか。薄くなった髪を、櫛できれいに頭になでつけている。積みあげられたファイルの山をまっすぐに直しているところだった。病的に白い手をしているが、指は太くてソーセージのようだ。小さな口をすぼめた表情は、急に来られても困るよという不満と、紳士としてのポーズを崩したくないという気持ちのあらわれだろう。

いやな男。ジェマはみた瞬間にそう思った。こんな男に自分の犬や猫を診察させたくない。ましてや幼い女の子なんか――

「まったく、迷惑千万だね」トルーマンは甲高い声でいった。どこかから息が漏れているみたいな声だ。「いったいなんの話をしにきたんだ?」

ジェマはキンケイドの唇がゆがんだことに気がついた。むっとしているのだろう。階級とか肩書とかはあまり気にしないタイプだが、トルーマンの態度はあまりにも失礼だ。相手もそれなりの地位にある人間だというのに。「スコットランドヤードのキンケイド警視です。こちらはジェイムズ警部補とカリン巡査部長。トルーマンさん、あなたはサンドラ・ジルをご存じですね。彼女の作品を購入されたとか」

「サンドラ？」トルーマンにとって思いがけない名前だったらしい。「ああ、彼女のコラージュは自宅にある。きわめて価値の高い作品なんでね。だが、そのことでなぜ警察が？」

「サンドラ・ジルが数ヵ月前から行方不明になっているのをご存じでは？」

「ああ、知っている。だが、もう何ヵ月もたっているんだろう。わたしはなにも――」

「トルーマンさん、サンドラが行方不明だということを、どこできいたんです？　ワイドゲート・ストリートのクラブでしょうか」

トルーマンはキンケイドをにらみつけた。ぼってりした白い指がぴくぴく動いている。「そんなことは――いったいどうして――クラブ？　なんのことだかわからんな」

「サンドラをあなたに紹介したのは、ルーカス・リッチーですか？」ジェマがきいた。

ジェマは勧められもしない椅子に座った。トルーマンの正面の椅子だった。身をのりだし、必要以上にトルーマンに近づいた。

「ああ、なにか問題があるかね？」トルーマンはかんかんに怒っている。「これはいったい――」

キンケイドが引き継いだ。「トルーマンさん、先々週の土曜日はどちらにいらっしゃいました？」

「いったいなんなんだ。わたしはスペインにいた。八月に休暇をとってバカンスに行くことが法に触れるっていうのか？」三人をにらみつける。「おまえたち、ルーカス・リッチーを追い回していた警官だな。新聞記事を読んだよ。ああいう記事こそ法律に触れると思うがな」

「あの新聞記事はたしかに趣味が悪いが、名誉棄損罪で訴えられるほどじゃありませんよ」キンケイドは楽しそうにいった。「それに、ぼくたちはだれも追い回してなんかいない。ただ仕事をしているだけです。すなわち、サンドラ・ジルの失踪事件と、ナツ・マリクの殺害事件の捜査をしているんですよ」

「殺害事件？」トルーマンの声がネズミみたいな金切り声になった。

「ご存じなかったんですか？　ルーカス・リッチーは知っていましたよ。クラブのみなさん共通の話題かと思っていました」

「最近はあまり行ってないんだ」トルーマンはもごもごといった。ついさっきクラブのことをきかれて、なんのことだかわからないといったばかりなのを忘れてしまったらしい。「いや、なにかきいたような気もするな。だがわたしには関係ないことだ。会ったこともない」

「さぞかしショックを受けていらっしゃるでしょうね。サンドラとはお知り合いだったんでしょうから」キンケイドは両手をポケットに入れて、トルーマンの机の奥の壁に近づいた。額入りの証書が飾ってある。カリンは、机を挟んでキンケイドとは反対側にまわり、トルーマンのようすを観察している。こういうときは、黙っていてもとっさの連携プレイをするのが名コンビというものだ。ジェマはかすかな嫉妬をおぼえたが、すぐにそれを打ち消した。ふたりの息が合っているのは喜ぶべきことだ。

つんとするにおいを感じる。トルーマンが汗をかいているのだ。少なくとも、トルーマンに不愉快な思いをさせるという点だけは成功しているらしい。

キンケイドが壁からトルーマンに向きなおった。「ブリュッセル、ブルージュ、リスボン。あちこちで会議に出てるんですね。スペインにも行かれたとか。トルーマンさん、ご旅行がお好きですか。アジアはどうです？　バングラデシュとか」

「バングラデシュ？　なんでそんなところに行かなきゃならないんだ。文明がないも同然じゃないか」

「そうでもないと思いますよ。ただ、非常に貧しい地域もあるようですね。人々はやむにやまれず、子どもを売ることもあるとか」

トルーマンはキンケイドをみつめた。目にみえるほど汗をかいているし、顔色も悪くなった。目の前で心臓発作やなにかを起こさなければいいが、とジェマは思った。「アジアには行ったことがない」舌を出して、乾いた唇をなめる。「パスポートを調べればいいだろう」

「二週間前はスペインに行かれたとか？　記録は残っているでしょうか」

「当たり前だ」トルーマンの虚勢が戻ってきた。「車で行ったんだ。カーフェリーで国境を越えたときの記録がパスポートに残ってる」

ナツの事件があったときの行動については、問題なく説明できるようだ。それに比べると、アジアに関する質問は苦手らしい。子どもを売る人たちがいる、というキンケイドの話をきいたときは、ひどく怯えていた。なにか知っているに違いない。

どこかで犬が吠えている。下から響いてくる。「トルーマンさん」ジェマは笑顔できいた。「診察室は地下にあるんですか？」

「ああ」まだ少し警戒しているが、話題が変わったのでほっとしたようだ。「庭の横にはペットホテルもあるし、庭も広いのを作った」

「アシスタントがいないとやっていけないでしょうね」ジェマは、お仕事が大変そうですね、という調子できいた。トルーマンはスーツを着ている。診察のときはジャケットを脱いで白衣を着るのだろうか。しかし、動物の血液や体液に触れるような仕事を、この男が直接やるとは思えない。

「ああ。エリックとアンソニーがやってくれてる。ふたりとも有能だ」

「そうでしょうね。でないと雇わないでしょうから」

トルーマンは余裕のある表情で腕時計をみた。「ふたりとも、わたしを待っているはずだ。そろそろ午後の診察が――」

「トルーマンさん、お仕事にはケタミンを使いますか？」ジェマがきいた。

トルーマンは、いままでなついていた犬に突然嚙まれたときのような目でジェマをみた。「ケタミン？　普通に使う薬だ。よく効く鎮静剤だからね」頬をふくらませてから息を吐き、続ける。「今度は麻薬の話か？　ばかばかしい。ケタミンが巷で取り引きされてるのは知ってるが、わたしを疑うのは――」

「なにも疑ってなんかいませんよ」キンケイドが割りこんだ。「ただ、使ったときは記録が残っていますよね？　仕入れた量も」

「もちろん」

「それをみせていただけませんか」

「遠慮願いたいな」トルーマンはまた反抗的な態度をみせた。「そのへんの犯罪者みたいに扱われるのはごめんだ」

「令状を取ってきてもいいんですよ」

「なら取ってくるがいい」トルーマンは立ちあがった。座っているときの印象に比べると、ずいぶん小柄だ。体のバランスが普通とは違うということか。胴が長くて脚が短い。だから机の向こうから出てこようとしなかったんだろう。

「では、パスポートはみせていただけますか？」

「断る」

キンケイドはやれやれというように首を振った。「ずいぶん非協力的なんですね。出入国管理局に問い合わせればわかることですよ」

「だったらそうすればいい」トルーマンは腕組みをした。一歩も退かないぞ、といわんばかりのポーズだ。「次は弁護士同席でないとなにも話さないからな。警察の弱い者いじめには屈しない」

「弱い者いじめなんかしていませんよ」キンケイドは笑顔でいった。ジェマがひるんでしまうような、恐ろしい笑顔だった。「トルーマンさん、ご存じですか？　弁護士を同席させたがる人はたいてい、なにか隠し事があるんですよ」

「警戒させただけでしたね」三人でジェマの車まで戻ってきたとき、カリンがいった。「薬の記録を改竄させるチャンスを与えてしまったし」

「動物に使う薬を横流ししているとしたら、記録の改竄なんかとっくにやっているだろう」キンケイドが答えた。「それに、ナツ・マリクに投与したケタミンの量なんて、記録には残らない程度だろうしな。ジェマがケタミンという言葉を出したのは、やつを引っかけるためだ。ナツの事件がどうのこうのといいだすかもしれない。警察としてはナツの遺体からケタミンが検出されたことを公表していないから、やつがそれをいいだせば大当たりってわけだ。だがやつは引っかからなかった」

「本当に知らないか、あるいはすごく狡賢いか、どちらかね。あまり賢い人ではなさそうよ」

「人身売買についてはなにか知っていそうでしたね」

「わたしもそう思ったわ」ジェマは車のキーを差しこんでドアを少しあけた。車内にこもった熱を逃がしたかった。「でも、パスポートにバングラデシュ渡航の記録がなければ――」

「偽造パスポートを持ってるかもしれない」

「そこまで冒険をする人物とは思えないのよね。そこまでの能力もなさそう」ジェマは苛立ちまぎれに肩をすくめた。

キンケイドはその場に立ったまま、家の正面を眺めていた。「犯人である条件だけはそろってるんだ。サンドラと知り合いで、リッチーのクラブの会員。ケタミンが手に入る。だが、サンドラが人身売買の件または麻薬の件でトルーマンを非難し、その結果サンドラが姿を消すことになったんだとしても、トルーマンとナッツの関係がわからない。そこがしっくりこないんだ。ぼくらはまだなにかみのがしてる。いったいなんなんだろう」

27

「彼は平凡な警官だけど、あらゆる面からみて、若くて善良な男性だし、結婚すればいい夫になると思う」

——ジェニファー・ワース“Farewell to the East End”

キンケイドとカリンはスコットランドヤードに戻っていった。ジョン・トルーマンの出入国の記録を照会するという退屈な仕事にとりかかるといっていた。ジェマはノティング・ヒルに戻ることにした。

「もっとしっかりした根拠がないと、パスポートを調べるための令状は取れないだろう」キンケイドはそういっていた。たしかにそのとおりだろう。なんだかがっくりしてしまう。真実まであとちょっとのところに近づいているのに、先に進むことができない。

サンドラ・ジルの身になにが起こったのか。シャーロットはこれからどうなるのか。考えれば考えるほど、いやなことばかり頭に浮かんでしまう。手持ちの材料はすべて伝聞、あるいは推測に過ぎない。それが真実だとどんなに強く信じていても、証拠がなければどうにもならない。

アリヤともう一度話してみたいが、しつこくすると信頼を失ってしまいそうだ。ルーカス・リッチーに話をきくには、キンケイドの上司や警視監を説得しなければならない。

ジェマはメロディをオフィスに呼び、思わぬところでアリヤに会ったことと、ジョン・トルーマンに事情聴取をしたことを話した。「ものすごくいやなやつだったわ。清廉潔白じゃないのはたしかね。ただ、どの程度悪いことをしてるかってのはわからない。それに、本当にスペインに行っていたのなら、ナツを殺すことはできなかったわけよね。とすると、やっぱり振り出しに戻るわけだわ。結局、サンドラの弟たちがキーなのよ」ため息をついた。「でも、ここまで進むことができたのは、あの名簿のおかげよ。メロディ、ありがとう。というわけで、次はなにをしようかしら……」

「もう一度名簿をよくみてみましょう。なにかみのがしているかも」メロディが立ちあがり、ジェマを振り返った。「そういえば、ヘイゼルから電話がありました。ボスの携帯が電源オフになってるみたいだから、確実にメッセージを残したいと。できるだけ早く電話が欲しい、明日のランチのことで、とのことです」にやりと笑いたいのをこらえているような顔をして、メロディはオフィスを出ていった。

今日のメロディはいつもと違う。どうしたんだろう。ジェマは首を横に振った。頭痛がぶり返している。しかしいわれたとおりにヘイゼルに電話をかけた。

「ヘイゼル、明日のランチってどういうこと？」

「ヘイゼル、〈オリエル・カフェ〉でランチをしない？」

「ヘイゼル、行きたいけど無理よ。ほら、明日はレイトンの実家に行くことになってるでしょ。気は進まないけど――」

「でも、話はもうまとまってるの。あとは、実家に行くのは日曜日にすると、お父さんとお母さんにいうだけよ。わたし、明日はお店を休ませてもらうの。ホリーはダンカンに預けてトビーと遊ばせることにしたし、これでみんなハッピーよ。ジェマ、あなたも少しは自分を甘やかしてあげたら？」

「でもそれは――」

「実家に行かないための口実ができたじゃない。お願い、わたしのためにそうして。わたしからお母さんに電話をかけたっていいわよ。じゃ、明日十一時頃にそっちに行くわね」電話が切れた。

ジェマは呆然として受話器をみつめた。ヘイゼルはときどきこんなふうになる。こうと決めたら譲らないのだ。ジェマはなんだかうれしくなった。昔のヘイゼルが戻ってきたような気がする。それに、認めたくはないが、実家に帰るのを一日先のばしにできたのもうれしい。両親には——そして妹にも——結婚式の計画はまだできていないと話さなければならないし、そのせいで気が重くてしかたがないのだ。ヘイゼルと一日のんびり過ごしたら、いまより少しは楽な気持ちで話せるようになるかもしれない。

土曜日の昼前、ヘイゼルがホリーを連れてやってきた。ヘイゼルはジェマの額をしげしげとみてから、ジェマの腕をぽんと叩いた。「だいぶよくなったわね。それなら大丈夫そうだわ。今週一週間はいろいろつらかっただろうから、今日は楽しく過ごしましょ」

ジェマは家を出られるだけでうれしかった。ゆうべから、家族みんなのようすがおかしい。ダンカンはなにか考えごとをしているのか、ジェマを邪魔者扱いする。キットはいつも以上に気難しい顔で黙りこんでいる。トビーはなんでもないことでスイッチが入るらしく、ずっとひとりでくすくす笑っている。ホリーが遊びにくるのがうれしくてハイテンションになっているだけならいいけど、とジェマは思った。なにかよからぬことをたくらんでいませんように。

ヘイゼルに背中を押されるように、スローン・スクエアに向けて出発した。バスや地下鉄より車がいいわ、というヘイゼルの意見に従った。「〈マークス＆スペンサー〉の駐車場にとめて、そこからキングズ・ロードを歩けばいいわよ。今日はお散歩するのにちょうどいい天気だし」

〈オリエル・カフェ〉はいつもにぎやかなフランス料理の店で、スローン・スクエアといえばここ、みたいな名所でもある。窓際のテーブルについて、ヘイゼルが注文してくれたスパークリングワインを飲むと、心身から力が抜けていくようだった。フィッシュケーキとムール貝を食べながら、ジェマはきのうアリヤに会ったことや、獣医のジョン・トルーマンのことを話した。

ジェマが話しおえたとき、ヘイゼルの黒い瞳からは笑みが消えてきた。「よくある話だとは思うわ。似たようなことが昔からずっと繰り返されてきたのよね。でもだからといって、実際にそういう話をみたりきいたりしても平気かっていうと、そんなことは全然ないんだわ。名前もわからないその女の子がかわいそう。ほかにもそういう子がたくさんいるんでしょうね。かわいそうに」

「それと、シャーロットの引き取り先を決める審問が月曜日にあるの」ジェマはそれも話した。話しはじめたら止まらなかった。「福祉課のジャニス・シルヴァーマンに電話したんだけど、折り返しの電話はまだかかってこない。ゲイル・ジルみたいな恐ろしい人にシャーロットを任せることはできない。なにがなんでも戦うわ。

　それと、ヘイゼル――」ジェマはいいかけて口をつぐんだ。そしてまたしゃべりだした。自分自身でも認めたくなかった不安を、ヘイゼルに受け止めてほしかった。「このあいだの週末、ダンカンに話したの。結婚式のことを思うと憂鬱《ゆううつ》だって。ダンカンとの関係に不満があるわけじゃないって説明したつもりよ。ダンカンはわかってくれたと思ったんだけど……あれからダンカンが結婚式のことを話そうとしないの。わたし、不安になっちゃって。結局なにもかもだめになっちゃうんじゃないかって」残っていたワインをごくりと飲みほす。泡が鼻に抜ける。それを言い訳にして涙を拭いた。

「ジェマ」ヘイゼルは身をのりだして、ジェマの手をぎゅっと握った。手の温かさがジェマの胸にしみいるようだった。「ひとりきりでがんばっても、世界を変えることなんてできないわ。どんなにそれを望んでいてもね。この事件のことであなたになにができるのか、わたしにはわからない。とりあえずダンカンに任せてみたら？　獣医についても、ダンカンがなにかみつけてくれるわよ。

　シャーロットのことは、福祉課をもう少し信じてみましょうよ。福祉課のやりかたが完璧だとは思えないけど、ジェマだって、福祉課の仕事をすべて理解してるわけじゃないでしょ？　いまは待つときよ。月曜日にどうなるか、話はそれからね。

　ダンカンのことは心配いらないわ。結婚式のこと、ちゃんと理解してくれてるはず。

というより、ダンカンもほっとしてると思うわ。だって、婚礼用のスーツを着て見世物になるなんて、どこの男が喜んでやると思う？　ダンカンを信じて、少し待っているといいわ」グラスを脇によけて微笑んだ。「ねえ、ショッピングに行かない？」

「ショッピング？」ジェマはききかえした。子どもたちの顔が頭に浮かぶ。持ち帰った仕事もある。家の中のこともいろいろある。「でも、そんなつもりで出てきてないし、今日はやめといたほうが――」

「平気平気」ヘイゼルはウェイターを呼んで会計をした。「デパートに行きましょ。〈ピーター・ジョーンズ〉がいいわ」

「スコットランドからこっちに戻って以来、服を買ってないの」ヘイゼルはジェマをスローン・スクエアのデパートの婦人服売り場に連れていった。「ロンドンの夏がこんなに暑いなんて、すっかり忘れてたわ」

しかしヘイゼルは、ラックにかかっている服を適当に触りながら歩いていくだけで、試着もしようとしない。ジェマはそのうしろをついていった。やがて、ヘイゼルの足が止まった。ワンピースを手に取り、ほれぼれと眺める。「これ、最高ね」

淡い青リンゴ色のワンピースだった。生地はコットンだが、肌触りはシルクのようになめらかだ。袖は短く、ウエストが絞られていて、スカートは膝丈のフレア。

「素敵ね。でも、ヘイゼルの色じゃないわ。ヘイゼルにはもっとはっきりした色でないと」

「そのとおりね、残念だけど。でも――」ヘイゼルはワンピースをジェマの体にあてた。「――ジェマ、あなたにぴったりよ」タグをみる。「サイズもばっちりね。試着してみなさいよ」

「でも、こんな服、着るときがないもの。どこに着ていけばいい？　ガーデンパーティーとか、そういうのに着ていく服でしょ」

「着るときくらいあるわよ」ヘイゼルはジェマをにらみつけた。「ジェマ、自分へのごほうびもたまには考えなくちゃだめ。着ていく場所がないなら作ればいいじゃない。ダンカンに食事に連れていってもらうとか」ヘイゼルはドレスを手に持ち、試着室のほうに歩きだした。ジェマに反論のきっかけさえ与えようとしない。

販売員に勧められるままに、鏡張りの小さな空間に入った。ごいっしょになにかいかがですか、ときかれる。

「靴ね」ヘイゼルがいった。今日のジェマははき古したジーンズにフラットシューズだった。「その靴じゃその服の試着はできないもの。それと、セクシーな下着の上下をお願い」

「ヘイゼル、なにいってるの。そんなの――」

ってている。

「ジェマ、サイズは？」
ジェマはどうでもいいやという気になって、店員にサイズを教えた。ランチのときに飲んだスパークリングワインが回っているのだろうか。ふたりともテンションが高くなっている。

ヘイゼルが小声で店員に希望を伝えつづける。店員はあっというまに戻ってきた。レースをたっぷり使った下着のセットとパンプスの箱が並ぶ。

ドレスと同じ、青リンゴ色の下着だった。クリーム色のオープントウのパンプスには、布で作った大きなバラの花がついている。

「こんなのとても――」

「いいから、全部身につけて」ヘイゼルは試着室から出てドアを閉めた。「できたら声をかけてね」

しばらくして、ジェマは試着室の外に出た。「うしろのファスナーをお願い」

店の中でひそひそ話しつづけていたヘイゼルと店員がジェマのところに戻ってきた。

「息を吸って」ヘイゼルが声をかけ、背中のファスナーを一気に上げる。それからちょっと離れると、鏡に映ったジェマの姿を眺めた。「まあ」ため息をつく。「素敵だわ」

ジェマも自分の姿をみた。自分では絶対に選ばないようなワンピースだったが、たしかに素敵だった。なんだか別人になったような気がする。「まるで――お姫様になったみたい」スカートをそっとなでる。

「わかるわ。くるっと回ってみて」

ジェマは素直に従った。スカートがふわっと広がって、思わず笑い声をあげた。しかし、値札をみると心が沈んだ。「素敵だけど、こんな高いものを買うわけにはいかないわ」

「まあ、たしかに高いわね。でもあなたが買わないなら、わたしが買ってあげる。靴も下着も、わたしからのプレゼントよ」ヘイゼルは腕時計をみた。「ねえ、そのままの格好で帰ってくれる？　ホリーを迎えにいく時間を過ぎてるのよ。店員さん、値札だけ取っちゃってください」

「ヘイゼル、なにいってるの」

「いいから。ダンカンと子どもたちをびっくりさせましょう」

車に乗ってノティング・ヒルに帰る途中、ジェマはいった。「ヘイゼル、あのお店にあの色の服は一枚しかなかったわよね。しかもたまたまわたしにぴったりのサイズ。靴もちょうどいいのがすぐ出てきたし。ヘイゼル、前もって選んでくれてたんじゃない？」

「そんなわけないじゃない。わたしにはショッピングの神様がついてるのよ」ヘイゼルは運転に集中している。

「ヘイゼルのもの、ひとつも買わなかったわね」

「次回でいいわ。今日はジェマの日だったってこと」

セント・ジョンズ・ガーデンズまで戻ってきた。路上にとめられた車の数がやけに多い。それでもヘイゼルは空いた場所をみつけて、自分のゴルフをとめることができた。車をおりて家へと歩きながら、ジェマはいつもと同じことを思った。この家もこの町も本当に素敵！　玄関に着く一歩手前で、ヘイゼルがいった。「携帯を車に忘れてきちゃった。先に行ってて」

ジェマはドアをあけて中に入った。子どもたちの歓声が響く。ざわざわときこえていた話し声がぴたりとやんだ。ふとみると、家の中に人がたくさんいる。

知っている顔ばかりだ。ダイニングにも、リビングにも、キッチンにも。大切な人たちが、満面の笑みを浮かべてこちらをみている。ティムとホリー。メロディ。ダグ・カリン。直属の上司のマーク・ラムと、奥さんのクリスティーン。ダンカンの上司のデニス・チャイルズとその奥さんのダイアン。妹夫婦。甥と姪。エリカ。エリカの友だち、アンリ。ウェズリー。ベティ。シャーロット。ダイニングの椅子には、妙にしゃちほこばった格好で、両親が座っている。

いつのまにかヘイゼルがうしろに立って、そっと背中を押してくれた。トビーが階段を駆けおりてきて、「帰ってきた！　ママが帰ってきた！」と叫んだ。白いシャツと制服のズボンをはいている。キットも制服姿で、トビーのあとについて階段をおりてきた。

「これって――」

ダンカンがキッチンから出てきた。みたことのない、ぱりっとしたスーツを着ている。しかしダンカンだけはみんなと違って、なんだか落ち着かない表情だ。ジェマの頬にキスすると、ダンカンはいった。「お帰り。すごくきれいだよ」

「どういうこと？　なんでみんながいるの？　だれかの誕生日？」

「結婚式だよ」

「うちで？」わけがわからなかった。「だれの？」

ダンカンはジェマと目を合わせて答えた。「ぼくたちのだよ。結婚してくれるかい？」

28

「母親と娘は肩を寄せあって、長い年月を過ごしていた」シスター・ジュリエンヌ
——ジェニファー・ワース "Farewell to the East End"

「結婚式って、ここでできるの？」ジェマはとまどってダンカンをみた。「まずは役所に行かなきゃならないんじゃないの？」

「本当はそうだが、先に祝福を受けることもできるんだよ。式の執行人が庭で待ってくれてる。いい人だよ。普通は役所や教会で先に結婚式を挙げて、それから祝福を受けるんだが、ぼくたちの場合はちょっと特別な事情があるんだと説明したら、執行人がここまで来てくれることになったんだ。

今日ここで結婚式を挙げて、来週チェルシーの役所に行って手続きをとる。宗教的な

結婚式をするなら別だが、そうでないなら、書類さえちゃんと出せばいいってことさ。ぼくたちにとってだいじなのは――」ダンカンは手を広げ、まわりにいる友人や家族をみた。「――みんなに祝福してもらうことだ」

ジェマはふと気がついた。家の中が花だらけになっている。バラ、ユリ、そのほか名前を知らないきれいな花を活けた花瓶がそこらじゅうに置いてある。

ジェマの視線を追って、ダンカンがいった。「今朝、ウェズリーが市場に行って仕入れてきてくれたんだ。ベティがあとでカリブ料理を持ってきてくれる。ウェズリーは写真係だ。ぼくはシャンパンを手配した。ケースで買ったのがキッチンに置いてあるよ」

「ケーキは？」

「残念ながら、ちゃんとしたケーキは間に合わなかった。ウェズリーがポートベロのベーカリーでカップケーキを山ほど買ってきてくれたよ」

ジェマは笑いだした。「完璧。最高よ」

ダンカンも笑みを返した。身をかがめてジェマの耳元でささやく。「じゃあ、イエスってことだね？」

ジェマはダンカンの首に片手をまわして、耳にささやき返した。「ノーだったらどうするつもりだったの？」

「残念パーティーだな」ダンカンはジェマの頬に軽くキスをした。ジェマは全身がほてって、膝から力が抜けそうになった。

「結婚式の前からキスしてちゃだめだよ」キットが声をかけてくる。「続きは外でやろう。みんな、外に出て」

「キットは進行係なのね」ジェマはしぶしぶダンカンから離れた。

一団がぞろぞろと庭へ出ていく。そのとき、ベティのスカートに隠れていたシャーロットがとことこ駆けよってきた。両手でジェマの膝にしがみつく。「あらまあ」ジェマはシャーロットを抱きあげた。「新しいドレスね。とっても可愛いわ」

「はなよめさんのつきそい《フラワーガール》なの」シャーロットはべたべたの唇でジェマにキスをした。

「お花といえば」ジェマは胸がどきどきしてきた。「ブーケがないわ」

「あるよ」ウェズリーがいう。柄になく照れた顔をしている。「〈タイラー〉で作ってもらったんだ。気に入ってもらえるといいな」白いバラと緑の葉をまとめたブーケをみせてくれた。淡い緑のシルクのリボンを結んである。

「素敵。ありがとう、ウェズリー」犬たちも人間に混じって楽しそうにしている。首輪にブーケと同じ色のリボンがついていた。ジェマはヘイゼルを振り返った。「わたしがこのドレスを買わなかったら、どうなってたの？」

「わたし、人を説得するのが得意なのよ。この一週間、空いた時間をつぎこんでドレス探しをしたの。きっとあなたの気に入ると思ったわ」ヘイゼルは口紅とヘアブラシをバッグから取り出した。「お化粧を直しましょう」

ジェマは玄関ホールの鏡をみて化粧と髪を直した。振り返ってヘイゼルにきく。「これで大丈夫？」

ヘイゼルは鼻をすすってジェマを抱きしめた。「天使みたい。さあ、行きましょう」

「音楽、スタート」キットが叫ぶ。リビングで音楽が鳴りはじめた。ジェマの嫌いなメンデルスゾーンの「結婚行進曲」ではない。陽気なバッハのプレリュードだ。

振り返ると、両親の姿があった。大勢の人々の中で、両親だけが笑っていない。庭に出ようともしない。ジェマは慌てて駆けよった。「お母さん、具合はどう？　どうかしたの？」

母親は顔をあげた。唇が震えている。しかし先に口を開いたのは父親だった。「こんなのはちゃんとした結婚式じゃない」

「あとであらためて役所に行って式を挙げるわ。できるだけ早くね」

「それはいいけど」母親がいう。「でも、ホテルの披露宴は？　リボンをつけたロールス・ロイスは？　それに、ジェマ——花嫁が緑色のドレスを着るなんて」

ジェマは微笑んだ。いまはすべてを笑ってすませたい。「お母さん、わたしの秘密を教えてあげる。わたし、結婚は二回目なのよ。白のドレスは着られないわ」

「お母さんをからかうんじゃない」父親がいった。しかめた顔がどんどん赤くなってくる。「お母さんも友だちも、みんながっかりしてるんだぞ。こんないい加減な結婚式をやるなんて、人に話すのも恥ずかしいじゃないか」

ジェマは両親の顔をみた。客がすべて庭に出ていくのがみえた。ダンカンがフランス窓のそばで待っている。バッハの音楽が鳴りひびき、みんなの楽しそうな話し声を引き立てている。ユリの甘い香りが漂ってくる。怒りはあっというまに消えていった。

「わたしは人にどう思われたってかまわないわ。今日はわたしの日。だれにも邪魔させない。お父さんとお母さんも、みんなといっしょにお祝いしてくれたらうれしいわ。でも無理にとはいわない。任せるわ。

じゃあ、行くわね。ダンカンが待ってる」ジェマは身をかがめて母親の頬にキスをした。続いて、ちょっとためらったが父親にもキスした。あとは一度も振り返らず、ダンカンのところへ歩いていった。

外に出る直前に、ウェズリーがブーケをくれた。ダンカンがジェマの腕をとる。「指輪は？」ジェマは最後の最後にパニックを起こしそうになった。「結婚指輪がないわ」

「あるよ」ダンカンがいった。「トビーが持ってる。なくしてないといいけどな」

「トビーに預けるなんて、勇気があるわね」笑みが浮かんだ。喜びが泉のようにあふれてくる。

「勇気があるのか、頭がおかしいのか、どっちかだね」ダンカンはジェマをみて、急に真顔になった。「両方かもしれないな。ジェマ、本当にいいのか？　きみの望みどおりになったかい？」

ジェマは、集まってくれた友だちや子どもたちの顔をみた。友だちは式が始まるのを楽しみにしてくれているし、子どもたちは誇らしさと興奮でいまにも爆発しそうになっている。「わたしのためにこれだけのことをしてくれたのね。これ以上の結婚式はないわ。それにね――」ダンカンの頰に触れ、額に落ちた髪をうしろになでつけた。「――わたしの望みは、あなたといっしょにいることよ」

ダンカンはジェマの手をとり、庭へと歩きだした。

29

多くの家は住む人もなく放置された。人々は変わり果てた姿になって運びだされ……

――ダニエル・デフォー"A Journal of the Plague Year"

二杯目か三杯目のシャンパンで、ジェマはパンプスを脱いだ。

式そのものは短くてシンプルで、しかし感動的なものだった。ふたりが一生のパートナーになったことを祝福してもらいながら、ジェマはうっとりしていた。これ以上すばらしい結婚式があるだろうか。子どもたちは――暴れんぼうのトビーさえ――驚くほどお行儀よくしていた。参列者の多くは涙ぐんでいた。ダンカンとジェマも同じだ。

式が終わると、ＢＧＭがバッハからレゲエになった。さらに八〇年代のポップスと六〇年代のソウルへと変わっていく。新郎新婦に乾杯したあと、みんなで飲み、食べ、踊った。最後はヴァニラとチョコレートのカップケーキにふたりでナイフを入れるという一大パフォーマンス。

両親は式のあとも残ってくれた。楽しんでいるようにもみえたが、ベティの絶品カリブ料理が気に入らないらしく、フォークで突つくふりをするだけだった。しかしケーキ入刀の頃には母親が疲れはじめたようで、まもなくふたりで帰っていった。

ほかのゲストたちも、そのタイミングで帰っていった。外が暗くなりはじめていた。ヘイゼルとティムとホリーが帰るとき、ジェマはヘイゼルを玄関まで送って抱きしめた。

「なにからなにまでありがとう。ヘイゼルがロンドンに帰ってきてくれて、本当によかったわ。でもヘイゼルったら、人を騙すのがうまいのね——ダンカンの次に」

「褒め言葉をありがとう」ヘイゼルは笑い声をあげた。「ウエディングプランナーになろうかしら。スパイもいいわね」

ジェマはキッチンに座り、疲れた足をさすっていた。ダンカンとベティが皿洗いをしてくれている。ウェズリーとメロディとダグは、ウェズリーが大きなポットにいれたお茶を飲んでいる。子どもたちは庭で犬といっしょに遊んでいる。こんなにしあわせなひとときがあっていいんだろうか。ジェマは左手をあげて、指輪をうっとり眺めた。さっきから同じことを数えきれないくらい繰り返している。

アールデコのデザインだった。プラチナに小さなダイヤモンドを埋めこんである。アンリとエリカがダンカンに付き添って、キングズ・ロードのアンティークの商店街で選んでくれたそうだ。

「気に入らなかったらほかのに交換してもいいんだよ」ダンカンがキッチンから声をかけてくる。ジェマをからかっているのだ。

「交換なんてするわけないでしょ」ジェマは右手でそっと左手を包んだ。「なにがあってもこの指輪ははずさないわ」ダンカンの指輪はホワイトゴールドのシンプルなものだった。ぼくはこれでじゅうぶんなんだ、といっていた。

呼び鈴が鳴った。ジェマは伸びをして、「わたしが出るわ。だれかが忘れ物をしたのかも」といった。

しかし、ウェズリーが慌てて立ちあがった。ダンカンににやりと笑いかける。「いや、ぼくが出るよ。ジェマは足が痛そうだ」

玄関から話し声がきこえる。次の瞬間、ウェズリーがキッチンに戻ってきた。若い女性の肩を抱いている。女性は長身で、髪は赤褐色。手術衣を着ている。

ジェマは立ちあがり、笑いながらいった。「ブライオニー！　どうしてここへ？」ブライオニー・プールはジェマとダンカンの友人でもあり、かかりつけの獣医でもある。

最近はジェマよりウェズリーのほうが頻繁に会っているようだ。ブライオニーの肩を抱くウェズリーの誇らしげな表情からも、そのことがわかる。

「おめでとう」ブライオニーはジェマとダンカンを抱きしめてから、着ている手術衣を指さした。「こんな格好でごめんなさい。今日は午後も診察があって、抜けられなかったの。結婚式のことは週のはじめにウェズリーからきいていたけど、いまちょうどギャヴィンが休暇でスペインに行ってて、代わってもらうこともできなくて」ギャヴィンはブライオニーの上司だ。あまり人望は厚くない。「お楽しみは全部終わっちゃったの？」

「まだよ。シャンパンもあるし」ジェマは、まだワインクーラーに入っていたボトルから、新しいグラスに一杯注いだ。

ブライオニーはグラスを高く掲げてからシャンパンを飲んだ。「しあわせなカップルに乾杯！」

「ねえ、獣医がスペインに行くのが流行ってるの？」ジェマはそういって、自分は紅茶をおかわりすると、ナツ・マリク殺害事件への関わりが疑われるジョン・トルーマンのことをブライオニーに話した。ただし、トルーマンの名前は伏せる。「獣医さんなら、ケタミンをこっそり確保しておくことくらい簡単にできるの？　人間の呼吸を止められる程度の量でいいんだけど」公園に横たわっていたナツ・マリクの遺体。あの光景が蘇ってくると同時に、ジェマは現実に引き戻された。

「そうね、一グラムでも命に関わるほどだから。ケタミンは水に溶けるの。だからデートレイプによく使われるのよね。けど、呼吸が止まるほどだったら味で気づくんじゃないかしら」ブライオニーはシャンパンのグラスを回しながら答えた。

「遺体からはジアゼパムも検出されてるわ」

「なるほど。じゃあ、こういうことじゃないかしら。先に筋弛緩剤としてのジアゼパムをのませ、それから解離性麻酔薬としてのケタミンをのませた。手術のとき、麻酔医がとる手法と同じよ」

「麻酔医？」キッチンにいるダンカンが振り返った。

「ええ」ブライオニーはちょっとびっくりしたような顔で続けた。「ケタミンは獣医が使う薬としてよく知られているけど、麻酔医も使うの。麻薬のディーラーがどこかからケタミンを盗むとしたら、人間の病院より動物病院のほうがやりやすいでしょうけどね」

ダンカンは両手から水滴を落としながらいった。「麻酔医か。くそっ。気づかなかった」

ベティがびっくりした顔で振り返った。ダンカンが珍しく汚い言葉を使ったからだろう。ジェマもダンカンの顔をみた。そして片手をあげて、ベティの小言を制した。ダンカンがこんな顔をするのはよほどのことに気づいたときだ。

ベティは黙ってダンカンにふきんを差し出した。

ダンカンはふきんを受け取ったものの、くしゃくしゃと丸めて放りなげてしまった。なんのためにこんなものを渡してきたんだ、とでもいいたそうだった。高価なスーツのズボンで濡れた手を拭いて、いった。「そういうことだったのか。どうしていままで気づかなかったんだろう」

「なにがわかったの？」ジェマはきいた。世界が大きく揺れて、ゆっくり静止したような気がした。

ダンカンはジェマの顔に目の焦点を合わせた。「例の名簿に麻酔医の名前があった。アレグザンダーとかいう男だ。リッチーのクラブで会って話をしたことがある。自分から近づいてきて自己紹介したんだ。サンドラのクライアントでもあった。リッチーの話では、女性の性病クリニックに資金援助しているとか」

「リヴィングトン・ストリートね」ジェマはつぶやくようにいった。「そうだわ、リヴィングトン・ストリートのクリニック」頭の中で、ピースがかちりかちりと組み合わさっていくのがわかる。「アリヤによると、サンドラはすごく熱心にそのクリニックを手伝っていたそうよ。そういえば、マイルズ先生は実際に診察なんかしないっていっていった。あそこに来る女性たちは、女医さんでないとだめだから。そうか、そういうことだったのね」

「マイルズ・アレグザンダーですね」カリンも思い出したようだ。

ジェマは血の気が引く思いがした。「その人、ロイヤルロンドン病院にも勤務してるわ。アレグザンダー先生といえば、母を担当した麻酔医よ。信じられない」

「遺体解剖の日、病院で会った」ダンカンは部屋の中を歩きまわりはじめた。みんながよけて場所を作る。「遺体安置室の近くの廊下ですれ違ったんだ。カリーム先生のオフィスに行く途中だった。たぶん、カリーム先生の検死結果が気になって、ちょくちょくようすをみにきていたんだろう。カリーム先生はなにかみのがしているんだろうか」

「あるいは、自分がなにかヘマをしてるんじゃないかと思って、ようすをみにきていたのかもしれませんよ」カリンがいう。「ほら、カリーム先生がナツ・マリクの携帯を袋の底のほうに入れておいたら、どういうわけか袋の上のほうに移動してた、とかいう話がありましたよね？　クラブで会ったときも、アレグザンダーは警察がどこまで知ってるのか気になって、ぼくらに近づいてきたのかもしれません」

「そうだな。まあ、単に高慢なだけかもしれないが。偉い先生がぼくたちと遊んでくださったというわけだ」

「待ってください」真剣な顔で会話をきいていたメロディが、首を横に振っている。「すべて推測ではありませんか？」

「でも、なにからなにまで辻褄が合うわ」ジェマは確信を持っていった。うすら寒さをおぼえる。「アレグザンダーはサンドラを知っていた。クリニックのこともあるから、かなり親しかったんじゃないかしら。アレグザンダーはサンドラの作品も購入してる。アレグザンダーはナツを殺すのに使われた薬を手に入れられる立場にあったし、使いかたも知っていた。ルーカス・リッチーのクラブを通して、トルーマンをはじめ、幼女に関心を持つ男たちと知り合うことができた。

わからないのは、バングラデシュのかわいそうな女の子の話をきいたサンドラが、どうしてそのこととクリニックの医師を結びつけるに至ったか、ということよ。知り合いで、たぶん信用もしていた医師なのに」

ベティが一歩前に出た。ダンカンが放りなげたふきんを両手でねじりながらいう。

「女の子とかクラブとか、わからない話も多いけど、要するに、シャーロットの母親は亡くなってるってことなのね？」

「ええ」ジェマが答えた。急に頬骨のあたりがきりきりしてきた。そこを指でさすりながら、こみあげてきた涙をこらえた。「最初からそういう前提で捜査をしてきたんだと思う。問題は、だれが、どうして、どうやって、ということだったのよ」

「父親も殺されたわ」ベティが続けた。「サンドラとナツを殺した犯人は同一人物なの？」

「前にシャーロットがいってたわ。パパはママをさがしにいったんだって。わたしはその意味をちゃんと考えたことがなかった。あの日、ナツはなにかに気づいたんじゃないかしら。それで、アレグザンダーのところに行って、話をきこうとした。とにかく情報が欲しかったから、アレグザンダーに勧められた飲み物を断ることができなかった」

「とすると、あの日ナツが家を出てからハガーストン公園で亡くなるまでの空白の時間の説明がつく」ダンカンがいった。「ナツがアレグザンダーに会いにいった。アレグザンダーはナツに薬をのませた。そのまま家で寝かせておいて、外が暗くなってから――」

「――公園に連れていったのね」ジェマが話を継いだ。ジェマはブライオニーの顔をみた。「致死量のケタミンを投与した場合、効き目があらわれるまでにどれくらいかかるの？」

「すぐよ。それと、たぶん注射器を使ったと思う。筋弛緩剤で動けなくなっている人に液体を飲ませるのは大変だから。おそらく、舌の裏側に注射痕があるんじゃないかしら。法医学者がみのがしたとしたら、それね。犯人は被害者を自殺にみせかけたかったの？」

「だとしたら、ナツを窒息死させたあと、顔を横に向けておくべきだったわね」アレグザンダーの犯行の一部始終を想像して、ジェマは気分が悪くなってきた。「だれかが来るんじゃないかと思って、慌てて逃げたのかしら」

カリンが携帯電話を取り出して、キーを打っている。やがて顔をあげた。「マイルズ・アレグザンダーはホクストンに住んでます。いま住所を調べたんですが、ジョン・トルーマンの家のすぐ近所ですね。コロンビア・ロードのマーケットから歩いて十分ほどでしょう」

これで全部わかった。「サンドラがロイにシャーロットを預けたとき、アレグザンダーを訪ねるつもりだったんじゃないかしら。少し話してすぐに戻ってくれば、シャーロットを迎えにいって、ナツとのランチの約束にも間に合うはずと思ったんだわ」

だとすると、コロンビア・ロードからさほど離れていない場所に行ったんだろうという仮説は正しかったことになる。ただし、方向が違っていた。南東のベスナルグリーンに行ったものと思っていたが、実際はそうではなく、西のホクストンに向かったのだ。

「彼女はランチの約束の時間までに戻ってくるつもりだった。なにを疑ってアレグザンダーに会いにいったにせよ、アレグザンダーがどんなに危険な人物かを知らなかったということね」こみあげてきた怒りをやっとのことで鎮めると、ジェマはダンカンをみて、できるだけ冷静な声できいた。「いまから連行できる？」

ダンカンは眉をひそめた。「パトカーを呼んで、アレグザンダーを連行させよう。ナツ・マリク殺害容疑だ」

「しかし、アレグザンダーとマリクを直接結びつけるものはなんなんです？」カリンがきいた。

「サンドラだ。ほかにもきっとあるだろう。これからみつけていく」

「だったら、アレグザンダーの自宅のまわりで聞きこみをやったらどうでしょう」カリンがいった。「ナツやサンドラが訪ねてきたのをみかけた人がいるかもしれません。そうすれば家宅捜索令状も取れるし、捜索と同時にやつも連行できます。やつをビビらせることができます」

ダンカンはかぶりを振った。「近所で聞きこみなんかやったら、たとえ私服警官を使ったとしても、アレグザンダーを警戒させてしまう。証拠を徹底的に隠滅しようとするだろう」

ダンカンは指を一本立てて強調した。「アレグザンダーをナツ・マリクとサンドラ・ジルの殺害と結びつけるたしかな証拠が欲しい。人身売買についてもはっきりさせたい。そのためには、パソコン、写真、女の子の衣類などを押さえたい。家の中にあって、その気になればすぐに消したり捨てたりできる、そういう証拠がだいじなんだ」

ひととおり考えてから、ジェマがいった。「でも、アレグザンダーとトルーマンが仲間だとすると、もう遅いかもしれないわ。トルーマンがアレグザンダーに、ナツとサンドラの事件や人身売買のことで警察が来たと話してしまったかも」

ダンカンは指先であごをこすりながら、落ち着きなくあたりを歩きまわった。「かもしれないな。だが逆に、トルーマンが役に立ってくれるかもしれないぞ。アレグザンダーと同時にトルーマンもしょっぴくんだ。人身売買の共犯の疑いがある、といってやればいい。本当に共犯なら、トルーマンはころっと寝返ってアレグザンダーを売るだろう。やつは自分の保身のことしか考えないタイプだよ。やってみる価値はある。いいか、本命はアレグザンダーだ。トルーマンはいやなやつだが、雑魚みたいなもんだ」

腕時計をみる。「ダグ、パトカーを一台、ホクストンに向かわせろ。それから捜査本部に連絡してくれ。チームのひとつをホクストンに呼んで、ナツかサンドラをみた人が近所にいるかどうか、調べさせるんだ。

アレグザンダーを連行したら、別のチームを呼んで、ごみを調べさせる。家の外に出してあるごみなら、令状がなくても調べられるからな。今日は土曜日だ。ごみの収集は週明けだから、なにか面白いものがみつかるかもしれないぞ」

ダンカンはジェマに近づいて、ジェマの肩に手を置いた。「ジェマ、すまない」優しい声だった。「新婚初夜がこんなことになるとは思わなかったよ。あとで電話する」

「なにいってるの」ジェマはダンカンの手を強く握って立ちあがった。「ベティ、ウェズリー、どちらかに子どもたちをお願いできるかしら」振り返ってダンカンをみる。

「新婚初夜はいっしょに過ごしましょう。わたしも行くわ」

ジェマはスコットランドヤードの取調室の外にいた。キンケイドがアレグザンダーの弁護士を呼びにいったので、ジェマは廊下に立って、ドアに作られた小窓から中をのぞいている。アレグザンダーはやはりあの医者だった。病院では少し話しただけだったが、同一人物だとひと目でわかった。

こぎれいな身なりをした、自意識の強そうな男だ。病院で会ったときも同じ印象だった。だがいまは、不安そうというより腹立たしそうな顔をしている。間違いない。この冷酷な男がふたりの命を奪ったのだ。そしてひとりの子どもの運命を危険にさらしている。シャーロットの未来はどうなってしまうのか。

この男に人生をめちゃめちゃにされた子どもが、いったい何人いるんだろう。家から連れだされ、家族と引き離され、レイプされ、閉じこめられて……そのあとは？　ごみのように捨てられたり、お下がりを欲しがる男たちに売り渡されたりしたんだろうか。ホームレスになった子どももいるだろう。そうなったら、生きていくためには売春婦になるしかない。

制服警官がパトカーでやってきたとき、アレグザンダーはディナーパーティーを開いていたらしい。客は男が三人。連行にあたった警官によると、キッチンにアジア系の女の子がいるのがみえたという。家には入れなかったが、アレグザンダーが三人の客と言葉を交わす前に家から連れ出し、パトカーに乗せるのに成功したとのことだ。

スコットランドヤードに連れてこられたアレグザンダーは、ひどく怒ってはいたが、冷静な部分もあった。弁護士を呼べと要求した。

トルーマンを利用しようというキンケイドの計画は失敗した。別のチームがトルーマンの家に行ったとき、家は真っ暗で鎧戸も閉まっていた。戻ってくるかもしれないから車を一台置いて見張っているようにとキンケイドが指示を出したものの、ジェマは悲観的になっていた。やはりきのうの訪問のせいで、トルーマンは怯えて逃げ出したのではないだろうか。

きのうの時点で真犯人に気づいていればよかった。トルーマンの協力が得られないということは、アレグザンダーをすぐに釈放しなければならなくなるかもしれない。それまでに家と車の捜索令状を取ることができるだろうか。

望みがあるとすれば、カリンのチームだ。ホクストン・ストリートの閑静な住宅街で、一軒一軒の聞きこみをやっている。メロディも自分から申し出てそのチームに協力している。もっとも、ジェマのみたところ、カリンは不服そうだった。いっしょに捜査するのがいやなんだろうか。

とはいえ、なにしろ時間が遅い。もうすぐ真夜中だ。近所から苦情が出ることはあっても、協力はほとんど得られないのではないか。

ジャケットの襟に指輪をこすりつけて、プラチナを磨いた。この指輪だけが、午後のしあわせなひとときが夢ではなかったと教えてくれる。時間は惜しかったが、きれいなドレスは脱いでズボンとジャケットに着替えてきた。あの姿のままアレグザンダーと対峙するのはいやだった。着替えにどんなに時間がかかっても、結婚式の思い出を汚したくなかった。

弁護士を介さず、一対一でアレグザンダーと話すチャンスが、このあと一度でもあるだろうか。ジェマは廊下の左右に目をやり、キンケイドがまだ戻りそうにないことを確かめると、息をひとつ吸ってからドアをあけた。

マイルズ・アレグザンダーは、テーラーメイドのスーツを着て椅子に座り、自分の爪をみていた。ドアがあいた音に気づいて顔をあげ、おやというように片方の眉をつり上げる。

「どこかで会ったことがあるな」

「ええ、病院で。母がCVポートを設置してもらいました。あのときの麻酔の先生ですよね」

「赤毛の女性か」にやりと笑った。思い出すことを楽しんでいるようだ。「白血病。予後はあまりよくなさそうだった」

わざと残酷なことをいっているのだろう。

弱点を突いてやったと思わせたくない。ジェマは笑みを返した。「患者の扱いが丁寧なんですね。いつもそうなんですか？　麻酔科を専門にしたのは、患者がおとなしくなって口答えしてこないからですか？」

「面白いことをいうね。すまないが、名前はなんといったかな。おぼえていないんだ」アレグザンダーは平然としていた。「それと、相手に麻酔がかかっていようがいまいが、わたしはしゃべりたくないときにはしゃべらない」

「ええ、かまいませんよ。でもいいたいことだけはいわせてもらいます」アレグザンダーに一歩近づいた。そのとき、奇妙なにおいをかすかに感じた。金属臭のようにも思えるし、薬品臭にも思える。いや、気のせいだろうか。「あなたはサンドラ・ジルとナツ・マリクを殺した。しらを切って逃げおおせるつもりなら、大きな間違いよ」

「ずいぶん偉そうな物言いだな。想像力の豊かさにも恐れ入った」アレグザンダーはまた微笑んだが、目がぎらりと光ったのをジェマはみのがさなかった。草むらを這うヘビの目のようだった。

そのとき、ジェマは自分の本心に気づいてはっとした。いまのいままで、サンドラ・ジルが生きているのではないかという小さな希望を捨てきれずにいたのだ。アレグザンダーに背を向けて、取調室を出た。

廊下の壁に寄りかかって目を閉じていると、足音がきこえた。目をあけるとキンケイドがいた。ひとりきりだ。

「弁護士は？」

「戦略を立て直す時間が欲しいんだろう。電話を一本かけなきゃならないといわれた」

「どうして？　なにか進展があったの？」

「われわれにとってはいいニュースだ」キンケイドはそういったが、表情は暗いままだった。「ダグとメロディがやってくれた。アレグザンダーの隣の家の住人が、夜遊びから帰ってきたそうだ。シングルマザーらしい。隣の家のようすがおかしいと、うれしそうに話してくれたそうだ。

ナッツとサンドラをみかけたことはないそうだ。しかし――」がっかりするなというように、慌てて言葉を継いだ。「――家の中に女の子がいるのが、前から気になっていたというんだ。窓から外をみていたこともあるし、アレグザンダーが出かけたり帰ってきたりしたときに開いたドアの隙間から外をみていたこともあると。

女性は一度、アレグザンダーを呼び止めて、その女の子と自分の娘をいっしょに遊ばせたいといったんだが、アレグザンダーは、女の子は家政婦の子どもだ、余計なことはしないでくれ、と答えたそうだ。

だが女性がいうには、家政婦なんかみたことがないと。そしてそれからまもなく、女の子の姿はまったくみえなくなってしまった」

「それ、いつの話？　最後に女の子をみたのはいつ？」

「五月だそうだ。庭の藤の花が終わったときだったから間違いないと」

ジェマはキンケイドを呆然とみつめた。「女の子っていったわよね。文字どおり子どもということ？　クリニックに来た女の子とは別の子なのかしら」

「十歳か、いっても十二歳くらいだろうと。西アジア系で、伝統的な服を着ていたそうだ。さっそく治安判事に連絡したよ。夜明けまでには捜索令状がおりるだろう」

30

クライスト教会はスピタルフィールズ・ガーデンズに影を落とす。その影の中で、わたしは二度とみたくないものをみてしまった。

——ジャック・ロンドン"The People of the Abyss"(1903)

マイルズ・アレグザンダーは弁護士のアドバイスに従い、あらゆる質問に黙秘を貫いた。弁護士と小声で話し合ったあとは、家宅捜索が行われるときいても反応ひとつみせなかった。弁護士のほうが目にみえて動揺していた。

市警でひと晩過ごせるなんてなかなかできる経験じゃないし、国営医療保険病院に入院するよりは快適だろうな——キンケイドがそんな冗談をいったときも、アレグザンダーは無表情なままだった。ジェマとオフレコで話したときにみせた残忍な表情も、すっかり封印されている。

捜索令状の書類を書いているダグ・カリンを署に残して、キンケイドとジェマは帰宅し、ベッドに入った。

「これでなにも出てこなかったら大失態だな」ジェマが明かりを消したとき、ダンカンがいった。

「なにか出てくるわよ。ああいう傲慢な男は、規則や法律なんて自分にはあてはまらないって思っているものよ。それに、自分で思っているほど賢くなさそうだし」

ダンカンは寝返りを打って、横向きになったジェマの背中に体を重ねると、うしろから抱くように腕を回した。眠気のせいで舌がもつれかけている。「奥さん」

ジェマは少しだけ体をうしろに返して、肘でダンカンの体を押した。「そんな呼びかた、やめて」口ではそういったが、にっこり笑ってダンカンの腕を抱いた。

「やめたくないといったら？」

「考えがあるわ」ジェマは答えた。ダンカンの手がおなかに当たって、その温かみが心地よい。さらに体を押しつけてみたが、そのうちダンカンの手から力が抜けた。深くて安定した寝息がきこえてくる。

ジェマは微笑んで、自分も眠りに落ちた。

空が白みはじめた頃、ダンカンの携帯電話が鳴った。静かな部屋にいきなり鳴りひびいたので、ふたりともびっくりして目を覚ました。「電源を切って」ジェマは力のない声でいった。

しかし、ダンカンの声をきくうちに、ジェマも頭がはっきりしてきた。体を起こし、髪をかきあげる。

「どうしたの?」ダンカンが電話を切ると、ジェマはきいた。「令状が出たの?」

ダンカンはもうベッドから出ようとしていた。体をねじってジェマに軽くキスをする。「捜索チームがホクストンに向かうそうだ。ぼくたちも行こう」

ジェマは顔を洗ってジーンズと薄手のセーターを着ると、子どもたちの部屋をみにいった。

ゆうべはベティが泊まるといって、ソファで寝てくれた。シャーロットはトビーといっしょに寝ていた。トビーの寝相はいつものとおり。上掛けを蹴飛ばしてしまっている。シャーロットは上掛けにくるまって丸くなり、まるでハリネズミのようになっている。のぞいているのは巻き毛だけだ。

ジェマは戸口にじっと立ったまま、ふたりの寝姿をみつめた。シャーロットをこれ以上の苦しみから守ってやりたい。両親の身になにがあったのか、真実がわかったときには、そのことでシャーロットが傷つかないようにしてやりたい。ため息をついてドアを閉めた。

ホクストンの住宅街は、フルニエ・ストリートよりも少しだけ遅い時代に作られたものだと思われる。フルニエ・ストリートにある窓飾りがホクストンの住宅にはないし、フルニエ・ストリートの建物のほうがどこか奇抜な感じがして、そのぶん、より魅力的に感じられるのだ。

ホクストンでは、窓やドアから、壁の縁取りやドアベルの引きひもにいたるまで、どの家も同じように作られている。それでも、マイルズ・アレグザンダーの家はひと目でそれとわかった。警察の車が何台も集まっているし、鑑識のバンもとまっている。玄関のドアもあけっぱなしになっている。

ダグ・カリンは歩道に立って待っていた。驚いたことにメロディもいる。メロディもジェマと同じくジーンズにカーディガンだ。朝早いので、空気はまだひんやりしている。メロディは疲れきったような顔をしているが、手には人数分のコーヒーの紙コップを持っていた。「すぐそこにコーヒーショップがあるんです。わたし、我慢できなくて」

「メロディ、どうしてここに？」ジェマがきいた。「今朝は出てこなくてもよかったのに。ゆうべ大変だったんだから」

「ダグが電話をくれたんです。わたしも来たかったし」

ちょっと気になる展開だ。ダグとメロディがファーストネームで呼び合う仲になっている。しかも、ダグがメロディをこの場に誘ったなんて。

「進展は？」キンケイドがきいた。

「ボスのいうとおりでした」カリンが報告する。「鑑識が運びだす前に、パソコンをちょっとのぞいてみたんです。あの男、パスワードも設定してませんでした。だれかが嗅ぎまわりだしたら消せばいい、とでも思ってたんでしょうね」

「写真もありました」メロディがいう。いつものはつらつとした口調とは全然違う。「アルバムが何冊も」肩を落として続けた。「トルーマンが写ってるのもありました。ほかの男が写ってるのも。女の子の写真は顔だけを切り取ってアリヤにみてもらおうと思います。お隣の女性にも」

「女の子はたくさん？」

メロディは肩をすくめてコーヒーをすすった。「五、六人ですかね。最後の子はまだ本当に幼くて、とても可愛くて。あの男たち――」あとは黙って首を振る。

「最近、女の子が住んでいた形跡はあったか？」キンケイドがきいた。

カリンがメロディから話を継いだが、いつものような縄張り意識は感じられなかった。「住んでいた形跡というのは、いまのところみつかってません。けど、まだ家の中全部を調べたわけじゃないので。家の中のようすが写真の何枚かと一致するので、アレグザンダーはこの家で……そういうことをしていたのでしょう。それも定期的に。鑑識が、戸外のごみバケツから女の子の下着を一枚みつけました。それが……」カリンには珍しくいいよどんでいる。「……汚れていました」

「血液か？」

「と、精液と思われます。おそらくゆうべのパーティーのときのものかと」

「なんてことだ」キンケイドはジェマの心を映しているかのように、深く沈んだ顔をした。そういうものはいままでにもみたことはある。だからといってショックが薄れるわけではない。「アレグザンダーが連行されたあと、仲間たちが女の子をどこかに連れていったんだろうな。くそっ。家をみはらせておくべきだった。まだ生きてるといいんだが」

カリンはうなずいた。「ゆうべアレグザンダーを連行した巡査部長に連絡して、ここにいた男たちがアルバムの写真に写ってないか確認してもらうつもりです。それから、写真の男たちの特定作業ですね」

「ルーカス・リッチーが役に立ってくれるかもしれない。クラブの名誉を挽回するためにも、きっと喜んで協力するだろう」キンケイドは道路に目をやった。真っ赤なレッカー車が角を曲がってきて、家の近くにとめられた新型のシルバーのレクサスのうしろにとまった。

「アレグザンダーの車？」ジェマがきいた。

「やつにとって、プライドとしあわせの象徴なんだろうな」カリンがいって、空になったカップを握りつぶした。「ナツ・マリクをあの車に乗せて公園に連れていったとしたら、髪の毛や繊維がみつかるでしょうね」

キンケイドはうなずいた。「スタートに過ぎないけどな。ナツをあの日乗せたという証拠にはならないんだ。まあ、髪や繊維がトランクから出てくれば別だが。しかし、ナツをどうやって家から運びだし、車に乗せたんだろう。このへんは夜も真っ暗にはならないだろうし、近所の人たちの目もある。酔っぱらいや病人を介抱するみたいに、肩を貸して歩かせたのかな。そして後部座席に押し込んだのかもしれない」

「家の中には、アレグザンダーとナツやサンドラを結びつけるものはあったの？」ジェマがきいた。

「いまのところなにも。しかし鑑識ががんばってます」カリンは、収穫がないことが自分の責任であるかのようにいったが、ジェマは、これだけわかっていれば上等だと思っていた。それよりアレグザンダーの傲慢さにはあきれる。子どもの売買の明らかな証拠を隠しもしないで家に置いておいたなんて。

隣の家から女性が出てきて、玄関の前からこちらをみている。タオル地のナイトガウン姿だ。ガウンを体にきつく巻きつけているのは、肌寒いからだろうか。ブロンドのメッシュを入れた髪をヘアバンドでまとめて、ほっそりした顔はまだノーメイクだ。

「ゆうべ証言してくれた女性？」ジェマはカリンとメロディにきいた。

「名前はアナ・スウィンバーン。いい人でしたよ。一連のことでひどいショックを受けているようです」メロディが答えた。

「無理もないわね。わたし、ちょっと話をしてくるわ」ジェマは女性に近づいていった。「ジェイムズ警部補です」名前を告げて手を差し出す。「ゆうべはご協力くださってありがとうございました」

アナ・スウィンバーンの手は氷のように冷たかった。「わたしの証言のせいで、こんなことになってるの？」パトカーやレッカー車に目をやる。

「まあ、それだけじゃありませんけど――」

「あの男、刑務所に行くかしら？」

ジェマは女性の顔をそれまでよりも注意深くみつめた。「わかりません。それは警察が決めることではありません。警察は証拠を集めるだけです」

「刑務所に送ってちょうだい」アナは強い口調でいった。「あの男、気味が悪かった。隣にああいう人が住んでると思うと、なんだか怖かったわ」

「そう思う理由があったんですか？」

「はじめは、プライドを傷つけられただけ」アナ・スウィンバーンは微笑んだ。なかなか美人だ、とジェマは思った。情熱的という言葉が似合うタイプだ。「わたし、離婚してここに来たの。この家で人生の再スタートを切ったわけ。お隣にハンサムな独身の男性がいるとわかってうれしかったけど、すぐに釘を刺されちゃったの。あんたのために時間を割くつもりはないよって。わたしはプライドを傷つけられたけど、別に平気だった。でも、そのあと――」

「なにかいやなことをいわれたんですか？」

アナは肩をすくめた。「いいえ、単に無愛想なだけ。都会の人だからって、そこまで無愛想にしなくたっていいじゃない、と思うレベルよ。それに、なんだか変だった。わたしは放送作家なので家で仕事をしていることが多いの。すると、あの人がしょっちゅう家に出入りしてるのがみえるの。とても不規則なのよ。帰ってきたと思ったら一分か二分でまた出ていったり。お医者さんだってことは知ってたけど、お医者さんってもうちょっと規則的なお仕事だと思ってたわ。一日じゅう病院にいるとかはあるでしょうけど」

女の子を家に閉じこめておいたのなら、しょっちゅう帰ってきて監視していたというのはじゅうぶんにありえる。そうすれば女の子は怖くて逃げられなくなるだろう。

「女の子をみかけなくなってからも、そんなにしょっちゅう出入りしていましたか？」

アナ・スウィンバーンは眉間にしわを寄せて、ナイトガウンをぎゅっとかきあわせた。「いわれてみれば、出入りしなくなったわね」

「女の子と話したことはありますか？」

「いいえ。お天気のいい日に窓辺に立ってるのをみて、手を振ったことならあるわ。一度、振り返してくれたことがあった。けどそのあと、造園業者が出入りするようになって、そのあとはまったく姿をみなくなったわ」

「造園業者？」

「このへんの家はどれも、裏庭がけっこう広いの。わたしがここを買った理由もそれよ。娘がのびのび遊べるようにと思って。お隣が庭でなにをしてるのか知らないけど、ずいぶん大がかりな工事をやってたわね」

「いつのことですか？」ジェマはききながら、心が沈んでいくのを感じた。アナがカリンとメロディにゆうべ話したところによると、女の子を最後にみたのは五月とのことだ。

「五月頃よ、間違いない。暖かい日が続いてた。庭に出てると、お隣から工事の音がきこえてたから」

「スウィンバーンさん――アナと呼んでもいいですか？　あとで写真をみていただくかもしれません。その女の子の写真があるかもしれないので」

アナの顔から血の気が引いた。「恐ろしい写真はみたくないわ。うちの娘、十歳なの。同年代の子がって考えただけで――」

「大丈夫です。顔だけですから」

ジェマはアナにお礼をいって、キンケイドのところに戻った。カリンとメロディはレッカー車の運転手に話をしにいっている。

「家をみてみたいわ」

「そういうと思ったよ」キンケイドは白いつなぎをジェマに手渡した。エスコートのトランクから出しておいたものだ。「ぼくもすぐに行くけど、その前に鑑識に頼みたいんだ。写真をできるだけ早くコピーしてもらえないかとね」ちょうどそのとき、鑑識のチーフが家から出てきた。採取した標本をバンに運ぶところだった。

ジェマはつなぎを着ると、ゆっくり歩いて家に入った。細部の装飾をみると、ジョージ王朝時代の後期に建てられた家だとわかる。おそらくその時代に、光を反射するために金箔を使いはじめたのだろう。間取りはシンプルだ。当時の家はそういうものらしい。家具は本物のアンティークだろう。しかも博物館にあってもおかしくないくらい、質の高いものだ。淡いベージュ色の壁には現代アートの作品がいくつか飾ってある。意外にセンスがいい。

一階の部屋はどれも豪華で、人をもてなすためのものだったらしい。リビングにもダイニングにも、エレガントな雰囲気の暖炉があって、入っていくとぱっと目を引くようになっている。しかし、リビングの暖炉の上には飾りがなにもない。家具やアートを丹念に配した家なのに、ここだけがやけに寂しくみえる。

リビング全体を眺めた印象と、暖炉の上のスペースから、ジェマはサンドラの作業台にあった未完成のコラージュを想像した。あれをここに飾る予定だったのではないか。だとすると、いろんなことの説明がつく。サンドラはアレグザンダーの注文を受けてコラージュを制作中だった。クライアントがどんなものを求めているかを知るために、アレグザンダーの自宅を訪ねた。そのとき、クリニックできいた話とアレグザンダーを結びつけるようななにかをみてしまったのではないか。隣人がみたという女の子がいたのだろうか。その子がアレグザンダーの最後の被害者かもしれない。

だとしたら、その子はどうなったんだろう。

階段をおりてみた。すっきりしたモダンなキッチンの向こうに、高い塀をめぐらせた庭が広がっている。

家と同様、きちんと整った庭だった。外周には丁寧に刈りこまれた何列もの生け垣。中心部の地面は舗装されていて、大きな噴水がある。花はない。緑一色の庭だ。敷石と砂利と噴水はどれも黄土色。石のベンチがふたつあるが、あそこでゆっくり時を過ごす気にはなれない。

きれいに並べられた新しい敷石をみおろした。サンドラの作品にあった顔のない女性たちが脳裏に蘇ってくる。彼女たちは金色の鳥かごに閉じこめられて、一生外に出ることができないのだ。

31

「ブリック・レーンの通りに立っているだけでは、建物の中のことはわからない。建物の中はプライベートな空間だ。時間の流れかたも、外とは違う。外の時間は常に現代社会とともに流れている」イーアン・シンクレア

――レイチェル・リヒテンシュタイン“On Brick Lane”

ダグ・カリンはキンケイドのオフィスに入り、証拠品の入った袋をキンケイドの机に置いた。金色のスタンプが押された革の手帳が入っている。「鑑識からアレグザンダーのパスポートが届きました。楽しめるといいんですが」

「そうだな」キンケイドはしみじみといった。月曜日の朝だった。ゆうべはほとんど寝ていない。マイルズ・アレグザンダーはとにかく非協力的で、取り調べをする警官をせ

せら笑うか、そうでなければかたくなに黙りこくっている。こっちが疲れてしまうし、ストレスもたまる。「子どもの売買に関わっていたことを間違いなく立証できるような証拠をみつけたい。このままでは殺人一件で終わってしまう。ふたりも殺してるのに。あいつだけは野放しにしたくない」

マイルズ・アレグザンダーをスコットランドヤードから釈放したら、トルーマンと同じようにどこかに行ってしまうだろう。

しかし、まだ望みはある。アレグザンダーの家や車から、そこにナツ・マリクがいたことを示す繊維がみつかるかもしれない。もっとも、みつかったとしても証拠としては弱いし、遅すぎる。前に家に来たことがある、あるいは車に乗ったことがある、などとアレグザンダーが主張すれば、それらの繊維がみつかってもおかしくないということになる。みつかってほしいのはアレグザンダーの髪や繊維だ。それらがナツ・マリクの遺体やその周辺からみつかればいい。しかし微量の繊維の鑑定には時間がかかる。ぐずぐずしているとアレグザンダーを釈放しなければならなくなる。

「ジェマのほうはどうなってます？」カリンがいった。珍しいぞ、とキンケイドは思った。いつもジェマのことを口にするときは敵意のこもった表情になるのに、今日はそれがない。もちろん、本人は無意識にやっていることなのだろう。「警視正はあまり喜んでいないそうですね。費用がかかるから」

アレグザンダーの庭を掘り返しましょうとジェマがいったとき、カリンが乗り気でなかったことに、キンケイドは気づいていた。「そう簡単には進まない。噴水を撤去して敷石を剝がしたところだ。これから掘り返すわけだが、ティースプーンで土をすくうような地道な作業になるだろう。証拠に傷をつけるわけにはいかない」

「証拠があればの話ですけどね」

「ダグ、ジェマの推理は間違ってない」キンケイドは我慢できずにいいかえした。「アレグザンダーがサンドラ・ジルを殺したとすれば、遺体をどこかに隠す必要がある。まずは庭を探すのが定石だろう」

アレグザンダーのパスポートを袋から出して、ページをめくる。思わず片方の眉をつり上げた。「旅行好きなんだな。タイとバングラデシュにしょっちゅう行ってる。スペインもだ。スペインといえば、お仲間のトルーマンもお気に入りの旅行先だったな」

カリンが椅子ごと近づいてきた。「しかも、結婚歴がすごいですよ。記録が間違ってるのかと思ってしまうくらい」得意気な笑顔で続ける。「ここ十年間、二年に一度の頻度で、バングラデシュやタイの少女と結婚しています。まあ、少女といっても結婚できる年齢にはなっているんでしょうね。そして、イギリスに連れてきてます。一年か二年たって、少女が成長して興味の対象からはずれると、離婚するわけです。裁判所には、離婚後の生活に必要なお金は払う、国の負担にはならないようにする、と約束するようです。

しかし、離婚された女の子はそのうち行方がわからなくなる。狡賢いやりかたですね」

「相手は――」

カリンはキンケイドをさえぎって話を続けた。「すごいのはここからです。裁判は毎回同じ判事が担当しているんですが、その判事の名前が、ルーカス・リッチーの名簿にあるんですよ」

「裁判のときに弁護士をつけているだろう。今回ついてるのと同じ弁護士か?」

「ええ。そのとおりです」

「賭けてもいい。弁護士の名前もリッチーの名簿にあるな」キンケイドの顔にも笑みが浮かんだ。机の上に散らばった書類の中から名簿を探し出すと、そこに並んだ名前に指と視線を走らせる。あった。「ビンゴだ」にやりと笑ってカリンをみる。「どこかできいた名前だと思ったよ。あんなにそわそわしてるのはそういうわけだったんだな」

「あの弁護士がアレグザンダーの遊び仲間だとしても、アレグザンダーのアルバムには写真がありませんでした。そこまでは非常にラッキーだったんですけどね」

キンケイドは腕時計をみた。「アルバムといえば、そろそろリッチーがクラブに出勤する時間だ。写真を持っていって、みてもらおう――」机の電話が鳴った。

受付からだった。ルイーズ・フィリップスが一階の受付に来ているという。「だれかに案内させて、ぼくのオフィスに通してくれ」キンケイドはそう答えた。取調室ではなくオフィスで話したほうがいいだろう。

「ニュースはあっというまに広まるもんだな」キンケイドはカリンにいった。まもなく制服の巡査がルイーズ・フィリップスを連れてきた。

前回会ったときよりも元気そうだ。仕事のパートナーが亡くなったショックから、少しは立ち直ってきているのだろう。しかし、相変わらず煙草くさい。眼差しも相変わらず真剣そのものだ。カリンに勧められた椅子に腰をおろすと、フィリップスは単刀直入に切りだした。「ナツ殺害の容疑者を逮捕したそうですね。アレグザンダーという麻酔医だとか」

「アレグザンダーをご存じですか」

「いえ。でもお知らせしたいことがあって。今日はわたしのクライアントの利益のためにうかがいました」

「アザードですか?」キンケイドはきいた。子どもの売買にはアザードは関わっていないだろうと思っていたが、それは間違いだったんだろうか。

「アザード氏はナツの事件のことで相当ショックを受けています。それに、いままでは裁判を控えた状況でしたから、しゃべりたいこともしゃべれなかったんです」

「例の裁判が取り下げになったんですか?」

「アザード氏の甥が帰ってきました。アザード氏を罪に問うような証言はしたくない、そういっているようです」

「フィリップスさん、弁護士の立場を忘れて、もう少しわかりやすく話してくれませんか。結局、なにを話しにきたんです？」

フィリップスの手がバッグに触れた。煙草を出そうとしたのだろう。椅子の背にもたれかかって、ため息をついた。「要するに、こういうこと。アザードのばかな甥は、イースト・アングリアで強制労働をさせられていたんです。でたらめの待遇条件で参加者をつのり、何週間も小屋に閉じこめて強制労働させる、そういう詐欺まがいの手口があるんですよ。ただ今回の場合は、被害者はみんな野外労働でした。ろくに食べ物ももらえず、飲み水もわずかで、トイレもない。ひどい切り傷を負ったのに、手当てもしてもらえない。外の社会とのつながりも皆無。そういう生活だったそうです。

ところがおととい、彼は持ち場から逃げ出して、ヒッチハイクでロンドンに戻ってきました。おじさんの家にまた住むことができて、大喜びしてるんです。レストランの皿洗いがこんなに楽な仕事だとは思わなかったと。だから、アザードの手を嚙むことはやめました。文字どおり、自分に食べ物をくれる大切な手ですものね」

「甥が無事に帰ってきて、アザードも喜んでるんでしょうね」キンケイドは皮肉まじりにいった。「だが、そのことと——」

「アレグザンダーが逮捕されたときいて、アザードはちょっと責任を感じてるんです。もちろん、はじめからこんなことになるなんて思ってなかったわけですけど」

「そうでしょうね」キンケイドは素直にいった。

「要するに――」ルイーズ・フィリップスはさっきと同じ言葉で切りだした。ジャケットの襟を指先で整える。「アザードは悪い人じゃないわ。封建的だけど、他人に迷惑はかけてない。友だちや家族には義理堅いし、児童買春には昔から反対してる。あるとき、リッチーのクラブで噂をきいたんですって。アザード自身が人身売買に関わってるんじゃないかって疑われてたから、だれかが秘密を漏らしたんでしょうね。アザードがいうには、あれは一種の営業。女の子を買うことに興味があるなら話に乗ってくる、そう思って声をかけられたんだろうと。

でも逆だった。アザードは彼らに嫌悪を感じて、そのことをナッツに話した。そして、ナッツがいなくなる二日前――つまり、ナッツが殺される二日前――ふたりは口論をした。結局、アザードはナッツに、児童買春に関わっていると思われる人たちの名前を教えたわ。その中にアレグザンダーの名前があった。けどナッツはナッツで、サンドラの線からアレグザンダーの所業を突き止めていたんじゃないかしら」

「そしてナッツはアレグザンダーに話をつけにいった」キンケイドが話を継いだ。「そして最悪の結果になってしまった。アザードを共犯、あるいは少なくとも捜査妨害で訴えることができそうだな」

ルイーズ・フィリップスは冷たい目でキンケイドを見返した。「そんなことをしても意味がないと思うわ。アザードは、この情報が捜査に役立つことに気づいたばかりなんだもの」

そういわれてしまうと、それを否定することもできない。キンケイドはできるだけ丁寧な口調でいった。「アザードさんは裁判で証言をしてくださるでしょうか」

「ええ、たぶん。でもその前に、裁判まで持っていけるように、しっかり立件してくださいね」

ジェマは自分のオフィスでサンドイッチを食べながら、たまった仕事を整理していた。しかしついつい時計に目が行ってしまう。携帯の電源が切れていないだろうかと気になってしまう。結局、食欲もわかないし、仕事もあまり進まなかった。

ジャニス・シルヴァーマンには伝言を二件残しておいた。家庭裁判所の審問のスケジュールが予定より遅れることがあるのはわかっているが、なにもせずにはいられなかった。ダンカンにも電話をしたかったが、それは思いとどまった。ホクストンの庭からなにか出てきたら、ダンカンは真っ先に電話をくれるはずだ。

とうとう電話が鳴ったとき、ジェマは卵サラダとクレソンをパソコンのキーボードに落としてしまった。

かけてきたのはベティ・ハワードだった。いつもは温かみのある声が、今日はなんだか暗く沈んできこえる。「ジェマ、なにか連絡は？」

「まだよ。連絡が来たらベティにもすぐ電話するわ。でももしかしたら、シルヴァーマンさんは先にベティのほうに連絡するかもね」

「シャーロットなんだけど、今日はやたらぐずってるの」ベティは控えめな声でいった。「ゆうべはベッドで寝るのをいやがって、トビーといっしょに寝たいって。ジェマ、あなたにも会いたがってる。〝大きい人〟にも」

「大きい人？」ジェマはききかえした。どういう意味だろう。キーボードにこぼしたものを拾い集めてごみ箱に放りこんだ。

「ダンカンのことよ。名前がうまくいえないの」

ジェマはにっこりした。ナツ・マリクはどちらかといえば小柄な男性だったから、シャーロットにしてみれば、ダンカンが大きく思えるのだろう。きっと安心感も得ているに違いない。実際、ダンカンにはすぐになついた。しかし、あんなに無邪気になつかれてしまうと、うれしい反面、不安になってしまう。あの子は虐待なんか受けたことがない。ゲイルやその息子たちのところで、まともに暮らしていけるんだろうか。

「ベティ、シャーロットがゲイルに引き取られるなんてこと、ありえないわ。少なくとも当面は大丈夫」ジェマは、それが自分を落ち着かせるための言葉だとわかっていた。

「ねえ、ジェマ……」ベティがためらいがちにいった。「すごく心配なのよ。裁判所がゲイルの親権を認めないとしても、だからってシャーロットがうちの子になるわけじゃないし。あの子は白人の家で暮らしたほうがしあわせだと思う人が多いでしょうし。正直……わたしももう若くないし、わたしがあの子を育てても、最後までちゃんと面倒をみられるかどうか」

ジェマにとっては意外すぎる言葉だった。「シャーロットを引き取りたくはないってこと？」

「そうはいってないわ。ただ、不安なのよ。子どもをもうひとり育てることができるかどうか、真剣に考えたわ。あの子にとってなにがいちばんしあわせなのかってね。あんなに可愛い子はそうそういない。うちなんかよりもっとちゃんとした環境で――」

「ベティの家ほどいい環境は――」

「ジェマ、なにかわかったらすぐに電話してね」ベティはそういって電話を切った。

ジェマは電話をみつめた。頭の中が混乱していた。ゲイルに引き取られることさえなければ、シャーロットには安全な生活が約束されているものと思いこんでいた。

でも、ベティがシャーロットを引き取らないのなら……。

ベティの不安はわからないでもない。ベティは子どもを六人も育ててきた。あの年齢でもうひとりというのは、たしかにきついだろう。

でも……。ジェマは首を左右に振った。どうしたらいいかわからない。シャーロットを福祉課の養子制度に任せるなんて、考えたくない。

また電話が鳴った。今度はキンケイドからだった。少し震える声で出た。

「ジェマ、どうかしたのか？」

「ううん、大丈夫」いまはまだ説明できない。このことはもっとしっかり考えてからダンカンに話そう。「なにかみつかった――」

「いや、まだなにもきいてない。だが、意外なところから連絡があった。麻薬中毒者《ナーコティックス》更生会だ。ベスナルグリーンのゲイル・ジルの家に来てくれ。できるだけ早く」

メロディがいっしょに行くといいはった。「わたし、アレグザンダーの件が気になって気になって、仕事にならないんです。それにシャーロットのことならわたしも知りたいし」

車の中で、ジェマはベティとの会話についてメロディに話した。

「腰が引ける気持ちはわかります。それに、ベティのいうことも正しいかもしれません。ただ、裁判所の判断をきかないことには、なにかしたくたってできませんよね。それに、ゲイル・ジルになにが起きているのかもわからないし。ダンカンは慌ててる感じじゃなかったんですね？」

「ええ。笑ってるんじゃないかと思ったくらい」

しかし、角を曲がって公営住宅に近づいてみると、警察の車両がたくさん集まってライトを点滅させていた。心臓がどきりとする。「これはいったい――」いいながら車をおりた。

ダンカンがこちらに歩いてくる。「どうしたの？　だれかが怪我でもしたの？」

「まあ、そういうことだ」ダンカンは口元をひくつかせた。「テリー・ジルが病院に運ばれた。どうやら、ケヴィンとテリーが、バングラデシュの子どもたちとやりあったらしい。あのふたりはバングラデシュ人の家を乗っ取って暮らそうとしてたんだ。家財道具を売り払おうとしたら、子どもたちに反発されて喧嘩になった。

テリーがナイフで刺された。テリーのやつ、もうだめだと思ったらしい。脇腹にかすり傷を負っただけなんだが、出血がひどかった。頭のほうもおかしくなったのか、いままでの罪の懺悔を始めたそうだ。救急車に同乗した警官に、やった悪事を全部ぶちまけた。ケヴィンが取りつくろう暇もなかった」ダンカンは満面の笑みを浮かべた。「だから、ゲイル・ジルやサンドラの弟たちのことは、もう心配いらない。あいつらがシャーロットの親権を手に入れることは、ほぼ永遠にありえないといっていい」

ジェマのみている前で、ふたりの制服警官が階段をおりてきた。ゲイル・ジルがついてくる。腕には手錠。ピンク色のナイトガウンと豹柄のパンプスという出で立ちだ。

ゲイルは警官たちに怒鳴りつけるのに忙しくて、まわりの見物人は目に入らないようだった。

「息子たちが麻薬のディーラーをやってたこと、あの母親は知ってたのよね」ジェマはそのことをほぼ確信していた。

「知ってただけじゃない。息子たちの麻薬を所持してた。大量のヘロインと、現金もあったそうだ。二万ポンド。テリーが話したとおりのところからみつかった——マノーロ・ブラーニックの靴の箱だってさ。テリーによると」キンケイドは続けた。目の前でゲイルがパトカーに乗せられた。あまり上品な乗りかたではなかった。「妹のダナも、兄たちほどではないが、麻薬に関わりがあったらしい。まだ家宅捜索が続いてる」

ジェマは首を振り、冗談まじりにいった。「わたしがテリーだったら、ケヴィンと同じ雑居房には入りたくないわね」

「あのふたりになにが起ころうと、自業自得ってやつさ」ダンカンは冷たい口調でいった。あのことを恨んでいるのね、とジェマは思った。

ダンカンはジェマに向きなおり、腕をぎゅっと握った。「シャーロットのことも、もう心配いらない」

ジェマが答えようとしたとき、ダンカンの携帯電話が鳴った。ダンカンはちょっと離れて電話に出ると、真顔になって戻ってきた。「ホクストンに来てくれといってる」

ジェマとメロディとダンカンがホクストンに着いたとき、一階の部屋は鑑識の作業がすべて終わっていた。これで、白いつなぎを着なくてもキッチンに入っていくことができる。ダンカンはカリンのこともジェマに話した。ルーカス・リッチーに会いにいって、いまはこちらに向かっているところだ。

ラシード・カリームが庭で待っていた。前日の朝にジェマがみたときは落ち着いた庭園だったのに、いまはまったく別の場所のようになっている。

敷石は片っ端から剝がされて、噴水は脇に倒されている。敷石の下に敷きつめられていた砂利も、丁寧にすくわれて、いまはバケツの中だ。

庭をこんな状態にしたのは、鑑識の発掘チームだ。すでにライトをつけ、夜の作業に備えている。

「苦土石灰らしいものがみえた時点で、ぼくが呼ばれたんだ」カリームは説明した。穴のそばにしゃがみこむ。ジーンズと黒いTシャツ姿。カリームの制服のようなものだ。しかし、顔も腕も土で汚れているので、いつもの都会的な魅力が感じられない。それでもカリームはジェマにかすかな笑みをみせた。

「発掘係と写真係はいまちょっと休憩中なんだ。さっき法人類学者に連絡を取った。この先はぼくじゃなくて彼の守備範囲になる」

「みつかったのね」ジェマはいった。そうだろうとは思っていた。この庭を最初にみたときからずっと、ここにあるんだろうと思っていた。なのに、悲しみが一気に押し寄せてきた。自分でも意外なほどだった。サンドラ・ジルはもう娘のもとに帰ってこない。

「そのようだ」カリームはそういった。腕で額をこすったので、額がますます汚れてしまった。「苦土石灰の層の下に、成人女性の遺体があった。石灰の作用で腐敗はいくらか遅くなっているだろうけど、この夏は暑かったしね……。だが衣服はまったく傷んでいなかったよ。サンドラ・ジルが失踪当日に着ていたものと一致する。髪もそうだ。ブロンドの強い巻き毛」

みないでおこう、とジェマは決めた。ナツ・マリクの遺体をみただけでじゅうぶんだ。サンドラ・ジルのイメージを損ないたくない。フルニエ・ストリートの家でみたのは、元気で明るい女性の写真だった。あのイメージを大切にしたい。シャーロットのためにも、自分のためにも。

「……もちろんDNA検査はするし、歯型も調べることになる」カリームの声をきいて、ジェマははっと我に返った。「被害者はうつぶせに埋められていた。みたところ、後頭部を殴られたようだ。血が固まって髪にこびりついていた。頭蓋骨もくぼんでいた」

ダンカンが前に出て、穴をみおろした。顔は無表情なままだった。「殴ったのか」

「そのようです。サンドラがうしろを向いたときを狙ったんでしょう。凶器はわかりません。詳しく調べてみないと」

「でも――」ジェマは状況を把握したかった。「サンドラは話をしにきただけなのに、どうして殺したりしたのかしら。適当にごまかせばよかったじゃない。証拠を隠すことだってできたはずだし――」

キッチンのほうから話し声がきこえた。鑑識のスタッフがふたりと写真係、最後にダグ・カリンがあらわれた。鑑識のひとりは女性だった。

ダンカンとカリームが脇によけて、作業の邪魔にならないようにした。「ドクター、まわりの土をもう少し掘るわ」女性が発掘の責任者らしい。「遺体の下の土がかなり柔らかいみたいだから」

「今朝、造園業者に話をききました」カリンがいった。「隣の女性が、業者のバンに書かれていた名前をおぼえていたんです。あれは――」脇に置かれた噴水を指さす。「――もとの設計図にはなかったそうです。深い池を作るつもりで、もう穴も掘ってあった。まわりを敷石で取り囲む予定でした。掘り出した土はすぐには廃棄せず、ここに置いてありました。

しかしその後、池の底をコンクリートで固めることにしていた日の朝、アレグザンダーから電話があったそうです。計画を変更した、あとは自分でやるからいい、と。業者としては、ぎりぎりになってもっと安い業者をみつけて乗り換えたんだな、と思ったとか。というのも、アレグザンダーが自分でそういう仕事をやるタイプだとは、とても思えなかったからです。ところが何日かたって、アレグザンダーからまた電話がかかってきた。今度は噴水を設置してくれと」

「遺体の処理に困っていたとき、都合のいいところに穴が掘ってあったというわけか」ダンカンがいった。「埋めるための土もあった。できるだけ処分してしまいたかった」

「待ってください」カリームがいって、カリンをみた。「造園業者は、深い穴を掘ったといったんだね？　この遺体は地表すれすれの浅いところにあった。遺体の下の土が柔らかいということは――」

カリームと発掘係の女性が顔をみあわせた。そして穴のそばに膝をついて、中をのぞきこんだ。女性が腹這いになり、カリームが彼女の体を支える。女性は穴の底を探っているようだ。

「これだ」女性の動きが止まった。「バケツをとって」

もうひとりの発掘係も穴に身をのりだして、空のバケツを穴におろした。

カリームが真剣な顔で見守る中、女性が作業を始めた。土がバケツに入る乾いた音が、ジェマの耳にも届く。カリームが顔をあげた。

「この下にもう一体ある」

発掘係は無言で働きつづけた。上にある遺体のまわりから土を取りのぞいていく。十五分くらいたったとき、女性がいった。「ここまでが精一杯ですね。これ以上やると上の遺体に傷がつきます。幸い、ふたつの遺体は横にちょっとずれているので、下の遺体も少しはみえますよ」

カリームが再び膝をつき、穴をのぞきこんだ。「片手がみえる。手の先から肘までだ。サイズからすると、子どもだな。髪の毛がみえる。長い黒髪だ。アレグザンダーの嫌疑からして、女の子の遺体でしょう」

「そんな」ジェマははっと息を吸った。新たな悲しみが押し寄せてくる。

窓辺に姿をみせなくなった女の子。別の男に売られたからではなく、ここで亡くなっていたのだ。

「サンドラよりも前からあったのかしら」

「調べてみないとわからないな。上の遺体よりも腐敗が進んでいるようだが、下のには石灰がかかっていないから、そのぶん腐敗が早く進んだのかもしれない」

「どうして扱いが違うのかしら」

「女の子が死んだのは事故だったのかもしれませんね」メロディがいった。「乱暴に扱ったとか……わかりませんけど、とにかく、なにかの事故で死んでしまった。それで、庭の工事を利用することにしたんじゃないでしょうか」

「それからサンドラのことがあって」ジェマが推理を継いだ。「女の子の遺体をうまく隠せたから、今度も埋めればいいと思ったのね。でも地表すれすれだったから、わざわざ苦土石灰を買ってきて遺体にかけた。日曜日だったのよね。園芸用品店なんて、車ですぐ行けるもの。そして、夜になるのを待って遺体を埋めた」

「さぞかし腰や背中が痛くなったことだろう」ダンカンは同情のかけらもみせずにそういった。「事件のあと何日か、仕事を休んだんじゃないかな」

「でも、どうしてナツは埋めなかったの?」

「埋める場所がなくなったからだろう。あるいは、苦土石灰をかけても遺体がにおうので気になったのかもしれないな。あるいは、せっかくできあがった庭を掘り返したくないと思ったのか。いずれにしても、判断を間違ったんだ。ナツ・マリクが失踪しただけなら、ナツとサンドラになにがあったかわからないままだったかもしれない。その女の子のことも」

「警視、眼鏡が落ちていました」発掘係の女性がいった。「遺体が出てきたので忘れるところでした。生け垣の下にあったんです。腐った落ち葉に覆われていました」土を入れたバケツのほうを指さした。その脇に証拠品を入れる小さな袋がある。ジェマはそこまで行って、証拠品の袋を手にとった。サンドラのコルクボードにあったナツの写真。あのナツがかけていたのはこんな眼鏡だった。

「ナツの眼鏡です。もしかしたら――」ジェマは続きをいうのをためらった。考えただけでつらくなる。「――ナツがわざとここに残していったのかも」

「アレグザンダーはナツをここに連れてきて、飲み物をふるまった。そのときにはもう殺す気だったんだろうな」ダンカンがいった。「薬をのませ、暗くなるまでここに放置しておいた。ナツはすぐに意識をなくしたわけじゃなかったんだろう。だから、なにが起きているのか、わかったんだろう」

カリンは首を左右に振った。犯人を非難するというより、ある意味感心していた。

「アレグザンダーがあの日遺体安置室のそばをうろついていたのは、眼鏡のことが気になっていたからじゃありませんか。遺留品の袋を調べてみつからなかったので、どこかで落としたと気がついた。すごい度胸だな」

塀で囲まれた庭に午後の強烈な日射しが当たっている。遺体の埋まった穴から独特の悪臭が立ちのぼってきた。ジェマはうしろに下がり、家の脇の日陰に入った。褐色のレンガの壁をみあげる。「まだわからないことがあるわ。サンドラはどうしてここに来たのかしら」

「家の中でカメラがみつかりました」鑑識のひとりがいった。「二階のバスルームに近い部屋です。引き出しには女の子の装飾品や、たたんだサリーが入っていて、カメラはそれらの布の下に隠してありました」

ジェマはサンドラの行動を想像してみた。なにかの衝動にかられてこの家にやってきたサンドラは、トイレを貸してほしいとでもいって家に入ったんだろうか。そして急いで寝室をみにいった。サリーの写真を撮ろうとしたのかもしれない。しかしアレグザンダーが近づいてきたことに気づいて、カメラをサリーの下に隠した。

「カメラに写真のデータは残ってる?」

「わかりません」鑑識が答える。「でも、まだ検査には回していないと思います」

「みてみたいわ」ジェマは庭に背を向けて、家に入った。ダンカンもあとに続く。ダンカンが階段をのぼっていく。ジェマはキッチンで待つことにした。ダンカンがだれかと話している声がきこえる。

戻ってきたダンカンは、手袋をはめた手で小さなカメラを持っていた。「メモリーカードには写真が一枚しか残ってなかった」ジェマにみえるようにカメラを持ち直した。ジェマは明るいスクリーンをみた。黒っぽいレンガがアーチを描いている。そのアーチの中に、剝がれかけたポスターが一枚。ストリートアーティストの作品で、かなり色が褪せている。ジェマの目には、絵なのか写真なのかわからないくらいだ。

どちらでもいい。ポスターの女性がこちらを見返している。自分が裸だということも忘れているようだ。穏やかな表情には穢れがなく、永遠を感じさせた。時そのものが、この作品の中に封じこめられている。

32

昔は天使がいた。荒廃した都市で暮らす人の手をとって、どこかへ連れていってくれる。白い羽のはえた天使はもういない。しかしいまでも、荒廃した都市から人を救いだして、静かで明るい場所へ連れていってくれるものがある。二度とうしろを振り返りたくないと思わせてくれるものがある。それは、幼い子どもの手かもしれない。

――ジョージ・エリオット『サイラス・マーナー』

「ジェマ、ここにゆっくり座っててくれ」ダンカンがいった。「気温が高いし、ちょっとばててるようにみえる」グラスに水をくんでジェマに渡すと、自分だけ庭に戻っていった。

ジェマは水をシンクにあけて、洗剤とお湯でグラスをよく洗ってから、あらためて水をくんだ。自分でもばかげていると思ったし、喉も渇いているのに、アレグザンダーの家のグラスで水を飲むのがいやだった。

ダンカンが戻ってきたときは、グラスをもう一度洗ったところだった。

「名前がわかったよ。カリンが今朝調べてきてくれたんだ。出入国管理局によると、アレグザンダーがバングラデシュから最後に連れてきた女の子はラニという名前らしい。離婚はしてない」

「ルーカス・リッチーはどう？　写真の男たちを知ってるって？」

「全員わかった。これからカリンが捜索令状を申請する。それはそうと」ダンカンはジェマが両手で持っていたグラスをシンクに置いた。「今日はこれ以上ここにいても、やることがない。チェルシーの役所に行かないか。いまから出れば閉館前に着く」

ジェマはきょとんとしてききかえした。「チェルシーの役所？」

「忘れてるといけないから念のためにいっておこう。ぼくたちは結婚のライセンスを申請しなきゃならないんだよ」

「そうだったわね」この庭で起きていることを考えると、まるで別世界の話のようだ。その別世界に行きたい。ジェマは心からそう思った。指輪をなでて答えた。「すばらしいアイディアだわ」

メロディはダンカンとジェマが出ていくのを玄関から見送った。ジェマの車はノティング・ヒルに戻しておくと請け合って、キーを預かった。

かすかな羨望を感じる。ジェマはいつになったら気づくんだろう。シャーロットにはいちばんふさわしい引き取り先があるということに。すべてに恵まれている人は、ときにまわりがみえなくなるものだ。しかし、それをいう資格は自分にはない。だからといって卑屈になるのも自分らしくない。

ドアが開いてダグ・カリンが出てきた。

「ダグ、あなた、帰りの足がなくなっちゃったんじゃない？　警視が署の車に乗っていっちゃったわよ。送ってあげましょうか？」

「ああ、助かるよ」ダグはメロディの隣に立ったが、メロディとは目を合わさずにきいた。「今日のことも、明日の〈クロニクル〉に載るのかな」

メロディははっとしてダグをみた。「えっ？」

「きこえなかった？　ちょっと調べてみたんだよ。リッチーのクラブのことでリークがあったときにね。なんでいままで気づかなかったんだろう。ぼくだけじゃない、いままでだれも気づかなかったってことだよな。

タルボットなんてよくある名前だ」ダグが続ける。「だからしばらくはだれにも気づかれない。けど、ずっと隠し通せるわけないじゃないか。ジェマにも迷惑を――」

「ジェマをかばうの？　あなたにそんな資格があるの？」メロディは驚いたが、それ以上の怒りがこみあげてきた。「ご立派なことね。いつもジェマの足を引っ張ろうとしてるのはどこのだれ？　いい加減認めたらいいじゃない。ジェマに嫉妬してるって。しかも今度はわたしにまで八つ当たりするのね。ジェマが憎いと部下のわたしまで憎い？　あなたいったいなにが望みなの？」

ダグはメロディをにらみつけた。メロディもダグをにらみかえす。しかしメロディが折れた。なにもかもばからしくなってきた。もううんざりだ。

「あなたのいうとおりね」メロディはそういって肩を落とした。「ジェマには悪いことをしたわ。あれから全部話したけど。わたし、警察を辞める。この仕事が好きだけど、こんなことばかりやってられないもの」

「ぼくのいうとおりだって？」ダグが意外そうにききかえした。「警察を辞める？　辞めてどうするんだ？」

「わからない。いろいろ調べるのは得意だから、記者になろうかな。ずっと父が望んでたことだし」

「けどいままでは、親の望みどおりには生きてこなかった。そうだろう？」

「まあね」

ダグが気まずそうに足を踏みかえた。「そんなつもりでいったんじゃ――」

「警察を辞めるなっていいたいの？　わたしの秘密を知ったから、これからはやりやすいわよね」

「いや、そんなつもりじゃない。けど、警視には話したほうがいい」

「これからも大きな事件を担当させてもらえると思う？」

「父親の職業のせいで差別を受けることがあったら、新聞ネタにしてやるわよって脅せばいいじゃないか」ダグはにやりと笑った。メロディは複雑な気分だった。笑っていいのかどうかもわからない。

「正直、きみは警官に向いてると思う。それに、きみのいうことのほうが正しいよ。ぼくはジェマに嫉妬してた。きみにも」

「ダグ、どうして？」またファーストネームで呼んでみた。このほうがしっくりくる。

「自分だっていい警官じゃない。警視はあなたを頼りにしてる」

「ぼくは鈍いんだ。ちょっとした手がかりに気づくことができない」肩をすくめる。

「物事のとらえかたが、人とはずれてるんだ。だからヘマばっかりする」視線をそらした。「いつかの晩もそうだった。ばかだよな」

あのときのことはメロディもおぼえている。思い出しただけで、気まずくて顔が赤くなる。でも、こちらからは一杯飲もうと誘っただけだし、ダグが断ったのは、たぶん照れたからだろう。断られたときのこちらの反応もまずかったかもしれない。もう仲直りはできないんだろうか。

「そういえばそうだったわね」メロディはさらりといった。「でも、ずいぶん前のことじゃない。ねえ、わたしが警視に話したら、このまま仕事を続けられると本当に思う?」

「マスコミとつながりがあるのも、ときには役に立つものだよ。もっとも、警察の狙いを相手がちゃんとわかってくれてないと困るけど」

「誠実さがあれば、ということね」

「そうだね。がんばろう」ダグの言葉には、いままでにない親しみがこめられていた。

「ええ」

「じゃ、よかったら……」ダグは体を前後に軽く揺らして、眼鏡を押しあげた。「送ってくれるなら、どこかに寄って一杯飲まないか。おしゃべりでもしよう」

メロディは笑い声をあげた。胸のつかえがとれたようで、気持ちが軽くなってきた。

「どんなおしゃべり?」

「ぼく、引っ越しを考えてるんだ」

「じゃ、まずはそこからね」

「きみには十六日間の自由が与えられたわけだ」役所を出ると、ダンカンがいった。結婚のライセンスを取得するために、ケンジントン&チェルシー王立区に提出する書類を書いてきたところだった。「そのあいだなら気が変わっても許される」

「気が変わらないように心がけるわ」ジェマはダンカンをからかうようにいった。「あなたのご両親がグラストンベリに来てくれるんでしょ。そしてウィニーが祝福を与えてくれる！　ジュリエットも子どもたちを連れて来てくれるっていうし。キットは大喜びよ」ジェマはダンカンの腕をとった。「涼しくなってきたわね。テムズ川まで散歩しない？　お祝いの散歩よ」

オークリー・ストリートを歩きながら、ジェマがいった。「ウィニーの体調はよくなったみたいよ。今朝電話で話したの」母親のことは考えたくなかった。グラストンベリに行くのはまだ何ヵ月も先だ。そのときに母親が元気かどうかということも、考えたくない。今日だけは。

「気づいてたかい？　グラストンベリでウィニーの祝福を受けるなら、ぼくたちは三回結婚式を挙げることになるんだよ。こないだのと、役所のと、グラストンベリだ」

「ラッキーってこと？」

「ラッキーかどうかはわからないが、三回もやれば離れられなくなるんじゃないか？」

ジェマはダンカンの腕を叩いて笑った。しかし川辺に着くと、ダンカンは立ち止まり、手すりに背中をつけた。真顔になってジェマをみつめる。

「つらくないかい？ ウィニーとジャックに赤ん坊が生まれること」

「まさか、全然」ジェマは答えたが、ダンカンの思いやりはよくわかった。「わたし、うれしいの。本当よ。だから大丈夫」口に出してわかった。本当に、もう大丈夫。なにがどう大丈夫とは説明できないが、心の傷は癒えたのだ。そしてもうひとつ、わかったことがある。いま欲しいのは赤ん坊ではない。

「誤解しないでね。わたし――」懸命に言葉を探した。「――あなたとわたしの子どもがいなくていいと思ってるわけじゃないの。でも、キットとトビーはふたりとも、あなたとわたしのあいだに生まれた子のように思えるわ。これ以上愛せないっていうくらい愛してるし、どちらも同じように大切に思ってる。

それと――」ごくりと唾を飲んで、いまの思いを口にした。「――殺された女の子のことがあって、考えたの。世の中には苦しんでる女の子がたくさんいるでしょ。せめてその中のひとりでも、わたしたちの力でしあわせにしてあげられたらって……」

「そうだね」ダンカンは微笑んだ。「シャーロットがうちにいれば、キットとトビーが悪さをしないように目を光らせてくれそうだ」

訳者あとがき

キンケイド警視シリーズ第十三作目となる本書には、多くの移民が登場する。そのひとりは、パキスタン出身の弁護士だ。ナツ・マリクという名のこの男性はサンドラという白人女性と結婚しているが、ある日、突然姿を消してしまう。しかも、いなくなったのはナツだけではない。妻のサンドラも、数ヵ月前から行方がわからなくなっていた。ナツもサンドラも、家族を置いてふらりと家を出ていくような人間ではない。だとしたら……。ナツの友人から相談を受けたジェマの悪い予感が的中し、公園でナツの遺体が発見される。他殺だった。事件を担当することになったキンケイドが捜査を開始する。ナツは、人身売買の疑いが持たれるバングラデシュ人の弁護をしていたという。その男は、近縁・遠縁にかかわらず、多くの親戚をバングラデシュからロンドンに呼び寄せて働かせ、金や労働力を搾取しているとして訴えられている。しかも、そうして呼び寄せられた親戚のひとりが、検察側の証人として出廷することが決まった矢先、行方不明になっていることがわかった。西アジア系移民の人身売買は本当に行われているのだろうか。ナツの殺害には、そうした闇組織が関わっているのだろうか。だとしたら、白人である妻のサンドラも失踪したことはどう考えたらいいのか。

キンケイドとジェマの捜査は難航する。ナツとサンドラの子どもの面倒をみていたベビーシッターに事情を聴こうとするものの、彼女はバングラデシュからの移民一家の娘だった。「女は家でおとなしくしていろ、外でむやみに働いたり教育を受けたりすることはけしからん」という考えの父親に言動を監視されているため、知っていることを自由に話すこともできずにいる。立ちはだかる異文化の壁に、ふたりはどのように立ちむかっていくのか……。

ＯＥＣＤの統計によると、二〇一二年における外国からの移民の人口比率が世界でいちばん多いのはスウェーデンで十五・五パーセント。二位以下はスペイン、ドイツ、ノルウェー、アメリカと続き、フランスとイギリスが十一・九パーセントで同率六位となっている。

イギリスに住む外国人のうち、ヨーロッパ出身者以外でいちばん多いのはインド人、その次がパキスタン人だ。これはいうまでもなく、大英帝国が過去にインド亜大陸を植民地としていたことによるものである。そのほか、アフロ・カリビアンと呼ばれる人々もたくさんいる。これは、大英帝国の奴隷貿易によりアフリカから西インド諸島に連れ

に、近年ではその状況や政策を批判する動きも出てきているそうだ。

そんなわけで、本シリーズの舞台イギリスは、わたしたち日本人の多くが漠然とイメージする以上の多民族・多文化国家なのである。移民に寛容であるといわれると同時に、近年ではその状況や政策を批判する動きも出てきているそうだ。

作品を重ねるごとに骨太な社会派ミステリーの色彩が濃くなってきたキンケイド警視シリーズ。最新作の本書では、イギリスの移民問題や、西アジア文化圏における女性の地位の問題に焦点を当てている。といっても、移民が増えたのがよくないとか、西アジアの人々の考えかたがいけないとかいっているのではない。どんな社会でも、弱者を搾取したり踏み台にしたりする人間こそが糾弾されるべき、という作者の訴えが強く伝わってくる。

一方、気になるのがキンケイドとジェマの関係だ。本書でも相変わらず、「結局、ジェマは結婚したいの？　したくないの？」と、やきもきさせられるが、終盤に結論は出るのでお楽しみに。次作以降では、新展開の予感も。ただでさえ複雑なキンケイドとジェマのファミリーに、意外な新しいメンバーが……？

講談社文庫出版部のみなさまにはいつもながら大変お世話になりました。最後になりましたが、この場を借りて心よりお礼を申しあげます。

二〇一五年六月

西田佳子

|著者| デボラ・クロンビー　米国テキサス州ダラス生まれ。後に英国に移り、スコットランド、イングランド各地に住む。現在は、再び故郷・ダラスで暮らす。代表作のダンカン・キンケイドとジェマ・ジェイムズのシリーズは米英のほか、ドイツ、イタリア、ノルウェー、オランダ、トルコなどでも翻訳され人気を呼んでいる。

|訳者| 西田佳子　名古屋市生まれ。東京外国語大学卒業。主な訳書に「キンケイド警視シリーズ」のほか、『赤毛のアン』(西村書店)『テラプト先生がいるから』(静山社)『わたしはマララ――教育のために立ち上がり、タリバンに撃たれた少女』(金原瑞人と共訳・学研パブリッシング)などがある。法政大学・神奈川工科大学 非常勤講師。

警視《けいし》の因縁《いんねん》

デボラ・クロンビー | 西田佳子《にしだよしこ》 訳

講談社文庫
定価はカバーに
表示してあります

2015年6月12日第1刷発行

発行者――鈴木 哲
発行所――株式会社 講談社
東京都文京区音羽2-12-21　〒112-8001
電話 出版 (03) 5395-3510
　　 販売 (03) 5395-5817
　　 業務 (03) 5395-3615

Printed in Japan

デザイン―菊地信義
本文データ制作―講談社デジタル製作部
印刷―――慶昌堂印刷株式会社
製本―――加藤製本株式会社

ISBN978-4-06-293123-6

講談社文庫刊行の辞

二十一世紀の到来を目睫に望みながら、われわれはいま、人類史上かつて例を見ない巨大な転換期をむかえようとしている。

世界も、日本も、激動の予兆に対する期待とおののきを内に蔵して、未知の時代に歩み入ろうとしている。このときにあたり、創業の人野間清治の「ナショナル・エデュケイター」への志を現代に甦らせようと意図して、われわれはここに古今の文芸作品はいうまでもなく、ひろく人文・社会・自然の諸科学から東西の名著を網羅する、新しい綜合文庫の発刊を決意した。

激動の転換期はまた断絶の時代である。われわれは戦後二十五年間の出版文化のありかたへの深い反省をこめて、この断絶の時代にあえて人間的な持続を求めようとする。いたずらに浮薄な商業主義のあだ花を追い求めることなく、長期にわたって良書に生命をあたえようとつとめるところにしか、今後の出版文化の真の繁栄はあり得ないと信じるからである。

同時にわれわれはこの綜合文庫の刊行を通じて、人文・社会・自然の諸科学が、結局人間の学にほかならないことを立証しようと願っている。かつて知識とは、「汝自身を知る」ことにつきていた。現代社会の瑣末な情報の氾濫のなかから、力強い知識の源泉を掘り起し、技術文明のただなかに、生きた人間の姿を復活させること。それこそわれわれの切なる希求である。

われわれは権威に盲従せず、俗流に媚びることなく、渾然一体となって日本の「草の根」をかたちづくる若く新しい世代の人々に、心をこめてこの新しい綜合文庫をおくり届けたい。それは知識の泉であるとともに感受性のふるさとであり、もっとも有機的に組織され、社会に開かれた万人のための大学をめざしている。大方の支援と協力を衷心より切望してやまない。

一九七一年七月

野間省一

講談社文庫 最新刊